dtv

Henry Chinaski ist auf Erfolgskurs. Man reißt sich um ihn als Autor, die Damen geben sich in seiner Wohnung buchstäblich die Klinke in die Hand: Zuerst ist da Lilly, danach DeeDee, und immer wieder Lydia. Schließlich Mindy, und dann noch Katherine ... Niemand hat den Männlichkeitswahn mit seinem ganzen Elend so auf den Punkt gebracht wie Bukowski. Man lacht und empfindet zugleich Sympathie für diesen Verrückten, dessen Bedürfnisse scheinbar so einseitig sind und der doch ständig an seinen Ansprüchen scheitert. Sprachliche und menschliche Reduktion hat man ihm vorgeworfen, und in der Tat: Gerade in diesem Buch ist das Wichtigste zwischen den Zeilen zu lesen.

Charles Bukowski, am 16. August 1920 in Andernach geboren, seit dem 2. Lebensjahr Einwohner von Los Angeles, begann nach wechselnden Jobs als Tankwart, Schlachthof- und Hafenarbeiter (und natürlich als Postmann) zu schreiben. Er starb am 9. März 1994 in San Pedro/L. A.

Charles Bukowski

Das Liebesleben der Hyäne

Roman

Deutsch von Carl Weissner

Deutscher Taschenbuch Verlag

Ungekürzte Ausgabe
April 1989
13. Auflage September 1999
Deutscher Taschenbuch Verlag GmbH & Co. KG,
München
Lizenzausgabe mit freundlicher Genehmigung des
Verlags Kiepenheuer & Witsch, Köln

Titel der amerikanischen Originalausgabe:
›Women‹ (Black Sparrow Press, Santa Barbara/Kalifornien 1979)
Die Übersetzung folgt auf Vorschlag des Autors
dem Originalmanuskript, das sich von der gedruckten
Fassung unterscheidet und an manchen Stellen
ausführlicher ist.
Ursprünglicher Arbeitstitel: ›Love Tale of the Hyena‹

Umschlagkonzept: Balk & Brumshagen
Umschlagbild: ›Schlafender‹ (1975) von Alex Colville
Gesamtherstellung: C. H. Beck'sche Buchdruckerei,
Nördlingen
Gedruckt auf säurefreiem, chlorfrei gebleichtem Papier
Printed in Germany · ISBN 3-423-12389-3

1

Ich war 50 und hatte seit vier Jahren keine Frau mehr im Bett gehabt. Es ergab sich einfach nichts mit Frauen. Ich sah sie an, wenn sie mir auf der Straße oder sonstwo begegneten, doch ich sah sie ohne Verlangen an und mit einem Gefühl von Vergeblichkeit. Ich onanierte viel, doch die Vorstellung, ein Verhältnis mit einer Frau zu haben, selbst ohne Sex, war für mich in weite Ferne gerückt. Ich hatte eine uneheliche Tochter von sechs Jahren. Sie lebte bei ihrer Mutter, und ich zahlte Alimente. Vor langer Zeit hatte ich einmal geheiratet, mit 35. Die Ehe hielt zweieinhalb Jahre, dann ließ sich die Frau von mir scheiden. Die einzige Frau, die ich je geliebt hatte, war am Alkohol gestorben. Sie war 48, als sie starb. Ich war 38. Die Frau, die ich geheiratet hatte, war zwölf Jahre jünger als ich. Ich glaube, sie ist inzwischen auch tot. Ich bin mir nicht sicher. Nach der Scheidung schrieb sie mir jedes Jahr zu Weihnachten einen langen Brief. Ich schrieb nie zurück.

Ich weiß nicht mehr genau, wann ich Lydia Vance zum ersten Mal sah. Es wird wohl sechs Jahre her sein. Ich hatte gerade einen Job als Angestellter bei der Post nach einem Dutzend Jahren an den Nagel gehängt und versuchte mich nun als Schriftsteller. Ich hatte eine Heidenangst und trank mehr denn je. Ich wollte meinen ersten Roman schreiben. Nacht für Nacht saß ich an der Schreibmaschine und trank dabei jedesmal einen halben Liter Whisky und zwei Sechserpackungen Bier. Ich rauchte billige Zigarren und tippte und trank bis zum frühen Morgen und hörte mir klassische Musik aus dem Radio an. Mein Ziel waren zehn Seiten pro Nacht, doch ich kam nie zum Nachzählen und konnte erst am nächsten Tag die Ausbeute sichten. Wenn ich aufgewacht war und mich übergeben hatte, ging ich ins vordere Zimmer und sah nach, wie viele Seiten auf der Couch lagen. Es waren immer mehr als zehn. Manchmal lagen 17, 18, 23, 25 Seiten da. Die letzten paar Seiten einer Nacht waren natürlich unleserlich. Ich mußte sie entweder neu tippen oder wegwerfen. Nach einundzwanzig Nächten hatte ich meinen ersten Roman geschrieben.

Der Bungalow gehörte zu einer Anlage, und die Verwalter, die weiter hinten wohnten, hielten mich für verrückt. Sie stellten mir jeden Morgen eine große braune Einkaufstüte vor die Tür. Der Inhalt wechselte, doch in der Regel waren es Tomaten, Rettiche, Orangen, grüne Zwiebeln, rote Zwiebeln, Suppendosen. Jeden zweiten Abend ging ich zu den beiden nach hinten und trank Bier mit ihnen, bis vier oder fünf Uhr morgens. Der alte Mann sackte nach einer Weile weg, und seine Frau und ich hielten Händchen, und ab und zu gab ich ihr einen Kuß. Beim Abschied an der Tür gab ich ihr immer einen besonders großen. Sie war entsetzlich faltig, doch dafür konnte sie nichts. Sie war katholisch, und wenn sie sich am Sonntagmorgen zum Kirchgang ihren rosaroten Hut aufsetzte, sah sie ganz reizend aus.

Ich lernte Lydia Vance bei meiner ersten Lesung kennen, in der Drawbridge-Buchhandlung an der Kenmore Avenue. Auch davor hatte ich eine Heidenangst. Ich bildete mir ein, über der Sache zu stehen, aber Angst hatte ich trotzdem. Als ich ankam, gab es nur noch Stehplätze. Peter, der den Laden schmiß und mit einer jungen Schwarzen zusammenlebte, hatte einen Berg Dollars vor sich. »Shit«, sagte er, »wenn ich jedesmal so ein volles Haus hätte, könnte ich mir einen zweiten Trip nach Indien leisten!« Ich ging rein, und sie begannen zu klatschen. Ich war im Begriff, meine Unschuld als Dichter zu verlieren.

Ich las dreißig Minuten, dann machte ich Pause. Ich hatte noch nicht genug getrunken und fühlte mich unbehaglich vor all diesen Augen, die mich aus dem dunklen Raum anstarrten. Ein paar Leute kamen her und sprachen mich an. Als das vorbei war und ich allein an einem Tisch saß und Bier trank, kam Lydia Vance an. Sie stützte sich mit beiden Händen auf den Rand der Tischplatte, beugte sich vor und sah mich an. »Hi«, sagte sie. Sie hatte langes braunes Haar, ziemlich lang, ihre Nase war ein bißchen zu groß, und auf dem einen Auge schien sie leicht zu schielen. Doch sie hatte eindeutig eine starke Ausstrahlung. Man merkte, daß sie voll da war. Ich spürte, wie es zwischen uns knisterte. Es waren ein paar Schwingungen dabei, die wirr und ungut waren. Aber es war da. So etwas kam selten vor. Sie sah mir in die Augen, und ich starrte zurück. Sie trug eine Wildlederjacke mit Fransen am Ausschnitt. Ihr Busen konnte sich sehen lassen. »Ich hätte Lust«, sagte ich, »dir diese Fransen da abzureißen, und dann könnten wir da weitermachen.« Lydia drehte sich um und ging weg. Es hatte nicht funktioniert. Ich wußte nie, was ich zu den Ladies sagen sollte. Ich war kein Frauenheld. Aber einen Hintern hatte sie. Ich sah diesen sagenhaften Hintern an, während sie davonging. Er wippte unter ihren straffen Bluejeans, und ich sah ihm nach, bis er verschwand.

Ich brachte die zweite Hälfte der Lesung hinter mich, und ich vergaß Lydia Vance genauso, wie ich die Frauen vergaß, die auf der Straße an mir vorbeigingen. Ich ließ mir mein Geld geben, unterschrieb eine Quittung, signierte einige Papierservietten, dann ging ich raus und fuhr nach Hause.

Es war die Zeit, als ich noch jede Nacht an meinem ersten Roman arbeitete. Ich fing nie vor 18.18 Uhr an – da hatten immer meine Nachtschichten im Hauptpostamt begonnen. Es war gerade sechs Uhr abends, als sie kamen: Peter und Lydia Vance. Als ich die Tür aufmachte, sagte Peter: »Schau her, Henry! Sieh dir an, was ich mitgebracht habe!«

Lydia sprang auf den Kaffeetisch. Ihre Jeans saßen enger denn je. Sie schlenkerte ihre langen braunen Haare hin und her. Sie war verrückt. Sie war fabelhaft. Zum ersten Mal dachte ich jetzt daran, wie es wäre, sie im Bett zu haben.

Sie fing an, Gedichte zu rezitieren. Ihre eigenen. Sehr schlecht, fand ich. Peter versuchte, sie davon abzubringen: »Nein! Nein! Bloß keine gereimten Gedichte! Nicht bei Henry Chinaski!«

»Laß sie nur, Peter.«

Ich wollte ihren Hintern genießen. Sie stelzte auf diesem alten Kaffeetisch hin und her. Dann tanzte sie. Wedelte mit den Armen. Ihre Gedichte waren schauderhaft, doch ihr Körper und ihre Verrücktheit waren alles andere.

Schließlich sprang sie vom Tisch herunter.

»Wie hat dir das gefallen, Henry?«

»Was?«

»Die Gedichte.«

»Tja, die eigentlich nicht so besonders.«

Lydia stand da, die Blätter mit ihren Gedichten in der Hand. Peter packte sie von hinten. »Laß uns ficken!« sagte er. »Komm, wir ficken!«

Sie stieß ihn weg.

»Na schön«, sagte Peter, »dann geh ich eben!«

»Geh doch«, sagte sie. »Ich bin mit meinem eigenen Auto da. Ich komm jederzeit wieder nach Hause.«

Peter rannte zur Tür, blieb stehen, drehte sich um. »All right, Chinaski! Vergiß nicht, daß *ich* sie dir gebracht habe!«

Er knallte die Tür hinter sich zu, und weg war er. Lydia setzte sich auf die Couch, ganz vorne, nahe bei der Tür. Ich setzte mich neben sie, mit 30 cm Abstand. Ich sah sie an. Sie sah hinreißend aus. Ich traute mich nicht recht. Ich streckte die Hand aus und berührte ihr langes Haar. Magisch, dieses Haar. Ich zog meine Hand zurück. »Ist das echt? Alles dein eigenes Haar?« fragte ich. Ich wußte, daß es keine Perücke war. »Ja«, sagte sie, »ist es.« Ich streckte wieder die Hand aus, faßte sie unters Kinn und versuchte recht linkisch, ihren Kopf zu mir herumzudrehen. Ich hatte kein Selbstvertrauen in solchen Situationen. Dann waren ihre Lippen dicht vor meinen, und mein bißchen Mut verließ mich vollends. Ich gab ihr nur einen Hauch von einem Kuß, aber es war ein Gefühl, das mir durch und durch ging.

Lydia sprang auf. »Ich muß gehn. Ich hab einen Babysitter zu Hause. Kostet mich Geld.«

»Schau her«, sagte ich, »bleib doch noch. Ich geb dir das Geld. Bleib noch 'ne Weile.«

»Nein, ich kann nicht«, sagte sie. »Ich muß gehn.«

Sie ging zur Tür. Ich folgte ihr. Sie machte die Tür auf, drehte sich noch einmal um, und ich griff nach ihr, ein letztes Mal. Sie hob das Gesicht und gab mir einen winzigen Kuß. Dann machte sie sich von mir los und drückte mir die Blätter mit ihren Gedichten in die Hand. Die Tür fiel ins Schloß. Ich setzte mich auf die Couch, ihr Manuskript in der Hand, und hörte zu, wie sie den Wagen anließ und wegfuhr.

Die Gedichte waren hektographiert und oben zusammengeheftet. Ich sah mir einige an. Sie waren nicht alle von Lydia. Es gab noch drei Schwestern, die ebenfalls schrieben. Die Sachen waren interessant, sie hatten Sex, die Schreibe war karg, okay, nichts dagegen. Nur kamen sie mir zu sehr auf diese geschwisterliche Tour, und wie lustig es sei, und wie tapfer sie alle zusammenhielten. Damit konnte ich nichts anfangen. Ich war ohne Geschwister aufgewachsen. Ich warf die Blätter weg, köpfte meine Flasche Whisky, stellte die Bierdosen in Reichweite und ging an die Arbeit. Draußen war es inzwischen dunkel geworden. Das Radio spielte Mozart und Brahms und Beethoven.

2

Ein oder zwei Tage danach bekam ich einen Brief von Lydia. Es war ein langes Gedicht, und es begann:

»Komm heraus, alter Troll
Komm aus deinem dunklen Loch, alter Troll
Komm heraus zu uns in die Sonne und
Laß dir von uns Gänseblümchen ins Haar stecken ...«

Und dann erzählte mir das Gedicht, was für ein schönes Gefühl es sein würde, auf den Feldern zu tanzen mit diesen rehbraunen Elfen, die mir Freude bringen und die Augen öffnen würden. Ich verstaute den Brief in einer Schublade meiner Kommode.

Am nächsten Morgen weckte mich jemand, der an die Scheibe meiner vorderen Tür klopfte. Es war 10.30 Uhr.

»Laß mich in Ruhe«, sagte ich.

»Ich bin's. Lydia.«

»Ach so. Augenblick.«

Ich zog mir ein Hemd und eine Hose an und schloß die Tür auf. Dann rannte ich ins Badezimmer und übergab mich. Ich versuchte es mit Zähneputzen, doch dabei kam es mir gleich noch einmal hoch – der süße Geschmack der Zahncreme drehte mir den Magen um. Ich ging raus.

»Dir ist schlecht«, sagte Lydia. »Soll ich lieber gehn?«

»Ach was, mir fehlt nichts. Ich wach jeden Morgen so auf.«

Lydia sah gut aus. Die Sonne schien durch die Vorhänge auf sie herein. Sie hatte eine Orange, die sie in die Luft warf und wieder auffing. Die Orange segelte durch die Sonnenstrahlen.

»Ich muß gleich wieder weg«, sagte sie. »Wollte dich nur was fragen.«

»Nur zu.«

»Ich bin Bildhauerin. Ich möchte deinen Kopf modellieren.«

»Meinetwegen.«

»Dazu mußt du aber zu mir kommen. Ich hab kein Atelier. Wir müssen es bei mir in der Wohnung machen. Du wirst mir doch nicht nervös werden, oder?«

»Nein.« Ich schrieb mir ihre Adresse auf, und sie erklärte mir, wie ich fahren mußte.

»Sieh zu, daß du bis elf da bist. Gegen drei kommen die Kinder von der Schule zurück. Da bin ich zu sehr abgelenkt.«

»Ich bin um elf da«, sagte ich ...

Und dann saß ich Lydia gegenüber, in ihrer Frühstücksnische. Zwischen uns saß ein großer Klumpen Lehm. Sie fing an, mir Fragen zu stellen.

»Leben deine Eltern noch?«

»Nein.«

»Gefällt dir Los Angeles?«

»Besser als jede andere Stadt.«

»Warum schreibst du immer so über Frauen?«

»Wie denn?«

»Du weißt schon.«

»Nein. Sag doch.«

»Na, ich finde es einfach verdammt schade, daß ein Mann, der so gut schreibt wie du, von Frauen überhaupt keine Ahnung hat.«

Darauf sagte ich nichts.

»Verdammt! Wo hat mir Lisa schon wieder mein ...« Sie suchte die Küche nach irgendeinem Werkzeug ab. »Ach, immer diese kleinen Mädchen, die ihrer Mutter die Sachen wegschleppen!«

Sie fand einen Ersatz. »Dann muß es eben mit dem hier gehn. Jetzt halt still. Entspann dich, aber sitz still.«

Ich sah sie an. Sie bearbeitete den Lehmklumpen mit einem hölzernen Gegenstand, der vorne eine Drahtschleife hatte. Sie fuchtelte mit dem Ding vor mir herum, über dem Batzen Lehm. Ich ließ mich nicht ablenken. Ihre Augen sahen mich an. Ihre Augen waren groß und dunkelbraun. Sogar das Auge, das nicht ganz zum anderen paßte, sah gut aus. Ich sah ihr unentwegt in die Augen. Lydia arbeitete. Die Zeit verging. Ich war in Trance. Plötzlich sagte sie: »Wie wär's mit einer Pause? Lust auf ein Bier?«

»Gut. Ja.«

Als sie aufstand und an den Kühlschrank ging, folgte ich ihr. Sie nahm eine Flasche Bier heraus und machte die Tür wieder zu. Als sie sich umdrehte, legte ich ihr meinen Arm um die Taille und zog sie an mich. Ich preßte meinen Körper an sie, meinen Mund auf ihre Lippen. Sie hielt die Bierflasche auf Armeslänge von sich. Ich küßte sie. Ich küßte sie noch einmal. Lydia schob mich weg.

»All right«, sagte sie, »das reicht. Wir haben zu arbeiten.«

Wir setzten uns wieder, ich trank mein Bier, und Lydia rauchte eine Zigarette. Zwischen uns war wieder der Lehm. Dann klingelte es an der Tür. Lydia ging hin und machte auf. Ein dickes Weib stand da, mit einem gehetzten weinerlichen Blick in den Augen.

»Das ist meine Schwester Glendoline.«

»Hi.«

Glendoline nahm sich einen Stuhl und begann zu reden. Und die *konnte* reden. Sie hätte eine Sphinx sein können, sie hätte versteinert sein können, und sie hätte trotzdem noch geredet. Ich fragte mich, wann sie endlich abschlaffen und gehen würde. Selbst als ich ihr schon längst nicht mehr zuhörte, spürte ich immer noch, wie es auf mich einprasselte, wie ein Hagel von winzigen Tischtennisbällen. Glendoline hatte keinerlei Zeitgefühl, und daß sie möglicherweise stören könnte, kam ihr nie in den Sinn. Sie redete und redete.

»Hör mal«, sagte ich schließlich, »wann gehst du endlich?«

Jetzt durfte ich miterleben, wie sich zwei Schwestern in die Haare kriegen. Sie standen jetzt beide, schrien einander an, fuchtelten mit den Armen. Ihre Stimmen wurden immer schriller. Sie drohten einander Prügel an. Ich rechnete schon mit dem großen Knall, da warf Glendoline ihren gigantischen Torso herum und wuchtete ihn aus der Tür, so daß das Fliegengitter schepperte. Man sah sie jetzt nicht mehr, aber hören konnte man sie noch – außer sich vor Selbstmitleid entfernte sie sich heulend in Richtung auf ihr Apartment im hinteren Teil der Bungalow-Anlage.

Lydia und ich setzten uns wieder in die Frühstücksnische. Sie nahm ihr Modelliergerät in die Hand. Wir sahen einander in die Augen.

3

Ein paar Tage später, als ich morgens wieder vor Lydias Bungalow erschien, kam sie gerade den schmalen Weg entlang, der nach vorn zur Straße führte. Sie war bei ihrer Freundin Tina gewesen, die in einem Apartmenthaus an der Ecke wohnte. Sie sah wieder so erregend aus wie bei ihrem ersten Besuch, als sie mit der Orange in der Hand zu mir in die Wohnung gekommen war.

»Oooooh«, sagte sie, »du hast ja ein neues Hemd an!«

Das stimmte. Ich hatte das Hemd nur wegen ihr gekauft. Mir war klar, daß sie das wußte und sich deshalb über mich lustig machte, aber es störte mich nicht.

Lydia schloß die Tür auf, und wir gingen rein. In der Frühstücksnische saß der Lehmklumpen mitten auf dem Tisch. Er war mit einem feuchten Tuch abgedeckt. Sie zog das Tuch herunter. »Na, was meinst du dazu?«

Lydia hatte mich nicht geschont. Die Narben waren da, die Säufernase, das Affenmaul, die verkniffenen Augenschlitze. Und das blöde zufriedene Grinsen eines lachhaften glücklichen Mannes, der sein Glück auskostete und sich fragte, womit er es verdient hatte. Sie war 30, und ich war knapp über 50. Es war mir egal.

»Ja«, sagte ich, »da hast du mich gut getroffen. Gefällt

mir. Aber du hast es fast schon fertig, wie ich sehe. Ich werde mir ein bißchen leid tun, wenn unsere Sitzungen vorbei sind. Wir hatten ein paar sehr schöne Morgen und Nachmittage zusammen.«

»Hat es dich am Schreiben gehindert?«

»Nein. Ans Schreiben geh ich erst, wenn es dunkel wird. Tagsüber kann ich nie was schreiben.«

Lydia nahm ihr Modelliergerät in die Hand und sah mich an. »Keine Sorge. Ich bin noch lange nicht fertig. Das hier muß perfekt werden.«

Als sie die erste Pause einlegte, holte sie eine Halbliterflasche Whisky aus dem Kühlschrank.

»Ah«, sagte ich.

»Wieviel?« fragte sie und hielt ein großes Wasserglas hoch.

»Halb und halb.«

Sie mixte mir den Drink, und ich trank ihn glatt runter.

»Ich hab einiges über dich erfahren«, sagte sie.

»So? Was denn?«

»Daß du Kerle bei dir aus der Tür schmeißt. Und daß du deine Frauen schlägst.«

»Daß ich meine Frauen schlage?«

»Ja. Hat mir jemand erzählt.«

Ich packte Lydia, und es wurde unser bisher längster Kuß. Ich drückte sie gegen das Spülbecken und begann meinen Schwanz an ihr zu reiben. Sie schob mich weg, doch in der Mitte der Küche bekam ich sie wieder zu fassen.

Lydia nahm meine Hand und steckte sie vorne in ihre Jeans rein, unter ihren Slip. Ich tastete mit einer Fingerspitze nach ihrer Möse. Sie war naß. Während ich Lydia den nächsten langen Kuß gab, werkelte ich ihr unten meinen Finger rein. Dann zog ich meine Hand zurück, drehte mich um, griff mir die Flasche und goß mir einen weiteren Drink ein. Ich setzte mich wieder an den Tisch in der Frühstücksnische, und Lydia ging außen herum auf die andere Seite, setzte sich, sah mich an. Dann nahm sie sich wieder den Lehm vor. Ich trank langsam meinen Whisky.

»Schau her«, sagte ich, »ich kenn deine Tragödie.«

»Was?«

»Ich kenn deine Tragödie.«

»Was meinst du damit?«

»Ach, lassen wir das«, sagte ich.

»Ich will's aber wissen.«

»Ich will dich nicht kränken.«

»Verdammt, ich will endlich wissen, von was du redest!«

»Also gut. Mach mir noch einen Drink, dann sag ich's dir.«

»All right.« Lydia nahm mein leeres Glas und mixte mir noch einen, halb Whisky, halb Wasser. Ich trank das Glas aus.

»Also?« fragte sie.

»Ach Scheiße. Du weißt es doch von selber.«

»Was weiß ich?«

»Daß du 'ne weite Pussy hast.«

»Was?«

»Ganz normal. Schließlich hast du schon zwei Kinder.«

Lydia saß schweigend da und arbeitete an dem Lehm. Dann legte sie das Gerät weg. Sie stand auf und ging rüber in die Ecke neben dem Hinterausgang. Ich sah ihr zu, wie sie sich bückte und sich die Stiefel von den Füßen zog. Dann streifte sie die Jeans und den Slip herunter. Sie legte sich flach auf das Linoleum des Küchenbodens. Da war nun ihre Möse und sah mich an.

»All right, du Bastard«, sagte sie. »Dir werd ich beweisen, wie sehr du dich irrst.«

Ich zog mir die Schuhe aus, die Hose, die Unterhose. Ich kniete mich vor sie hin, dann legte ich mich der Länge nach auf sie. Ich begann sie zu küssen. Im Nu hatte ich einen stehen, und dann spürte ich, wie er unten in sie reinging.

Ich begann zu schieben ... einmal, zwei-, dreimal ...

Es klopfte an die vordere Tür. Offenbar war es ein Kind. Winzige Fäuste, erregt und hartnäckig. Lydia schob mich hastig von sich herunter. »Das ist *Lisa!* Sie war heute nicht in der Schule! Sie war drüben bei ...« Lydia sprang auf und stieg in ihre Sachen.

»Zieh dich an!« sagte sie zu mir.

Ich zog mich an, so schnell ich konnte. Lydia ging nach vorn und machte auf. Ich hörte ihre 5jährige Tochter rufen: »Mammi! Mammi! Ich hab mich in den Finger geschnitten!«

Ich schlenderte ins vordere Zimmer. Lydia hatte ihre Tochter auf dem Schloß. »Oooh, laß Mammi mal sehen! Oooooh! Komm, Mammi bläst dir auf den Finger, dann tut es nicht mehr weh!«

»Mammi! Es tut so weh!«

Ich sah mir den Schnitt an. Er war kaum zu sehen.

»Hör zu«, sagte ich schließlich zu Lydia, »ich komm dann morgen wieder.«

»Tut mir leid«, sagte sie.

»Ich weiß.«

Lisa sah zu mir hoch. Die Tränen flossen und flossen.

Lisa hatte mal wieder dafür gesorgt, daß ihre Mammi keinen Unfug machte.

Ich ging aus der Tür, machte sie hinter mir zu und ging nach vorn zu meinem 62er Mercury Comet.

4

Ich gab damals eine kleine Zeitschrift heraus, die sich ›The Laxative Approach‹ nannte. Ich hatte zwei Mitherausgeber, und wir waren überzeugt, daß wir einige der besten Dichter unserer Zeit druckten. Natürlich auch ein paar weniger gute. Der eine Mitherausgeber hieß Kenneth Mulloch, war Schwarzer, einsachtundachtzig, vorzeitig von der Oberschule abgegangen, nicht ganz richtig im Kopf. Er ließ sich teils von seiner Mutter und teils von seiner Schwester durchfüttern. Der andere war Sammy Levinson, Jude, 27. Er wohnte bei seinen Eltern und lag ihnen auf der Tasche.

Die Seiten unserer ersten Nummer waren bereits gedruckt. Jetzt mußten wir sie noch zusammentragen, die Umschläge mußten drum, und das Ganze mußte zusammengeheftet werden.

»Für sowas«, sagte Sammy, »schmeißt man eine Party. Man serviert Drinks und ein bißchen Bullshit und läßt sich die Arbeit von den Gästen machen.«

»Ich hasse Parties«, sagte ich.

»Ich kümmer mich um die Einladungen«, meinte Sammy.

»Also gut«, sagte ich und gab Lydia Bescheid.

Am Abend, als die Party stieg, kam Sammy mit der fertigen Zeitschrift an. Er war ein fickriger Mensch, der ständig nervös mit dem Kopf zuckte. Er hatte nicht warten können. Er hatte den ›Laxative Approach‹ ganz allein zusammengetragen, die Umschläge drangemacht und alles geheftet. Kenneth Mulloch war nirgends zu sehen. Er war wohl im Knast, oder sie hatten ihn in eine Anstalt eingewiesen.

Von den Gästen, die nacheinander eintrafen, kannte ich nur sehr wenige. Ich ging nach hinten zu meinen Vermietern. Die alte Dame kam an die Tür.

»Ich gebe eine Party, Mrs. O'Keefe. Ich möchte Sie und Ihren Mann gern dazu einladen. Jede Menge Bier, Brezeln, Kartoffelchips.«

»Ach du lieber Gott! Bloß nicht!«

»Wieso? Was ist denn?«

»Ich hab mir die Leute angesehen, die bei Ihnen reingehen. Diese Bärte und diese struppigen Haare! Und die zerlumpten Kleider! Armbänder! Kettchen um den Hals! Die sehn aus wie 'ne Bande Kommunisten! Wie können Sie solche Leute nur ausstehen?«

»Ich kann sie genauso wenig ausstehen wie Sie, Mrs. O'Keefe, aber darum geht's nicht. Wir trinken nur Bier und reden. Es hat nichts weiter zu bedeuten.«

»Sehn Sie sich nur vor. Die Sorte klaut einem sogar noch die Wasserhähne.«

Sie machte die Tür zu, und ich ging wieder nach vorn.

Lydia kam spät. Sie rauschte zur Tür herein wie eine Diva. Was mir vor allem an ihr auffiel, war ihr großer Cowboy-Hut mit einer langen lavendelfarbenen Feder an der Seite. Sie sagte keinen Ton zu mir und setzte sich sofort zu einem jungen Buchhändler, mit dem sie eine angeregte Unterhaltung anfing. Ich ging dazu über, mir das Bier schneller als sonst reinzugießen, und meine Konversation verlor einiges von ihrem Pep und Humor. Der Buchhändler – Randy Evans hieß er – war an sich ein ganz passabler Mensch. Er wollte Schriftsteller werden, doch er war so auf Kafka fixiert, daß er keinen klaren Satz zustande brachte. Wir hatten etwas von ihm veröffentlicht, um ihn nicht unnötig zu entmutigen. Außerdem brauchten wir ihn und seinen Buchladen für den Vertrieb der Zeitschrift.

Ich trank mein Bier und lief herum. Ich ging hinaus auf die hintere Veranda, setzte mich auf die Stufen und sah einem großen schwarzen Kater zu, der auf einer Mülltonne saß und vergebens nach einer Möglichkeit suchte, um reinzukommen. Ich ging zu ihm hin, er sprang herunter, rannte ein Stück weg und blieb stehen. Ich nahm den Deckel von der Mülltonne. Der Gestank war überwältigend. Ich kotzte rein. Der Deckel fiel mir aus der Hand. Als ich wegging, kam der Kater zurück und sprang mit einem Satz auf den Rand der Mülltonne. Er zögerte, sein Fell schimmerte im matten Licht des Halbmonds, dann sprang er in die Soße rein.

Als ich wieder ins Zimmer kam, unterhielt sich Lydia immer noch mit Randy, doch jetzt fiel mir auf, daß sie unter dem Tisch ihre Zehen an seinem Bein rieb. Ich machte mir ein neues Bier auf.

Sammy brachte die Leute zum Lachen. Das machte sonst immer ich, und es gelang mir auch ein bißchen besser als ihm, doch an diesem Abend war ich nicht besonders in Form. Es waren 15 oder 16 Typen da und zwei Frauen – Lydia und April. April lebte von einer Invalidenrente. Sie lag mitten im Zimmer auf dem Fußboden. Nach einer Stunde oder so stand sie auf und ging mit einem ausgebrannten Speed Freak namens Carl weg. Nun mußten immer noch 15 Typen verschwinden, bis ich Lydia für mich allein hatte. In der Küche entdeckte ich einen halben Liter Scotch. Ich nahm mir noch eine Handvoll zum Knabbern dazu und ging damit nach hinten auf die Veranda.

Es wurde spät, und die Typen machten sich nach und nach auf den Weg. Selbst Randy Evans ging. Bald waren nur noch Sammy, Lydia und ich übrig. Lydia begann auf Sammy einzureden. Sammy machte ein paar witzige Bemerkungen, und ich rang mir ein Lachen ab. Dann mußte auch er gehen.

»Sammy, bitte, geh noch nicht!« sagte Lydia.

»Ach Scheiße, laß den Kid doch gehn«, sagte ich.

»Yeah, ich muß los«, sagte Sammy.

Als er weg war, sagte Lydia: »Das war nicht nötig, ihn so rauszuekeln. Sammy ist so nett und spaßig. Du hast ihm weh getan!«

»Aber ich will doch auch mal allein mit dir reden, Lydia. Du bist mir wichtiger als diese anderen da.«

»Aber dich *kenn* ich ja schon. Die anderen kenn ich nicht. Ich komm nicht mit so vielen Leuten zusammen wie du. Ich *mag* Leute!«

»Ich nicht.«

»Das weiß ich. Aber *ich*. Zu dir kommen sie, weil du so einen halben Namen hast. Dir wär's vielleicht lieber, sie würden nicht zu dir kommen.«

»Stimmt. Je weniger ich von ihnen sehe, desto lieber sind sie mir.«

»Du hast Sammy weh getan.«

»Ach Scheiße, der ist nach Hause zu seiner Mutter. Vergiß ihn, ja?«

»Du bist eifersüchtig. Du bist unsicher. Glaubst du vielleicht, ich will mit jedem ins Bett, mit dem ich mich unterhalte?«

»Nein, wahrscheinlich nicht. Wie wär's mit einem bißchen Scotch?«

Ich stand auf und mixte ihr einen. Lydia zündete sich eine lange Zigarette an und nippte an ihrem Drink. »Siehst wirklich gut aus mit diesem Hut«, sagte ich. »Diese violette Feder da. Macht was her.«

»Das ist der Hut von meinem Vater.«

»Wird er ihn nicht vermissen?«

»Nee. Er ist tot.«

Ich bugsierte sie rüber zur Couch und gab ihr einen langen Kuß. Sie erzählte mir von ihrem Vater. Er war vor kurzem gestorben und hatte den vier Schwestern ein bißchen Geld hinterlassen. Das hatte ihnen geholfen, Emanzen zu werden, und Lydia hatte es die Möglichkeit gegeben, sich von ihrem Mann scheiden zu lassen, doch der wollte keine Alimente zahlen. Sie erzählte mir auch etwas von einem Nervenzusammenbruch und daß sie einige Zeit in einer Heilanstalt gewesen sei. Ich küßte sie wieder. »Komm«, sagte ich, »wir gehn rein und legen uns aufs Bett. Ich bin müde.«

Zu meiner Überraschung folgte sie mir ins Schlafzimmer. Ich streckte mich auf dem Bett aus und schloß die Augen. Ich spürte, wie sie sich auf die Bettkante setzte. Sie zog ihre Stiefel aus. Ich hörte, wie erst der eine zu Boden fiel, dann der andere. Ich begann, meine Kleider auszuziehen. Dann langte ich hoch und knipste das Licht aus. Sie ließ es nicht bei den Stiefeln. Sie zog sich noch einiges mehr aus. Dann lagen wir da und küßten uns wieder.

»Wie lange hast du schon keine Frau mehr gehabt?«

»Vier Jahre.«

»Vier Jahre?«

»Ja.«

»Ich finde, da hast du ein bißchen Liebe verdient«, sagte sie. »Neulich hab ich von dir geträumt. Ich hab deine Brust aufgemacht – sie hatte Türen wie ein Wandschrank, und als ich die Türen aufmachte, waren lauter so weiche Sachen drin ... Teddybären, winzig kleine Pelztiere, lauter so weiche kuschelige Dinger. Und dann hatte ich einen Traum von einem anderen, den ich kenne. Er kam zu mir her und drückte mir ein paar Bogen Papier in die Hand. Er ist Schriftsteller. Ich sah mir das Papier an, und das Papier hatte Krebs. Seine Schreibe hatte Krebs. Mit dem kann ich mich jetzt nicht mehr abgeben. Ich verlaß mich auf meine Träume. Ja, ich finde, du hast ein bißchen Liebe verdient.«

Wir küßten uns wieder.

»Hör zu«, sagte sie, »du kannst mir dein Ding reinstekken, aber eh dir's kommt, ziehst du es wieder raus. Verstanden?«

»Verstanden«, sagte ich.

Ich stieg auf. Ah, war das gut. Ich hatte alle Hoffnung aufgegeben, daß es je noch einmal passieren würde. Und dazu noch mit einem Girl, das zwanzig Jahre jünger war als ich und fabelhaft aussah. Ich machte ungefähr acht Stöße, und es kam mir. In ihr. Sie war mit einem Satz aus dem Bett.

»Du Scheißtyp! Du hast dir's in mir kommen lassen! Ich hab doch gesagt, du sollst nicht!«

»Lydia, es ist so lange her ... es tat so gut ... ich konnte nichts machen! Es hat mich einfach überrumpelt! Ehrlich, ich kann nichts dafür!«

Sie rannte ins Badezimmer und ließ Wasser in die Wanne

laufen. Sie stellte sich vor den Spiegel und kämmte sich wütend ihre langen Haare. Sie war einfach hinreißend schön.

»Du Scheißtyp! Gott, so ein dämlicher Highschool-Trick! Auf sowas muß ich reinfallen! Und ausgerechnet mitten im Monat! Du hättest dir keinen schlimmeren Tag aussuchen können! Naja, jetzt haben wir die Bescherung! Jetzt pennen wir also auch noch zusammen!«

Ich ging zu ihr rein. »Lydia, ich liebe dich.«

»Geh mir bloß weg, du!«

Sie drängte mich raus und machte die Tür zu. Ich stand im Flur und hörte zu, wie das Badewasser plätscherte.

5

Wir sahen uns einige Tage nicht, obwohl ich sechs- oder siebenmal bei ihr anrief. Dann kam das Wochenende. Gerald, ihr geschiedener Mann, holte übers Wochenende immer die Kinder zu sich.

An diesem Samstag fuhr ich morgens gegen elf zu ihr rüber und klopfte an die Tür. Als sie aufmachte, schienen mir ihre braunen Augen dunkler denn je, und in den Strahlen der Sonne fiel mir wieder dieser rötliche Schimmer ihres Haars auf. Es war ein bemerkenswerter Effekt. Sie trug enge Jeans, Stiefel, eine orangefarbene Bluse. Sie ließ sich von mir küssen, dann schloß sie die Tür ab, und wir gingen zu meinem Wagen. Wir hatten beschlossen, an den Strand zu fahren – nicht zum Baden (es war mitten im Winter), sondern einfach so, um irgendwas zu tun.

Wir fuhren los. Es war ein schönes Gefühl, Lydia bei mir im Wagen zu haben.

»Das war vielleicht eine Party«, sagte sie. »Von wegen Zeitschriften zusammentragen! Eine Bumsparty war das, weiter nichts! Eine reine Bumsparty!«

Ich lenkte mit einer Hand, und mit der anderen rieb ich ihr innen am Schenkel entlang. Ich konnte mich einfach nicht bremsen. Lydia schien nicht darauf zu achten.

Meine Hand zwängte sich tiefer zwischen ihre Schenkel und nach oben. Sie redete weiter. Plötzlich sagte sie: »Nimm deine Hand da weg! Das ist meine Pussy!«

»Verzeihung«, sagte ich.

Wir sagten nichts mehr, bis wir den Parkplatz am Strand von Venice erreichten. »Willst du einen Sandwich und ein Coke oder sowas?« fragte ich.

»All right.«

Ich ging in den kleinen jüdischen Laden und kaufte einiges, und dann setzten wir uns mit dem Zeug auf einen grasbewachsenen Hügel und sahen auf das Meer hinaus. Wir hatten Sandwiches, saure Gurken, Chips und Coke. Der Strand war so gut wie menschenleer, und das Zeug schmeckte. Lydia aß wortlos. Ich staunte, wie schnell sie alles herunterschlang. Sie zerfleischte ihren Sandwich, nahm einen großen Schluck Coke, biß eine halbe Gurke ab und griff sich eine Handvoll Kartoffelchips. Ich war dagegen ein ausgesprochen langsamer Esser.

Leidenschaft, dachte ich. Sowas von Leidenschaft.

»Wie ist der Sandwich?« fragte ich.

»Ziemlich gut. Ich habe richtigen Hunger.«

»Diese Burschen da machen gute Sandwiches. Willst du sonst noch was?«

»Ja. Ich hätte Lust auf so ein Stück gefüllte Schokolade.«

»Was für eine Sorte?«

»Egal. Irgendwas Gutes.«

Ich biß einen Happen von meinem Sandwich ab, nahm einen Schluck Coke und ging zurück in den Laden. Ich kaufte zwei verschiedene Sorten, damit sie eine Auswahl hatte. Als ich mich unserem Platz näherte, sah ich einen großen Schwarzen ankommen. Er trug kein Hemd, obwohl es recht kalt war, und er ließ eine Menge Muskeln sehen. Er schien Anfang Zwanzig zu sein und ging sehr langsam und aufrecht. Er hatte einen langen schlanken Hals, und an seinem linken Ohr baumelte ein goldener Ohrring. Er ging dicht vor Lydia an dem kleinen grasbewachsenen Hügel vorbei. Ich stieg zu ihr hinauf und setzte mich neben sie.

»Hast du den Kerl da gesehn?« fragte sie.

»Ja.«

»Menschenskind, hier sitz ich nun mit dir, und du bist zwanzig Jahre älter als ich. Dabei könnte ich einen wie den da haben. Was zum Teufel ist nur los mit mir?«

»Hier«, sagte ich. »Ich hab dir zwei Sorten mitgebracht. Such dir eine aus.«

Sie nahm eine, riß das Papier ab, biß ein Stück ab und sah dem jungen Schwarzen nach, der den Strand entlangging.

»Mich langweilt dieser Strand«, sagte sie. »Komm, wir fahren wieder zu mir.«

Es verging eine Woche, in der wir uns nicht sahen, und dann war ich wieder bei ihr in der Wohnung, und wir lagen auf ihrem Bett und küßten uns. Schließlich machte sich Lydia von mir los und sagte: »Du verstehst überhaupt nichts von Frauen, hab ich recht?«

»Wieso? Wie meinst du das?«

»Ich meine, ich brauch bloß deine Gedichte und Stories zu lesen, dann weiß ich, daß du von Frauen keine Ahnung hast.«

»Dann sag mir mal, was ich noch nicht weiß.«

»Also wenn mich ein Mann halten will, dann muß er mir die Möse kahlfressen. Hast du schon mal Möse geleckt?«

»Nein.«

»Du bist fünfzig Jahre alt, und du hast noch nie 'ne Möse ausgeschleckt?«

»Nein.«

»Dann ist es zu spät.«

»Wieso?«

»Einem alten Hund kann man keine neuen Tricks mehr beibringen.«

»Klar kann man.«

»Nein. Für dich ist es zu spät.«

»Ich brauch nur bei allem meine Zeit.«

Lydia stand auf und ging ins Wohnzimmer. Sie kam mit einem Bleistift und einem Blatt Papier zurück. »Also schau her, ich zeig dir mal was.« Sie begann etwas auf das Blatt zu zeichnen. »So, das hier ist eine Möse ... und das hier ist etwas, von dem du wahrscheinlich noch nie gehört hast ... das ist der Kitzler. Da ist das Gefühl drin. Der Kitzler versteckt sich, mußt du wissen, und kommt nur ab und zu raus. Er ist rosa und sehr empfindlich. Man muß ihn rauslocken, indem man ihn mit der Zungenspitze streichelt. Und zwar ist da so eine Hautfalte ...«

»Okay«, sagte ich, »schon kapiert.«

»Ich glaub nicht, daß du es fertigbringst. Ich sag ja, einem alten Hund kann man keine neuen Tricks mehr beibringen ...«

»Ziehn wir uns doch mal aus und legen uns hin.«

Wir begannen uns auszuziehen. Dann waren wir nackt und legten uns lang. Ich fing an, Lydia zu küssen. Erst auf die Lippen, dann am Hals, dann kam ich zu ihren Brustwarzen, und schließlich war ich an ihrem Nabel. Ich rutschte tiefer.

»Nein, du bringst es nicht fertig«, sagte sie. »Da unten kommt Blut und Pipi raus. Stell dir vor: Blut und Pipi ...«

Ich war jetzt unten. Ich begann zu lecken. Sie hatte mir einen akkuraten Plan gezeichnet. Alles war da, wo es sein sollte. Ich hörte sie schwer atmen, dann stöhnen. Die Sache erregte mich. Ich bekam einen Steifen. Der Kitzler kam heraus, doch er war nicht rosa, es war mehr so ein Purpurrot. Ich züngelte daran. Säfte sickerten heraus, und die Schamhaare wurden naß. Lydia stöhnte und stöhnte. Dann hörte ich, wie die Wohnungstür auf- und zuging. Ich hörte Schritte. Ich schaute hoch. Ein kleiner schwarzer Junge, etwa fünf Jahre alt, stand neben dem Bett.

»Was zum Teufel willst denn du?« fragte ich.

»Ham Sie leere Flaschen?« wollte er wissen.

»Nein, ich hab keine leeren Flaschen«, sagte ich.

Er ging aus dem Schlafzimmer, durch das Wohnzimmer, machte die Tür hinter sich zu und war verschwunden.

»Ach Gott«, sagte Lydia, »ich dachte, die vordere Tür ist abgeschlossen! Das war der Kleine von Bonnie.«

Sie stand auf und schloß die Wohnungstür ab. Sie kam zurück und legte sich wieder lang. Es war Samstagnachmittag, so gegen vier.

Ich duckte mich wieder zwischen ihre Schenkel.

6

Lydia mochte Parties. Und Harry gab eine Party nach der anderen. Also waren wir jetzt auf dem Weg zu Harry Ascot. Harry machte eine kleine Literaturzeitschrift, die sich ›Retort‹ nannte. Seine Frau trug lange durchsichtige Gewänder, ging barfuß und führte den Männern ihren Slip vor.

»Eins hat mir gleich an dir gefallen«, sagte Lydia, »und zwar, daß du nie den Fernseher anstellst. Mein Ehemaliger hat jeden Abend stundenlang vor dem Fernseher gehockt. Und am Wochenende wurde es ganz schlimm. Sogar das Ficken mußte sich nach dem Fernsehprogramm richten.«

»Hm ...«

»Und was mir noch gefallen hat, war deine verdreckte Wohnung. Bierflaschen auf dem ganzen Fußboden und überall. Dreckiges Geschirr, verkrustete Scheiße in der Kloschüssel, und mehrere Dreckränder in deiner Badewanne. Und all die rostigen Rasierklingen rings um die Wanne und auf dem Waschbecken. Ich hab gleich gewußt, daß du Pussy schleckst.«

»Du beurteilst einen Mann nach seiner Wohnung, wie?«

»Genau. Wenn seine Wohnung sauber ist, weiß ich gleich, daß was nicht stimmt mit ihm. Und wenn sie zu sauber ist, dann ist er 'ne Schwuchtel.«

Wir parkten und stiegen aus. Das Apartment lag im zweiten Stock. Man hörte Musik. Wir gingen rauf, und ich drückte auf die Klingel. Harry Ascot kam an die Tür. Er hatte ein freundliches generöses Lächeln im Gesicht. »Kommt rein«, sagte er.

Da hockten sie in Gruppen beisammen und tranken Wein und Bier. Lydia ging rein und war gleich Feuer und Flamme. Ich sah mich um und setzte mich auf den Boden. Sie hatten lange Bretter auf dem Boden, mit Tellern und Besteck. Offenbar sollte gleich das Essen serviert werden. Harry war ein guter Fischer, und auf das Fischen verstand er sich besser als aufs Schreiben und das Auswählen der Beiträge für seine Zeitschrift. Die Ascots lebten praktisch allein von Fisch und nährten derweil die

Hoffnung, daß sich Harrys Talente irgendwann zu Geld machen ließen.

Diana, seine Frau, kam mit den Fischplatten aus der Küche und reichte sie herum. Lydia setzte sich neben mich.

»So«, sagte sie. »Ich komm zwar vom Land, aber jetzt zeig ich dir mal, wie man Fisch ißt. Paß auf.«

Sie machte irgendwas mit ihrem Fisch. Das Fleisch pellte sich links und rechts vom Rückgrat ab.

»Oh, das war aber gut!« sagte Diana. »Das mache ich auch mal. Was sagten Sie doch gleich, woher Sie sind?«

»Aus Utah. Muleshead, Utah. 100 Einwohner. Ich bin auf einer Ranch aufgewachsen. Mein Vater war ein Säufer. Er ist inzwischen tot. Vielleicht ist das der Grund, warum ich jetzt mit dem da zusammen bin.« Sie zeigte mit dem Daumen auf mich.

Wir aßen. Als der Fisch alle war, brachte Diana die Gräten raus. Dann gab es Schokoladenkuchen und starken (billigen) Rotwein.

»Mmmm, fabelhaft, dieser Kuchen«, sagte Lydia. »Kann ich noch ein Stück haben?«

»Aber sicher, Darling«, sagte Diana.

»Mr. Chinaski«, sagte jetzt eine Dunkelhaarige am anderen Ende des Zimmers, »ich habe in Deutschland Übersetzungen von Ihren Sachen gelesen. Sie sind sehr populär in Deutschland.«

»Freut mich zu hören«, sagte ich. »Hoffentlich schikken die mir auch bald mal Geld.«

»Oh, komm«, sagte Lydia, »bloß keine literarischen Gespräche. Laß uns was *tun!*« Sie sprang auf und wedelte mit beiden Armen. »Los, wir tanzen!« rief sie.

Harry Ascot setzte wieder sein freundliches generöses Lächeln auf, ging an den Plattenspieler und drehte ihn auf volle Lautstärke.

Lydia kurvte außen um die Bretter herum, und ein junger blonder Boy mit Löckchen auf der Stirn kam auf sie zu. Sie begannen zu tanzen. Andere standen auf und tanzten. Ich blieb sitzen.

Randy Evans saß neben mir und begann jetzt zu reden. Er redete und redete. Ich verstand kein Wort. Die Musik war zu laut.

Ich sah Lydia und dem Blonden mit den Löckchen beim Tanzen zu. Lydia hatte den Bogen wirklich raus. Sie bewegte sich fast so, als hätte sie den Kerl im Bett. Ich sah mir die anderen Girls an, und die schienen sich nicht so zu bewegen. Naja, dachte ich, das liegt wahrscheinlich daran, daß ich Lydia schon näher kenne und die anderen nicht.

Randy redete weiter auf mich ein, obwohl ich keine Antwort gab. Dann war der Tanz zu Ende, und Lydia kam her und setzte sich wieder neben mich.

»Puuh, ich bin ganz außer Atem. Ich glaub, ich bin nicht mehr in Form.«

Die nächste Platte fiel herunter, und Lydia stand auf. Der Boy mit den Löckchen wartete schon auf sie. Ich hielt mich an den Wein und das Bier.

Weitere Platten wurden abgefahren. Lydia und der Blonde tanzten und tanzten, und bei jedem Tanz schienen sie mehr auf Tuchfühlung zu gehen. Sie waren der Mittelpunkt, die anderen flatterten um sie herum.

Ich beschäftigte mich weiter mit dem Bier und dem Wein.

Jetzt kam eine besonders laute und aufregende Nummer aus den Stereo-Boxen. Der Boy mit den goldenen Löckchen hob beide Arme über den Kopf. Lydia drängelte sich an ihn. Es war dramatisch, sehr sogar, erotisch. Sie packten sich an den Händen und preßten die Körper aneinander. Der Boy warf abwechselnd ein Bein nach hinten, und Lydia machte es ihm nach. Sie sahen einander in die Augen. Die Platte lief und lief. Schließlich war auch das zu Ende.

Lydia kam zurück und setzte sich neben mich. »Jetzt bin ich aber wirklich geschafft«, sagte sie.

»Schau her«, sagte ich, »ich glaub, ich hab zuviel getrunken. Vielleicht sollten wir hier verschwinden.«

»Du Blödmann. Ich hab gesehn, wie du's in dich reingeschüttet hast.«

»Gehn wir. Es gibt noch andere Parties.«

Wir standen auf. Lydia ging rüber und sagte etwas zu Harry und Diana. Sie kam zurück, wir gingen zur Tür, und als ich gerade die Klinke in der Hand hatte, kam der Boy mit den goldenen Löckchen her und sagte zu mir: »Hey, Mann, wie hat Ihnen unser Tanz gefallen?«

»Nicht schlecht«, sagte ich.

Kaum waren wir draußen, begann ich zu kotzen. Der Wein und das ganze Bier kamen mir hoch, es platschte ins Gebüsch, auf den Gehsteig, es glitzerte im Mondschein.

»Der Kerl hat dir nicht gepaßt, hab ich recht?« sagte sie.

»Ja.«

»Warum?«

»Shit, es sah aus, als wär's ein Fick. Vielleicht noch bessser.«

»Es hatte doch nichts zu bedeuten. Wir haben bloß getanzt.«

»Angenommen, ich mach das mit einer Frau auf der Straße? Wär das okay, wenn ein bißchen Musik dazu läuft?«

»Du verstehst mich nicht. Nach jedem Tanz bin ich wieder zu dir gekommen und hab mich neben dich gesetzt. Verstehst du das nicht?«

»Schon gut, schon gut«, sagte ich. »Augenblick noch.«

Ich würgte nochmal einen Schwall in irgendeine halb verdorrte Zierhecke. Dann ließen wir den Echo Park Distrikt hinter uns und fuhren auf dem Hollywood Boulevard nach Westen, Richtung Vermont.

»Weiß du, wie wir Typen wie dich nennen?« fragte Lydia.

»Nein.«

»Wir nennen sie Partykiller.«

7

Das Flugzeug kurvte auf Kansas City herunter, und der Pilot sagte, draußen seien es 7 Grad unter Null, und ich saß da in meiner leichten kalifornischen Jacke, einem Sporthemd, dünnen Hosen, Sommersocken, und mit Löchern in den Schuhsohlen. Als wir gelandet waren und an die Rampe gezogen wurden, griffen sie ringsum zu ihren Wintermänteln, Handschuhen, Mützen und Ohrenschützern. Ich ließ alle aussteigen und kletterte als letzter aus der Luke. Drüben an einem Gebäude lehnte Frenchy und wartete auf mich. Frenchy war Dozent für Theaterwissenschaft und sammelte Bücher, hauptsächlich meine.

»Willkommen in Kansas Shitty, Chinaski!« sagte er und hielt mir eine Flasche Tequila hin.

Ich nahm einen tüchtigen Schluck und folgte ihm hinaus auf den Parkplatz. Ich hatte kein Gepäck, nur eine Mappe voll Gedichte. Der Wagen verfügte über eine Heizung. Das war angenehm. Wir saßen eine Weile da, wärmten uns auf und stärkten uns aus der Flasche. Dann fuhren wir los.

Die Straßen waren vereist.

»Bei dem verschissenen Straßenzustand kann nicht jeder fahren«, sagte Frenchy. »Da muß man schon genau wissen, was man tut.«

Ich klappte meine Mappe auf und las Frenchy das Liebesgedicht vor, das mir Lydia vor dem Abflug mitgegeben hatte.

»... dein purpurroter Schwanz, krumm wie ein ...«

»... und wenn ich dir die Pickel ausdrücke, spritzt die Soße wie Sperma ...«

»Oh Shit!« brüllte Frenchy. Der Wagen rutschte quer über die Straße. Frenchy kurbelte am Lenkrad.

»Frenchy«, sagte ich und setzte die Flasche Tequila an, »ich glaub, so schaffen wir das nie.«

Wir schlitterten über die Straße und landeten in einem drei Fuß tiefen Graben. Ich gab ihm die Flasche rüber.

Wir stiegen aus und kletterten die Böschung hinauf. Dann hielten wir den Daumen raus und teilten uns den Rest aus der Flasche. Endlich hielt einer. Der Mann war Mitte Zwanzig und wirkte ziemlich angetrunken. »Wo soll's denn hingehn?«

»Zu einer Dichterlesung«, sagte Frenchy.

»Dichterlesung?«

»Yeah. An der Universität.«

»All right. Steigt ein.«

Er war Spirituosenhändler. Auf dem Rücksitz stapelten sich Kästen voll Bier.

»Nehmt euch ein Bier«, sagte er. »Für mich auch eins.«

Er brachte uns hin. Wir fuhren mitten auf den Campus und parkten vor dem Auditorium auf dem gefrorenen Rasen. Wir hatten uns nur eine Viertelstunde verspätet.

Ich stieg aus und kotzte. Dann ging ich mit Frenchy rein. Unterwegs hatten wir kurz angehalten und einen halben Liter Wodka besorgt, damit ich die Lesung durchhielt ...

Ich las ungefähr 20 Minuten, dann legte ich die Gedichte weg. »Diese Scheiße langweilt mich«, sagte ich. »Reden wir doch einfach miteinander.«

Es endete damit, daß ich allerhand unflätige Sachen in den Saal schrie, und die Leute schrien zurück. Sie waren nicht schlecht, wenn man bedenkt, daß sie es ohne Honorar taten. Nach einer halben Stunde machte ich Schluß, und ein paar Professoren schafften mich da raus. »Wir haben ein Zimmer für Sie, Chinaski«, sagte einer von ihnen. »Im Studentinnen-Wohnheim.«

»Bei den Studentinnen?«

»Ganz recht. Ein hübsches Zimmer.«

Es stimmte. Im dritten Stock. Einer der Professoren hatte eine kleine Flasche Whisky dabei. Ein anderer gab mir einen Scheck für die Lesung und den Flug, und dann saßen wir herum und tranken Whisky und redeten. Irgendwann sackte ich weg. Als ich wieder zu mir kam, waren alle gegangen, und die Flasche war noch halb voll. Ich goß mir etwas ein und dachte: Hey, du bist Chinaski. Der legendäre Chinaski. Denk an dein Image. Du bist hier in einem Studentinnen-Wohnheim. Hunderte von Frauen um dich herum. Hunderte!

Ich hatte nichts als Unterhose und Strümpfe an. Damit ging ich raus auf den Flur, stellte mich vor die nächste Tür und klopfte.

»Hey, ich bin Henry Chinaski! Der unsterbliche Dichter! Macht auf! Ich will euch was zeigen! Sowas seht ihr nicht alle Tage!«

Ich hörte die Girls kichern.

»Also«, sagte ich, »wieviele seid ihr da drin? Zwei? Drei? Ganz egal. Ich nehm's auch mit dreien auf! Kein Problem! Hört ihr? Macht auf! Ich hab dieses riesige purpurrote Ding vor mir stehn! Paßt auf, ich klopf mal damit an die Tür! ...«

Ich machte eine Faust und pochte damit in Hüfthöhe an die Tür. Die Girls kicherten.

»So, ihr wollt also den großen Chinaski nicht reinlassen? Na, dann fickt euch doch ins Knie!«

Ich probierte es an der nächsten Tür.

»Hey, Girls! Hier ist der größte Dichter der letzten achtzehn Jahrhunderte! Macht die Tür auf! Ich werd euch was zeigen! Da bleibt euren Muschis die Luft weg!«

Nichts. Ich ging zur nächsten Tür.

Ich machte alle Türen auf diesem Stockwerk durch, dann ging ich eine Treppe tiefer und machte dort die Türen durch, und dann auch noch sämtliche Türen im 1. Stock. Kein Glück. Den Whisky hatte ich mitgenommen und zwischendurch um so manchen Schluck dezimiert. Jetzt wußte ich plötzlich nicht mehr, wo mein Zimmer war.

Ich wollte nur noch zurück auf mein Zimmer. Ich ging los und probierte sämtliche Türen noch einmal, ohne was zu sagen, und diesmal war mir peinlich bewußt, daß ich ja nur Socken und Unterhose anhatte. Wenn ich doch nur endlich dieses Zimmer wiederfinden würde! Ich sehnte mich nach einem Kissen für meinen müden Kopf.

Im dritten Stock hatte ich endlich Erfolg. Die Tür ging auf ... da war die Mappe mit meinen Gedichten ... da waren die leeren Trinkgläser, die vollen Aschenbecher ... meine Hose, das Hemd, die Schuhe, die Jacke. Es war ein erhebender Anblick. Ich machte die Tür hinter mir zu, setzte mich aufs Bett und trank den restlichen Whisky aus.

Als ich aufwachte, war es heller Tag, und ich befand mich in einem fremden Zimmer. Es war ein großes sauberes Zimmer mit zwei Betten, Vorhängen, TV und Bad. Schien ein Zimmer in einem Motel zu sein. Ich stand auf und öffnete die Tür. Draußen war nichts als Eis und Schnee zu sehen. Ich machte die Tür wieder zu und sah mich um. Nirgends lag ein Zettel mit einer Nachricht, nirgends ein Anhaltspunkt, eine Erklärung. Ich hatte keine Ahnung, wo ich war. Ich war entsetzlich verkatert und deprimiert. Ich hängte mich ans Telefon und rief Lydia in Los Angeles an.

»Baby, ich weiß nicht, wo ich bin!«

»Ich dachte, du bist nach Kansas City geflogen?«

»Bin ich auch. Aber jetzt weiß ich nicht mehr, wo ich bin, verstehst du? Ich mach die Tür auf und seh nichts als vereiste Straßen! Eis und Schnee! Kein Mensch in der Nähe, kein Zettel auf dem Tisch, nichts!«

»Wo bist du denn zuletzt gewesen?«

»Wenn ich mich recht erinnere, hatte ich zuletzt ein Zimmer in einem Wohnheim auf dem Campus.«

»Na, wahrscheinlich hast du dort die Sau abgegeben, und sie haben dich in ein Motel verfrachtet. Mach dir keine Sorgen. Wird schon jemand kommen, der dich abholt und ins Flugzeug setzt.«

»Menschenskind«, sagte ich, »hast du denn überhaupt kein Verständnis für meine Lage? Ich bin hier total von der Rolle!«

«Du hast bloß wieder die Sau abgegeben. Du gibst gewöhnlich immer die Sau ab.«

»Was heißt hier ›gewöhnlich immer‹? Wo gibt's denn sowas?«

»Du bist einfach ein unverbesserlicher Säufer, das ist alles. Stell dich unter die Dusche.«

Sie legte auf. Ich legte mich wieder ins Bett. Das Zimmer war nicht schlecht für ein Motel, aber es hatte keine Atmosphäre. Und ich will verdammt sein, dachte ich, wenn ich mich in so einer Situation ausgerechnet dusche. Sowas machen nur Typen vom Kiwanis Club. Ich überlegte, ob ich den Fernseher anstellen sollte, doch dann dachte ich: Nein, das machen auch nur Typen vom Kiwanis Club.

Nach einer Weile schlief ich wieder ein.

Ich wurde durch ein Klopfen an der Tür geweckt. Zwei junge aufgeweckte College Boys kamen herein, lächelten mich an und sagten, sie wollten mich zum Flughafen bringen.

Ich setzte mich auf den Bettrand und zog meine Schuhe an. »Haben wir noch Zeit für ein paar Drinks in der Airport-Bar, eh das Flugzeug startet?« fragte ich.

»Klar, Mr. Chinaski«, sagte der eine. »Soviel Sie wollen.«

»Okay«, sagte ich, »dann nichts wie raus hier.«

8

Ich flog zurück, stieg mit Lydia drei- oder viermal ins Bett, bekam Streit mit ihr, und eines Morgens, restlos verkatert, hob ich vom L. A. International Airport ab, um eine weitere Lesung zu geben, diesmal in Arkansas. Ich hatte Glück und fand im Flugzeug einen Platz in einer leeren Reihe. Der Flugkapitän stellte sich vor, und es hörte sich an, als sage er »Captain Winehead«. Als die Stewardeß vorbeikam, bestellte ich mir zwei Drinks.

Ich sah mich um und erkannte eine der Stewardessen. Sie wohnte in Long Beach, hatte einige meiner Bücher gelesen und mir einen Brief geschrieben – mit Foto und Telefonnummer. Ich hatte sie öfter in volltrunkenem Zustand angerufen und ihr erzählt, wie gut ich es ihr besorgen würde. Ich erkannte sie nach dem Foto wieder. Leider war ich nie dazu gekommen, es ihr so gut zu besorgen, und eines Nachts, als ich wieder mal einen in der Krone hatte, schrien wir uns am Telefon gegenseitig an, und damit war Schluß.

Sie stand ganz vorne und gab sich Mühe, mich nicht zu beachten, während ich ihren Hintern und ihre Waden und ihre Brüste anstarrte.

Es gab Lunch, dann sahen wir uns das Spiel der Woche an, und anschließend servierten sie einen Wein, der mir in der Kehle brannte. Ich bestellte mir zwei Bloody Marys.

Als wir in Arkansas gelandet waren, stieg ich in eine zweimotorige Propellermaschine um, und als sie die Motoren anwarfen, wellte sich die dünne Bespannung der Tragflächen und klatschte gegen die Rippen. Es wurden keine Instruktionen für das Verhalten bei Notlandungen gegeben. Wir stiegen auf, und die Stewardeß fragte, ob jemand einen Drink wollte. Wie es schien, hatten wir alle einen nötig. Sie wankte und eierte den Gang rauf und runter und servierte die Drinks. Dann sagte sie laut: »Trinken Sie schnell aus! Wir landen gleich!« Wir tranken aus und landeten. Nach sieben Minuten waren wir wieder in der Luft. Die Stewardeß fragte, ob jemand einen Drink brauche. Wir meldeten uns alle. Dann: »Trinken Sie schnell aus! Wir landen gleich!«

Wir landeten in dieser Kleinstadt in Arkansas, und Prof. Peter James und seine Frau Selma waren da, um mich abzuholen. Selma sah aus wie ein Starlet, hatte aber mehr Klasse und innere Qualitäten.

»Sie sehen prächtig aus«, sagte Pete.

»Ihre Frau auch.«
»Sie haben noch zwei Stunden bis zur Lesung.«
»Ich brauche dringend einige Wodka-Orange.«
»Machen wir Ihnen.«
Wir gingen raus zum Wagen und fuhren zu ihnen nach Hause. Das Haus lag an einem Hang und hatte ein Souterrain. Da unten war auch das Gästezimmer, in dem ich übernachten sollte. »Möchten Sie etwas essen?« fragte Pete. »Nein danke. Mir wird sonst nur übel.« Ich ließ mir ein Bier geben.
Pete war nicht nur Professor, sondern auch ein ganz guter Dichter. Er hatte ein Guggenheim-Stipendium bekommen, während ich bei den Leuten abgeblitzt war. Eine ganze Anzahl von Autoren hatte ein Guggenheim bekommen, doch Pete, fand ich, hatte wirklich eines verdient, auch wenn ich mich für den besseren Schreiber hielt.
Kurz vor der Lesung griff sich Pete hinter der Bühne einen Wasserkrug und füllte ihn mit Wodka und Orangensaft. »Der Laden hier gehört einer alten Dame«, sagte er. »Die würde sich in die Hose machen, wenn sie wüßte, daß Sie auf ihrer Bühne scharfe Sachen trinken. Sie ist ein nettes altes Mädchen, und für sie geht es in Gedichten immer noch um Sonnenuntergänge und flatternde Tauben.«
Ich ging raus und begann zu lesen. Volles Haus. Es gab nur noch Stehplätze. Das Glück blieb mir treu. Das Publikum war wie überall: mit den guten Gedichten wußten sie nichts anzufangen, und bei den schlechten lachten sie an den falschen Stellen. Aber ich las weiter und schenkte mir zwischendurch aus dem Wasserkrug nach.
»Was trinken Sie da?«
»Das«, sagte ich, »ist Orangensaft gemixt mit Lebenselixier.«
»Haben Sie Freundinnen?«
»Ich bin noch Jungfrau.«
»Warum sind Sie Schriftsteller geworden?«
»Nächste Frage bitte.«
Ich las ihnen noch ein paar, und dann erzählte ich ihnen, ich sei mit Captain Winehead geflogen und hätte mir das Spiel der Woche angesehen. Und wenn ich in guter

Verfassung sei, esse ich den ganzen Tag nur von ein und demselben Teller und spüle ihn anschließend immer gleich ab, aber das gelinge mir nur sehr selten. Dann las ich wieder ein paar Gedichte. Ich las, bis der Krug leer war, und dann sagte ich ihnen, es sei Schluß. Ich signierte einiges, und wir fuhren zurück zum Haus des Professors, wo eine Party stieg.

Ich betrank mich und führte meinen Indianertanz auf, meinen Bauchtanz und meinen Kaputten-Arsch-im-Wind-Tanz. Dann machte ich mich wieder über die Drinks her. Man kann schlecht gleichzeitig trinken und tanzen. Pete wußte das. Er hatte Sofas und Sessel in eine Reihe gerückt – auf der einen Seite die Trinker, auf der anderen die Tänzer. So konnte jeder seiner Neigung frönen, ohne daß er den anderen ins Gehege kam.

Pete kam zu mir her. Ich sah mir gerade die Frauen an. »Welche möchten Sie?« fragte er.

»Was? So einfach ist das?«

»Bei uns Südstaatlern läuft das unter Gastfreundschaft.«

Es gab eine, die mir aufgefallen war. Sie war älter als die anderen und hatte vorstehende Zähne, doch die Zähne standen so perfekt heraus, daß sich ihr Mund wie eine leidenschaftliche fleischfressende Blume ausstülpte. Ich wollte diesen Mund. Er sah aus wie die Pforte zum Nirwana. Sie trug einen kurzen Rock, und ihre Strumpfhose umspannte ansehnliche Beine, die sie abwechselnd übereinanderschlug, während sie an einem Drink nippte und lachte und immer wieder ihren Rock nach unten zog, der einfach nicht weiter runter wollte. Als der Mann neben ihr aufstand, ging ich hin und setzte mich zu ihr.

»Ich bin …«, fing ich an.

»Ich weiß, wer Sie sind. Ich war bei Ihrer Lesung.«

»Danke. Ich freß dir die Möse kahl. Ich mach dich wahnsinnig.«

»Was halten Sie von Allen Ginsberg?« fragte sie.

»Komm, bring mich hier nicht aus dem Konzept. Ich will deinen Mund. Deine Beine. Ich will dir meinen Finger in den Arsch stecken.«

»All right«, sagte sie.

»Dann bis gleich. Ich hab das Schlafzimmer im Keller.«

Ich stand auf und besorgte mir einen neuen Drink. Ein junger Mann, gut einsfünfundneunzig groß, kam auf mich zu. »Schau her, Chinaski, ich glaub dir kein Wort von diesem Scheiß. Von wegen, du lebst im Elendsviertel von Hollywood und kennst die ganzen Dope Dealer, Zuhälter, Nutten, Junkies, Pferdewetter, Säufer und was weiß ich ...«

»Stimmt aber größtenteils.«

»Bullshit«, sagte er und stelzte davon. Meine Kritiker wurden immer ruppiger.

Dann kam diese Blondine an, ungefähr 19, mit randloser Brille und einem Lächeln, das wie aufgemalt war. Es ging nie weg. »Ich will dich ficken«, sagte sie. »Es ist wegen deinem Gesicht.«

»Was ist denn mit meinem Gesicht?«

»Macht mich an«, sagte sie. »Ich will es dir ruinieren. Mit meiner Fotze.«

»Vielleicht läuft's aber genau andersrum.«

»Da wär ich mir an deiner Stelle nicht so sicher.«

»Hast recht. Fotzen sind nicht kleinzukriegen.«

Ich ging zurück zur Couch und beschäftigte mich mit den Beinen der Dame mit dem kurzen Rock und dem Blumenmund. Sie sagte, sie heiße Lillian.

Die Party ging zu Ende, und ich ging mit Lilly nach unten. Wir zogen uns aus und setzten uns mit Kissen im Rücken aufs Bett und tranken Wodka, den wir mit irgendeinem Mixgetränk streckten. Es gab ein Radio. Wir stellten es an. Lilly erzählte mir, sie habe jahrelang gearbeitet, damit ihr Mann sein Studium beenden konnte, und als er dann Professor wurde, habe er sich von ihr scheiden lassen.

»Mies«, sagte ich.

»Warst du mal verheiratet?«

»Ja.«

»Und?«

»Seelische Grausamkeit. So stand's jedenfalls in der Scheidungsklage.«

»Und hat das gestimmt?«

»Natürlich. Aber für beide Seiten.«

Ich küßte Lilly. Es war so gut, wie ich es mir ausgemalt

hatte. Der Blumenmund war offen. Wir klammerten, ich saugte an ihren Zähnen, wir schnappten nach Luft.

Ich knipste die Bettlampe aus. Ich küßte sie wieder, knetete ihre Brüste und einiges mehr, rutschte an ihr nach unten. Ich war betrunken, aber kauen konnte ich noch ganz gut. Nur als ich es dann auch noch auf die andere Art machen wollte, ging es nicht mehr. Ich ritt und ritt und ritt. Mein Schwanz blieb zwar steif, aber es kam mir einfach nicht. Ich rollte von ihr herunter und schlief.

Als ich am Morgen wach wurde, lag Lilly platt auf dem Rücken und schnarchte. Ich ging ins Badezimmer, pißte, putzte mir die Zähne, wusch mir das Gesicht. Dann kroch ich wieder ins Bett. Ich drehte sie zu mir herum und begann zu fummeln. Ich war immer sehr scharf, wenn ich verkatert aufwachte. Ficken war das beste Mittel gegen einen verkaterten Zustand. Es brachte sämtliche Teile wieder zum Ticken.

Ihr Atem war so schlecht, daß ich mir ihren Blumenmund diesmal verkneifen mußte. Ich stieg auf. Sie gab ein schwaches Stöhnen von sich. Es wurde sehr gut. Ich glaube nicht, daß ich mehr als elf Stöße brauchte, bis es mir kam. Ich rollte herunter, legte mich auf die Seite, und die Augen fielen mir wieder zu.

Ich hörte sie aufstehen und ins Bad gehen. Lillian. Als sie herauskam, war ich fast eingenickt. Ich wälzte mich herum und beschloß, noch drei Stunden zu schlafen.

Nach einer Viertelstunde stand sie auf und begann sich anzuziehen.

»Was ist denn?« fragte ich.

»Ich muß weg. Ich muß die Kinder in die Schule bringen.«

Lillian machte die Tür hinter sich zu und ging die Treppe hoch.

Ich goß mir einen Wodka in ein Glas, ging damit ins Badezimmer, mixte ihn mit Leitungswasser, sah mein Gesicht im Spiegel an, trank den Wodka herunter und würgte ihn sofort wieder aus.

Um zehn fühlte ich mich besser und ging nach oben, um es mit einem Frühstück zu versuchen. Selma sah gut aus. Was *mußte* man eigentlich tun, um eine Selma zu bekommen? Die Hunde bekamen nie eine Selma. Hunde bekamen ihresgleichen.

Pete kam herein, und Selma servierte das Frühstück, und Selma gehörte ihm. Die Selmas dieser Welt wußten, zu wem sie gehörten. Zu den hochgebildeten, glattpolierten Karrieremenschen. Bildung, mein Lieber, das war es. Bildung war der neue Gott, der neue Plantagenbesitzer. Blütenreines Weiß. Alle anderen waren Nigger oder Bastarde.

»Verdammt gutes Frühstück«, sagte ich zu den beiden. »Vielen Dank.«

»Wie war's mit Lilly?« fragte Pete.

»Hervorragend.«

»Sie wissen ja, Sie haben heute abend noch eine Lesung. Das College ist kleiner als hier. Und konservativer.«

»Aha.«

»Was werden Sie heute abend lesen?«

»Wahrscheinlich alten Kram.«

Wir tranken unseren Kaffee aus, gingen nach vorn ins Wohnzimmer und setzten uns. Das Telefon klingelte. Pete ging ran, sagte etwas, drehte sich zu mir um: »Ein Reporter von der Lokalzeitung möchte ein Interview mit Ihnen machen. Was soll ich ihm sagen?«

»Sagen sie ihm, er kann kommen, aber er soll zwei Sixpacks mitbringen.«

Pete gab die Antwort durch, dann ging er rüber zum Tisch und kam mit meinem letzten Buch und einem Kugelschreiber zurück. »Für Lilly«, sagte er. »Vielleicht schreiben Sie ihr etwas rein.«

Ich schlug das Buch auf und schrieb auf den Innentitel: »Liebe Lilly, du wirst immer ein Teil meines Lebens sein. Henry Chinaski.«

9

Lydia und ich hatten einen Streit nach dem anderen. Ich fand, daß sie zuviel flirtete, und das ärgerte mich. Wenn wir in einem Restaurant saßen, war ich mir jedesmal sicher, daß sie irgendeinem Mann in ihrem Blickfeld schöne Augen machte; und wenn meine Freunde zu Besuch kamen und Lydia da war, hatte ich immer den Eindruck, daß sie in ihre Unterhaltung mit ihnen zuviel Sex reinlegte und derart mit ihnen auf Tuchfühlung ging, daß es kompromittierend war. Was Lydia an mir nicht ausstehen konnte, war meine Trinkerei. Sie hatte eine große Schwäche für Sex, und meine Trinkerei kam dabei immer in die Quere. »Entweder bist du nachts zu besoffen, um es zu bringen, oder am nächsten Morgen ist dir zu schlecht«, pflegte sie zu sagen. Sie geriet schon in Wut, wenn ich in ihrer Gegenwart nur eine Flasche Bier trank. Wir verkrachten uns mindestens ein- oder zweimal die Woche – »Endgültig!« –, doch irgendwie fanden wir uns jedesmal wieder zusammen. Sie hatte die Skulptur von meinem Kopf inzwischen fertig und hatte sie mir geschenkt. Nach jedem Krach lud ich das Ding auf den Beifahrersitz meines Wagens, fuhr damit zu ihrer Wohnung und stellte es ihr vor die Tür. Auf dem Rückweg hielt ich an einer Telefonzelle, rief bei ihr an und sagte: »Dein gottverdammter Kopf steht draußen vor deiner Tür!« Dieser Kopf wanderte ständig zwischen uns hin und her ...

Wieder einmal hatten wir uns verkracht, und ich hatte den Kopf vor ihrer Tür abgeladen. Ich saß zu Hause und trank, in Freiheit. Ich hatte einen jungen Freund, Bobby – ein blonder, etwas lappriger Typ, der in einem Porno-Buchladen arbeitete und nebenbei fotografierte. Bobby hatte gerade Schwierigkeiten mit seiner Frau. Valerie hieß sie. Er hatte angerufen und wollte Valerie für eine Nacht bei mir unterbringen. Valerie war 22, eine wirkliche Schönheit: lange blonde Haare, irrsinnig blaue Augen, gute Kurven. Wie Lydia war auch sie schon in der Klapsmühle gewesen.

Es war so gegen 8 Uhr abends, als Bobby und Valerie vorfuhren. Valerie stieg aus, und Bobby fuhr sofort wieder weg. Sie war ein seltenes Exemplar. Bobby hatte mir erzählt, wie er sie das erste Mal mit nach Hause gebracht hatte. Seine Eltern machten ihr ein Kompliment wegen ihres schicken Kleids, und sie sagte: »Ah ja? Und was ist mit dem Rest von mir?« Dann zog sie sich das Kleid bis über die Hüften hoch. Und hatte darunter nichts an.

Valerie klopfte an die Tür, und ich ließ sie herein. Sie schien in ausgezeichneter Verfassung zu sein. Ich machte jedem von uns einen Scotch mit Wasser. Wir sprachen kein Wort. Wir tranken aus, und ich füllte nach. Als wir auch das intus hatten, sagte ich: »Komm, wir gehn in eine Kneipe.« Wir stiegen in meinen Wagen und fuhren zur »Glue Machine«, gleich um die Ecke. Dort war ich Anfang der Woche rausgeflogen, doch als ich jetzt mit ihr hineinkam, gab es keinen Widerspruch. Wir setzten uns nebeneinander an einen Tisch, und ich bestellte Drinks. Wir wechselten immer noch kein Wort. Ich sah ihr nur in diese irren blauen Augen. Ich küßte sie. Ihr Mund war kühl, und sie machte ihn auf. Ich gab ihr noch einen Kuß. Wir preßten unsere Schenkel aneinander. Bobby hatte eine nette Frau. Bobby war verrückt, daß er sie einfach so herumreichte.

Wir beschlossen, etwas zu essen, bestellten Steaks, und während wir darauf warteten, tranken wir noch einiges und küßten uns zwischendurch. »Oh, zwei Verliebte!« sagte die Kellnerin, und wir lachten. Als die Steaks kamen, sagte Valerie: »Ich will meins nicht essen.«

»Ich will meins auch nicht«, sagte ich. Ich hatte keinen Hunger. Aber ich mußte daran denken, wie ich einmal von einem gefüllten Schokoladenriegel pro Tag gelebt hatte und jede Woche vier Stories schrieb ...

Wir tranken noch eine Stunde, dann fuhren wir zurück zu mir. Ich parkte gerade auf dem verdorrten Rasen vor meinem Bungalow, als eine Frau um die Ecke kam. Es war Lydia. Sie hatte einen Briefumschlag in der Hand. Ich stieg aus, ging auf die andere Seite herum und half Valerie heraus. Lydia starrte uns an.

»Wer ist das?« fragte mich Valerie.

»Die Frau, die ich liebe«, sagte ich.

»Wer ist diese Schlampe?!« schrie Lydia. »Ich bring sie um!«

Valerie drehte sich um und rannte weg. Ihre hohen Absätze klapperten auf dem Pflaster.

»Komm rein«, sagte ich zu Lydia. Sie folgte mir hinein.

»Ich bin hergekommen, um dir diesen Brief zu bringen«, sagte sie, »und es sieht so aus, als wär ich gerade im rechten Moment gekommen. Wer war dieses Weib?«

»Es ist die Frau von Bobby. Wir sind bloß befreundet.«

»Du wolltest sie ficken, hab ich recht?!«

»Also komm. Ich hab ihr gesagt, ich liebe *dich*.«

»Du wolltest sie ficken, oder nicht?!«

»Komm schon, Baby, jetzt mach doch ...«

Plötzlich gab sie mir einen Stoß. Ich fiel nach hinten, über den Kaffeetisch, und landete der Länge nach vor der Couch. Die Tür knallte zu. Ich rappelte mich hoch und hörte, wie Lydia ihren Wagen anwarf und losbrauste.

Teufel nochmal, dachte ich. Eben hatte ich noch zwei Frauen, und jetzt hab ich gar keine mehr. Ich hätte Valerie doch ficken sollen.

10

Am nächsten Morgen klopfte es bei mir an die Tür, und zu meiner Überraschung war es April – die Dame, die Invalidenrente bezog und bei der Party den Speed Freak abgeschleppt hatte. Es war gerade 11 Uhr. April kam herein und setzte sich.

»Ich hab von deinen Büchern immer schon viel gehalten«, sagte sie.

Ich holte jedem von uns ein Bier aus dem Kühlschrank.

»Gott ist ein Haken am Himmel«, sagte sie jetzt.

»Nicht schlecht«, sagte ich. »Weiter so.«

An April war einiges dran, aber sie war nicht fett. Sie hatte breite Hüften, einen großen Hintern und strähniges Haar. Ihr kräftiges Format ließ vermuten, daß sie es notfalls mit einem Gorilla aufnehmen konnte. Daß sie einen leichten Dachschaden hatte, war mir gerade recht. Man mußte nicht damit rechnen, daß sie einen an der Nase herumführte. Sie hätte gar nicht gewußt, wie.

Sie schlug die Beine übereinander und ließ ein paar enorme Schenkel sehen. »Ich hab im Keller von dem Apartmenthaus, wo ich wohne, Tomaten gesät«, sagte sie.

»Ich nehm dir welche ab«, sagte ich, »falls sie was werden.«

»Ich hab nie 'n Führerschein gemacht«, sagte sie. »Meine Mutter lebt in New Jersey.«

»Meine ist tot«, sagte ich. Ich ging rüber und setzte mich neben sie auf die Couch. Ich nahm ihren Kopf in beide Hände und küßte sie. Während ich sie küßte, sah sie mir in die Augen, ohne ein einziges Mal zu blinzeln.

Ich ließ sie los. »Komm«, sagte ich, »wir ficken.«

»Ich hab eine Infektion«, sagte sie.

»Was ist es denn?«

»So 'ne Art Pilz. Nichts Ernstes.«

»Ansteckend?«

»Sowas wie 'n milchiger Ausfluß.«

»Ob es *ansteckend* ist, hab ich gefragt.«

»Ich glaub nicht.«

»Dann laß uns ficken.«

»Ich weiß aber nicht, ob ich ficken will.«

»Du wirst sehn, es macht Spaß. Komm, wir gehn ins Schlafzimmer.«

April stand auf und ging ins Schlafzimmer. Wir zogen unsere Sachen aus und krochen unter die Bettdecke. Ich machte an ihr herum, küßte sie dann und wann. Dann stieg ich auf. Es war sehr merkwürdig. Ihre Möse schien irgendwo eine Biegung zu machen. Ich wußte, daß ich drin war – jedenfalls fühlte es sich so an, als sei ich drin –, aber es ging immer um eine Biegung, nach *links.* Nun, ich pumpte, nahm den Schlenker nach links mit, und es war eigentlich recht erregend. Es kam mir, und ich rollte herunter.

Später fuhr ich sie dann nach Hause, und wir gingen zu ihr hoch. Wir unterhielten uns eine Weile, und als ich ging, prägte ich mir die Adresse und die Nummer des Apartments ein. Unten im Hausflur fielen mir die Briefkästen auf. Ich erkannte sie wieder. Hier hatte ich so manchen Brief reingesteckt, als ich noch bei der Post war. Ich ging raus zu meinem Wagen und fuhr weg.

11

Lydia hatte zwei Kinder; Tonto, einen Jungen von acht, und Lisa, die Fünfjährige, die uns gleich bei unserem ersten Fick dazwischengefunkt hatte. Ich war bei Lydia zum Abendessen, und wir saßen alle um den Tisch. Es lief im Augenblick ganz gut mit Lydia und mir, und ich kam fast jeden Abend zum Essen und blieb auch über Nacht. Die Kinder schliefen im Zimmer nebenan auf einem Wasserbett. Morgens gegen 11 fuhr ich zu mir nach Hause, sah in den Briefkasten und setzte mich an die Schreibmaschine.

Lydia hatte das kleine alte Häuschen von einem Japaner gemietet, der einmal Ringkämpfer gewesen war und sich jetzt als Grundstücksmakler betätigte. Er war, wie sie mir schon angedeutet hatte, eindeutig scharf auf sie. Aber das machte nichts. Es war ein nettes altes Häuschen.

»Tonto«, sagte ich, während wir aßen, »wenn du deine Mutter nachts schreien hörst, dann weißt du natürlich, daß sie nicht schreit, weil sie von mir geschlagen wird. Du weißt, wer da wirklich in Schwierigkeiten ist ...«

»Ja. Ich weiß.«

»Warum kommst du dann nicht rein und hilfst mir?«

»Nee«, sagte er. »Ich *kenn* sie.«

»Hör mal, Hank«, sagte Lydia, »hetz bloß nicht meine Kinder gegen mich auf.«

»Er ist der häßlichste Mann auf der *Welt*«, sagte Lisa.

Ich mochte Lisa. Aus ihr würde einmal ein wirklich aufreizendes Luder werden, knallhart und selbstbewußt.

Nach dem Essen gingen Lydia und ich ins Schlafzimmer und legten uns lang. Lydia hatte es auf Pickel und Mitesser abgesehen. Damit konnte ich dienen. Ich hatte schlechte Haut. Sie stellte die Bettlampe so, daß sie mir ins Gesicht schien, und fing an. Es gefiel mir. Es gab mir so ein prickelndes Gefühl, und machmal bekam ich sogar einen Steifen. Sehr intim. Lydia drückte da und dort und gab mir zwischendurch einen Kuß.

»Liebst du mich?«

»Yeh.«

»Ooooh, sieh dir den da an!«

Es war ein Mitesser mit einem langen gelben Schwanz.

»Niedlich«, sagte ich.

Lydia lag platt auf mir, stellte jetzt das Drücken ein und sah mich an. »Dich bring ich noch ins Grab, du fetter Rammler!«

Ich lachte. Sie küßte mich.

»Und ich bring dich wieder ins Irrenhaus«, sagte ich.

»Dreh dich um. Ich will mir deinen Rücken vornehmen.«

Ich drehte mich um. Sie drückte hinten an meinem Nakken herum. »Oooh, das ist ein guter .... hey, der ist richtig rausgespritzt! Wär mir fast ins Auge gegangen!«

»Solltest dir vielleicht eine Schutzbrille aufsetzen.«

»Weißt du, was? Wir machen einen kleinen *Henry*! Stell dir vor: ein kleiner Henry Chinaski!«

»Das hat noch ein bißchen Zeit.«

»Ich will aber *jetzt* ein Baby!«

»Laß uns damit noch warten.«

»Wir machen nichts als schlafen und essen und rumliegen und pimpern. Wie die Schnecken. Schneckenliebe nenn ich das.«

»Mir gefällt es so.«

»Anfangs hast du hier noch geschrieben. Du hast dich mit was beschäftigt. Du hast deine Tusche mitgebracht und gezeichnet. Jetzt machst du das alles bei dir zu Hause. Bei mir tust du nur noch essen und schlafen, und morgens stehst du auf und verschwindest. Es ist alles so langweilig geworden.«

»Ich hab's gern so.«

»Wir sind schon seit Monaten auf keiner Party mehr gewesen! Ich will Leute sehn! Ich langweile mich! Ich langweile mich so, daß ich bald verrückt werde! Ich will was unternehmen! Ich will *tanzen*! Ich will *leben*!«

»Ach Scheiße.«

»Du bist zu alt, das ist das Problem. Du willst nur noch rumsitzen und über alles und jeden herziehen. Du willst überhaupt nichts mehr machen. Nichts ist dir gut genug!«

Ich wälzte mich vom Bett herunter und begann, mich anzuziehen.

»Was machst du denn?« fragte sie.

»Ich verschwinde hier.«

»Da hast du's! Kaum geht's mal nicht nach deinem Kopf, schon machst du einen Satz und rennst aus der Tür! Du willst nie über was reden. Verschwindest einfach nach Hause, säufst dir einen an, und am nächsten Tag fühlst du dich so elend, daß du denkst, du stirbst. Und dann rufst du mich an!«

»Ich hau ab. Mir reicht's!«
»Und warum?«
»Ich will nicht irgendwo sein, wo man mich nicht will, wo man was gegen mich *hat.*«
Lydia schwieg eine Weile. Dann sagte sie: »Also gut. Komm und leg dich wieder hin. Wir machen das Licht aus und liegen einfach so beisammen und sind still.«
Ich zögerte. Dann sagte ich: »Na gut, meinetwegen.«
Ich zog mich wieder aus, kroch zu ihr unter die Decke, preßte meinen Schenkel an ihren. Wir lagen beide auf dem Rücken. Draußen hörte ich Grillen zirpen. Es war eine angenehme Gegend. Ein paar Minuten vergingen. Dann sagte Lydia: »Ich werde mal groß rauskommen.«
Ich gab keine Antwort. Wieder vergingen einige Minuten. Plötzlich sprang Lydia aus dem Bett. Sie reckte beide Arme in Richtung Zimmerdecke und sagte ziemlich laut: »Ich werde groß rauskommen! Ganz groß! Kein Mensch weiß, wie groß ich mal sein werde!«
»Is' gut«, sagte ich.
Darauf sie, in Zimmerlautstärke: »Du verstehst nicht. Ich werde es zu was Großem bringen. Ich hab mehr *Potential* als du!«
»Potential«, sagte ich, »bedeutet gar nichts. Es kommt drauf an, was man daraus macht. Fast jedes Baby in seiner Wiege hat mehr Potential als ich.«
»Aber ich *werde* es bringen! Ich werde ganz groß rauskommen!«
»Schon gut«, sagte ich. »Aber jetzt komm erst mal wieder ins Bett.«
Sie kam wieder ins Bett. Wir küßten uns nicht. Wir würden es nicht miteinander machen. Ich fühlte mich müde und ausgelaugt. Ich hörte mir die Grillen an. Ich weiß nicht, wieviel Zeit verging. Ich war fast eingeschlafen, als Lydia plötzlich hochfuhr. Sie saß kerzengerade im Bett. Und ließ einen Schrei los.
»Was ist denn?« fragte ich.
»Sei still.«
Ich wartete ab. Lydia saß regungslos da. Gut zehn Minuten lang. Dann sank sie zurück auf ihr Kissen.
»Ich habe Gott gesehen«, sagte sie. »Eben hab ich Gott gesehen.«

»Du Zicke«, sagte ich, »du machst mich noch wahnsinnig!«

Ich stand auf und begann, mich anzuziehen. Ich war wütend. Konnte meine Unterhose nicht finden. Zum Teufel damit, dachte ich. Ich zog an, was ich fand, dann setzte ich mich auf den Stuhl neben dem Bett und zog mir die Schuhe an die nackten Füße.

»Was machst du?« fragte Lydia.

Ich war zu wütend, um etwas zu sagen. Ich ging nach vorn ins Wohnzimmer. Dort lag meine Jacke über einer Sessellehne. Ich nahm sie im Vorbeigehen herunter und zog sie an. Lydia kam mir nachgerannt. Sie hatte sich einen Slip angezogen und ihr blaues Negligé übergeworfen. Sie war barfuß. Lydia hatte dicke Waden. Gewöhnlich trug sie Stiefel, um diesen Makel zu vertuschen.

»Du gehst *nicht*!« schrie sie mich an.

»Scheiße«, sagte ich. »Und ob ich gehe!«

Sie sprang mich an. Gewöhnlich griff sie mich nur an, wenn ich betrunken war. Jetzt war ich nüchtern. Ich wich zur Seite aus, sie landete auf dem Boden, rollte einmal herum und blieb auf dem Rücken liegen. Ich machte einen Schritt über sie hinweg, in Richtung Tür. Sie war außer sich vor Wut, sie fauchte, fletschte die Zähne. Wie eine Leopardin. Ich sah auf sie herunter. Solange sie am Boden war, fühlte ich mich sicher. Als ich die Türklinke in die Hand nahm, fauchte sie wieder, krallte ihre Fingernägel in den Ärmel meiner Jacke und riß daran. Sie riß mir den Ärmel glatt an der Schulter ab.

»Herrgottnochmal«, sagte ich, »sieh dir an, was du mit meiner neuen Jacke gemacht hast! Ich hab sie grade erst gekauft!«

Ich machte die Tür auf und sprang hinaus, mit meiner einarmigen Jacke.

Ich hatte gerade meinen Wagen aufgeschlossen, als ich ihre nackten Füße hinter mir auf dem Asphalt hörte. Ich sprang ins Auto und verriegelte die Tür, steckte den Zündschlüssel rein und drehte ihn um.

»Ich kill dieses Auto!« kreischte sie. *»Ich kill dieses Auto!«*

Sie trommelte mit beiden Fäusten aufs Dach, auf die Kühlerhaube, gegen die Windschutzscheibe. Ich rollte sehr langsam an, um sie nicht zu überfahren. Mein Mercury Comet, Bj. 62, war kürzlich auseinandergefallen, und ich hatte jetzt einen 67er VW, den ich mit Hingabe pflegte und polierte. Ich hatte sogar einen Handfeger im Handschuhfach. Während ich anrollte, schlug Lydia weiter mit den Fäusten aufs Blech. Dann blieb sie zurück, und ich machte den zweiten Gang rein. Im Rückspiegel sah ich sie allein und verlassen im Mondschein stehen, regungslos, in ihrem Slip und ihrem blauen Negligé. Ich spürte ein flaues Gefühl im Magen. Ich fühlte mich krank, nutzlos, traurig. Ich war in sie verliebt.

12

Ich fuhr zu mir nach Hause, stellte im Radio etwas Klassisches ein und begann zu trinken. Ich holte meine Coleman-Laterne aus der Besenkammer, knipste die Lichter aus und spielte an der Laterne herum. Mit einer Coleman-Laterne konnte man allerlei trickreiche Sachen anstellen. Man konnte sie ausdrehen und dann wieder andrehen und zusehen, wie der heiße Docht von selbst wieder anging. Ich betätigte auch ganz gern die Spritpumpe und machte wieder Druck drauf. Und im übrigen machte es ganz einfach Spaß, die Lampe brennen zu sehen. Ich saß also da und trank und sah die Lampe an, hörte mir die Musik aus dem Radio an und rauchte eine Zigarre dazu.

Das Telefon klingelte. Lydia war dran. »Was machst du?« wollte sie wissen.

»Sitz nur so rum.«

»Du sitzt rum und trinkst und hörst dir Symphonien an und spielst mit deiner gottverdammten Coleman-Laterne!«

»Stimmt.«

»Kommst du zu mir zurück?«

»Nein.«

»Na schön, dann trink eben. Trink, und kotz es wieder aus! Du weißt, daß dich das Zeug schon einmal fast das Leben gekostet hat! Erinnerst du dich noch an das Krankenhaus?«

»Das werd ich nie vergessen.«

»Also schön, dann trink! Trink und bring dich um! Mir scheißegal, wenn du draufgehst! Wirst schon sehn!«

Lydia legte auf, und ich tat dasselbe. Irgendwas sagte mir, daß sie sich um mein mögliches Ableben weniger Sorgen machte als um ihren nächsten Fick. Aber ich brauchte eine Pause. Ich mußte mich erst mal erholen. Lydia wollte es fünfmal pro Woche haben. Ich fand, daß dreimal genug war.

Ich stand auf, ging in die Frühstücksnische, wo meine Schreibmaschine stand, knipste das Licht an, setzte mich und tippte Lydia einen vier Seiten langen Brief.

Dann holte ich mir aus dem Badezimmer eine Rasierklinge, trank einen kräftigen Schluck und machte mir am Mittelfinger der rechten Hand einen Schnitt. Das Blut tropfte heraus. Ich unterschrieb den Brief mit meinem Blut, ging raus zu dem Briefkasten an der Ecke und warf den Brief ein.

Als ich durch die Tür kam, klingelte schon wieder das Telefon. Wieder Lydia.

»Ich geh aus«, schrie sie, »ich geh *tanzen*! Ich werd hier nicht rumhocken, während du dir einen ansäufst!«

»Du führst dich auf, als wär Trinken dasselbe wie Fremdgehen«, sagte ich.

»Ist es auch! Es ist sogar noch schlimmer!«

Sie legte auf.

Ich trank weiter. Ich hatte kein Bedürfnis nach Schlaf. Bald war es Mitternacht, dann ein Uhr, zwei Uhr. Die Coleman-Laterne brannte unverdrossen weiter.

Um halb vier ging wieder das Telefon. Lydia. »Bist du immer noch am Trinken?«

»Na klar!«

»Du elendes Miststück!«

»Um genau zu sein, ich pelle gerade das Zellophan von einer brandneuen Flasche Cutty Sark. Ein erhebender Anblick. Schade, daß du's nicht sehen kannst.«

Sie knallte den Hörer auf die Gabel. Ich mixte mir einen neuen Drink. Es kam gute Musik aus dem Radio. Ich lehnte mich zurück. Ich fühlte mich ausgesprochen wohl.

Irgendwann wurde die Tür aufgerissen. Lydia stürzte

herein und blieb keuchend stehen. Die Flasche stand auf dem Kaffeetisch. Lydia rannte hin und packte sie. Ich sprang auf und packte Lydia. Wenn ich betrunken war und Lydia einen ihrer Zustände hatte, waren wir beide ungefähr gleich stark. Sie hielt die Flasche auf Armeslänge von mir weg und versuchte, damit aus der Tür zu kommen. Ich hielt sie am Arm fest und versuchte, an die Flasche zu kommen.

»Dazu hast du kein Recht, du Nutte! Gib die verdammte Flasche wieder her!«

Im nächsten Augenblick balgten wir uns draußen auf der Veranda. Wir kamen an der obersten Stufe ins Stolpern und landeten auf dem Gehsteig. Die Flasche knallte auf den Zement und ging in Scherben. Lydia rappelte sich hoch und rannte weg. Ich hörte, wie ihr Wagen ansprang. Ich lag da und sah die zerbrochene Flasche an. Lydia fuhr davon. Die Flasche lag keine 30 cm von mir entfernt. Im Mondschein sah ich, daß im unteren Teil noch ein Schluck drin war. Ich griff mir den gezackten Flaschenboden und setzte ihn an. Ein länglicher Splitter löste sich und ging mir fast ins Auge.

Ich stand auf und ging wieder rein. Mein Durst war nicht zum Aushalten. Ich stolperte herum, hob sämtliche Bierflaschen auf und trank die Reste aus. Einmal erwischte ich einen Mundvoll Asche. Ich benutzte die Bierflaschen oft als Aschenbecher. Es war jetzt 4.14 Uhr. Ich saß da und starrte auf die Uhr. Ich kam mir wieder vor wie bei der Nachtschicht im Postamt. Die Zeit blieb stehen, und das Leben pulsierte dumpf und quälend vor sich hin. Ich wartete. Ich wartete. Ich wartete.

Schließlich war es sechs Uhr morgens. Ich machte mich auf den Weg zum Spirituosenladen. Ein Angestellter schloß gerade auf. Er ließ mich rein. Ich erstand eine Flasche Cutty Sark, ging damit nach Hause, schloß die Tür ab und rief Lydia an.

»Ich habe hier eine jungfräuliche Flasche Cutty Sark stehen und pelle jetzt von besagter Flasche das Zellophan ab und werde mir einen ausgiebigen gepflegten Drink genehmigen. Und der Spirituosenladen hat jetzt für die nächsten 20 Stunden geöffnet!«

Sie legte auf. Ich nahm einen Drink zur Brust, ging ins

Schlafzimmer, ließ mich mit Kleidern und allem aufs Bett fallen und schlief ein.

13

Etwa eine Woche später war ich wieder mit Lydia zusammen. Wir saßen in meinem VW und fuhren den Hollywood Boulevard entlang. Ein wöchentlich erscheinendes Unterhaltungsmagazin hatte mir vorgeschlagen, ich solle doch einmal zu Papier bringen, wie man als Schriftsteller in Los Angeles so lebt. Das hatte ich getan, und nun war ich auf dem Weg zu ihrem Büro, um ihnen das Ergebnis anzubieten. Wir parkten am Mosley Square. Um den Platz herum standen aufwendige Bungalows, die vorwiegend Büros von Plattenfirmen, Agenten und Promotern enthielten. Die Mieten waren hier sehr hoch.

Wir gingen in das Büro der Zeitschrift. Ein gepflegtes Girl saß hinter dem Schreibtisch – schön, vornehm und cool.

»Ich bin Chinaski«, sagte ich. »Und hier ist mein Artikel.«

»Ah, Mr. Chinaski. Ihre Bücher haben mich immer sehr beeindruckt.«

»Habt ihr hier auch was zu trinken?«

»Oh, sicher ... kleinen Augenblick ...«

Sie ging die Treppe zum Obergeschoß hinauf und kam mit einer Flasche Rotwein wieder zurück. Es war eine teure Flasche. Sie entkorkte sie und holte zwei Gläser aus einem Schrank. Wir setzten uns und nippten an unserem Wein. Für eine Nacht mit der hier würde ich manches geben, dachte ich. Aber es war nur ein Traum.

»Wir geben Ihnen bald Bescheid wegen des Artikels. Ich bin sicher, daß wir ihn nehmen werden ... Sie sind eigentlich ganz anders, als ich Sie mir vorgestellt habe.«

»Wieso?«

»Sie haben so eine sanfte Stimme. Sie scheinen ein ganz umgänglicher Mensch zu sein ...«

Das entlockte Lydia ein kurzes trockenes Lachen. Wir tranken aus und gingen.

Als wir zu meinem Auto kamen, hörte ich jemand rufen: »Hank!« Ich sah mich um. Auf einem der reservierten Parkplätze stand ein neuer Mercedes, und darin saß DeeDee Bronson. Ich ging zu ihr hin.

»Wie läuft's denn so, DeeDee?«

»Ganz gut. Ich hab bei Capitol Records aufgehört. Jetzt schmeiß ich den Laden da drüben.« Sie zeigte darauf. Es war eine Plattenfirma, ziemlich bekannt, mit Hauptsitz in London. DeeDee pflegte öfter mit ihrem Freund bei mir vorbeizukommen, als wir beide noch Kolumnen für die ›Los Angeles Free Press‹ schrieben.

»Mensch, du hast dich ja ganz schön gemausert«, sagte ich.

»Ja. Nur ...«

»Nur was?«

»Ich brauch dringend einen Mann. Einen guten.«

»Na, dann schreib mir deine Telefonnummer auf, und ich seh mich mal um, ob ich einen für dich finde.«

»In Ordnung.«

Sie schrieb ihre Telefonnummer auf einen Zettel, und ich steckte den Zettel in meine Brieftasche. Dann ging ich zurück zu Lydia, und wir stiegen in den Wagen. »Du wirst sie anrufen«, sagte Lydia. »Du kommst auf diese Nummer zurück, das weiß ich.«

Ich startete und fuhr zurück auf den Hollywood Boulevard, Richtung Osten.

»Du wirst was machen mit dieser Nummer. Ich weiß es ganz genau!«

»Hör mir doch auf mit diesem Scheiß!« sagte ich.

Es sah so aus, als würde es wieder ein schlimmer Abend werden.

14

Es wurde einer. Wir verkrachten uns. Anschließend saß ich bei mir zu Hause, aber ich hatte keine Lust, nur herumzusitzen und zu trinken. Auf der Rennbahn von Hollywood Park hatten die Trabrennen begonnen. Abendveranstaltungen, bei Flutlicht. Ich besorgte mir eine Flasche und fuhr hin. Ich war früh dran, und es blieb mir genug Zeit, um mir sämtliche Wetten des Abends auszutüfteln. Als das erste Rennen angesagt wurde, stellte ich zu meiner Überraschung fest, daß die Flasche schon halb leer war. Ich mixte mir das Zeug in heißen Kaffee, und es ging mir glatt runter.

In den ersten vier Rennen hatte ich drei Sieger, gewann anschließend noch eine Exacta-Wette und lag nach dem Ende des fünften Rennens mit $ 200 vorn. Nun ging ich in die Bar und trank dort weiter. Ich wettete nach der Anzeigetafel bzw. nach einem System, das ich mir dafür zurechtgelegt hatte, und an diesem Abend gaben sie mir »ein gutes Brett«, wie wir das in der Branche nennen. Lydia hätte sich in die Hosen gemacht, wenn sie gesehen hätte, wie ich hier absahnte. Sie haßte es, wenn ich beim Pferderennen gewann. Vor allem, wenn sie eine Wette nach der anderen verlor.

Ich tat mir weitere Drinks rein und hatte weitere Treffer. Am Ende des neunten Rennens war ich betrunken und hatte $ 950 gutgemacht. Ich steckte das Geld in meine Hosentasche und behielt die Hand dran. Dann ging ich langsam hinaus auf den Parkplatz, setzte mich ins Auto und wartete, bis das Gedränge nachließ.

Gleich hinter der Rennbahn gab es einen Supermarkt, auf dessen Parkplatz eine Telefonzelle stand. Ich fuhr hin und rief Lydia an.

»Paß auf«, sagte ich. »Paß gut auf, du Zicke: Ich bin zum Trabrennen gefahren und hab $ 950 gewonnen. Ich bin ein Gewinner! Ich werde immer ein Gewinner sein! Du hast mich nicht verdient, du Zicke! Ich hab von Anfang an gewußt, daß du dir nichts aus mir machst. Du hast mich nur an der Nase rumgeführt. Damit ist jetzt Schluß. Ich steig aus! Das Ding ist gelaufen! Ich brauch dich nicht, und deine gottverdammten Spielchen schon gar nicht! Hast du verstanden? Kapiert? Oder ist dein Schädel genauso dick wie deine Waden?«

»Hank ...«

»Ja?«

»Hier ist nicht Lydia. Hier ist Bonnie. Ich mach heute abend Babysitter für Lydia. Sie ist ausgegangen.«

Ich hängte ein und ging zurück zu meinem Wagen.

15

Am Morgen rief mich Lydia an. »Ich geh jedesmal tanzen, wenn du dich besäufst«, sagte sie. »Gestern abend war ich im Red Umbrella und hab Männer zum Tanzen aufgefordert. Ich finde, als Frau hat man ein Recht dazu.«

»Du bist eine Hure.«

»So? Na, ich weiß aber noch was Schlimmeres als eine Hure, und das ist ein Langweiler!«

»Und wenn's noch was Schlimmeres als einen Langweiler gibt, dann ist es eine langweilige Hure.«

»Wenn du meine Pussy nicht willst«, sagte sie, »dann geb ich sie eben einem anderen.«

»Das ist dein Bier.«

»Nach dem Tanzen bin ich raus zu Marvin gefahren. Ich wollte mir die Adresse von seiner Freundin besorgen. Francine. Du kennst sie ja. Du warst mal eine ganze Nacht bei ihr.«

»Schau her, ich hab sie nie gefickt. Ich war nach ihrer Party bloß zu betrunken, um noch nach Hause zu fahren. Wir haben nicht mal geknutscht. Sie hat mich auf ihrer Couch schlafen lassen, und am nächsten Morgen bin ich nach Hause gefahren.«

»Na jedenfalls, als ich dann bei Marvin reinkam, hab ich mir's anders überlegt und ihn doch nicht nach der Adresse von Francine gefragt.«

Marvins Eltern hatten Geld. Er hatte ein Haus unten am Meer. Er schrieb auch Gedichte. Sie waren besser als die der meisten anderen. Ich mochte Marvin.

»Na, ich hoffe, du hast dich gut mit ihm amüsiert«, sagte ich und legte auf.

Ich hatte kaum den Hörer auf der Gabel, als es schon wieder klingelte. Es war Marvin. »Hey, rat mal, wer gestern noch spät in der Nacht bei mir vorbeikam? Lydia. Sie klopfte ans Fenster und ich ließ sie rein. Sie machte mich spitz wie nur was.«

»Okay, Marvin. Das versteh ich. Ich mach dir keinen Vorwurf.«

»Du bist nicht sauer?«

»Nicht auf dich.«

»Na, dann is ja gut.«

Ich lud die Skulptur auf den Beifahrersitz, fuhr damit zu Lydia und stellte ihr das Ding vor die Tür. Ich läutete nicht bei ihr. Ich drehte mich um und wollte gerade zurück zum Wagen gehen, da kam sie heraus.

»Warum mußte ich nur an einen Blödmann wie dich geraten«, sagte sie.

Ich drehte mich um.

»Weil du nicht wählerisch bist. Für dich ist ein Mann wie der andere. Ich hab genug von deinem Scheiß.«

»Und ich hab genug von deinem!« schrie sie und knallte die Tür zu.

Ich ging zu meinem Wagen, stieg ein, ließ den Motor an. Ich machte den ersten Gang rein. Die Karre regte sich nicht vom Fleck. Ich versuchte es mit dem zweiten. Auch nichts. Ich vergewisserte mich, daß die Handbremse unten war. Sie war es. Noch einmal erster Gang. Nichts. Ich versuchte es mit dem Rückwärtsgang. Der Wagen fuhr rückwärts. Ich hielt und versuchte es wieder mit dem ersten. War nichts. Na schön, dachte ich, dann fahr ich eben im Rückwärtsgang nach Hause. Doch dann dachte ich an die Cops, die mich anhalten und fragen würden, was ich da machte. »Tja, also, ich hatte Krach mit meiner Freundin, und danach konnte ich nur noch im Rückwärtsgang fahren.« Hm, hm.

Meine Wut auf Lydia ließ ein wenig nach. Ich stieg aus und ging zurück an ihre Tür. Sie hatte den Kopf zu sich hinein genommen. Ich klopfte.

»Sag mal, bist du vielleicht 'ne Hexe oder sowas?« fragte ich, als sie aufmachte.

»Nee, ich bin eine Hure. Oder hast du das vergessen?«

»Schau her, du mußt mich nach Hause fahren. Mein Auto fährt nur noch rückwärts! Das gottverdammte Ding ist verhext!«

»Ist das dein Ernst?«

»Komm mit. Überzeug dich selber.«

Sie ging mit zu meinem Wagen. »Nie was mit dem Auto gehabt«, sagte ich. »Und auf einmal fährt es nur noch rückwärts.« Ich stieg ein. »Jetzt paß auf.«

Ich warf den Motor an und machte den ersten Gang rein. Ich ließ die Kupplung raus. Der Wagen schnalzte vorwärts. Zweiter Gang. Der Wagen rollte schneller.

Dritter Gang. Ging wie geschmiert. Ich wendete, fuhr zurück und hielt auf der anderen Straßenseite. Lydia kam herüber.

»Hör zu«, sagte ich, »du mußt es mir glauben. Es ist noch keine Minute her, da fuhr dieser Wagen nur noch rückwärts. Jetzt ist er plötzlich wieder in Ordnung. Glaub mir, ich mach dir nichts vor.«

»Ich glaub dir«, sagte sie. »Das war ein Zeichen vom Himmel. Ich glaube an solche Sachen.«

»Tja, irgendwas muß es zu bedeuten haben.«

»Hat es auch.«

Ich stieg aus, und wir gingen zurück zu ihr.

»Zieh das Hemd und die Schuhe aus«, sagte sie, »und leg dich aufs Bett. Ich will mich mal um deine Mitesser kümmern ...«

16

Der Japaner, der es vom Ringer zum Grundstücksmakler gebracht hatte, verkaufte das Häuschen, in dem Lydia wohnte, und nun mußte sie für sich und ihre zwei Kinder und einen Hund namens Bugbutt etwas Neues suchen. Das war in Los Angeles recht schwierig. Die meisten vermieteten nur an Erwachsene ohne Kinder. Ich fuhr mit ihnen in der ganzen Stadt herum, aber es fand sich nichts. Jetzt konnte sich Lydia nur noch auf ihr gutes Aussehen verlassen. Es mußte ein Vermieter her, der weibliche Reize zu schätzen wußte. Ich parkte also jedesmal außer Sichtweite und blieb im Wagen. Das nützte auch nichts. Wir fuhren zurück, und Lydia schrie aus dem Seitenfenster: »Hey, gibt's denn keinen in dieser Stadt, der einer Frau mit zwei Kindern und einem Hund was vermietet?!«

Dann wurde zufällig bei mir in der Bungalow-Anlage etwas frei. Ich sah die Leute ausziehen und ging sofort nach hinten zu Mrs. O'Keefe.

»Passen Sie auf«, sagte ich, »meine Freundin braucht dringend eine Wohnung. Sie hat zwei Kinder und einen Hund, aber die betragen sich alle sehr gut. Seien Sie so nett und vermieten Sie ihr die Bude.«

»Ich hab mir diese Frau mal angesehen«, sagte Mrs. O'Keefe. »Ist Ihnen noch nie aufgefallen, was für *Augen* die hat? Sie spinnt.«

»Ich weiß, daß sie spinnt. Aber ich hänge an ihr. Sie hat auch ein paar gute Eigenschaften. Wirklich.«

»Sie ist viel zu jung für Sie. Was wollen Sie mit so einer jungen Frau!«

Ich lachte.

Mr. O'Keefe kam jetzt dazu. Er sah durch das Fliegengitter der Küchentür zu mir heraus. »Er ist verknallt, das ist alles. Er ist ganz einfach verknallt.«

»Also, was ist?« fragte ich.

»Na gut«, sagte Mrs. O'Keefe. »Sie kann einziehen.«

Lydia mietete einen Pritschenwagen, und ich half ihr beim Umzug. Es handelte sich vorwiegend um Kleider, plus all die Köpfe, die sie modelliert hatte. Und eine große Waschmaschine.

»Ich mag diese Mrs. O'Keefe nicht«, sagte Lydia. »Ihr Mann kommt mir ganz passabel vor, aber gegen sie hab ich was.«

»Sie ist ein netter katholischer Mensch«, sagte ich. »Außerdem brauchst du eine Wohnung.«

»Ich will nicht, daß du mit diesen Leuten trinkst. Die ruinieren dich.«

»Ich zahle nur $ 85 Miete im Monat. Sie behandeln mich wie ihren Sohn. Da muß ich schon ab und zu mal ein Bier mit ihnen trinken.«

»Von wegen *Sohn*! Du bist fast so alt wie die!«

Etwa drei Wochen ging alles gut. Dann kam ein Samstag, an dem ich spät am Vormittag verkatert aufstand, ein Bad nahm, mich anzog und ein Bier trank. Am Abend zuvor hatte es mit Lydia Ärger gegeben.

Ich konnte Wochenenden nicht leiden. Die Straßen waren voll von Leuten, sie fuhren zum Supermarkt, zum Park oder an den Strand, sie mähten ihren Rasen, spielten Tischtennis, polierten ihre Autos oder sonst etwas. Überall Menschenmassen. Natürlich auch auf der Rennbahn von Hollywood Park. Ich beschloß, trotzdem hinzufahren. Wenigstens würde ich so den Samstag hinter mich bringen. Ich aß ein hartgekochtes Ei, trank noch ein Bier, ging nach draußen und schloß die Tür hinter mir ab.

Lydia rannte vor ihrem Bungalow herum und spielte mit dem Hund.

»Hi«, sagte sie.

»Hi«, sagte ich. »Ich fahr raus zur Rennbahn.«

Sie kam zu mir her. »Hör mal, du weißt, was diese Rennbahn mit dir macht ...«

Sie wollte damit sagen, daß es mich zu müde machte, um anschließend im Bett noch was zu taugen.

»Du warst gestern abend wieder stockvoll«, sagte sie jetzt. »Du hast dich unmöglich aufgeführt. Du hast Lisa einen Schrecken eingejagt. Ich mußte dich rausschmeißen.«

»Ich fahr zur Rennbahn.«

»Na schön, dann fahr doch hin! Aber glaub ja nicht, daß ich noch hier bin, wenn du zurückkommst!«

Ich stieg in meinen Wagen, der wie immer auf dem Rasen stand, kurbelte die Fenster herunter und ließ den Motor an. Ich winkte Lydia zu, holperte über den Gehsteig und den Bordstein auf die Straße und fuhr weg. Es war ein angenehmer Sommertag. Ich hatte mir ein neues Wettsystem zurechtgelegt. Jedes neue System brachte mich dem Reichtum näher. Es war nur noch eine Frage der Zeit.

Ich verlor 40 Dollar und fuhr wieder nach Hause. Als ich aus dem Wagen stieg, kam mir Mrs. O'Keefe entgegen. »Sie ist fort!«

»Was?«

»Ihre Freundin. Sie ist ausgezogen.«

Ich gab keine Antwort.

»Sie hat sich einen Lieferwagen gemietet und ihre ganzen Sachen reingeladen. Sie war wütend. Und Sie kennen doch diese Waschmaschine, nicht?«

»Ja.«

»Na, das ist ein schwerer Brocken. Ich könnte das Ding nicht heben. Sie hat sich nicht mal von dem Jungen helfen lassen. Sie hat die Maschine hochgehoben und in den Lieferwagen reingewuchtet. Dann hat sie die Kinder und den Hund reingesetzt und ist davongefahren. Dabei hatte sie noch für eine ganze Woche die Miete bezahlt.«

»All right, Mrs. O'Keefe. Danke.«

»Kommen Sie heute abend und trinken was mit uns?«

»Ich weiß nicht.«

»Versuchen Sie's.«

Ich schloß meine Tür auf und ging rein. Ich hatte Lydia einen Ventilator geliehen. Der saß jetzt auf einem Stuhl vor der Besenkammer. Ein Zettel lag dabei, und daneben lag ein alter Slip von ihr, ein blauer. Auf dem Zettel stand, in einer wütenden Krakelschrift:

»Bastard! Da hast du deinen Ventilator
wieder! Ich bin fort! Und zwar für immer! Du Dreckstück! Da hast du einen
alten Slip! Da kannst du reinwichsen
wenn du Heimweh nach mir kriegst! Lydia.«

Ich ging an den Kühlschrank und holte mir ein Bier. Ich trank es aus, dann ging ich rüber zu dem Ventilator und nahm den Slip in die Hand. Ich stand da und fragte mich, ob es damit gehen würde. Dann sagte ich »Shit!« und warf ihn auf den Boden.

Ich ging zum Telefon und rief DeeDee Bronson an. Sie war zu Hause. »Hallo?« sagte sie.

»DeeDee«, sagte ich, »hier ist Hank ...«

17

DeeDee hatte ein Haus in den Hollywood Hills. Sie teilte es sich mit ihrer Freundin Bianca, die ebenfalls leitende Angestellte war. Bianca wohnte oben, und DeeDee hatte das Erdgeschoß. Ich drückte auf die Klingel. Es war abends gegen halb neun. DeeDee kam an die Tür.

Sie war ungefähr Vierzig, hatte kurzes schwarzes Haar, war Jüdin, hip und ein bißchen ausgeflippt. Ihr Maßstab für alles war New York. Sie kannte Gott und die Welt – die richtigen Verleger, die besten Dichter und Comic-Zeichner, die richtigen Revolutionäre. Sie rauchte ständig Pot und tat so, als sei die Zeit für sie stehengeblieben in den frühen sechziger Jahren, als es noch die Love-Ins gab und sie noch nicht so arriviert war, dafür aber wesentlich besser aussah.

Eine lange Serie von unglücklichen Liebesaffären hatte ihr ziemlich zugesetzt. Jetzt stand ich vor ihrer Tür. Sie hatte sich eigentlich ganz gut gehalten. Sie war klein, aber schlank und gut gebaut, und manches junge Mädchen hätte sie um ihre Figur beneidet.

Wir gingen rein. »Lydia hat dich also verlassen, wie?« fragte sie.

»Sie ist aus der Stadt verschwunden. Ich nehme an, sie ist nach Utah gefahren. In Muleshead machen sie jedes Jahr am 4. Juli einen großen Tanz. Den läßt sie sich nie entgehen.«

Ich setzte mich in die Frühstücksnische, während DeeDee eine Flasche Rotwein öffnete. »Fehlt sie dir?«

»Gott, ja. Mir ist zum Heulen. Es geht mir schwer an die Nieren. Ich fürchte, ich komm nicht drüber weg.«

»Du wirst es schon überstehen. Wir werden uns um dich kümmern. Wir bringen dich schon durch.«

»Du weißt, wie man sich da fühlt, hm?«

»Klar. Ich hab das mehr als einmal durchgemacht.«

»Das Luder hat sich von Anfang an nichts aus mir gemacht.«

»Doch, hat sie. Und sie tut es auch jetzt noch.«

Ich sagte mir, daß es für mich besser war, hier bei DeeDee in ihrem großen Haus in den Hollywood Hills zu sein, als zu Hause in meinem Bungalow zu sitzen und zu grübeln. »Sieht so aus, als würde ich's mit den Ladies einfach nicht bringen«, sagte ich.

»Du bringst es gut genug mit den Ladies«, meinte DeeDee. »Außerdem bist du auch noch ein verdammt guter Schreiber.«

»Mir wär's lieber, ich würde es besser mit den Ladies verstehen.«

DeeDee zündete sich gerade eine Zigarette an. Ich wartete, bis sie fertig war, dann beugte ich mich über den Tisch und gab ihr einen Kuß. »Es tut gut, bei dir zu sein«, sagte ich. »Lydia hat immer nur Streit gesucht.«

»Das muß es nicht immer gewesen sein. Auch wenn es für dich so ausgesehen hat.«

»Aber auf die Dauer kann es ziemlich unangenehm werden.«

»Weiß Gott, das kann es.«

»Hast du schon einen Neuen?«

»Noch nicht.«

»Du hast es schön hier. Wie schaffst du es nur, diese große Wohnung immer so sauber zu halten?«

»Wir haben ein Dienstmädchen.«

»Ach ja?«

»Sie wird dir bestimmt gefallen. Eine schwarze Dicke. Sobald ich morgens aus dem Haus bin, stürzt sie sich in die Arbeit, damit sie es schnell hinter sich hat. Dann stellt sie den Fernseher an, legt sich ins Bett und knabbert Kekse. Mein Bett ist jeden Abend voll von Krümeln. Wenn ich morgen früh weggehe, werd ich ihr sagen, sie soll dir ein Frühstück machen.«

»All right.«

»Nein, warte mal, morgen ist ja Sonntag. Wir werden zum Frühstück ausgehen. Ich kenne ein gutes Lokal. Wird dir gefallen.«

»All right.«

»Weißt du, ich glaube, ich war schon immer verliebt in dich.«

»Was?«

»Ja. Seit Jahren. Weißt du, als ich noch bei dir vorbeikam, erst mit Bernie und später mit Jack, da hab ich dich immer gewollt. Aber du hast es nie gemerkt. Du hast entweder an einer Bierdose gelutscht oder du warst in Gedanken woanders.«

»Ich war kirre, nehm ich an. Kirre vom Postamt. Tut mir leid, daß ich nie auf dich eingegangen bin.«

»Dafür kannst du ja jetzt auf mich eingehen ...«

DeeDee schenkte jedem von uns noch ein Glas ein. Es war guter Wein. Ich mochte sie. Es war gut, eine Zuflucht zu haben, wenn es einem schlecht ging. Ich dachte an die frühen Zeiten, als es nirgends eine Zuflucht für mich gab, wenn es mir schlecht ging. Vielleicht war das gut für mich gewesen. Damals. Ob es auch jetzt gut für mich wäre, interessierte mich nicht. Jetzt beschäftigte mich nur der Gedanke, daß ich mich mies fühlte und aus diesem Zustand dringend herausmußte. Zum Abhärten hatte ich schon genug durchgemacht.

»Ich will dich nicht ausnützen, DeeDee«, sagte ich. »Ich bin nicht immer gut zu Frauen.«

»Ich hab dir doch gesagt, daß ich dich liebe.«

»Laß es sein, DeeDee. Tu's nicht.«

»Na schön, dann sagen wir eben, ich liebe dich *beinahe*. Hilft dir das weiter?«

»Nicht viel, aber es geht.«

Wir tranken unseren Wein aus und gingen zu Bett.

18

Am Morgen fuhr DeeDee mit mir zum Frühstück an den Sunset Strip. Ihr schwarzer Mercedes glitzerte in der Sonne. Wir fuhren vorbei an den Reklamewänden, den Nachtklubs, den teuren Restaurants. Ich hockte zusammengesunken auf dem Beifahrersitz, rauchte eine Zigarette, hustete vor mich hin. Naja, dachte ich, ich bin schon schlimmer dran gewesen. Ich dachte an eine Winternacht in Atlanta, als ich blaugefroren durch die Straßen irrte, kein Geld, keinen Platz zum Schlafen, und dann sah ich eine Kirche und ging hoffnungsvoll die Stufen hinauf, weil ich dachte, da drin würde es warm sein. Die Kirchentür war abgeschlossen. Ein andermal hatte ich in El Paso auf einer Parkbank übernachtet, und am Morgen wurde ich unsanft geweckt von einem Polizisten, der mit seinem Knüppel auf meine Schuhsohlen patschte. Aber es half nichts, ich mußte immer wieder an Lydia denken. Wir hatten auch viele schöne Stunden miteinander verbracht, und die Erinnerung daran fraß sich wie eine Ratte durch meine Eingeweide.

DeeDee parkte vor einem mondänen Lokal. Es gab eine Sonnenterrasse mit Tischen und Stühlen. Überall saßen Leute und aßen, unterhielten sich, tranken Kaffee. Wir kamen an einem Schwarzen in Jeans und Stiefeln vorbei. Er hatte eine schwere silberne Kette um den Hals, und vor ihm auf dem Tisch lagen sein Sturzhelm, seine Rennfahrerbrille und ein Paar schwarzlederne Motorradhandschuhe. Er hatte eine dürre Blondine dabei, die in einem bonbonfarbenen Hosenanzug steckte und an ihrem kleinen Finger lutschte.

Die Terrasse war bis auf den letzten Platz besetzt. Alle

waren jung, blankgeschrubbt und vornehm. Niemand starrte uns an. Man sah flüchtig zu uns her, ohne die Unterhaltung zu unterbrechen. Wir gingen nach innen, und ein blasser schmächtiger Junge besorgte uns einen Tisch. Er trug eine goldschillernde Bluse, und über seinem flachen Hintern spannte sich eine Hose aus Silberlamé mit einem 20 cm breiten beschlagenen Gürtel. Er hatte sich beide Ohrläppchen durchstochen und trug an jedem einen winzigen blauen Ring. Sein bleistiftdünner Schnurrbart war purpurrot gefärbt.

»DeeDee«, sagte er. »Was ist angesagt?«

»Frühstück, Donny.«

»Ein Drink, Donny«, sagte ich.

»Er braucht was Besonderes, Donny. Bring ihm einen Golden Flower. Einen doppelten.«

Wir suchten uns was zum Frühstück aus, und DeeDee sagte: »Es wird eine Weile dauern. Sie machen hier alles frisch.«

»Tu dich nicht zu sehr verausgaben, DeeDee.«

»Laß nur«, sagte sie. »Das geht alles auf Spesen.«

Dann nahm sie ein kleines schwarzes Notizbuch heraus. »Mal sehn, wen ich heute zum Frühstück habe ... also ... was wollen wir der Firma auf die Rechnung schreiben? Elton John?«

»Ist der nicht grade in Afrika?«

»Da weißt du mehr als ich. Na schön, wie wär's dann mit Cat Stevens?«

»Wer ist denn das?«

»Den *kennst* du nicht?«

»Nein.«

»Na, den hab ich doch *entdeckt*! Also. Du bist heute Cat Stevens.«

Donny brachte meinen Drink und fing mit DeeDee eine Unterhaltung an. Sie schienen nur von Leuten zu reden, die mir unbekannt waren. Ich war schwer für etwas zu begeistern. Ich war zu gleichgültig. Ich machte mir nichts aus New York. Ich machte mir nichts aus Hollywood. Ich machte mir nichts aus Rockmusik. Ich interessierte mich für gar nichts. Vielleicht aus Angst. Das war es wohl – ich hatte Angst davor. Ich wollte am liebsten nur in einem Zimmer mit geschlossenen Jalousien sitzen. Das machte mich fett. Ich war ein Sonderling. Ich war ein Spinner. Und Lydia war fort.

Inzwischen hatte ich mein Glas leer, und DeeDee bestellte mir das gleiche nochmal. Ich kam mir vor wie ein Mann, der sich aushalten läßt. Es war ein schönes Gefühl. Und es half gegen meine Niedergeschlagenheit. Es gibt nichts Schlimmeres als pleite zu sein und von einer Frau verlassen zu werden. Nichts zu trinken, kein Job, nur die vier Wände, und man sitzt da und starrt die Wände an und grübelt. So rächten sich die Frauen an einem, doch es schmerzte und schwächte auch sie. Jedenfalls bildete ich mir's ein.

Das Frühstück schmeckte gut. Eier, garniert mit verschiedenen Früchten. Ananas, Pfirsiche, Birnen. Gemahlene Nüsse. Gewürze. Es war ein gutes Katerfrühstück. Wir aßen es auf, und DeeDee bestellte mir einen weiteren Drink. Ich mußte immer noch an Lydia denken, doch DeeDee war angenehme Gesellschaft. Was sie sagte, war geradeheraus, und es war unterhaltsam. Sie brachte mich sogar zum Lachen, und das hatte ich auch sehr nötig. Das Lachen saß da unten in mir drin und wartete darauf, herausplatzen zu können – HAHA HAHAHA oh mein Gott oh mein HAHAHAHA. Es tat unendlich gut, als es passierte.

DeeDee kannte sich mit dem Leben aus. Sie wußte, daß den meisten von uns das gleiche zustößt. Jeder meint, er sei eine Ausnahme, doch im Grunde unterscheidet sich sein Leben gar nicht so sehr von dem der anderen. Schmerz ist etwas Eigenartiges. Eine Katze, die einen Vogel tötet. Ein Verkehrsunfall. Ein Brand. Plötzlich ist er da, der Schmerz, und sitzt auf einem. Eine Realität. Und auf die anderen wirkt man plötzlich wie ein Idiot. Da kommt man nur wieder heraus, wenn man einen kennt, der weiß, wie man sich fühlt. Und der es versteht, einem zu helfen.

Wir gingen zurück zum Wagen. »Ich weiß genau das Richtige, um dich aufzumuntern«, sagte DeeDee. Ich schwieg. Ich ließ alles mit mir geschehen, wie ein Krüppel, der sich durch die Gegend schieben läßt.

Unterwegs bat ich DeeDee, an einer Bar zu halten. Es war eine von ihren. Der Barkeeper kannte sie.

»Hier«, sagte sie, als wir hineingingen, »kommen meistens Drehbuchautoren her. Und Schauspieler von den kleinen Theatern.«

Sie waren mir sofort unsympathisch, wie sie da saßen und sich clever und überlegen gaben. Ihre Individualität hatten sie längst an der Garderobe abgegeben. Für einen Schreiber ist es ungesund, einen anderen Schreiber zu kennen. Und noch ungesünder ist es, wenn er mehrere kennt. Wie Fliegen auf demselben Scheißhaufen.

»Setzen wir uns an einen Tisch«, sagte ich. Da war ich nun, ein Schriftsteller mit $ 65 in der Woche, in Gesellschaft von Kollegen, die $ 1000 pro Woche kassierten. Lydia, dachte ich, ich bin auf dem besten Weg. Es wird dir noch leid tun. Eines Tages werde ich in mondäne Lokale gehn, und man wird mich erkennen. Sie werden einen Tisch für mich reserviert haben, ganz hinten, neben dem Durchgang zur Küche ...

Unsere Drinks wurden serviert. DeeDee sah mich an und sagte: »Du hast wirklich den Bogen raus, wie man Möse schleckt. So gut hat mir's noch keiner gemacht.«

»Das hat mir Lydia beigebracht. Und ich hab mir dazu noch ein paar eigene Schlenker einfallen lassen.«

Ein dunkelhaariger Junge sprang jetzt von seinem Tisch auf und kam zu uns herüber. DeeDee machte uns miteinander bekannt. Der Junge kam aus New York, schrieb für die ›Village Voice‹ und einige Untergrundzeitungen. DeeDee und der Boy tauschten Neuigkeiten aus und ließen einige bekannte Namen fallen. Dann fragte er sie: »Was macht denn dein Mann so?«

»Ich hab 'n Stall Boxer«, sagte ich. »Vier gute Mexikaner. Und einen Schwarzen. Ein richtiger Tänzer. Wieviel wiegst du?«

»158. Waren Sie selbst mal Boxer? Ihr Gesicht sieht so aus, als hätten sie einiges eingesteckt.«

»Hab ich auch. Wir können dich bei 135 reinkriegen. Leichtgewicht. Da brauch ich einen Rechtsausleger.«

»Woher haben Sie gewußt, daß ich Rechtsausleger bin?«

»Weil du deine Zigarette in der linken Hand hältst. Komm runter in die Trainingshalle an der Main Street. Montag früh. Dann fangen wir mit deinem Training an.

Aber geraucht wird nicht. Mach diesen Glimmstengel da aus!«

»Hören Sie, Mann, ich bin Journalist. Ich mach's mit der Schreibmaschine. Haben Sie noch nie was von mir gelesen?«

»Ich lese nur die Boulevardblätter. Morde, Vergewaltigungen, Boxresultate, Betrügereien, Flugzeugabstürze und Ann Landers.«

»DeeDee«, sagte er, »ich hab in einer halben Stunde ein Interview mit Rod Stewart zu machen. Ich muß los.« Er ging.

DeeDee bestellt zwei weitere Drinks. »Warum mußt du zu den Leuten immer so eklig sein?«

»Aus Angst«, sagte ich.

Dann fuhren wir wieder los, und schließlich bog DeeDee in den Friedhof von Hollywood ein. »Da wären wir«, sagte sie.

»Hübsch«, sagte ich. »Sehr hübsch. Den Tod hatte ich ganz vergessen.«

Wir kurvten herum. Die meisten Gräber waren über der Erde. Sie sahen aus wie kleine Häuser, mit Säulen und Treppen davor. Und jedes hatte eine verschlossene Eisentür. DeeDee parkte, und wir stiegen aus. Sie ging zu einem Grabmal hin und probierte die Tür. Ich sah mir ihren schlingernden Hintern an, während sie an der Tür des Toten rüttelte. Ich fragte mich, was wohl Nietzsche in so einem Augenblick gedacht hätte.

Wir stiegen wieder in den Mercedes, fuhren ein Stück und parkten vor einer der größeren Anlagen. Hier steckten sie alle in der Mauer, in mehreren Reihen übereinander. Bei manchen stand eine kleine Vase mit verwelkten Blumen vorne in der Nische. Doch die Mehrzahl bekam keine Blumen. Es gab auch Nischen für Ehepaare. Bei manchen war die eine Hälfte noch leer. Und da war es jedesmal der Ehemann, den es als ersten erwischt hatte.

DeeDee nahm mich an der Hand und zog mich um die nächste Ecke. Da war er, in der untersten Reihe: Rudolph Valentino, gest. 1926. Der war nicht alt geworden. Ich nahm mir vor, achtzig zu werden. Stell dir vor, dachte ich, du fickst mit 80 noch eine 18jährige. Wenn man dem Tod noch schnell eins auswischen kann, dann so.

DeeDee klemmte sich eine der Blumenvasen und verstaute sie in ihrer Handtasche. Wir gingen da weg, und DeeDee sagte: »Ich will mich noch bei Tyrone Power auf die Bank setzen. Er war mein Lieblingsschauspieler. Ich war in ihn verknallt.«

Wir gingen also zu Tyrone und setzten uns neben seinem Grab auf die Bank. Dann mußten wir auch noch das Grabmal von Douglas Fairbanks Senior abklappern. Der hatte ein Prachtexemplar. Sogar einen eigenen Teich davor. Der Teich war voll von Wasserlilien und Kaulquappen. Wir stiegen einige Stufen hinauf, und hinten im Grabmal gab es eine Steinbank. Wir setzten uns darauf. Die eine Wand des Grabmals hatte unten einen Riß. Kleine rote Ameisen wuselten hinein und heraus. Ich sah mir eine Weile die Ameisen an, dann legte ich DeeDee meinen Arm um die Schulter und gab ihr einen langen Kuß. Wir beide würden gute Freunde werden.

19

DeeDee mußte zum Flughafen und ihren Sohn abholen, der aus England herüberkam, um die Sommerferien bei ihr zu verbringen. Er sei 17, erzählte sie mir, und sein Vater sei Konzertpianist gewesen, habe sich aber mit Speed und Kokain ruiniert. Dann habe er sich bei einem Unfall auch noch die Finger verbrannt, so daß er nicht mehr Klavier spielen konnte. Sie waren schon längere Zeit geschieden.

Der Sohn hieß Renny. DeeDee hatte einige Male mit ihm telefoniert und ihm von mir erzählt. Wir erreichten den Flughafen, als Renny gerade durch die Zollabfertigung kam. Mutter und Sohn umarmten sich. Er war groß, dürr und recht blaß. Eine Haarlocke hing ihm über das eine Auge. Wir gaben uns die Hand.

Ich ging los, um das Gepäck zu holen, während DeeDee und Renny palaverten. Er redete sie mit »Mammi« an.

Dann waren wir draußen am Wagen. Renny kletterte auf den Rücksitz und sagte: »Mammi, hast du an mein Rennrad gedacht?«

»Ich hab es bestellt. Wir holen es morgen ab.«

»Ist es auch ein gutes Rad, Mammi? Ich will eins mit Zehngangschaltung, und es muß eine Handbremse haben und Pedale, wo man die Füße anschnallen kann.«

»Es ist ein gutes Rad, Renny.«

»Bist du auch sicher, daß es schon da ist?«

Wir fuhren zu DeeDee nach Hause. Ich blieb über Nacht. Renny hatte sein eigenes Schlafzimmer.

Am Morgen saßen wir in der Frühstücksnische und warteten darauf, daß das Dienstmädchen erschien und Frühstück machte. Es kam nicht. Schließlich stand DeeDee auf, um sich selbst um das Frühstück zu kümmern. »Mammi«, sagte Renny, »wie schlägt man ein Ei auf?«

DeeDee sah zu mir herüber. Sie wußte, was ich dachte. Ich hielt den Mund.

»All right, Renny«, sagte sie. »Komm her, ich zeig's dir.«

Renny ging zu ihr an den Herd. DeeDee nahm ein Ei in die Hand. »Schau her, du schlägst die Schale am Rand der Pfanne auf ... so ... und dann läßt du das Ei aus der Schale und in die Pfanne fallen ... so ...«

»Oh ...«

»Es ist ganz einfach.«

»Und was machst du jetzt damit?«

»Ich brate es. In Butter.«

»Mammi, ich kann dieses Ei nicht essen.«

»Warum?«

»Der Dotter ist zerlaufen!«

DeeDee drehte sich um und sah mich an. Ihr Blick sagte: »Hank, sag ja keinen Ton ...!«

Ein paar Tage später saßen wir wieder mal beim Frühstück. Das Dienstmädchen war in der Küche zugange. »Renny«, sagte DeeDee, »jetzt wo du dein Fahrrad hast, möchte ich, daß du mir heute irgendwann eine Sechserpackung Coke besorgst. Wenn ich abends nach Hause komme, will ich ein oder zwei Cokes trinken.«

»Aber Mammi, diese Cokes sind schwer! Kannst du sie nicht holen?«

»Renny, wenn ich den ganzen Tag gearbeitet habe, bin ich müde. Du holst die Cokes.«

»Aber Mammi, die Straße geht so steil hoch. Ich muß den Berg raufradeln!«

»Was für einen Berg? Hier gibt's keinen Berg.«

»Naja, mit deinen Augen kannst du ihn vielleicht nicht sehen, aber er ist da.«

»Renny, du holst diese Cokes! Verstanden?«

Renny stand auf, ging in sein Zimmer und knallte die Tür hinter sich zu.

DeeDee wich meinem Blick aus. »Er will mich auf die Probe stellen«, sagte sie. »Er will sehen, ob ich ihn liebe.«

»Ich hol die Cokes«, sagte ich.

»Laß nur«, meinte sie. »Ich hol sie.«

Am Ende holte sie keiner von uns.

Nach einigen Tagen fuhr ich einmal mit DeeDee bei mir zu Hause vorbei und sah meine Post durch. Das Telefon klingelte, und Lydia war dran. »Hi«, sagte sie. »Ich bin in Utah.«

»Ich hab deinen Zettel gelesen«, sagte ich.

»Wie geht's dir?« fragte sie.

»Ganz ordentlich.«

»Es ist schön hier im Sommer. Du solltest hier raufkommen. Wir könnten den Camper nehmen und wohin fahren. Meine Schwestern sind alle da.«

»Ich kann hier im Augenblick nicht weg.«

»Warum?«

»Naja, ich bin mit DeeDee zusammen.«

»DeeDee?«

»Ja.«

»Ich hab gewußt, daß du sie anrufst. Ich hab dir gleich gesagt, du hast mit der Nummer was vor!«

DeeDee stand neben mir. »Bitte sag ihr, sie soll mir noch bis September geben«, sagte sie.

»Vergiß sie«, sagte Lydia weiter. »Zum Teufel mit ihr. Du kommst hier rauf zu mir.«

»Ich kann nicht alles stehen und liegen lassen, bloß weil du anrufst«, sagte ich. »Außerdem gebe ich DeeDee bis September.«

»September?!«

»Ja.«

Lydia ließ einen Schrei los. Es war ein langer Schrei. Dann legte sie auf.

Von da an bot mir DeeDee reichlich Abwechslung, um mich von meiner Bude fernzuhalten. Einmal, als wir wegen der Post mal wieder bei mir reinsahen, fiel mir auf, daß sie den Hörer von der Gabel genommen hatte. »Mach das nicht nochmal«, sagte ich zu ihr.

DeeDee unternahm lange Fahrten mit mir, die Küste rauf und runter, in die Berge. Wir gingen zu Versteigerungen, ins Kino, in Rock-Konzerte, in Kirchen, zu Freunden von ihr, zu Mittag- und Abendessen, ins Varieté, zu Picknicks und in den Zirkus. Ihre Freunde machten Fotos von uns beiden.

Am schlimmsten war der Trip nach Catalina. Ich war entsetzlich verkatert und wartete mit DeeDee unten am Dock auf das Wasserflugzeug. Sie besorgte mir ein Alka-Seltzer und ein Glas Wasser. Doch mehr als das half mir der Anblick eines jungen Mädchens, das uns gegenüber saß. Sie hatte einen wundervollen Körper und trug einen roten Minirock, so daß ihre langen Beine noch länger wirkten. Sie hatte Strümpfe an den Beinen, und der Minirock war so kurz, daß man ihren Strumpfhalter und ihren rosa Slip sehen konnte. An den Füßen hatte sie Stöckelschuhe.

»Mußt du sie so anstarren?« sagte DeeDee.

»Ich kann nichts dafür.«

»Sie ist eine Schlampe.«

»Oh ja, sicher.«

Die Schlampe stand auf und ging an einen Flipper. Ihr Hintern schlingerte, während sie an dem Apparat rüttelte. Dann kam sie zurück, setzte sich wieder hin und ließ noch mehr sehen als zuvor.

Das Flugzeug kam an, wasserte, die Leute stiegen aus, und dann standen wir unten an der Rampe und warteten, daß wir an Bord konnten. Das Flugzeug war rot, Baujahr 1936, hatte zwei Propeller, einen Piloten und 8 oder 10 Sitzplätze.

Wenn ich in dem Ding nicht reihern muß, dachte ich, bin ich bühnenreif.

Das Mädchen mit dem Minirock war nicht unter den Passagieren.

Wie kommt es eigentlich, fragte ich mich, daß man jedesmal, wenn man so eine sieht, immer schon eine andere am Hals hat?

Wir stiegen ein und schnallten uns an. »Ach, ist das

aufregend!« sagte DeeDee. »Ich geh nach vorn und setz mich zu dem Piloten!«

»Nur zu.«

Wir hoben ab, und DeeDee saß vorne beim Piloten und redete auf ihn ein. Sie schien das Leben zu genießen. Doch ihre Fähigkeit, dem Leben soviel Spaß und Unterhaltung abzugewinnen, kam in der letzten Zeit immer weniger bei mir an. Es irritierte mich ein wenig, doch meistens löste es überhaupt nichts in mir aus. Nicht einmal Langeweile.

Wir flogen und flogen. Schließlich setzten wir zur Landung an, es ging knapp über einige Klippen weg, und dann klatschte das Flugzeug aufs Wasser und hüpfte noch einige Male und ringsum spritzte die Gischt hoch. Man kam sich vor wie in einem Rennboot. Wir schipperten rüber zum Dock, und DeeDee kam nach hinten und erzählte mir, was sie alles von dem Piloten erfahren hatte. An der Pilotenkanzel war offenbar ein großes Stück herausgebrochen, und sie hatte den Piloten gefragt: »Kann man diesem Apparat eigentlich noch trauen?«, und er hatte gesagt: »Da bin ich überfragt.«

DeeDee hatte uns in einem Hotel am Strand ein Zimmer reservieren lassen. Es lag in der obersten Etage, hatte einen Schwarzweiß-Fernseher und ein Bad, aber keinen Kühlschrank. Also nicht ganz das Wahre. DeeDee ging nach unten in die Küche und organisierte eine Plastikwanne voll Eis für mein Bier.

Wir machten einen Spaziergang am Strand. Wie sich herausstellte, gab es hier zwei Sorten von Touristen – sehr alte und sehr junge. Die Alten liefen paarweise herum, in Sandalen und Strohhüten und Sonnenbrillen und Bermuda-Shorts und knallbunten Hemden. Sie waren fett und blaß, hatten blaue Krampfadern an den Beinen, und ihre Gesichter glitzerten weiß und teigig in der Sonne. Alles an ihnen war schlaff. Sie hatten Tränensäcke unter den Augen und Fettwülste unterm Kinn.

Die Jungen waren schlank und bewegten sich, als seien sie aus Gummi. Die Girls waren vorne und hinten flach, und die Boys hatten zarte weiche Gesichter und grinsten und erröteten und lachten. Es gab recht wenig Abwechslung, für die Alten wie für die Jungen, doch das machte ihnen offenbar nichts aus. Sie aalten sich in der Sonne und schienen wunschlos glücklich zu sein.

DeeDee machte die Läden durch. Auf Schritt und Tritt fand sie etwas, das sie in Entzücken versetzte. »Oooh, *sieh* doch!« Sie erstand Perlenketten, Plüsch-Hunde, Aschenbecher, Ansichtskarten, Halsbänder, Porzellanfiguren, ein Segelschiff aus Kork. Sie unterhielt sich mit den Inhabern der Geschäfte. Der Lady in einer Boutique versprach sie, daß sie ihr schreiben werde, wenn sie wieder auf dem Festland sei. Sie hatten einen gemeinsamen Bekannten – einen Schlagzeuger in einer Rock-Band.

Schließlich kaufte sie auch noch einen Käfig mit zwei Edelsittichen drin, und wir gingen zurück ins Hotel. Ich machte ein Bier auf und stellte den Fernseher an. Die Programmauswahl war sehr begrenzt.

»Komm, wir gehn nochmal raus«, sagte DeeDee. »Es ist so schön draußen.«

»Ich setz mich hier hin und ruh mich erst mal aus«, sagte ich.

»Macht es dir was aus, wenn ich allein losziehe?«

»Nein. Schon gut.«

Sie gab mir einen Kuß und ging. Ich knipste den Fernseher aus und machte das nächste Bier auf. Es gab nichts zu tun auf dieser Insel. Man konnte sich nur betrinken.

Ich ging ans Fenster und sah hinaus. Da unten am Strand saß DeeDee bei einem jungen Mann, redete munter auf ihn ein, lächelte, gestikulierte. Der junge Mann hörte ihr zu und hatte ein erfreutes Grinsen im Gesicht. Ich war froh, daß ich nicht in sie verliebt war. Und ich fand es ganz praktisch, daß ich mit der Welt nicht ein Herz und eine Seele war und in allem quer lag. Leute, die verliebt sind, werden leicht gereizt und gefährlich. Sie verlieren den Überblick. Sie verlieren ihren Sinn für Humor. Sie werden langweilig, nervös, psychotisch. Sie werden sogar zu Killern.

DeeDee blieb zwei oder drei Stunden weg. Ich ließ ein bißchen den Fernseher laufen und tippte ein paar Gedichte auf einer Reiseschreibmaschine. Liebesgedichte. Über Lydia. Ich versteckte sie in meinem Koffer. Dann saß ich wieder da und trank Bier.

Es klopfte, DeeDee kam herein und rief: »Stell dir vor,

was ich alles erlebt habe! Zuerst fuhr ich auf diesem Kahn mit dem durchsichtigen Boden. Man konnte die ganzen Fische im Meer sehen, alles! Dann entdeckte ich das Boot, das die Leute raus zu ihren Schiffen bringt. Der junge Mann ließ mich stundenlang mitfahren, für einen einzigen Dollar! Er hatte Sonnenbrand auf dem Rücken, und ich hab ihm den Rücken eingerieben. Er hatte einen unheimlichen Sonnenbrand. Wir brachten die Leute raus zu ihren Schiffen. Du hättest mal sehn sollen, was sich auf diesen Schiffen alles rumtreibt! Meistens alte verknöcherte Männer mit jungen Mädchen. Die Mädchen hatten alle Stiefel an, und sie waren entweder besoffen, oder sie waren voll mit Rauschgift und hingen bloß noch rum. Manche von den alten Knackern hatten junge Boys dabei, aber die meisten hatten Mädchen, manchmal zwei oder drei oder vier auf einmal. Jedes Schiff stank nach Dope und Alkohol und Bumserei. Es war sagenhaft!«

»Da hört sich gut an«, sagte ich. »Ich wollte, ich hätte so ein Talent wie du, um interessante Leute aufzutun.«

»Du kannst ja morgen raus. Für einen Dollar kannst du den ganzen Tag rumfahren.«

»Ich verzichte.«

»Hast du heute was geschrieben?«

»Ein bißchen.«

»War es gut?«

»Das weiß ich immer erst achtzehn Tage später.«

DeeDee sah nach ihren beiden Edelsittichen und redete mit ihnen. Sie war eine gute Frau. Ich mochte sie. Sie war ehrlich um mich besorgt und wollte, daß ich etwas aus mir machte. Sie wollte, daß ich ordentlich schrieb, ordentlich fickte und einen gesunden Eindruck machte. Ich spürte es, und es war ein gutes Gefühl. Vielleicht würden wir eines Tages auch noch nach Hawaii fliegen. Ich ging rüber, stellte mich hinter sie und küßte sie auf das rechte Ohrläppchen.

»Oh, *Hank*«, sagte sie.

Zurück in Los Angeles, nach unserer Woche auf Catalina, waren wir eines Abends zu Hause bei mir – was ungewöhnlich war. Es war spät am Abend, und wir lagen nackt auf meinem Bett, als im vorderen Zimmer das Telefon schrillte.

Es war Lydia.
»Hank?«
»Ja?«
»Wo bist du gewesen?«
»Catalina.«
»Mit ihr?«
»Ja.«
»Hör zu, als du mir neulich das mit ihr erzählt hast, hab ich mich aus Wut auf eine Affäre eingelassen. Mit einem Homo. Es war schauderhaft.«
»Du hast mir gefehlt, Lydia.«
»Ich will wieder zurück nach L. A.«
»Das wäre gut.«
»Läßt du sie sausen, wenn ich zurückkomme?«
»Sie ist eine gute Frau, aber wenn du zurückkommst, laß ich sie sausen.«
»Ich komm zurück. Ich liebe dich, Alter.«
»Ich dich auch.«
Wir redeten weiter. Wir redeten eine ganze Weile. Als ich zurück ins Schlafzimmer kam, schien DeeDee inzwischen eingeschlafen zu sein. »DeeDee?« sagte ich. Ich faßte sie am Arm. Der Arm fühlte sich schlaff an. »Laß diesen Unfug, DeeDee. Ich weiß, daß du nicht schläfst.« Sie regte sich nicht. Ich sah mich um, und jetzt fiel mir auf, daß das Fläschchen, in dem sie ihre Schlaftabletten hatte, leer war. Vorhin war es noch voll gewesen. Ich hatte einmal so eine Tablette genommen, nur eine einzige, und ich war sofort weggewesen. Es war, als hätte mich jemand k.o. geschlagen und verscharrt.
»Du hast die ganzen Tabletten geschluckt ...!«
»Ich ... will ... nicht mehr ... du gehst zu ihr zurück ... mir ... ist alles ... egal ...«
Ich rannte in die Küche, kam mit der Spülschüssel zurück und stellte sie vor dem Bett auf den Boden. Ich zerrte DeeDee bis zu den Schultern über den Bettrand und steckte ihr einen Finger in den Hals. Sie erbrach sich. Ich hob ihren Kopf und ließ sie einen Augenblick verschnaufen, dann wiederholte ich den Vorgang. Sie erbrach sich, wieder und wieder. Einmal, als ich ihr gerade den Kopf hob, fiel ihr Gebiß heraus. Es lag da auf dem Bettlaken.

»Ooooh ... meine Zähne«, sagte sie. Oder versuchte es zu sagen.

»Mach dir jetzt keine Gedanken um deine Zähne.«

Ich steckte ihr noch einmal den Finger in den Hals.

Dann wuchtete ich sie wieder hoch.

»Ich will nich, daf du meine Fähne fiehft ...«, sagte sie.

»Was ist schon dabei, DeeDee? Sind doch nette Beißerchen.«

»Oooooh ...!«

Sie nahm ihre letzte Kraft zusammen und schob sich das Gebiß wieder rein. »Bring mich nach Hause«, sagte sie. »Ich will nach Hause.«

»Ich bleib bei dir. Ich laß dich heute nacht nicht allein.«

»Aber du wirst mich verlassen, nicht?«

»Komm, jetzt ziehn wir uns erst mal an«, sagte ich.

Valentino hätte Lydia und DeeDee behalten. Drum starb er auch so früh.

20

Lydia kam zurück und fand eine ganz gute Wohnung in der Gegend von Burbank. Sie schien sich jetzt wesentlich mehr aus mir zu machen als vor unserer Trennung. »Mein Ehemaliger hatte einen großen Schwanz, aber das war auch alles, was er hatte. Er hatte keine Persönlichkeit, keine Ausstrahlung. Bloß einen großen Schwanz. Und er dachte, das wär alles, was er braucht. Aber mein Gott, war der langweilig! Bei dir merk ich dauernd, wie was überspringt ... so ein elektrisches Feedback. Ich spür es ständig.« Wir lagen gerade auf dem Bett. »Und dabei wußte ich nicht einmal, daß sein Schwanz besonders groß war, weil ich vorher noch gar keinen gesehen hatte!« Sie sah sich meinen genau an. »Ich dachte, die wären alle so wie seiner.«

»Lydia ...«

»Ja?«

»Ich muß dir was sagen.«

»Was denn?«

»Ich muß mal nach DeeDee sehen.«

»*Mal nach DeeDee sehen?*«

»Werd jetzt nicht zickig. Es hat seinen guten Grund.«

»Du hast doch gesagt, das ist vorbei.«

»Ist es auch. Ich will sie nur nicht so hängen lassen. Ich will ihr erklären, wie es gekommen ist. Die Menschen sind alle so kalt zueinander. Ich will sie nicht zurückhaben, ich will ihr nur erklären, was passiert ist, damit sie mich besser versteht.«

»Du willst sie ficken.«

»Nein, ich will sie nicht ficken. Ich hatte nicht mal große Lust, sie zu ficken, als ich noch mit ihr zusammen war. Ich will's ihr bloß erklären.«

»Mir gefällt das nicht. Es kommt mir irgendwie ... *schmierig* vor.«

»Also komm, jetzt laß mich doch. Ich will diese Sache in Ordnung bringen. Ich bin bald wieder da.«

»Na schön. Aber sieh zu, daß du dich beeilst.«

Ich setzte mich in den VW, fuhr rüber zur Fountain Avenue, bog nach einigen Meilen in die Bronson ein, und dann ging es bergauf in die teuren Viertel. Ich parkte bei DeeDee unten am Haus, stieg die vielen Stufen hinauf, klingelte an der Haustür. Bianca machte mir auf. Ich erinnerte mich an einen Abend, als sie mir nackt die Tür aufgemacht hatte. Ich hatte sie gepackt, und wir waren gerade am Knutschen, als DeeDee dazukam und sagte: »Was zum Teufel ist denn hier los?«

Diesmal lief es anders. Bianca sagte: »Was willst du?«

»Ich will zu DeeDee. Ich will mir ihr reden.«

»Sie ist krank. Richtig krank. Ich glaube nicht, daß du sie nochmal sehen solltest, so wie du sie behandelt hast. Du bist wirklich ein ausgewachsener Drecksack.«

»Ich will nur eine Weile mit ihr reden, ihr alles erklären.«

»Na schön. Sie ist in ihrem Schlafzimmer.«

Ich ging den Flur runter und ins Schlafzimmer. DeeDee lag auf dem Bett. Sie hatte nur einen Slip an. Den rechten Arm über den Augen. Ihre Brüste sahen gut aus. Eine Whiskyflasche stand neben dem Bett und am Boden eine Schüssel. Es roch nach Kotze und Alkohol.

»DeeDee ...«

Sie hob den Arm. »Was? Hank? Du kommst zurück zu mir?«

»Nein, Augenblick, ich will nur mit dir reden ...«

»Oh Hank, du hast mir so schrecklich gefehlt. Ich bin fast wahnsinnig geworden. Es tat so weh ...«

»Deshalb bin ich hier. Ich will dir's leichter machen. Ich bin vielleicht ein gedankenloser Mensch, aber ich will niemand absichtlich weh tun ...«

»Du kannst dir nicht vorstellen, wie mir zumute war ...«

»Doch. Ich kenn das.«

»Willst du einen Schluck?« Sie zeigte auf die Flasche.

Ich griff mir die Flasche. Sie war leer. Ich stellte sie wieder hin. »Man ist zu kalt und abgestumpft auf dieser Welt«, sagte ich jetzt. »Wenn die Leute nur richtig miteinander reden würden, wäre schon viel gewonnen.«

»Bleib bei mir, Hank. Geh nicht zu ihr zurück. Bitte. Ich hab genug durchgemacht, um zu wissen, was man als Frau für einen Mann sein muß. Du weißt, daß ich gut für dich wäre.«

»Ich komm von Lydia nicht los. Ich kann's nicht erklären.«

»Sie ist unberechenbar. Sie wirft sich jedem an den Hals. Sie wird dich verlassen.«

»Vielleicht reizt mich gerade das an ihr.«

»Du willst immer nur Nutten. Liebe macht dir Angst.«

»Da hast du wahrscheinlich recht.«

»Dann küß mich wenigstens. Oder ist das auch zuviel verlangt?«

»Nein.«

Ich legte mich zu ihr aufs Bett. Wir umarmten uns. Ihr Mund roch nach Kotter. Sie küßte mich, wir küßten uns, und sie klammerte sich an mich. Ich machte mich von ihr los. So schonend, wie ich konnte.

»Hank«, sagte sie. »Bleib bei mir. Geh nicht wieder zu ihr.«

Ich saß jetzt auf der Bettkante. »Ich kann nicht bei dir bleiben, DeeDee ...«

Plötzlich setzte sie sich auf und schlug mir mit beiden Fäusten ins Gesicht. Ihre Fäuste waren hart wie Backsteine. Sie schlug auf mich ein, und ich saß da und ließ es über mich ergehen. Ich bekam eine Faust auf die Augenbraue, dann aufs Auge, auf die Backe, die Stirn. Sie gab mir auch einen Schwinger voll auf den Hals. »Oh, du Bastard! Bastard, Bastard, Bastard! ICH HASSE DICH!«

Ich packte ihre Handgelenke. »All right, DeeDee, das reicht jetzt.« Sie sank zurück auf ihr Kopfkissen. Ich stand auf und ging aus dem Zimmer, den Flur entlang und aus der Tür.

Als ich bei mir zu Hause reinkam, saß Lydia mit finsterer Miene in einem Sessel. »Was hast du so lange gemacht? Sieh mich an! Du hast sie *gefickt*, hab ich recht?!«

»Nein, hab ich nicht.«

»Warum hast du dann so lang gebraucht? Und woher hast du die Kratzer in deinem Gesicht? Vielleicht von ihrem Kater, hm?«

»Ich sag dir, es ist nichts gewesen.«

»Zieh dein Hemd aus. Ich will mir deinen Rücken ansehn!«

»Ach Scheiße, Lydia.«

»Zieh dein Hemd aus! Und dein Unterhemd auch!«

Ich zog beides aus. Sie ging um mich herum. »Was ist das für ein Kratzer an deinem Rücken?«

»Was für ein Kratzer?«

»Ein ganz langer Kratzer. Das war der Fingernagel von einer Frau.«

»Falls einer da ist, stammt er von dir.«

»All right. Ich werd ja gleich sehn, ob du was gemacht hast oder nicht.«

»Was hast du denn vor?«

»Ich steig mit dir ins Bett.«

»*All right*!«

Ich bestand den Test. Doch hinterher dachte ich: Warum kann man diesen Test nicht auch bei einer Frau machen?

Es war einfach nicht fair.

21

Eine Lady namens Nicole schrieb mir einige Briefe, in denen es darum ging, daß sie ein paar von meinen Büchern gelesen hatte und davon recht angetan war. Die

Adresse, die sie angab, lag ganz in der Nähe, nur ein paar Straßen weiter. Ich beantwortete einen ihrer Briefe, und sie reagierte mit einer Einladung. An einem Nachmittag setzte ich mich in den VW und fuhr da mal hin. Lydia sagte ich nichts davon.

Die Wohnung der Dame lag über einer chemischen Reinigung am Santa Monica Boulevard. Die obere Hälfte der Haustür war verglast, und durch die Scheibe erkannte ich eine Treppe, die steil nach oben führte. Ich drückte auf die Klingel. »Ja? Wer ist da?« meldete sich eine weibliche Stimme aus dem kleinen Aluminium-Lautsprecher über der Klingel. »Ich bin's«, sagte ich. »Chinaski.« Ein Summer ertönte, und ich drückte die Tür auf.

Nicole stand oben auf dem Treppenabsatz und sah zu mir herunter. Sie hatte ein edles, beinahe tragisches Gesicht und trug ein langes grünes Hauskleid mit tiefem Ausschnitt. Sie schien eine gute Figur zu haben.

»Sind Sie allein?« fragte ich.

»Ja«, sagte sie und lächelte. »Kommen Sie doch herauf.«

Ich stieg die Treppe hoch. Jetzt sah ich, daß sie große dunkelbraune Augen hatte, mit sehr vielen winzigen Fältchen außen herum. Vielleicht trank sie zuviel, oder sie weinte oft. Oder beides.

Die Wohnung war geräumig, verfügte über zwei Schlafzimmer, war aber nur spärlich möbliert. Ein kleines Bücherregal enthielt ein Gestell voll Schallplatten mit klassischer Musik. Ich setzte mich auf die Couch. Nicole setzte sich neben mich.

»Ich habe gerade ein Buch über das Leben von Picasso gelesen«, sagte sie. Auf dem Kaffeetisch lagen mehrere Ausgaben des ›New Yorker‹. »Kann ich Ihnen einen Tee machen?«

»Ich geh lieber und hol uns was Richtiges zu trinken«, sagte ich.

»Nicht nötig. Ich habe etwas da.«

»Was?«

»Darf's ein guter Rotwein sein?«

»Mhm, sehr gern.«

Sie stand auf und ging in die Küche. Ich sah ihr nach. Frauen in langen Kleidern hatten es mir schon immer angetan. Sie hatte eine elegante Art, sich zu bewegen. Sah nach großer Klasse aus.

Nicole kam mit der Weinflasche und zwei Gläsern zurück und goß jedem von uns etwas ein. Sie hielt mir eine Packung Benson & Hedges hin. Ich nahm mir eine heraus und zündete sie an.

»Lesen Sie auch den ›New Yorker‹?« fragte sie. »Die Stories, die sie veröffentlichen, sind ziemlich gut.«

»Finde ich nicht.«

»Warum? Was stört Sie daran?«

»Sie sind zu hochgestochen.«

»Mir gefallen sie.«

»Naja, Scheiße«, sagte ich.

Wir saßen da. Tranken. Rauchten.

»Gefällt Ihnen meine Wohnung?«

»Ja. Sehr hübsch.«

»Ich habe sie genommen, weil sie mich an Europa erinnert. Dort habe ich oft so gewohnt. Soviel Platz. Soviel Licht. Ich mag das.«

»Europa, hm?«

»Ja. Griechenland, Italien. Hauptsächlich Griechenland.«

»Paris?«

»Oh ja. Paris hat mir sehr gefallen. London gar nicht.«

Dann erzählte sie mir einiges von sich. Ihre Familie hatte in New York gelebt. Der Vater war Kommunist gewesen, und die Mutter hatte als Näherin in einem größeren Betrieb gearbeitet – an der ersten Maschine. Nummer 1. Eine strenge Frau, aber liebenswert. Nicole war in New York aufgewachsen, hatte keine besondere Schulbildung genossen und irgendwie einen berühmten Arzt kennengelernt, geheiratet, zehn Jahre mit ihm zusammengelebt und sich dann scheiden lassen. Die Unterhaltszahlungen, angeblich nur 400 Dollar im Monat, reichten hinten und vorne nicht. Sie konnte sich die Wohnung eigentlich gar nicht leisten, aber sie wollte sie nicht aufgeben, weil sie so sehr daran hing.

»Was Sie schreiben«, sagte sie jetzt, »ist so roh und direkt. Wie ein Schlag mit dem Hammer. Und doch steckt soviel Humor und Zärtlichkeit dahinter ...«

»Yeah«, sagte ich.

Ich stellte mein Glas weg und sah sie an. Ich faßte sie unters Kinn, zog sie zu mir her und gab ihr einen leichten Kuß.

Nicole redete weiter. Sie erzählte interessante Geschichten, und ich merkte mir einiges davon, um es für Gedichte oder Stories zu verwenden. Ich sah ihr in den Ausschnitt, wenn sie sich nach vorn beugte und Wein nachschenkte. Ich kam mir vor wie in einem Film. Es war so ein unwirkliches Gefühl, als säßen wir vor einer Kamera. Sehr eigenartig. Aber es tat gut. Es war besser als die Pferderennen, besser als die Boxkämpfe.

Wir tranken die Flasche leer, und Nicole machte eine neue auf. Sie redete die ganze Zeit, und es war angenehm, ihr zuzuhören. Es steckte einige Lebensweisheit in ihren Geschichten, und es gab einiges, worüber man lachen konnte. Sie beeindruckte mich mehr, als sie ahnte. Das machte mir ein bißchen Sorgen.

Wir gingen hinaus auf den Balkon und sahen uns den Feierabendverkehr an. Sie sprach jetzt von Huxley und Lawrence in Italien. Ich sagte, das sei öde Scheiße, und der größte Schriftsteller aller Zeiten sei Knut Hamsun gewesen. Einen Augenblick sah sie mich erstaunt an. Offenbar hatte sie nicht erwartet, daß mir der ein Begriff war. Dann stimmte sie mir zu. Wir küßten uns auf dem Balkon, umfächelt von den Abgasen der Wagen. Es war ein gutes Gefühl, ihren Körper an mir zu spüren. Ich wußte, zu mehr würde es an diesem Abend nicht kommen, aber ich wußte auch, daß ich zurückkommen würde. Nicole wußte es auch.

22

Angela, eine von Lydias Schwestern, kam aus Utah zu Besuch, um sich Lydias neue Behausung anzusehen. Lydia hatte eine Anzahlung auf ein kleines Haus geleistet und sollte den Rest in geringen Monatsraten begleichen. Es war ein sehr günstiger Kauf. Der Mann, von dem sie das Haus erstanden hatte, war anscheinend todkrank und nicht mehr ganz richtig im Kopf. Jedenfalls hatte er das

Haus weit unter Wert verkauft. Im Obergeschoß gab es ein Schlafzimmer für die Kinder und nach hinten heraus einen weitläufigen Garten mit Bäumen und Bambus.

Angela war die älteste der Schwestern, sie hatte die beste Figur, und sie dachte auch entschieden vernünftiger und praktischer als die anderen drei. Sie handelte mit Immobilien. Doch für uns stellte sich nun die Frage: wohin mit Angela? Wir hatten keinen Platz. Lydia schlug vor, wir sollten sie bei Marvin unterbringen.

»Marvin?« sagte ich.

»Ja, Marvin«, sagte Lydia.

Es war schon ziemlich spät am Abend. Wir riefen bei Marvin an. Er war zu Hause, und er war sofort einverstanden.

»Also schön, dann mal los«, sagte ich. Wir stiegen in Lydias orangefarbenen Schlitten. Das »Ding«. So nannten wir ihren Wagen. Er sah aus wie ein Panzer, sehr alt und häßlich. Wir fuhren runter an die Küste und hielten vor dem kleinen Haus am Strand.

»Oh«, sagte Angela, »was für ein hübsches Haus.«

»Und reich ist er auch«, sagte Lydia.

»Außerdem schreibt er auch noch gute Gedichte«, sagte ich.

Wir stiegen aus und gingen hinein zu Marvin, der zwischen seinen selbstgemalten Bildern und seinen Aquarien voll Meeresfischen saß. Er malte recht gut. Für einen reichen Burschen hatte er sich ganz ordentlich gemacht.

Ich machte Angela und Marvin miteinander bekannt, und dann lief Angela herum und sah sich seine Bilder an. »Oh, sehr hübsch.« Angela malte auch. Nur taugten ihre Bilder nicht viel.

Ich hatte einige Flaschen Bier mitgebracht, die ich auf den Tisch stellte, und Marvin stellte noch ein paar Flaschen dazu. Wir saßen herum, tranken und redeten, und zwischen Angela und Marvin kam ein leichter Flirt in Gang. Marvin war sichtlich scharf auf sie, doch Angela schien sich eher über ihn zu amüsieren. Sie mochte ihn, aber nicht so sehr, um gleich mit ihm ins Bett zu wollen. Im Laufe der Unterhaltung verschwand ich mehrmals aufs Klo und trank heimlich einen Schluck aus der

Halbliterflasche Whisky, die ich in der Innentasche meiner Jacke hatte.

Marvin verfügte über Bongotrommeln, ein Klavier und einen Vorrat an Marihuana. In seinem Haus ließ es sich gut leben. In so einem Haus, dachte ich, würde mir das Schreiben besser von der Hand gehen. Hier hätte ich mehr Glück. Von draußen konnte man das Rauschen der Brandung hören. Und es gab keine Nachbarn, die sich über das Klappern der Schreibmaschine beschwerten.

Lydia und ich verabschiedeten uns nach zwei oder drei Stunden. Wir stiegen in das »Ding«, und Lydia nahm die nächste Auffahrt zum Freeway in Richtung Stadt.

»Lydia«, sagte ich nach einer Weile, »du hast mit Marvin gefickt, stimmt's?«

»Von was redest du denn da?«

»Von der Nacht, als du allein bei ihm aufgekreuzt bist.«

»Verdammt nochmal, ich hab keine Lust, mir sowas anzuhören!«

»Es stimmt aber. Du hast mit ihm gefickt!«

»Hör mal, wenn du nicht augenblicklich damit aufhörst, kannst du was erleben!«

»Du hast mit ihm gefickt.«

Lydia fuhr rechts ran, beugte sich herüber und machte die Tür an meiner Seite auf. »Raus mit dir!« sagte sie.

Ich stieg aus, ging an der Leitplanke entlang, genehmigte mir einen Schluck aus der Flasche. Ich war ungefähr fünf Minuten unterwegs, als das »Ding« wieder neben mir hielt. Lydia stieß die Beifahrertür auf. »Steig ein.« Ich stieg ein.

»Aber sag jetzt bloß kein Wort mehr!«

»Du hast mit ihm gefickt. Ich weiß es ganz genau.«

»Verflucht nochmal!« Sie fuhr rechts ran und stieß wieder die Tür an meiner Seite auf. »Raus!«

Ich stieg aus, und sie raste davon. Ich ging an der Leitplanke entlang, bis ich zur nächsten Ausfahrt kam. Sie führte auf eine unbeleuchtete Vorstadtstraße. Ein Blick in einige Fenster zeigte mir, daß ich in einem schwarzen Viertel war. An einer Kreuzung sah ich eine Würstchenbude, die noch offen hatte. Ein Schwarzer stand hinter dem Tresen. Ich war der einzige Kunde weit und breit. Ich ließ mir einen Kaffee geben. »Die gottverdammten

Weiber«, sagte ich. »Nichts als Zicken. Mitten auf dem Freeway da vorne hat sie mich rausgeschmissen. Wollen Sie einen Schluck?« Ich hielt ihm die Flasche hin.

»Gern.«

Er nahm einen kräftigen Schluck und gab mir die Flasche zurück.

»Haben Sie ein Telefon?« fragte ich. »Ich bezahle Ihnen das Gespräch.«

»Ortsgespräch?«

»Ja.«

»Das kriegen Sie umsonst.«

Er griff unter den Tresen und brachte ein Telefon zum Vorschein. Ich trank noch einen Schluck, gab ihm die Flasche, und er trank auch noch einen.

Ich rief die Yellow Cab Company an und bestellte mir ein Taxi. Mein Freund hatte ein sympathisches, intelligentes Gesicht. Manchmal konnte man mitten in der Hölle noch einen guten Menschen finden. Wir machten gemeinsam die Flasche leer, und als das Taxi kam, setzte ich mich hinten rein und gab dem Fahrer die Adresse von Nicole.

23

Danach bekam ich Mattscheibe. Ich weiß nicht mehr, wie ich zu Nicole kam. Anscheinend hatte ich mir mehr Whisky reingetan, als ich dachte.

Als ich am nächsten Morgen wieder zu mir kam, stellte ich fest, daß ich bei jemand im Bett lag, und dann sah ich an der gegenüberliegenden Wand ein großes dekoratives »N« hängen. »N« wie Nicole. Ich fühlte mich elend. Ich ging ins Badezimmer, nahm mir Nicoles Zahnbürste, versuchte mir die Zähne zu putzen und mußte würgen. Ich wusch mir das Gesicht, kämmte mir die Haare, setzte mich zu einem Schiß, wusch mir die Hände und trank eine Menge Wasser, direkt aus dem Wasserhahn. Dann kroch ich wieder ins Bett.

Nicole stand auf, besorgte ihre Morgentoilette und kam wieder ins Bett. Sie drehte sich zu mir herum, und wir begannen zu knutschen und zu fummeln. So. Nun war es also soweit.

Lydia, dachte ich, ich habe ein reines Gewissen. Ich halte dir die Treue, Lydia. Auf meine Art.

Mit oralem Verkehr war nichts an diesem Morgen. Da machte mein Magen nicht mit. Ich stieg also auf, bei der weitgereisten, gebildeten Ex-Gattin des berühmten Arztes. Sie hatte die Romane der Geschwister Brontë in ihrem Regal. Und Carson McCullers, von der wir beide viel hielten. *The Heart Is a Lonely Hunter.* Ich gab ihr drei oder vier besonders ruppige Stöße. Sie keuchte. Jetzt kannte sie also auch einen leibhaftigen Autor, aus nächster Nähe, gewissermaßen intim. Er war zwar kein bekannter Autor, aber er brachte die Miete zusammen, und das war schon erstaunlich genug. Eines Tages würde sie in einem meiner Bücher erscheinen. Ich trieb es mit einem Kultur-Groupie. Ich wühlte ihr die Lippen auseinander, züngelte in ihrem Mund herum, und es kam mir. Ich rollte von ihr herunter und kam mir dämlich vor. Eine Weile hielt ich sie in den Armen, dann stand sie auf und ging ins Badezimmer. In Griechenland hätten wir vielleicht mehr davon gehabt. Amerika war ein beschissener Platz zum Ficken.

Von da an besuchte ich Nicole zwei- oder dreimal in der Woche, immer nachmittags. Wir tranken Wein, unterhielten uns und stiegen dann und wann ins Bett. Ich empfand nichts besonderes für sie, aber ich ging hin, weil es mir etwas zu tun gab.

Mit Lydia hatte ich mich inzwischen wieder ausgesöhnt, und an den bewußten Abenden wollte sie immer wissen, wo ich nachmittags so lange gewesen sei. »Im Supermarkt«, sagte ich jedesmal. Und das stimmte auch, denn mein Weg zu Nicole führte regelmäßig durch die Getränkeabteilung eines Supermarkts. »Ich hab noch nie erlebt«, sagte Lydia, »daß du dich so lange in einem Supermarkt aufhältst.«

An einem Abend trank ich mir einen an und erwähnte gegenüber Lydia, daß ich eine gewisse Nicole kannte – »aber da spielt sich nicht viel ab«. Ich sagte ihr sogar, wo Nicole wohnte. Es war mir einigermaßen schleierhaft, wie ich dazu kam, ihr auch noch die Adresse zu verraten, aber wenn man einen in der Krone hat, überlegt man sich eben nicht jedes Wort ...

Dann war es wieder einmal Nachmittag, und ich kam aus der Getränkeabteilung, mit einer großen braunen Papiertüte, die zwei Sixpacks Flaschenbier enthielt und eine Halbliterflasche Whisky. Mit Lydia hatte es eine Auseinandersetzung gegeben, und ich hatte beschlossen, die Nacht bei Nicole zu verbringen. Ich hatte schon ein bißchen Schlagseite und ging gerade auf Nicoles Haustür zu, als ich hinter mir hastige Schritte hörte. Ich drehte mich um. Es war Lydia. »Ha!« sagte sie. »Ha!«

Sie entriß mir die Einkaufstüte, zerrte die Bierflaschen heraus und knallte sie nacheinander auf den Gehsteig. Es gab jedesmal eine schöne Explosion. Auf dem Santa Monica Boulevard setzte gerade der Feierabendverkehr ein. Dann bekam sie die Flasche Whisky zu fassen. Sie hielt sie hoch und schrie mich an: »Ha! Damit hast du dich in Stimmung bringen wollen, um sie zu ficken!« Die Flasche zerschellte auf dem Pflaster.

Nicoles Haustür stand offen, und Lydia rannte rein, die Treppe hoch. Nicole stand oben vor ihrer Wohnung. Lydia schwang ihre große Handtasche und drosch damit auf Nicole ein. »Er ist *mein* Mann! Er ist *mein* Mann! Laß bloß die Finger von meinem Mann!« Dann rannte sie wieder die Treppe herunter, an mir vorbei, aus der Tür und hinaus auf die Straße.

»Großer Gott«, sagte Nicole, »wer war denn *das*?«

»Das war Lydia. Gib mir mal einen Besen und eine große Papiertüte.«

Ich ging hinaus und machte mich daran, die Scherben zusammenzukehren und in der Tüte zu verstauen. Diesmal ist das Luder zu weit gegangen, dachte ich. Ich werde losgehen und mich mit neuen Spirituosen eindecken. Und dann werde ich die Nacht mit Nicole verbringen. Vielleicht sogar mehrere Nächte.

Ich bückte mich gerade und hob einige Scherben auf, als ich hinter mir ein eigenartiges Geräusch vernahm. Ich sah mich um, und da kam Lydia in ihrem »Ding« auf mich zu. Sie fuhr auf dem Gehsteig und hatte fast fünfzig Sachen drauf. Ich machte einen Satz an die Hauswand, und sie verfehlte mich nur um einige Zentimeter. Am Ende des

Blocks fuhr sie krachend über den Bordstein herunter auf die Straße und verschwand um die nächste Ecke.

Ich fegte die restlichen Scherben zusammen und steckte sie in die Tüte. Dann faßte ich in meine Einkaufstüte aus dem Supermarkt – sie enthielt noch eine Flasche Bier, die heil geblieben war. Ein erhebender Anblick. Einen Schluck hatte ich jetzt wirklich nötig. Ich wollte gerade den Verschluß abschrauben, als mir die Flasche aus der Hand gerissen wurde. Schon wieder Lydia. Sie holte aus und warf die Flasche durch Nicoles Haustür. Sie schleuderte sie mit solcher Wucht, daß sie glatt durch die Scheibe ging und ein sauberes rundes Loch hinterließ. Lydia rannte weg, und ich ging rein und stieg die Treppe hoch. Nicole stand immer noch oben.

»Um Gottes willen, Chinaski, geh mit ihr, eh es hier noch Tote gibt!«

Ich drehte mich um und stieg die Treppe wieder hinunter. Draußen parkte Lydia mit laufendem Motor am Straßenrand. Ich machte die Tür auf und stieg ein. Sie fuhr los. Keiner von uns sagte ein Wort.

24

Als nächstes schrieb mir eine aus New York. Mindy hieß sie. Auch ihr war das eine oder andere Buch von mir zwischen die Finger geraten, doch das beste an ihren Briefen war, daß sie Literatur nur selten erwähnte und außerdem klarstellte, daß sie selbst keinerlei schriftstellerischen Ehrgeiz hatte. Sie schrieb über die Dinge im allgemeinen, und über Männer und Sex im besonderen. Mindy war 25, sie schrieb ihre Briefe von Hand, und die Handschrift war beherrscht, vernünftig, aber auch humorvoll. Ich beantwortete ihre Briefe und freute mich jedesmal, wenn einer von ihr im Briefkasten lag.

Dann schickte Mindy einige Fotos von sich. Wenn die nicht retuschiert waren, dann war sie eine ziemliche Schönheit. Während der folgenden Wochen gingen weitere Briefe hin und her, und schließlich erwähnte sie etwas von vierzehn Tagen Urlaub, die ihr noch zustanden.

»Wie wär's, wenn du dich ins Flugzeug setzt und herkommst?« schlug ich vor.

»In Ordnung«, schrieb sie zurück.

Jetzt verlegten wir uns aufs Telefonieren, und schließlich gab sie mir durch, wann sie auf dem L. A. International Airport eintreffen würde.

»Ich werde dort sein«, sagte ich. »Nichts kann mich aufhalten.«

25

Ich behielt das Datum gut im Kopf. Mit Lydia einen Krach zu provozieren war nie ein Problem. Ich war von Natur aus ein Einzelgänger, und wenn ich mal mit einer Frau zusammenlebte, genügte es mir, mit ihr zu essen, zu schlafen und die Straße langzugehen. Ich hatte keinen Bedarf nach Konversation und wollte auch nirgends hingehen, außer zu Boxkämpfen und Pferderennen. Mit Fernsehen konnte ich nichts anfangen, und Geld für eine Kinokarte zu bezahlen, um mit anderen Leuten und ihren Emotionen in einem dunklen Saal zu hocken, kam mir blöde vor. Parties machten mich krank. Ich haßte das Getue, die miesen Schäkereien, das Flirten, die amateurhaften Besäufnisse, das langweilige Palaver. Lydia dagegen lebte richtig auf, wenn es eine Party gab und getanzt wurde. Sogar Small talk fand sie anregend. Sie hielt ihre sexuellen Reize für unwiderstehlich und brachte sie ein bißchen arg penetrant aufs Tapet. Unsere Streitereien entstanden also oft aus diesem unvereinbaren Gegensatz – ich wollte am liebsten keine Leute sehen, und sie wollte möglichst viele um sich haben, und möglichst oft.

Ein paar Tage vor Mindys Ankunft fing ich damit an. Wir lagen gerade auf dem Bett.

»Menschenskind, Lydia, warum bist du nur so begriffsstutzig? Kannst du nicht verstehen, daß ich mich abkapseln muß? Daß ich das brauche, weil ich sonst nicht schreiben kann?«

»Wie kannst du was über die Menschen erfahren, wenn du ihnen aus dem Weg gehst?«

»Ich weiß schon alles von ihnen, was ich wissen muß.«

»Sogar wenn wir in einem Lokal sind, starrst du immer vor dich hin. Du siehst nie jemand an!«

»Warum soll ich meinen Magen unnötig strapazieren?«

»Ich *beobachte* die Menschen«, sagte sie. »Ich studiere sie.«

»Scheiße.«

»Du hast Angst vor den Leuten!«

»Nein, ich hasse sie bloß.«

»Wie kannst du Schriftsteller sein, wenn du nichts *beobachtest*?«

»Okay, ich beobachte sie nicht, aber die Miete springt trotzdem dabei raus. Immer noch besser als Schafe hüten.«

»Damit kommst du nicht weit. Du wirst es nie zu was bringen. Du machst alles verkehrt.«

»Genau damit bring ich's aber.«

»*Was* bringst du, hm? Wer weiß denn schon, wer du bist? Bist du berühmt wie Mailer? Wie Capote?«

»Die können nicht schreiben.«

»Aber *du* kannst es! Chinaski ist der einzige, der schreiben kann!«

»Eben. Finde ich jedenfalls.«

»Bist du vielleicht berühmt? Würden sie dich in New York auf der Straße erkennen, hm?«

»Das ist mir doch vollkommen egal. Ich will nichts als weiter meine Sachen schreiben. Ich brauche keine Fanfaren.«

»Von wegen. Du könntest gar nicht genug davon kriegen.«

»Vielleicht.«

»Du tust immer so, als wärst du schon längst berühmt.«

»Ich benehme mich kein bißchen anders als in der Zeit, als ich noch nichts geschrieben habe.«

»Du bist die unbekannteste Berühmtheit, die mir je begegnet ist.«

»Ich bin nur nicht ehrgeizig, das ist alles.«

»Doch, aber du bist stinkfaul. Du willst, daß es dir in den Schoß fällt. Wann schreibst du überhaupt mal? Wann machst du es denn? Du liegst doch entweder im Bett oder du bist besoffen oder auf dem Rennplatz!«

»Was weiß ich. Ist auch nicht wichtig.«

»Was *ist* denn dann wichtig?«

»Sag du mir's doch.«

»Na schön, dann sag ich dir mal, was wichtig ist! Wir sind schon ewig lange auf keiner Party mehr gewesen! Ich hab seit langem keine Leute mehr gesehen! Ich *mag* Leute! Meine Schwestern, wenn die hören, daß irgendwo eine Party steigt, da fahren sie tausend Meilen weit, wenn's sein muß! So ist das bei uns in Utah. Es ist überhaupt nichts Schlechtes an Parties. Die Leute gehn einfach aus sich heraus und amüsieren sich. Du hast immer diese blödsinnigen Vorstellungen in deinem Kopf. Du denkst, wenn man sich amüsiert, dann will man immer gleich rumficken! Menschenskind, so *sind* die Leute überhaupt nicht! Du bist einfach zu verklemmt, um dich zu amüsieren!«

»Ich mag keine Menschen«, sagte ich.

Lydia sprang aus dem Bett. »Mensch, wenn ich dich so reden höre, kommt mir der kalte Kaffee hoch!«

Ich schwang die Beine aus dem Bett und begann, meine Schuhe anzuziehen. »All right. Ich mach dir ein bißchen Platz.«

»Ein bißchen Platz?« sagte Lydia. »Was soll denn das heißen, ›ein bißchen Platz‹?«

»Das soll heißen, daß ich hier verschwinde.«

»Okay, dann sag ich dir bloß eins: wenn du aus dieser Tür hier gehst, siehst du mich nie mehr wieder!«

»Dein Wort in Gottes Ohr«, sagte ich.

Ich stand auf, ging zur Tür, machte sie auf, hinter mir zu, ging zu meinem VW und fuhr los. Ich hatte ein bißchen Platz gemacht für Mindy.

26

Ich saß in der Wartehalle des Flughafens. Mit Fotos war es so eine Sache. Man konnte sich nie sicher sein. Ich war so nervös, daß mir fast schlecht wurde. Ich steckte mir eine Zigarette an und würgte. Warum machte ich eigentlich immer solche Sachen? Da kam Mindy die ganze

Strecke von New York City angeflogen, und jetzt wollte ich sie gar nicht mehr haben. Ich kannte doch schon jede Menge Frauen – warum immer noch mehr? Was wollte ich denn? Eine neue Affäre war zwar immer erregend, aber es bedeutete auch jedesmal harte Arbeit. Der erste Kuß, der erste Fick – das war noch einigermaßen dramatisch. Anfangs waren die Menschen noch interessant. Doch mit der Zeit kamen unweigerlich die Fehler und Macken zum Vorschein, der Wahnsinn. Sie empfanden immer weniger für mich, und ich empfand immer weniger für sie.

Ich war alt, und ich war häßlich. Vielleicht war das der Grund, weshalb es mir so ein gutes Gefühl gab, junge Mädchen zu pimpern. Ich war King Kong, und sie waren rank und zart. Wollte ich dem Tod ein Schnippchen schlagen und mich an ihm vorbeificken? Trieb ich es immer wieder mit jungen Mädchen, weil ich hoffte, ich würde nicht alt werden, mich nicht alt fühlen? Vielleicht wollte ich einfach mit Anstand alt werden, statt in die Knie zu gehen und schon tot zu sein, noch ehe ich gestorben war.

Mindys Flugzeug landete und wurde an die Rampe gezogen. Ich hatte wieder einmal das ungute Gefühl, daß ich mich aufs Glatteis begab. Die Frauen kannten mich immer schon, weil sie meine Bücher gelesen hatten. Ich hatte mich entblößt. Von ihnen dagegen wußte ich nichts. Ich war ein richtiger Hasardeur. Ich riskierte meine Haut. Ich riskierte, daß mir eine die Eier abschnitt. Chinaski ohne Eier. *Liebesgedichte eines Eunuchen.*

Die Passagiere kamen heraus. Ich stand da und wartete auf Mindy.

O Gott, hoffentlich ist es nicht die da.

Oder die da.

Oder gar *die* hier!

Ah, aber die da ... das wäre was! Diese Beine, dieser Hintern, diese Augen ...

Eine von ihnen kam in meine Richtung. Ich hoffte, daß sie es sein würde. Sie war die beste von allen. Nein, so ein unverschämtes Glück konnte ich doch nicht haben? Wahrhaftig, sie kam zu mir her. »Ich bin Mindy«, sagte sie und lächelte mich an.

»Freut mich ehrlich, daß du es bist.«

»Und ich bin froh, daß du Chinaski bist.«

»Mußt du noch auf dein Gepäck warten?«

»Ja. Ich hab mir eine Menge eingepackt, damit mir's für die ganze Zeit reicht.«

»Dann warten wir am besten in der Bar.«

Wir gingen rein und fanden noch einen freien Tisch. Mindy bestellte sich einen Wodka Tonic, ich einen mit 7-Up. Ah, beinahe dasselbe. Sie sah schön aus, geradezu jungfräulich. Es war kaum zu fassen. Klein, blond, perfekte Figur. Ungezwungen. Nichts Einstudiertes. Es war ganz leicht, ihr in die Augen zu sehen (die übrigens eine interessante Farbe hatten: so zwischen blau und grün). Sie trug kleine Ohrringe, und an den Füßen hatte sie Schuhe mit hohen Absätzen. Ich hatte ihr erzählt, daß ich hohe Absätze aufregend fand.

»Na?« sagte sie. »Immer noch Angst?«

»Nicht mehr soviel. Ich mag dich.«

»Du siehst viel besser als auf deinen Fotos aus«, sagte sie. »Ich finde überhaupt nicht, daß du häßlich bist.«

»Danke.«

»Ich will damit nicht sagen, daß du ein gutaussehender Mann bist. Jedenfalls nicht das, was man sich so darunter vorstellt. Aber du hast ein sympathisches Gesicht. Und deine Augen sind so schön. So irre und wild. Wie von einem Tier, das aus einem brennenden Wald herausschaut. Naja, sowas in der Art. Ich kann das nicht so gut ausdrücken.«

»Ich finde dich sehr schön«, sagte ich. »Und sehr nett. Du gibst mir ein gutes Gefühl. Ich glaube, es ist gut, daß wir beide zusammen sind. Trink aus. Wir brauchen noch eine Runde. Du bist genau wie in deinen Briefen.«

Wir steckten den zweiten Drink weg und gingen ihr Gepäck holen. Ich war stolz auf diese Mindy. Allein schon, wie sie ging. Das hatte Stil. Viele Frauen mit guter Figur schlappten einfach drauflos. Mindy schwebte.

Das ist zu gut, um wahr zu sein, dachte ich in einer Tour. Das gibt's doch nicht.

Bei mir zu Hause nahm Mindy ein Bad und zog sich etwas anderes an. Sie kam in einem hellblauen Kleid heraus. Auch ihre Frisur sah jetzt leicht verändert aus. Wir setzten uns nebeneinander auf die Couch, mit dem Wodka und etwas zum Mixen. »Also, eigentlich habe ich immer noch Angst«, sagte ich. »Ich werde mir ein bißchen Mut antrinken müssen.«

»Deine Wohnung sieht genauso aus, wie ich sie mir vorgestellt habe«, sagte sie.

Sie sah mich an und lächelte. Ich zog sie zu mir her und gab ihr einen zaghaften Kuß.

Das Telefon klingelte. Es war Lydia.

»Was machst du gerade?«

»Ich hab Besuch.«

»Von einer Frau, nicht?«

»Lydia, die Sache mit uns beiden ist vorbei. Das weißt du doch.«

»Es ist eine Frau, hab ich recht?!«

»Ja.«

»Naja. All right.«

»All right. Goodbye.«

»Goodbye.«

Ihr schriller Tonfall hatte sich plötzlich gelegt. Ich war erleichtert. Sie konnte sich fürchterlich aufregen. Sie behauptete immer, ich sei derjenige, der eifersüchtig war. Oft war ich das auch. Aber wenn es gegen mich lief, verlor ich einfach die Lust und machte mich rar. Lydia dagegen reagierte immer mit heftigen Ausfällen. Wenn es darum ging, auf den Putz zu hauen, war sie in ihrem Element. Diesmal jedoch merkte ich ihrer Stimme an, daß sie aufgegeben hatte. Sie war nicht auf Neunzig. *Den* Ton kannte ich.

»Das war meine Verflossene«, sagte ich zu Mindy.

»Ist es vorbei?«

»Ja.«

»Liebt sie dich noch?«

»Ich glaube, ja.«

»Dann ist es also nicht vorbei.«

»Es ist vorbei.«

»Soll ich bleiben?«

»Ich bitte dich. Natürlich.«

»Und du nützt mich nicht nur aus? Ich habe diese ganzen Liebesgedichte gelesen, die du für Lydia geschrieben hast ...«

»Ich *war* in sie verliebt. Und ich denke nicht daran, dich auszunützen.«

Mindy drängte sich mit ihrem ganzen Körper an mich und küßte mich. Es war ein langer Kuß. Mein Schwanz ging hoch. Ich hatte in letzter Zeit eine Menge Vitamin E geschluckt. Ich hatte so meine eigenen Gedanken in punkto Sex. Ich war dauernd spitz und onanierte viel. Wenn ich eine Nacht mit Lydia hinter mir hatte und am Morgen zu mir nach Hause kam, holte ich mir prompt einen runter. Die Vorstellung von Sex als etwas Verbotenem erregte mich derart, daß es schon nicht mehr normal war. Ich kam mir vor wie ein Tier, das einen Artgenossen niederkämpfte und zur Aufgabe zwang. Und wenn es mir dann kam, war es für mich wie eine Verhöhnung von allem, was gut und anständig war. Weißes Sperma, das über die Köpfe und Seelen meiner toten Eltern kleckerte.

Wäre ich als Frau auf die Welt gekommen, ich wäre mit Sicherheit eine Prostituierte geworden. Doch da ich nun mal als Mann auf die Welt gekommen war, hechelte ich ständig nach Frauen, und je verrufener sie waren, um so lieber waren sie mir. Frauen, die etwas taugten, machten mir angst, weil sie irgendwann etwas von meiner Seele wollten. Und was mir *davon* noch geblieben war, wollte ich selbst behalten. Also hielt ich mich an Flittchen und Prostituierte, weil sie kaltschnäuzig und abgebrüht waren und außer Geld nichts erwarteten. Wenn sie wieder gingen, war nichts verloren. Doch gleichzeitig sehnte ich mich nach einer Frau, die ich lieben konnte; mochte ich auch noch so viel dafür geben müssen. So oder so – es war hoffnungslos. Ein willensstarker Mann hätte beides sein lassen. Ich war nicht stark. Ich suchte weiter nach einem Weg, um mit Frauen zurechtzukommen und mit meiner Vorstellung von ihnen.

Mindy und ich machten die Flasche leer, und dann gingen wir zu Bett. Ich küßte sie eine Weile, versuchte es zu bringen, doch es ging nicht. Ich war zu betrunken. Tja, so sah er also aus, der große Liebhaber. Ich entschuldigte mich dafür und versprach ihr für die nahe Zukunft allerhand große Erlebnisse. Dann schlief ich ein.

Am Morgen wachte ich verkatert auf und fühlte mich erbärmlich. Ich sah Mindy an, die nackt neben mir lag.

Sogar nach der Trinkerei vom vergangenen Abend bot sie noch einen märchenhaften Anblick. Ich war noch nie mit einem jungen Mädchen zusammen gewesen, das so schön und gleichzeitig so zärtlich und intelligent war. Wo waren ihre Männer? Was hatten sie falsch gemacht?

Ich ging ins Badezimmer und versuchte mich in Schuß zu bringen. Als ich mir den Mund mit Lavoris ausspülen wollte, mußte ich würgen. Ich rasierte mich, rieb mir ein bißchen Rasierwasser ins Gesicht, machte den Kamm naß und fuhr mir damit durch die Haare. Dann holte ich mir ein 7-Up aus dem Kühlschrank und trank es herunter.

Ich kroch wieder zu Mindy ins Bett und drückte mich an ihren warmen Körper. Sie schien noch tief zu schlafen. Auch gut. Ich rieb ein bißchen meinen Mund an ihren Lippen. Mein Schwanz wurde hart. Ich spürte ihre prallen Brüste an meiner Haut, nahm eine Brustwarze in den Mund, saugte daran und spürte, wie sie hart wurde. Mindy regte sich jetzt. Ich strich ihr mit der flachen Hand am Bauch herunter und begann ihr die Möse zu massieren.

Als würde man eine Rosenknospe streicheln, bis sie aufgeht, dachte ich. Es ist etwas Gutes, es hat einen Sinn. Wie zwei Insekten in einem Garten, die langsam zueinander kommen, zwei Käfer, in langsamen magischen Bewegungen. Jetzt geht sie darauf ein, jetzt öffnet sie sich, jetzt wird sie naß. Mindy. Sie ist schön. Sie ist ein Wunder.

Ich legte mich auf sie, steckte ihn bei ihr rein, preßte meinen Mund auf ihre Lippen.

27

Wir tranken den ganzen Tag und bis in den Abend hinein, und dann war es wieder soweit. Doch jetzt mußte ich zu meiner Enttäuschung feststellen, daß sie eine weite Pussy hatte. Sogar eine besonders weite. Davon hatte ich an diesem Morgen gar nichts gemerkt. Was für ein tragisches Mißgeschick. Ich ackerte und ackerte. Mindy lag da, als mache es ihr Spaß. Hoffentlich hatte sie wirklich etwas davon. Ich begann zu schwitzen. Mein Rücken tat mir weh. Ich fühlte mich benommen, elend. Ihre Pussy schien immer weiter zu werden. Ich spürte schon gar keine Reibung mehr. Es war, als hätte man seinen Schwanz in einer großen aufgeweichten Papiertüte. Ein sinnloses Rackern. Es war zum Verzweifeln. Ich mühte mich ab, doch es wollte und wollte mir nicht kommen. Sagen wollte ich auch nichts. Es hätte sie nur verletzt. Es lag nicht allein an meiner Trinkerei. Auch wenn ich trank, brachte ich es immer noch besser als die meisten. Ich hörte, wie mein Herz hämmerte. Ich spürte es, in meiner Brust, im Hals, im Kopf. Ich hielt es nicht mehr aus. Ich gab auf, rutschte von ihr herunter und schnappte nach Luft.

»Mein Gott, Mindy, es tut mir leid.«

»Ist schon gut, Hank.«

Ich wälzte mich herum, auf den Bauch. Ich stank vor Schweiß. Ich stand auf und goß zwei Drinks ein. Dann saßen wir im Bett und tranken, Seite an Seite. Ich verstand nicht, wie ich es beim ersten Mal zu einem Höhepunkt gebracht hatte. Wir hatten ein Problem. Sie war schön, sie war zärtlich, sie war gut, und trotzdem hatten wir ein Problem. Ich brachte es nicht fertig, ihr zu sagen, was los war. Ich wußte nicht, wie ich ihr beibringen sollte, daß sie eine weite Pussy hatte. Vielleicht hatte es ihr noch nie einer gesagt.

»Wenn ich nicht soviel trinke, wird es schon besser werden«, sagte ich.

»Bitte mach dir keine Gedanken, Hank.«

»Na gut.«

Wir legten uns lang und taten so, als schliefen wir. Schließlich schlief ich auch wirklich ein.

28

Mindy war jetzt ungefähr eine Woche da. Ich machte sie mit meinen Freunden bekannt, wir gingen zusammen aus, doch im Bett blieb alles beim alten – es wollte mir einfach nicht kommen. Doch Mindy schien das nicht weiter zu stören. Schon seltsam.

Eines Abends, gegen viertel vor 10, saß Mindy mit einem Drink vorne im Wohnzimmer und las eine Illustrierte. Ich lag in Unterhosen auf dem Bett, angetrunken, eine Zigarette zwischen den Lippen, einen Drink neben mir auf einem Stuhl. Ich starrte an die blaue Zimmerdecke, ohne etwas zu empfinden oder an etwas zu denken.

Es klopfte an die Haustür.

»Soll ich aufmachen?« fragte Mindy.

»Klar«, sagte ich, »nur zu.«

Ich hörte, wie Mindy die Tür aufmachte. Dann hörte ich Lydias Stimme.

»Ich komm nur vorbei, um mal zu sehn, was meine Konkurrenz macht.«

»Ach«, dachte ich, »das ist aber nett von ihr. Ich werde aufstehen und beiden was eingießen, und dann trinken wir was zusammen und halten einen kleinen Plausch. Ich hab's gern, wenn sich meine Frauen gut verstehen ...«

Dann hörte ich Lydia sagen: »Du hältst dich wohl für ein raffiniertes kleines Biest, was?«

Als nächstes hörte ich Mindy schreien. Dann Lydia. Es gab ein Handgemenge, es wurde geknurrt und gefaucht, einige Möbel wurden umgeworfen. Mindy schrie erneut. Der Schrei des wehrlosen Opfers. Lydia schrie. Die Tigerin kurz vor dem Zubeißen. Ich sprang aus dem Bett und rannte in Unterhosen nach vorn, um die beiden zu trennen. Sie zerrten einander an den Haaren, spuckten und kratzten wie zwei Irre. Ich stolperte über einen meiner Schuhe, der auf dem Teppich lag, und schlug der Länge nach hin. Mindy rannte aus der Tür, gefolgt von Lydia. Sie rannten draußen den Weg hinunter, auf die Straße zu. Ich hörte wieder einen Schrei.

Einige Minuten vergingen. Ich stand auf und machte die Tür zu. Offensichtlich war Mindy die Flucht geglückt, denn plötzlich kam Lydia zur Tür herein. Allein. Sie setzte sich in den Sessel neben der Tür und sah mich an.

»Entschuldige. Ich hab mich naß gemacht.«

Es stimmte. Sie hatte vorne einen dunklen Fleck, und das eine Hosenbein war bis unten durchnäßt.

»Schon gut«, sagte ich.

Ich goß ihr einen Drink ein, und sie saß da und hielt das Glas in der Hand. Ich konnte meines nicht halten. Meine

Hand zitterte zu sehr. Wir schwiegen uns an. Kurz danach klopfte es an die Tür. Ich stand auf, immer noch in Unterhosen, und öffnete. Mein großer, weißer, lappriger Bauch hing mir über den Bund der Unterhose. Zwei Polizisten standen vor der Tür.

»Hallo«, sagte ich.

»Wir haben einen Anruf bekommen, wegen Ruhestörung.«

»Nur ein kleiner Ehekrach«, sagte ich.

»Der Anrufer sagte aber etwas von *zwei* Frauen«, meinte der Cop, der dicht bei mir stand.

»Ja sicher«, sagte ich, »das ist meistens der Grund.«

»Na schön«, sagte der Cop, »dann habe ich nur eine Frage an Sie.«

»Bitte.«

»Welche von den beiden Frauen wollen Sie denn?«

»Die da reicht mir.« Ich zeigte auf Lydia, die völlig durchweicht in ihrem Sessel saß.

»All right. Sind Sie sich auch sicher?«

»Ich bin mir sicher.«

Die Cops gingen weg, und ich war wieder mit Lydia zusammen.

29

Am nächsten Morgen – Lydia war gerade nach Hause gegangen – schrillte das Telefon. Es war Bobby, der Junge, der eine Straße weiter wohnte und in dem Porno-Laden arbeitete.

»Mindy ist hier«, sagte er. »Sie möchte, daß du herkommst und mir ihr redest.«

»Ist gut.«

Ich griff mir drei Flaschen Bier und ging hin. Mindy hatte Stöckelschuhe an den Füßen und trug ein durchsichtiges Fähnchen, das nach Frederick's aussah. Es hing an ihr herum wie ein Umstandskleid, und man konnte ihren schwarzen Slip darunter sehen. Sie trug keinen BH.

Valerie war nirgends zu sehen. Ich setzte mich, machte die Flaschen auf und reichte sie herum.

»Hank, gehst du wieder zu Lydia zurück?« fragte Mindy.

»Ich bin's schon«, sagte ich. »Tut mir leid.«

»Das war richtig fies, was da passiert ist. Ich dachte, zwischen Lydia und dir ist es aus?«

»Das dachte ich auch. Aber man blickt da nicht immer durch.«

»Ich hab noch meine ganzen Sachen bei dir. Ich werd sie irgendwann holen müssen.«

»Natürlich.«

»Ist sie jetzt weg?«

»Ja.«

»Sie führt sich auf wie 'ne ruppige Lesbe, diese Frau.«

»Ich glaub nicht, daß sie eine ist.«

Mindy stand auf und ging ins Badezimmer. Bobby sah mich an. »Ich hab sie gefickt«, sagte er. »Aber du darfst es ihr nicht krumm nehmen. Sie konnte ja sonst nirgends hin.«

»Ich nehm es ihr nicht krumm.«

»Valerie ist mit ihr zu Frederick's gegangen, damit sie auf andere Gedanken kommt. Sie hat ihr ein neues Kleid gekauft.«

Mindy kam wieder aus dem Badezimmer heraus. Sie hatte geweint.

»Mindy«, sagte ich. »Ich muß gehn.«

»Ich komm dann vorbei und hol meine Sachen.«

Ich stand auf und ging aus der Tür. Mindy folgte mir nach draußen. »Nimm mich in den Arm«, sagte sie.

Ich nahm sie in den Arm. Sie weinte.

»Du wirst mich *nie* vergessen ... *nie*!«

Ich ging zurück zu meiner Bude, und unterwegs fragte ich mich, ob Bobby sie wirklich gefickt hatte. Er und Valerie machten allerhand neumodische Spielchen mit. Was mich an den beiden störte, war nicht ihr Mangel an Taktgefühl, sondern die lustlose gleichgültige Art, in der sie es taten. So wie andere gähnten oder Kartoffeln kochten.

30

Um Lydia zu besänftigen, fuhr ich mit ihr nach Muleshead, Utah. Die Schwestern hatten sich in den Bergen zum Zelten verabredet. Sie hatten dort von ihrem Vater eine Menge Land geerbt. Glendoline war bereits da und zeltete irgendwo in den Wäldern. Sie schrieb an einem Roman mit dem Titel ›Die Wilde aus den Bergen‹. Die übrigen Schwestern sollten kurz nach uns eintreffen. Wir stellten unser 2-Mann-Zelt auf und zwängten uns da am ersten Abend rein, und die Schnaken zwängten sich mit uns rein. Es war entsetzlich.

Am nächsten Morgen saßen wir um das Lagerfeuer herum. Glendoline und Lydia machten Frühstück. Ich hatte für 40 Dollar Verpflegung mitgebracht, darunter mehrere Sechserpackungen Bier, die ich zwecks Kühlung in einem Bergbach deponierte. Wir aßen unser Frühstück, ich half beim Abwaschen, und dann zückte Glendoline ihr Romanmanuskript und las uns daraus vor. Es war eigentlich gar nicht schlecht, nur war es sehr unprofessionell geschrieben und verlangte nach gründlicher Überarbeitung. Glendoline ging davon aus, der Leser müsse von ihrem Leben so fasziniert sein wie sie. Das war ein schwerer Fehler. Was sie sonst noch an schweren Fehlern drin hatte, war zu zahlreich, um es hier zu erwähnen.

Ich ging zum Bach und kam mit drei Flaschen Bier zurück. Die Girls lehnten dankend ab. Sie hatten eine ausgesprochene Abneigung gegen Bier. Wir unterhielten uns über Glendolines Roman. Ich sagte mir, daß jeder verdächtig war, der unbedingt laut aus seinem Roman vorlesen mußte. Ich meine, wenn das nicht der sprichwörtliche Kuß des Todes war – was dann?

Die Girls wechselten jetzt das Thema und redeten von Männern, Parties, Tanzen und Sex. Glendoline hatte eine hohe aufgeregte Stimme und ein nervöses Lachen. Sie lachte ständig. Sie war Mitte Vierzig, ziemlich fett und sehr verschlampt. Ansonsten war sie schlicht und einfach häßlich. Genau wie ich.

Glendoline redete eine geschlagene Stunde lang, immer nur von Sex. Ich war schon ganz benommen davon. Sie fuchtelte mit den Armen und rief: »Ich bin das wilde

Weib aus den Bergen! Wo ist der Mann, wo ist der ganze Kerl, der den Mut hat, mich zu nehmen?!«

Na hier ist er ganz bestimmt nicht, dachte ich.

Ich sah Lydia an. »Komm, wir machen einen Spaziergang.«

»Nein«, sagte sie, »ich will dieses Buch hier lesen.« Es nannte sich ›Liebe und Orgasmus: Ein revolutionärer Führer zur sexuellen Erfüllung‹. »Na schön«, sagte ich. »Geh ich eben allein.«

Ich ging rüber zum Bergbach, griff mir ein Bier, machte es auf, saß da und trank. Tja, da steckte ich nun fest, mitten im Gebirge, mit zwei verrückten Weibern. Sie vergällten einem den ganzen Spaß am Ficken, weil sie ständig darüber redeten. Ich hatte für Ficken einiges übrig, aber man mußte ja nicht gleich eine Religion daraus machen. Es hatte schließlich auch seine lächerlichen und tragischen Seiten. Die Menschen schienen einfach nicht zu wissen, wie sie damit fertig werden sollten. Deshalb machten sie ein Spielzeug daraus. Ein Spielzeug, mit dem sie einander kaputt machten.

Das Entscheidende war, die richtige Frau zu finden. Aber wie? Ich nahm mein rotes Notizbuch heraus und kritzelte ein besinnliches Gedicht hinein. Dann ging ich am Bach entlang zum See. »Vance Pastures« nannte sich die Gegend. Gehörte fast alles den Schwestern.

Ich mußte mal dringend scheißen. Ich zog meine Hose aus und hockte mich ins Gebüsch, umschwirrt von Fliegen und Schnaken. Ich mußte mir den Hintern mit einer Handvoll Blätter abwischen. Mein Gott, dachte ich, wär ich doch bloß wieder in der Stadt.

Ich ging an den See und hielt einen Fuß ins Wasser. Es war eiskalt.

Sei ein Mann, Alter. Geh rein.

Meine Haut war weiß wie Elfenbein. Ich fühlte mich sehr alt, sehr verweichlicht. Ich watete in das eisige Wasser. Es ging mir bis zum Bauch. Ich holte tief Luft und machte einen entschlossenen Schritt nach vorn. Jetzt war ich ganz drin. Der Schlamm wirbelte auf, an mir hoch, drang mir in die Ohren, in den Mund, in die Haare. Ich wartete geraume Zeit, bis sich der Schlamm wieder gelegt hatte. Dann watete ich zurück ans Ufer, zog meine Sachen an und ging außen um den See herum. Am anderen Ende hörte ich ein Geräusch wie von einem Wasserfall. Ich ging zwischen Bäumen hindurch, arbeitete mich den Berghang hoch, überwand einige Felsblöcke und tief eingeschnittene Schmelzwasser-Rinnen. Das Geräusch kam näher und näher. Schwärme von Fliegen und Schnaken verfolgten mich. Die Fliegen waren groß, viel größer als Fliegen in der Stadt, und ihrem wütenden Summen hörte man an, daß sie einen mörderischen Hunger hatten. Sie erkannten ein gutes Stück Aas auf Anhieb.

Ich brachte noch einiges Buschwerk hinter mich, und dann sah ich ihn plötzlich vor mir: meinen ersten echten Wasserfall in freier Natur. Das Wasser schoß über mehrere Felsvorsprünge aus ziemlicher Höhe herunter. Es war ein wunderbarer Anblick. Es kam angerauscht, es wurde immer mehr, endlose Wassermassen. Unten teilte es sich in drei oder vier Bäche, die wahrscheinlich alle in den See flossen.

Nach einer Weile verlor das Schauspiel seinen Reiz, und ich beschloß, mich auf den Rückweg zu machen. Ich versuchte es mit einer Abkürzung, ging auf die andere Seite des Sees herum und schlug die Richtung zu unserem Camp ein. Ich wußte noch ungefähr, wo es lag. Irgendwann blieb ich kurz stehen, nahm mein Notizbuch heraus und kritzelte ein weiteres Gedicht hinein, diesmal weniger besinnlich.

Ich ging und ging, aber das Camp kam nicht in Sicht. Ich sah mich nach dem See um. Er war nicht mehr da. Ich wußte nicht einmal die ungefähre Richtung, in der er lag. Plötzlich dämmerte es mir. *Ich hatte mich verirrt.* Diese beiden Zicken mit ihrem Sex-Geschwafel hatten mich so konfus gemacht, daß ich mich verlaufen hatte. Ich sah mir die Gegend an – nichts als Bäume und Gebüsch, und Berge ringsum. Nirgends ein Anhaltspunkt, nirgends eine zwingende Verbindung. Ich bekam Angst. Richtige Angst. Warum hatte ich mich von ihnen weglocken lassen aus meiner Stadt, aus meinem Los Angeles? Dort gab es wenigstens Telefonzellen und Taxis. Es gab sinnvolle Lösungen für sinnvolle Probleme.

Vance Pastures erstreckte sich meilenweit in alle Richtungen. Ich warf mein rotes Notizbuch weg, um eine

Spur zu hinterlassen. Ich konnte mir schon die Zeitungsmeldung vorstellen:

> Unbekannter Dichter
> in den Wäldern von Utah tot
> aufgefunden
>
> Henry Chinaski, Schriftsteller und ehemaliger Postangestellter, wurde gestern nachmittag von Forstaufseher W. K. Brooks Jr. tot aufgefunden. Die Leiche war bereits stark verwest. In der Nähe fand sich ein kleines rotes Notizbuch, das offenbar Mr. Chinaskis letzte Aufzeichnungen enthielt.

Was für ein Ende für einen Schriftsteller. Ich ging weiter. Der Boden wurde jetzt sehr weich, und bei jedem Schritt quoll Wasser heraus. Mehrmals sank ich bis zu den Knien ein und mußte mich mühsam wieder aus dem Moor befreien.

Ich erreichte einen Stacheldrahtzaun. Ich wußte sofort, daß es falsch war, über den Zaun zu klettern, aber ich tat es trotzdem. Es schien keine andere Wahl zu geben. Ich stellte mich hin, formte mit beiden Händen einen Trichter vor dem Mund und brüllte: »Lydia!«

Es kam keine Antwort.

Ich versuchte es noch einmal. »Lydia!«

Meine Stimme hörte sich sehr kläglich an. Die Stimme eines Angsthasen.

Ich ging weiter. Ich würde sonstwas dafür geben, dachte ich, wenn ich wieder bei diesen zwei Schwestern sein könnte; wenn ich ihr Lachen hören könnte, ihren Tratsch über Sex und Männer und Tanzen und Parties. Wenn ich mit den Fingern durch Lydias langes Haar streichen könnte. Gott, wäre das schön. Ich würde mit ihr auf jede Party gehen. Ich würde sogar mit sämtlichen anwesenden Frauen einen neckischen Schwof aufs Parkett legen. Mit Handkuß würde ich den munter schwadronierenden Blödmann abgeben. »Hey, kennt ihr den schon? Also da verschlägt es so 'ne japanische Fächer-Tänzerin nach Oregon ... hey, Moment mal, das ist ja eine *irrsinnig* starke Platte zum Tanzen! Los, jetzt machen wir mal so richtig einen *locker*! Hey, *let's boogie*! ...«

Ich stapfte weiter durch das Moor. Endlich erreichte

ich trockenen Boden. Einen Weg. Es war nur ein ordinärer Feldweg, aber er bedeutete die Rückkehr zur Zivilisation. Ich sah Reifenspuren, Abdrücke von Hufen. Es gab sogar eine Stromleitung. Ich brauchte nur diesem Draht zu folgen ...

Ich ging auf dem Feldweg entlang. Die Sonne brannte fast senkrecht herunter. Es mußte also inzwischen um die Mittagszeit sein. Ich schlurfte vor mich hin und kam mir allmählich vor wie der letzte Idiot.

Plötzlich wurde der Weg durch ein Gatter versperrt. Hm. Was sollte das? An der einen Seite des Gatters führte ein schmaler Pfad herum. Anscheinend war hier eine Viehweide. Aber wo waren die Rinder? Wo waren die Cowboys? Vielleicht kamen sie nur alle sechs Monate mal vorbei. Diese Cowboys. Die hatten ein Format, wie es kein Dichter auf der Welt je erreichen würde. Im Vergleich zu ihnen war ich ein wandelnder Batzen Scheiße. Hollywood-Scheiße.

Mitten auf meinem Skalp spürte ich jetzt einen stechenden Schmerz. Ich langte hoch und betastete die Narbe, die mir jemand vor dreißig Jahren in Philadelphia mit einem Totschläger beigebracht hatte. Unter der prallen Sonne war die Narbe angeschwollen und stand nun hoch wie ein Hahnenkamm.

Nach einer guten Stunde Fußmarsch entschloß ich mich zum Umkehren. Den ganzen Weg wieder zurück. Das war schmerzlich, aber es ließ sich nicht ändern. Irgendwann blieb ich stehen und brüllte noch einmal »LYDIA!« Es kam keine Antwort. Ich zog mein Hemd aus und wickelte es mir um den Kopf.

Schließlich kam wieder das Gatter in Sicht. Doch zwischen ihm und mir gab es jetzt ein Hindernis: mitten auf dem Weg stand ein Reh. Es war nicht groß, aber es stand da und rührte sich nicht vom Fleck. Ich ging vorsichtig darauf zu. Würde es mich vorbeilassen? Es schien keine Angst vor mir zu haben. Wahrscheinlich spürte es meine Verwirrung, meine Feigheit. Ich kam näher und näher. Das Tier blieb stehen. Es hatte große braune Augen, schöner als die Augen aller Frauen, die ich je gekannt hatte. Ich konnte nicht verstehen, warum es nicht vor mir ausriß. Ich war jetzt auf wenige Schritte heran. Plötzlich machte es einen Satz zur Seite und rannte auf den nächsten Waldrand zu.

Ich stieg über das Gatter, ging auf dem Feldweg weiter, und nach einer Weile hörte ich Wasser plätschern. Wasser war nicht zu verachten. Ein Mensch konnte nicht lange überleben ohne Wasser. Ich verließ den Weg und ging auf das Geräusch zu. Ich stieg eine kleine Anhöhe hinauf, und als ich oben war, sah ich es. Es war ein kleiner Stausee, der aus mehreren Betonröhren mit Wasser gespeist wurde. Ich setzte mich an den Rand des Wassers, zog Schuhe und Strümpfe aus und hielt die Füße hinein. Ich schaufelte mir mit beiden Händen einiges über den Kopf, und dann trank ich aus der hohlen Hand, in kleinen Schlucken, wie ich es bei Profis in Filmen gesehen hatte.

Als ich mich einigermaßen erholt hatte, ging ich auf ein betoniertes Stück Damm hinaus und entdeckte einen Pfosten mit einem großen Blechkasten dran. Der Kasten war mit einem Vorhängeschloß gesichert. Ah, da war bestimmt ein Telefon drin! Ich konnte um Hilfe telefonieren! »Hilfe! Ich hab mich verirrt! Was? Nein, ich hab keine Ahnung, wo ich bin ...!«

Ich besorgte mir einen großen Stein und begann, auf das Vorhängeschloß einzuschlagen. Es gab nicht nach. Teufel nochmal, was hätte Jack London in so einem Fall getan? Oder Cervantes? Jean Genet?

Ich schlug weiter auf das Schloß ein. Manchmal schlug ich daneben. Meine Fingerknöchel platzten auf, Blut quoll heraus. Ich nahm meine letzte Kraft zusammen und brachte noch einmal einen wuchtigen Hieb an. Das Schloß sprang auf. Ich machte es ab und öffnete den Kasten. Er enthielt kein Telefon, sondern nur Drähte und ein paar Schalter. Ich griff nach einem der Schalter, kam an einen blanken Draht und bekam einen Schlag.

Ich drehte den Schalter und hörte ein gewaltiges Rauschen. Unter mir, aus drei oder vier Öffnungen im Staudamm, schoß in schäumenden Wogen das Wasser heraus. Ich legte den nächsten Schalter um. Weitere Öffnungen ließen Tonnen von Wasser frei. Ich probierte auch noch den dritten Schalter, und jetzt lief der ganze Stausee aus. Ich stand da und sah mir die Bescherung an. Vielleicht konnte ich die Gegend überfluten, und die Cowboys würden hoch zu Roß oder mit geländegängigen Jeeps ankommen und mich retten? Nein, das war vielleicht doch nicht das Richtige ...

GELEGENHEITSDICHTER HENRY CHINASKI ÜBERSCHWEMMT HALB UTAH, UM SEINEN VERWEICHLICHTEN HOLLYWOOD-ARSCH ZU RETTEN.

Ich brachte die Schalter wieder auf Ausgangsstellung, machte den Kasten zu und hängte das kaputte Schloß dran. Dann ging ich zurück auf den Weg, folgte ihm ein Stück und kam auf eine Schotterstraße. Schon besser. Ich ging die Straße lang, und plötzlich kam mir ein kleines Mädchen entgegen. Die Kleine war etwa fünf Jahre alt, trug ein blaues Kleidchen und hatte weiße Schuhe an den Füßen. Sie blieb stehen und sah mir ängstlich entgegen.

»Lauf nicht weg, Kleine. Ich tu dir nichts! Ich hab mich verirrt! Wo sind deine Eltern? Komm schon, sag mir doch, wo deine Eltern sind ...«

Sie zeigte nach hinten und lief los. Ich folgte ihr. Jetzt sah ich einen Wohnwagen mit einem Auto davor. »Hey!« schrie ich. »Ich hab mich verirrt! Gott, bin ich froh, daß ich Sie hier finde! ...«

Jemand kam um den Wohnwagen herum. Es war Lydia. Sie hatte rote Lockenwickler in den Haaren. »Na dann komm mal, du Großstadtpflanze«, sagte sie, »und laß dich nach Hause führen.«

»Baby! Bin ich vielleicht froh, dich zu sehen! Komm her, gib mir einen Kuß!«

»Nein. Komm schon, hier geht's lang.« Sie legte einen ziemlichen Trab vor. Ich kam kaum mit.

»Ich hab die Leute da gefragt, ob sie einen Städter gesehen hätten«, rief sie über die Schulter zurück. »Sie sagten, sie hätten keinen gesehen.«

»Lydia, ich *liebe* dich!«

»Jaja, nun komm endlich! Nicht so lahm!«

»Warte, Lydia! Warte doch!«

Sie sprang über einen Stacheldrahtzaun. Ich war nicht so behende. Ich blieb drin hängen. Ich kam nicht mehr vor und nicht mehr zurück. Wie eine Kuh im Dickicht.

»Lydia!«

Sie kam zurück und zerrte an dem Stacheldraht herum. »Ich bin dir nachgegangen. Ich hab dein rotes Notizbuch gefunden. Du hast dich absichtlich verlaufen, weil du sauer warst.«

»Nein, ich hab mich aus Dummheit und Angst verlaufen. Ich bin ein dämlicher Stadtmensch. Ich bin mehr oder weniger ein beschissener Versager, der rein gar nichts drauf hat.«

»Ach Gott«, sagte sie, »meinst du, das *weiß* ich nicht?«

Sie befreite mich aus den letzten Stacheln, drehte sich um und marschierte mit ihren roten Lockenwicklern los. Ich hinkte hinter ihr her. Ich hatte meine Lydia wieder...

31

Wieder in L. A., und ich hatte noch drei oder vier Tage bis zu einer Lesung in Houston, Texas. Ich fuhr zum Pferderennen, trank mir dort einen an, und auf dem Rückweg blieb ich in einer Bar am Hollywood Boulevard hängen und trank noch einiges mehr. Es war neun oder zehn Uhr abends, als ich nach Hause kam. Ich schickte mich gerade an, barfuß und in Unterhosen das Schlafzimmer zu durchqueren und das Bad anzusteuern, da stolperte ich über das Telefonkabel und schlug mir das eine Bein an der Bettkante an. Die Bettkante war scharf wie eine Messerklinge. Als ich wieder hochkam, stellte ich fest, daß ich eine tiefe Wunde über dem Knöchel hatte. Der Teppich bekam eine Blutspur, während ich ins Badezimmer wankte, und auf den Fliesen dort hinterließ ich rote Fußabdrücke.

Es klopfte an die vordere Tür. Bobby. Ich ließ ihn herein.

»Mein Gott, was ist denn mit dir passiert?«

»Der Tod hat mich am Wickel«, sagte ich. »Ich bin am Verbluten.«

»Mann«, sagte er, »um das Bein solltest du dich aber kümmern...«

Es klopfte wieder. Ich ließ Valerie herein. Sie stieß einen Schrei aus. Ich goß uns allen was zu trinken ein. Das Telefon klingelte. Es war Lydia.

»Lydia, Baby, ich bin am Verbluten!«

»Ist das wieder einer von deinen dramatischen Trips?«

»Nein, ich bin wirklich am Verbluten. Frag Valerie.«

Valerie nahm mir den Hörer aus der Hand. »Es stimmt«, sagte sie. »Er hat ein Loch im Bein. Überall ist Blut, aber er will nichts dagegen tun. Am besten, du kommst gleich mal her...«

Als Lydia zur Tür hereinkam, saß ich in aufgeräumter Stimmung auf der Couch. »Schau her, Lydia – ich bin schon so gut wie tot!« Die Wunde war ziemlich ausgefranst und häßlich. Ich nahm meine Zigarette aus dem Mund und tippte ein bißchen Asche rein.

Lydia rannte los, kam mit einem Fläschchen Perhydrol wieder und goß mir einiges davon in die Wunde. Das war nett. Weißer Schaum quoll aus der Wunde. Es zischte und sprudelte. Lydia goß noch ein bißchen nach.

»Du solltest besser in ein Krankenhaus gehn«, meinte Bobby.

»Ach Scheiße, ich brauch kein Krankenhaus. Das heilt von selber...«

Am nächsten Morgen bot die Wunde einen schauerlichen Anblick. Sie klaffte immer noch weit auseinander und bekam jetzt eine dicke Kruste. Ich besorgte mir aus der nächsten Apotheke weiteres Perhydrol, einige Mullbinden und ein Epsomer Bittersalz. Ich streute das Salz in die Badewanne, ließ Wasser einlaufen und setzte mich rein. Ich überlegte mir, wie es wäre, nur noch ein Bein zu haben. Es hatte einiges für sich: *»Henry Chinaski ist ohne Zweifel der größte einbeinige Dichter der Welt...«*

Am Nachmittag schaute Bobby vorbei. »Weißt du zufällig, was eine Beinamputation kostet?« fragte ich ihn.

»12000 Dollar«, sagte er.

Als er wieder weg war, rief ich meinen Arzt an. Nach Houston flog ich also mit einem dicken Verband am Bein. Und ich schluckte Antibiotika, um die Entzündung einzudämmen. Mein Arzt hatte erwähnt, daß jeglicher Alkoholgenuß die Wirkung der Antibiotika sofort auf Null bringen würde. Die Lesung war in einem Museum für moderne Kunst. Ich stieg nüchtern auf die Bühne. Nach den ersten paar Gedichten rief jemand aus dem Publikum: »Sie sind ja gar nicht besoffen. Was ist los?«

»Ich bin nicht Henry Chinaski«, sagte ich. »Er konnte nicht kommen. Ich bin sein Bruder Efram.«

Ich las ein weiteres Gedicht, und dann beichtete ich ihnen das mit den Antibiotika. Ich zitierte auch die Hausordnung des Museums: Alkoholverbot. Jemand aus dem Publikum stand auf, kam nach vorn und brachte mir ein Bier. Ich trank es aus und las wieder ein paar. Dann kam noch einer mit einem Bier an. Alsbald floß das Bier in Strömen. Die Gedichte wurden besser.

Anschließend gab es in irgendeinem Lokal ein Essen und eine Party. An meinem Tisch saß mir das absolut schönste Girl gegenüber, das ich je gesehen hatte. Sie sah aus wie eine junge Katherine Hepburn. Sie war etwa 22, und sie war so schön, daß sie geradezu eine Aura hatte. Ich alberte herum und redete sie ständig mit »Katherine Hepburn« an. Es schien ihr zu gefallen. Ich erwartete nicht, daß sich daraus etwas ergeben würde. Sie hatte eine Freundin dabei.

Als es Zeit wurde zu gehen, sagte ich zu der Direktorin des Museums, einer Dame namens Nana, die mich in ihrem Haus einquartiert hatte: »Ich werde sie vermissen. Sie war einfach unglaublich ...«

»Sie kommt mit uns nach Hause.«

»Was? Das glaube ich Ihnen nicht ...«

Doch später, zu Hause bei Nana, war sie dann tatsächlich bei mir im Zimmer. Sie hatte ein hauchdünnes Nachthemd an, und sie saß auf dem Bettrand, kämmte ihre langen Haare und lächelte mich an.

»Wie heißt du eigentlich richtig?« fragte ich.

»Laura.«

»Mhm. Darf ich dich trotzdem Katherine nennen?«

»Na sicher.«

Ihr Haar hatte einen rötlichen Schimmer, und es reichte ihr fast bis zu den Hüften. Sie war klein, aber an ihren Proportionen stimmte alles. Das Schönste an ihr war ihr Gesicht.

»Kann ich dir etwas zu trinken anbieten?« fragte ich.

»Oh nein, ich trinke nicht. Ich mag es nicht.«

Ehrlich gesagt, sie machte mir angst. Ich konnte nicht verstehen, was sie hier mit mir wollte. Sie schien kein Groupie zu sein. Ich ging ins Badezimmer, kam zurück, knipste das Licht aus und legte mich ins Bett. Ich spürte, wie sie sich neben mir ausstreckte. Ich nahm sie in die Arme und wir begannen uns zu küssen. Ich konnte es nicht fassen, daß ich solch ein Glück hatte. Womit hatte ich das verdient? Wie konnten ein paar Gedichtbände soviel bewirken? Es war unbegreiflich. Doch verschmähen wollte ich es auf keinen Fall. Ich kam in Fahrt und wurde heiß. Plötzlich rutschte sie an mir herunter und nahm meinen Schwanz in den Mund. Ein bißchen Mondschein drang durch die Gardinen herein, ich sah die Umrisse ihres Körpers, das Auf und Ab ihres Kopfes. Sie machte es nicht so gut wie manche anderen, doch die Tatsache, daß *sie* es machte, war erstaunlich und erregend. Als ich spürte, wie es mir kam, wühlte ich meine Hände in ihr herrliches Haar und zerrte daran im Mondschein herum. Dann kam es mir, in Katherines Mund.

32

Lydia holte mich am Flughafen ab. Sie war spitz wie immer.

»Mensch, bin ich *heiß*!« sagte sie, als wir im Wagen saßen und zu mir nach Hause fuhren. »Ich mach mir's dauernd mit den Fingern, aber es nützt überhaupt nichts.«

»Lydia, mein Bein tut immer noch entsetzlich weh. Ich weiß wirklich nicht, ob ich's bringen kann, mit diesem Bein.«

»Was?«

»Ehrlich. Ich glaub nicht, daß ich ficken kann, solang mein Bein solche Scherereien macht.«

»Verdammt, zu was bist du denn dann gut?«

»Naja, ich kann Spiegeleier braten, Zauberkunststückchen vorführen ...«

»Werd bloß nicht komisch. Ich hab gefragt, zu was du überhaupt *gut* bist.«

»Das Bein wird wieder heilen. Wenn nicht, laß ich's amputieren. Nur Geduld.«

»Wenn du nicht so gesoffen hättest, wär dir das mit dem Bein nicht passiert. Es ist *immer* die Flasche!«

»Nicht immer, Lydia. Wir ficken viermal die Woche. Für mein Alter ist das ziemlich gut.«

»Manchmal hab ich den Eindruck, es macht dir nicht einmal Spaß.«

»Lydia, Sex ist nicht *alles* im Leben. Komm doch mal runter von dieser Zwangsvorstellung, Menschenskind. Gönn dir auch mal 'ne Pause.«

»Eine Pause, bis dein Bein geheilt ist? Und was soll ich in der Zwischenzeit machen?«

»Ich werd Scrabble mit dir spielen.«

»DU MISTSTÜCK!« schrie sie. »ICH BRING DICH UM!« Der Wagen begann über die ganze Straße zu eiern. Sie fuhr mit hoher Geschwindigkeit über die gelbe Mittellinie, direkt in den Gegenverkehr hinein. Es gab ein Hupkonzert. Wagen stoben vor uns auseinander. Wir fuhren auf der Gegenfahrbahn weiter. Die entgegenkommenden Wagen schleuderten links und rechts an uns vorbei. Dann riß Lydia abrupt das Steuer herum, und wir schlingerten mit quietschenden Reifen auf unsere alte Fahrbahn zurück.

Wo bleibt die Polizei? dachte ich. Warum taucht die Polizei nie auf, wenn Lydia sich so etwas leistet?

»All right«, sagte Lydia. »Ich fahr dich nach Hause, und dann ist Schluß. Ich hab endgültig die Nase voll. Ich werd mein Haus verkaufen und nach Phoenix ziehen. Glendoline wohnt jetzt in Phoenix. Meine Schwestern haben mich gleich gewarnt, ich soll mich nicht mit einem alten Ficker wie dir einlassen.«

Wir fuhren den Rest des Weges, ohne ein Wort zu sagen. Als wir an der Einfahrt zur Bungalow-Anlage hielten, nahm ich meine Reisetasche vom Rücksitz, sah Lydia an und sagte »Goodbye«. Sie weinte, lautlos. Ihr ganzes Gesicht war naß. Plötzlich fuhr sie in Richtung Western Avenue davon. Ich ging nach hinten zu meinem Bungalow. Wieder mal von einer Lesung zurück ...

Ich sah meine Post durch, dann rief ich Katherine an. Sie wohnte in Austin, Texas. Es schien sie aufrichtig zu freuen, daß ich mich meldete. Und mir tat es gut, diesen texanischen Akzent zu hören, dieses hohe Lachen. Ich sagte ihr, sie müsse mich unbedingt besuchen, und ich würde ihr den Flug bezahlen. Wir würden zum Pferderennen gehen, wir würden nach Malibu gehen ... alles, was sie wollte.

»Aber Hank«, sagte sie, »hast du denn nicht eine Freundin?«

»Nein. Ich bin menschenscheu.«

»Aber in deinen Gedichten schreibst du doch immer von Frauen.«

»Das war mal. Damit ist es vorbei.«

»Aber was ist mit Lydia?«

»Lydia?«

»Ja. Du hast mir alles über sie erzählt.«

»Was hab ich dir denn erzählt?«

»Zum Beispiel, daß sie schon zwei von deinen Frauen verprügelt hat. Willst du es darauf ankommen lassen, daß sie auch mich verprügelt? Ich bin nicht besonders kräftig, weißt du.«

»Dazu kann es gar nicht kommen. Sie ist nach Phoenix gezogen. Ich sag dir, Katherine, du bist *die* außergewöhnliche Frau, nach der ich immer gesucht habe. Bitte, du mußt mir vertrauen.«

»Ich müßte erst noch einiges erledigen. Ich muß jemand finden, der sich um meine Katze kümmert.«

»All right. Ich möchte dir nur sagen, daß hier bei mir alles klar ist.«

»Trotzdem, Hank – vergiß nicht, was du mir von deinen Frauen gesagt hast.«

»Was hab ich denn gesagt?«

»Du hast gesagt: ›Sie kommen immer wieder.‹«

»Das war nur Angeberei.«

»Also gut, ich komme«, sagte sie. »Sobald ich hier alles erledigt habe, buche ich einen Flug und gebe dir dann Bescheid.«

In Houston hatte mir Katherine einiges von sich erzählt. Ich war erst der dritte Mann, mit dem sie geschlafen hatte. Vor mir hatte es einen gegeben, mit dem sie einige Zeit verheiratet war, und einen Leichtathleten, der zum Alkoholiker wurde. Arnold, ihr Ehemaliger, hatte irgendwas mit Showbusiness und Kunsthandel zu tun. Ich wußte nicht genau, was er da tat, außer daß er ständig Verträge schloß mit Rock-Stars, Malern usw. Er hatte $ 60000 Schulden, aber das Geschäft ging glänzend. Offenbar eins von diesen Unternehmen, bei denen es einem um so besser geht, je stärker man verschuldet ist.

Was aus dem Leichtathleten wurde, weiß ich nicht mehr. Wahrscheinlich lief er ihr einfach weg. Und Arnold fing an zu koksen. Das Kokain machte über Nacht einen anderen Menschen aus ihm. Es sei erschreckend gewesen, sagte Katherine. Sie habe ihn nicht mehr wiedererkannt. Ein ums andere Mal mußte sie die Ambulanz rufen und ihn ins Krankenhaus schaffen. Und am nächsten Morgen saß er dann wieder in seinem Büro am Schreibtisch, als sei nichts gewesen.

Dann trat Joanna Dover auf den Plan. Eine große stattliche Erscheinung mit einer halben Million hinter sich. Gebildet und unberechenbar. Sie stieg bei Arnold als Teilhaberin ein. Die Dover handelte mit Kunst, wie andere Leute Termingeschäfte mit Getreide machen. Sie tat unbekannte Künstler auf, die im Kommen waren, kaufte ihnen die Sachen zu Spottpreisen ab und machte enormen Profit, wenn die Jungs berühmt waren. Sie hatte ein Auge dafür. Und einen prachtvollen Körper, einszweiundachtzig groß. Sie zeigte sich nun immer häufiger in Arnolds Gesellschaft.

Eines Abends kam sie in einem teuren, engsitzenden Abendkleid an, um Arnold abzuholen. Katherine wußte jetzt, daß Joanna Dover aufs Ganze ging. Deshalb ging sie von nun an immer mit, wenn die beiden ausgingen. Sie waren jetzt ein Trio. Arnold hatte eine sehr schwach entwickelte Libido. Darum brauchte sich Katherine also keine Sorgen zu machen. Was ihr Sorgen machte, war das Geschäft. Dann stieg Joanna aus, und Arnold verlegte sich mehr und mehr auf Kokain. Die Ambulanzfahrten häuften sich. Schließlich ließ sich Katherine scheiden. Doch sie sah ihn immer noch regelmäßig. Jeden Morgen um 10.30 Uhr erschien sie im Büro und brachte den Angestellten Kaffee. Arnold setzte sie auf die Gehaltsliste, damit sie ihre Miete bezahlen konnte. Er konnte nicht auf sie verzichten, und sie wollte für ihn da sein, damit er nicht restlos den Halt verlor. Dann und wann gingen sie zusammen essen. Doch Sex hatten sie nicht mehr miteinander.

33

Ein oder zwei Tage später tauchte vor meiner Tür ein Mensch auf, der sagte, er heiße Monty Riff und sei Maler, und wir hätten früher viel zusammen gezecht, als ich noch in der DeLongpre Avenue wohnte.

»Ich kann mich nicht an dich erinnern«, sagte ich.

»DeeDee hat mich immer mit zu dir geschleppt.«

»Ach ja? Na, dann komm rein.«

Monty hatte eine Sechserpackung dabei und eine Frau – eine große stattliche Erscheinung.

»Das ist Joanna Dover«, stellte er mir die Dame vor.

»Ich habe Ihre Lesung in Houston leider verpaßt«, sagte sie.

»Laura Stanley hat sie nicht verpaßt«, gab ich zurück.

»Sie kennen Laura?«

»Ja. Ich hab sie in ›Katherine‹ umgetauft. Nach Katherine Hepburn.«

»Sie kennen sie *wirklich*?«

»Ziemlich gut, ja.«

»Wie gut?«

»Sie kommt mich morgen oder übermorgen besuchen.«

»Wirklich?«

»Ja.«

Wir machten die Sechserpackung leer, und ich ging los, um Nachschub zu holen. Als ich zurückkam, war Monty verschwunden. Joanna sagte, er habe irgendwo eine dringende Verabredung. Wir kamen auf Malerei zu sprechen, und ich zeigte ihr ein paar von meinen Sachen. Sie sah sich die Dinger an und sagte, sie würde gern zwei davon kaufen. »Wieviel?« fragte sie.

»Naja ... $ 40 für das kleine, und $ 60 für das große.«

Sie stellte mir einen Scheck über hundert Dollar aus.

Dann sagte sie: »Ich möchte, daß Sie mit mir zusammenleben.«

»Was? Das kommt ein bißchen überraschend.«

»Es würde sich lohnen für Sie. Ich habe Geld. Ich will nicht damit angeben, deshalb sage ich nicht, wieviel. Ich habe mir einige Gründe überlegt, weshalb es sich noch für Sie lohnen würde. Wollen Sie's hören?«

»Nein.«

»Punkt eins wäre: Ich würde mit Ihnen nach Paris gehen.«

»Ich kann Reisen nicht ausstehen.«

»Ich könnte Ihnen ein Paris zeigen, das Ihnen wirklich gefallen würde.«

»Muß ich mir erst noch überlegen.«

Ich beugte mich zu ihr rüber und gab ihr einen Kuß. Dann gab ich ihr noch einen. Der dauerte ein bißchen länger.

»Shit«, sagte ich, »gehn wir doch ins Bett.«

»All right«, sagte Joanna Dover.

Wir zogen uns aus und krochen rein. Sie war einszweiundachtzig groß. Ich hatte bis dahin nur kleinere Frauen gehabt. Es war eigenartig – ich konnte hinfassen, wo ich wollte: Die Frau hörte überhaupt nicht mehr auf. Wir kamen in Stimmung. Ich gab ihr drei oder vier Minuten mit dem Mund, dann stieg ich auf. Sie war gut, sie hatte wirklich was los.

Wir trockneten uns ab, zogen uns an, und sie fuhr mit mir nach Malibu zum Dinner. Sie erzählte mir, sie wohne in Galveston. Sie gab mir ihre Adresse und Telefonnummer und sagte, ich solle sie mal besuchen. Ich versprach es. Das mit Paris undsoweiter sei ernst gemeint, sagte sie. Nun ja. Auf jeden Fall war es ein guter Fick gewesen, und das Dinner hatte ausgezeichnet geschmeckt.

34

Am folgenden Tag rief Katherine an. Sie sagte, sie habe einen Flug gebucht und werde am Freitag um 14.30 Uhr auf dem L. A. International eintreffen.

»Katherine«, sagte ich, »ich muß dir was beichten.«

»Hank, was ist? Möchtest du nicht mehr, daß ich komme?«

»Doch. Ich wüßte nicht, wen ich lieber sehen würde.«

»Was ist denn dann?«

»Naja, du kennst doch Joanna Dover...«

»Joanna Dover?«

»Ja... du weißt schon... die mit deinem Mann...«

»Ja und? Was ist mit ihr?«

»Naja, sie hat mich besucht.«

»Du meinst, sie ist zu dir in die Wohnung gekommen?«

»Ja.«

»Und dann?«

»Wir haben uns unterhalten. Sie hat zwei von meinen Bildern gekauft.«

»War sonst noch was?«

»Yeah.«

Katherine schwieg. Dann sagte sie: »Hank, ich weiß nicht, ob ich dich jetzt noch sehen will.«

»Das versteh ich. Schau her ... überleg dir's halt und ruf mich wieder an, ja? Es tut mir leid, Katherine. Tut mir wirklich leid. Aber es ist nun mal passiert. Mehr kann ich nicht sagen.«

Sie legte auf.

Sie wird nicht mehr anrufen, dachte ich. Die beste Frau, die ich je kennengelernt habe. Und ich mußte es verpatzen. Geschieht mir recht. Ich habe es verdient, daß ich irgendwann in einem Irrenhaus einen einsamen Tod sterbe.

Ich blieb neben dem Telefon sitzen. Las die Zeitung. Den Sportteil, den Wirtschaftsteil, die Comic-Beilage. Das Telefon klingelte. Es war Katherine. »Scheiß auf Joanna Dover!« rief sie und lachte. Es war das erste Mal, daß ich so einen Kraftausdruck von ihr hörte.

»Dann kommst du also?«

»Ja. Hast du die Ankunftszeit?«

»Hab ich. Ich werde pünktlich da sein.«

Also bis Freitag. Wir legten auf. Katherine würde kommen, mindestens für eine Woche ... mit diesem Gesicht, diesem Körper, diesem Haar, diesen Augen, diesem Lachen ...

35

Ich verließ die Bar in der Ankunftshalle des Flughafens und sah zur elektronischen Anzeigetafel hoch. Der Flug war pünktlich. Katherine war in der Luft und flog mir entgegen.

Ich setzte mich hin und wartete. Mir gegenüber saß eine gepflegte Dame, die ein Taschenbuch las. Das Kleid war ihr um die Hüften hochgerutscht, man sah diese nylon-umspannten Beine, die ganzen Schenkel. Warum mußte sie so etwas tun? Ich hatte eine Zeitung vor mir, linste über den Rand, sah ihr unters Kleid. Sie hatte prächtige Schenkel. Wer bekam diese Schenkel? Ich kam mir blöde vor, daß ich ihr unters Kleid sah, aber ich konnte mich nicht beherrschen. Sie war gut gebaut. Irgendwann war sie mal ein kleines Mädchen gewesen, eines Tages würde sie tot sein, doch jetzt zeigte sie mir ihre Schenkel. Dieses Flittchen! Ich würde ihr hundert Stöße geben, ich würde ihr meine neunzehn Zentimeter geben, knallrot und pulsierend! ...

Sie schlug die Beine übereinander, und ihr Kleid rutschte noch ein Stück höher. Dann schaute sie von ihrem Taschenbuch hoch und sah mir direkt in die Augen, während ich sie über den Rand der Zeitung anstarrte. Sie verzog keine Miene. Sie griff in ihre Handtasche, nahm ein Kaugummi heraus, machte das Papier ab und steckte sich das Kaugummi in den Mund. Grünes Kaugummi. Sie kaute ihr grünes Kaugummi, aufreizend und ordinär. Sie wußte genau, daß ich ihr an den Schenkeln hochsah, doch sie machte keine Anstalten, das Kleid wieder straffzuziehen. Sie ließ mir keine Wahl. Ich zückte meine Brieftasche und nahm zwei 50-Dollar-Scheine heraus. Sie schaute hoch, sah die Geldscheine, schaute wieder nach unten.

Ein fetter Mann ließ sich auf den Platz neben mir plumpsen. Er hatte eine knollige Nase, sein Gesicht war hochrot, und er trug einen Overall, einen hellbraunen Overall. Er ließ einen Furz. Die Dame gegenüber zog ihr Kleid nach unten, und ich steckte mein Geld wieder in die Brieftasche. Mein Schwanz schlaffte ab. Ich stand auf und ging einen Schluck Wasser trinken.

Draußen auf dem Vorfeld wurde jetzt Katherines Flugzeug an die Rampe gezogen. Ich stellte mich hin und wartete. Katherine, ich bete dich an ...

Dann kam sie den Gang herunter – perfekte Erscheinung, schlank, rotbraunes Haar, enganliegendes blaues Kleid, weiße Schuhe, zierliche Knöchel, straffe Waden, jung. Sie trug einen breitkrempigen weißen Hut, die Krempe leicht schräg, genau richtig. Ihre Augen sahen unter der Krempe hervor, groß und braun und lachend. Sie hatte Klasse. Sie würde nie in der Wartehalle eines Flughafens ihren Arsch herzeigen.

Und da stand ich und wartete auf sie mit meinen 225 Pfund, permanent ratlos und verwirrt, kurze Beine, Oberkörper wie ein Orang-Utan, nichts als Brust, kein Hals, Kopf zu groß, Augen umnebelt, Haar ungekämmt – ein Monstrum, eine Mißgeburt.

Katherine ging auf mich zu. Dieses lange appetitliche rotbraune Haar. Texanerinnen waren immer so relaxed, so natürlich. Ich gab ihr einen Kuß und erkundigte mich nach ihrem Gepäck. Ich schlug einen kurzen Drink in der Bar vor, um die Wartezeit zu überbrücken. Die Kellnerinnen hatten rote Kleider an, die so kurz waren, daß die Rüschen ihrer weißen Höschen darunter aufblitzten. Die Kleider waren vorne tief ausgeschnitten, damit man möglichst viel sah. Die verdienten sich ihr Gehalt, ihre Trinkgelder, bis zum letzten Cent. Sie wohnten in den Vororten und haßten alle Männer. Sie wohnten bei ihren Müttern und Brüdern und waren verknallt in ihre Psychiater.

Wir tranken aus und gingen los, um nach Katherines Gepäck zu sehen. Mehrere Männer versuchten, ihre Aufmerksamkeit auf sich zu lenken, doch Katherine ging dicht neben mir und hielt sich an meinem Arm fest. Die wenigsten schönen Frauen waren bereit, in der Öffentlichkeit zu zeigen, daß sie zu einem gehörten. Ich hatte genug Frauen gekannt, um das zu wissen. Ich akzeptierte sie, wie sie waren, und zu so etwas wie Liebe kam es da nur schwer und sehr selten. Und wenn, dann gewöhnlich aus den falschen Gründen – man wurde es einfach leid, die Liebe zu unterdrücken, man ließ sie gehen, weil sie schließlich irgendwo hin mußte. Und das führte dann gewöhnlich zu Schwierigkeiten.

Zu Hause bei mir machte Katherine ihren Koffer auf und nahm ein Paar Gummihandschuhe heraus. Sie lachte.

»Was soll denn *das*?« fragte ich.

»Darlene, meine beste Freundin, sah mir beim Packen zu und sagte: ›Was zum Teufel hast du *vor*?‹ Und ich sagte: ›Ich war noch nie bei Hank in der Wohnung, aber eins weiß ich – eh ich da drin Essen kochen und wohnen und schlafen kann, muß ich erst mal putzen!‹ ...«

Katherine ließ wieder dieses unbeschwerte texanische Lachen hören. Sie verschwand im Badezimmer, kam barfuß in Jeans und einer orangefarbenen Bluse wieder heraus und ging mit ihren Gummihandschuhen in die Küche.

Ich ging ins Badezimmer und zog mich ebenfalls um. »Falls Lydia auftaucht«, entschied ich, »werde ich mit allen Mitteln dafür sorgen, daß sie Katherine nicht anrührt.« Lydia? Wo war sie? Was machte sie gerade? Ich schickte ein kleines Stoßgebet zu meinen Schutzengeln hinauf: Bitte haltet mir Lydia vom Leib. Laßt sie meinetwegen die Knollen von Cowboys lutschen und bis drei Uhr morgens tanzen, aber haltet sie mir vom Leib ...

Als ich herauskam, schrubbte Katherine auf Knien den fettigen Dreck von zwei Jahren von meinem Küchenboden.

»Katherine«, sagte ich, »laß uns ausgehen. Das hier ist nicht der richtige Anfang.«

»Is gut, Hank. Aber erst muß ich mit diesem Boden fertig sein. Dann können wir gehen.«

Ich setzte mich ins Wohnzimmer. Nach einer Weile kam sie zu mir heraus, an den Sessel, in dem ich wartete. Sie beugte sich herunter, gab mir einen Kuß und sagte lachend: »Du bist *wirklich* ein alter Schmutzfink!« Dann ging sie ins Bad und machte sich ausgehfertig. Ich war verliebt. Ich war mal wieder in Schwierigkeiten ...

36

Wir gingen aus und aßen irgendwo zu Abend. Katherine war auf gesunde Ernährung eingeschworen und aß kein Fleisch außer Huhn und Fisch. Wenn man sie so ansah, mußte man zugeben, daß das einiges für sich hatte.

Dann saßen wir wieder bei mir zu Hause, tranken und unterhielten uns. »Hank«, sagte sie, »morgen werde ich dein Badezimmer putzen.«

»Meinetwegen«, sagte ich über meinem Drink.

»Ich muß auch jeden Tag meine Gymnastik machen. Wird dich das stören?«

»Nein, nein.«

»Wirst du denn schreiben können, während ich hier herumfuhrwerke?«

»Kein Problem.«

»Ich kann auch solange spazierengehen.«

»Nein, nicht allein, nicht in dieser Gegend hier.«

»Ich will dir beim Schreiben nicht im Weg sein.«

»Vom Schreiben kann mich nichts abhalten. Es ist eine Art von Besessenheit.«

Katherine kam her und setzte sich zu mir auf die Couch. Mir schien, sie hatte mehr von einem jungen Mädchen als von einer Frau. Ich stellte mein Glas ab und gab ihr einen Kuß, einen langen, langsamen Kuß. Ihre Lippen waren weich und kühl. Ihr langes rotbraunes Haar machte mich ganz durcheinander. Ich ließ sie los und goß mir einen neuen Drink ein. Sie verwirrte mich. Ich war nur gemeine betrunkene Schlampen gewöhnt.

Wir redeten noch eine Stunde, dann sagte ich: »Laß uns schlafen gehn. Ich bin müde.«

»Gut. Ich mach mich zuerst fertig«, sagte sie.

Ich saß da und trank noch einiges. Hatte es auch nötig. Sie war einfach zuviel für mich.

»Hank«, sagte sie, »ich bin im Bett.«

»Is gut.«

Ich ging ins Badezimmer, zog mich aus, putzte mir die Zähne, wusch Gesicht und Hände. »Sie ist den ganzen Weg von Texas gekommen«, dachte ich, »sie ist mit dem Flugzeug gekommen, nur um mich zu sehen, und jetzt liegt sie in meinem Bett und wartet auf mich ...«

Ich hatte keinen Schlafanzug. Ich ging also nackt hinein, auf das Bett zu. Sie trug ein Nachthemd. »Hank«, sagte sie, »die nächsten sechs Tage können wir's noch unbesorgt machen. Danach müssen wir uns was einfallen lassen.«

Ich legte mich zu ihr ins Bett. Sie wollte jetzt, diese Frau, dieses mädchenhafte Wesen. Ich drückte sie an mich. Das Glück war wieder auf meiner Seite, die Götter lächelten.

Unsere Küsse wurden leidenschaftlicher. Ich legte ihre

Hand um meinen Schwanz. Dann schob ich ihr das Nachthemd hoch und begann mit ihrer Möse zu spielen. Katherine mit einer *Möse*? Der Kitzler kam heraus, und ich rieb ihn sachte, wieder und wieder. Schließlich stieg ich auf. Mein Schwanz ging halb rein. Sie war sehr eng. Ich schob ein bißchen, dann drückte ich. Jetzt war ich ganz drin. Es war sagenhaft. Sie sog meinen Schwanz förmlich ein, sie klemmte ihn ein, ich schob und pumpte, aber sie ließ nicht locker. Ich versuchte, mich zu beherrschen. Ich hörte mit dem Stoßen auf, um mich ein wenig abzuregen. Ich küßte sie, wühlte ihre Lippen auseinander, saugte an der Oberlippe. Ich sah ihr Haar auf dem Kissen, ausgebreitet wie ein Fächer. Dann gab ich es auf, sie langsam hochzukitzeln und fickte sie jetzt einfach, mit wütenden Stößen. Es war wie ein Mord. Ich wehrte mich nicht dagegen. Mein Schwanz war irrsinnig geworden. All das Haar da auf dem Kissen. Ihr junges, schönes Gesicht. Es war, als würde man die Jungfrau Maria vergewaltigen. Ich kam. Ich kam in ihr, verzweifelt, spürte, wie mein Sperma in sie eindrang, sie war wehrlos, und ich schoß meinen Saft in sie hinein, in ihr Innerstes, Körper und Seele, wieder und wieder.

Später schliefen wir dann, oder jedenfalls Katherine schlief, während ich sie von hinten umschlungen hielt und zum ersten Mal daran dachte, wie es wäre, mit ihr verheiratet zu sein. Sicher, es würden sich Fehler bei ihr herausstellen, die sich bis jetzt noch nicht gezeigt hatten. Der Anfang einer Beziehung war immer am einfachsten. Dann begannen die Schleier zu fallen, und es hörte nie mehr auf. Trotzdem, ich dachte an Heirat. Ich dachte an ein Haus, einen Hund und eine Katze, Einkäufe in Supermärkten. Henry Chinaski war drauf und dran, schwach zu werden. Und es machte ihm nichts aus. Endlich schlief ich ein.

Als ich am Morgen wach wurde, saß Katherine auf dem Bettrand und bürstete sich dieses meterlange rotbraune Haar. Sie sah mich mit ihren großen dunklen Augen an, während ich langsam zu mir kam. »Hallo, Katherine«, sagte ich, »willst du mich heiraten?«

»Bitte sag sowas nicht«, sagte sie. »Ich mag das nicht.«

»Ich meine es ernst.«

»Oh *shit*, Hank!«

»Was?«

»Ich sagte ›*shit*‹. Und wenn du weiter so redest, nehme ich das nächste Flugzeug.«

»Schon gut.«

»Hank?«

»Ja?«

Ich sah zu ihr hoch. Sie bürstete immer noch ihr langes Haar. Ihre großen braunen Augen sahen auf mich herunter. Sie lächelte jetzt. »Es ist doch bloß *Sex*, Hank«, sagte sie, *»nichts als Sex!«* Dann lachte sie. Kein sarkastisches Lachen, einfach ganz fröhlich. Sie bürstete ihr Haar, und ich faßte sie um die Taille und legte den Kopf an ihren Schenkel. Ich wußte überhaupt nichts mehr.

37

Mit meinen Frauen ging ich entweder zu den Boxkämpfen oder zum Pferderennen. Katherine hatte noch nie einen Boxkampf aus der Nähe gesehen, also führte ich sie an jenem Abend ins Olympic Auditorium aus. Wir waren vor dem ersten Kampf dort und nahmen uns Plätze am Ring. Ich trank Bier und rauchte und wartete, daß es losging.

»Schon merkwürdig«, sagte ich zu ihr, »daß sich Leute hier reinsetzen und darauf warten, daß zwei Männer in den Ring da oben klettern und versuchen, einander bewußtlos zu schlagen.«

»Ja. Stell ich mir schrecklich vor.«

»Die Halle hier ist schon sehr alt«, sagte ich, während sie sich in dem uralten Bau umsah. »Es gibt nur zwei Toiletten, eine für Männer, eine für Frauen, und beide reichlich klein. Also geh am besten vor oder nach der Pause.«

»Is gut.«

Ins Olympic kamen meistens Latinos und Weiße aus den unteren Schichten, nur wenige Filmstars und sonstige Berühmtheiten. Es gab viele gute mexikanische Fighter, die Kampfgeist zeigten und mit Leib und Seele bei der

Sache waren. Die einzigen schlechten Kämpfe waren die von Weißen und Schwarzen, wenn sie unter sich waren. Vor allem im Schwergewicht.

Mit Katherine hier zu sein, war ein seltsames Gefühl. Menschliche Beziehungen waren überhaupt eine seltsame Sache. Man war für eine Weile mit einem Menschen zusammen, man aß und schlief und lebte mit ihm, man unterhielt sich und ging zusammen aus, und dann war wieder Schluß. Dann kam eine kurze Zeit, in der man mit niemand zusammen war, dann kam wieder ein anderer Mensch, mit dem man Tisch und Bett teilte, und alles wirkte so normal, als habe jeder nur auf den anderen gewartet. Wenn ich allein lebte, schien es mir immer, als sei das nicht richtig. Manchmal fühlte ich mich gut dabei, aber es schien einfach nicht richtig zu sein.

Der erste Kampf war gut. Es gab Blut zu sehen, und die Jungs hatten Mumm. Man konnte als Schriftsteller etwas lernen, wenn man sich Boxkämpfe oder Pferderennen ansah. Was dabei rüberkam, war nicht recht klar, aber mir half es, wenn ich mich dann an die Schreibmaschine setzte. Es war eine wortlose Message, und gerade das war das Gute daran. Der Sinn blieb unklar, und man reagierte nicht mit dem Verstand, sondern mit dem Instinkt. Wie wenn ein Haus plötzlich abbrennt. Ein Erdbeben. Eine Überschwemmung. Eine Frau, die aus einem Auto steigt und ihre Beine sehen läßt. Was andere Schriftsteller brauchten, wußte ich nicht. Interessierte mich auch nicht. Ich konnte ihre Sachen ohnehin nicht lesen. Ich hatte genug zu tun mit meinen eigenen Schwächen und Vorurteilen. Ich wußte, eines Tages würde ich auch über Katherine schreiben, und es würde schwierig sein. Über Nutten ließ es sich leicht schreiben. Über eine Frau zu schreiben, die einem etwas bedeutete, war viel schwieriger.

Auch der zweite Kampf war gut. Die Leute schrien und johlten und gossen sich Bier rein. Sie waren für eine Weile den Fabriken entronnen, den Lagerhallen, den Schlachthöfen. Am nächsten Tag würden sie wieder Sklaven sein, doch *jetzt* waren sie frei, sie waren außer sich vor Freiheit. Sie dachten nicht mehr an die Sklaverei der Armut, der Fürsorge, der Gutscheine für kostenlose Lebensmittel, für die sie sich vor irgendeinem Bürokraten erniedrigen mußten. Die anderen konnten sich in Sicherheit wiegen, bis die Armen lernten, in ihren Kellern Atombomben zu bauen.

Die Kämpfe waren alle gut. Ich stand auf und ging zur Toilette. Als ich zurückkam, war Katherine sehr still geworden. So wie sie aussah, hätte man sie eher bei einem Ballettabend oder in einem Konzert vermutet. Sie wirkte so zart und dezent, und doch war sie so fabelhaft im Bett.

Ich trank ein Bier nach dem anderen, und sooft ein Kampf besonders brutal wurde, griff Katherine nach meiner Hand. Die Leute wollten K. O.-Siege sehen. Sie johlten, wenn ein Boxer angeschlagen war. *Sie* brachten diese Schläge an. Vielleicht besorgten sie es im Geiste ihren Bossen oder Ehefrauen. Wer weiß? Na, egal. Noch ein Bier.

Vor dem letzten Kampf sagte ich zu Katherine: »Wollen wir gehen?« Ich hatte genug.

»Mir recht«, sagte sie.

Wir stiegen den schmalen Gang hinauf. Die Luft war blau von Qualm. Keiner pfiff ihr nach, keiner machte zweideutige Gesten. Mein vernarbtes, mitgenommenes Gesicht erwies sich eben manchmal auch als Vorteil.

Wir gingen zurück zu dem kleinen Parkplatz unter dem Freeway. Mein blauer VW, Baujahr 67, war nicht mehr da. Das 67er Modell war der letzte gute Volkswagen. Die jungen Kerle wußten das.

»Hepburn«, sagte ich, »sie haben unser verdammtes Auto gestohlen.«

»Oh Hank! Bestimmt nicht!«

»Es ist weg. Da hat es gestanden.« Ich zeigte auf die Stelle. »Jetzt ist es weg.«

»Hank, was machen wir jetzt?«

»Wir nehmen ein Taxi. Ich fühl mich richtig elend.«

»Warum machen die so etwas?«

»Sie müssen. Sie kennen es nicht anders.«

Wir gingen in einen Coffee Shop, bestellten uns Kaffee und Doughnuts, und ich rief die Taxizentrale an. Während wir uns die Boxkämpfe angesehen hatten, war der alte Trick über die Bühne gegangen – Seitenfenster aufstemmen und Zündkabel kurzschließen. Ich hatte einen

Spruch: »Spannt mir die Frau aus, aber laßt die Finger von meinem Auto.« Ich würde nie einen Mann umbringen, der mir die Frau ausspannte. Aber wenn mir einer das Auto klaute, konnte es passieren.

Das Taxi kam, und wir fuhren zu mir nach Hause. Dort gab es zum Glück noch Bier und etwas Wodka. Ich hatte alle Hoffnung aufgegeben, nüchtern genug zu bleiben für die Liebe. Katherine wußte es. Ich ging auf und ab und redete von meinem blauen 67er VW. Das letzte gute Modell. Ich konnte nicht einmal die Polizei verständigen – ich hatte schon zuviel intus. Ich würde bis zum nächsten Morgen warten müssen. Oder besser gesagt: bis zum Mittag ...

»Hepburn«, sagte ich zu ihr, »es ist nicht deine Schuld. Du hast mein Auto nicht gestohlen.«

»Wenn es nur so wäre. Dann hättest du es jetzt wieder.«

Ich stellte mir vor, wie zwei oder drei junge Burschen in meinem blauen Baby die Küstenstraße entlangrasten, Joints rauchten, lachten, Vollgas gaben. Dann dachte ich an all die Schrottplätze an der Santa Fé Avenue. Berge von Stoßstangen, Windschutzscheiben, Türgriffen, Scheibenwischer-Elektromotoren, Motorteilen, Reifen, Felgen, Verdecken, Wagenhebern, Schalensitzen, Radlagern, Bremsbacken, Radios, Kolben, Ventilen, Vergasern, Nockenwellen, Getrieben, Achsen – mein Auto würde bald nur noch ein Haufen Ersatzteile sein.

In dieser Nacht schlief ich, wie immer eng an Katherines warmen Körper gedrückt, doch mit einem kalten, traurigen Gefühl in der Brust. Sogar mein Schwanz trauerte mit.

38

Zum Glück war das Auto gegen Diebstahl versichert, und sie bezahlten mir einen Leihwagen, in dem ich mit Katherine zur Pferderennbahn von Hollywood Park fuhr. Wir setzten uns eingangs der Zielgeraden in die Sonne. Katherine sagte, sie wolle nicht wetten, aber ich nahm sie trotzdem mit hinein und zeigte ihr die Anzeigetafel und die Wettschalter.

Ich setzte fünf Dollar auf ein Pferd, das mit 7:2 notiert wurde und als antrittsschnell bekannt war. Das waren mir immer die liebsten Gäule. Ich sagte mir: wenn du schon verlieren mußt, dann besser gleich nach den ersten paar hundert Metern; aber verloren hast du das Rennen erst, wenn dich einer überholt.

Das Pferd lief einen Start-Ziel-Sieg heraus und legte gegen Ende sogar noch zu. Die Quote betrug $ 9,40. Das brachte mich $ 17,50 nach vorn.

Beim nächsten Rennen blieb Katherine auf ihrem Platz, während ich hineinging und meine Wette plazierte. Als ich zurückkam, zeigte sie auf einen Mann, der zwei Reihen unter uns saß. »Siehst du den Mann da?«

»Ja.«

»Er hat mir erzählt, daß er in dieser Saison schon mit $ 25 000 vorne liegt. Allein gestern hätte er $ 2 000 gewonnen.«

»Willst du nicht auch wetten? Vielleicht können wir alle was gewinnen.«

»Ach nein. Ich versteh' doch nichts davon.«

»Es ist ganz einfach. Du gibst ihnen einen Dollar, und sie geben dir 84 Cents zurück. Der Rest ist ihr sogenannter Schnitt. Ungefähr die Hälfte führen sie an den Staat ab. Wer das Rennen gewinnt, ist denen egal. Sie nehmen sich ihren Anteil von jedem gewetteten Dollar.«

Im zweiten Rennen landete mein Pferd, der 8:5-Favorit, auf Platz 2. Ein Außenseiter hatte im Ziel die Nase vorn. Seine Quote war $ 45,80.

Der Mann unter uns drehte sich um und sah zu Katherine herauf. »Den hatte ich«, sagte er zu ihr. »Zehn Dollar auf Sieg.«

»Ooooh«, sagte sie und lächelte ihn an, »das ist aber gut.«

Ich nahm mir das dritte Rennen vor. Es war mit 2jährigen besetzt, die noch ohne Siegprämie waren. Fünf Minuten vor dem Start sah ich mir die letzten Notierungen an und ging wetten. Im Weggehen sah ich, wie der Mann da unten sich umdrehte und mit Katherine eine Unterhaltung anfing. Von dieser Sorte gab es auf dem Rennplatz jeden Tag mindestens ein Dutzend. Sie erzählten attraktiven Frauen, sie seien groß am Gewinnen, und sie hofften wahrscheinlich, sie könnten sie damit ins Bett kriegen. Vielleicht dachten sie nicht einmal so weit und wußten selbst nicht recht, was sie sich davon erhofften. Sie lagen halb besinnungslos auf den Brettern und ließen sich auszählen. Wer hätte sie hassen können? Wenn man diese großen Gewinner beim Wetten beobachtete, dann standen sie gewöhnlich am 2-Dollar-Schalter, in abgelatschten Schuhen und schmutzigen Klamotten. Die Trittbrettfahrer der Branche.

Ich entschied mich für das Pferd, das ausgeglichen gewettet wurde. Es siegte mit sechs Längen, und die Quote betrug vier Dollar. Nicht viel, aber ich hatte zehn auf Sieg. Der Mann drehte sich um und sah zu Katherine herauf. »Den hatte ich«, sagte er. »$ 100 auf Sieg.«

Katherine gab ihm keine Antwort. Sie kam allmählich dahinter. Wer gewonnen hatte, posaunte es nicht heraus – er hatte Angst, auf dem Parkplatz abgestochen zu werden.

Nach dem vierten Rennen, dessen Sieger eine Quote von $ 22,80 brachte, drehte sich der Mann wieder um und sagte zu Katherine: »Den hatte ich auch, mit zehn.«

Sie wandte sich ab. »Hank, er ist ganz gelb im Gesicht. Hast du seine Augen gesehen? Er ist krank.«

»Das ist der Traum. Der macht uns alle krank. Deshalb sind wir hier draußen.«

»Hank, laß uns gehn.«

»Na gut.«

An diesem Abend trank sie eine halbe Flasche Rotwein und war traurig und schweigsam. Ich wußte, sie brachte mich in Zusammenhang mit den Leuten, die sie auf dem Rennplatz und beim Boxen erlebt hatte. Mit Recht, denn zu denen gehörte ich auch. Ich war einer von ihnen. Katherine wußte, daß ich etwas Ungesundes an mir hatte. Ich wurde von lauter Dingen angezogen, die verkehrt waren. Ich trank, ich war faul, ich hielt nichts von Gott, Politik, Ideen, Idealen. Ich hatte mich in einem Nichts eingerichtet, in einer Art Null-Existenz, und dabei ließ ich es. Ich gab keinen interessanten Menschen ab. Wollte auch keiner sein. Es war zuviel Arbeit. Ich wollte tatsächlich nur in einer bequemen abgelegenen Nische leben und allein gelassen werden. Andererseits, wenn ich zuviel getrunken hatte, brüllte ich herum, fing an zu spinnen, geriet außer Rand und Band. Ein völlig ungereimtes Verhalten. Aber das ließ mich kalt.

Als wir an diesem Abend fickten, war es sehr gut, aber es war der Abend, an dem ich sie verlor. Ich konnte nichts dagegen tun. Ich rollte herunter, wischte mich am Bettlaken ab, und sie ging ins Badezimmer. Draußen kreiste ein Polizeihubschrauber über Hollywood.

39

Am nächsten Abend kamen Bobby und Valerie vorbei. Sie waren vor kurzem umgezogen und wohnten jetzt in einem Apartmenthaus ganz in der Nähe. Bobby hatte sein knappsitzendes Strickhemd an. Bei Bobby paßte immer alles perfekt, seine Hosen saßen wie angegossen und hatten genau die richtige Länge, er trug die richtigen Schuhe dazu, und sein Haar war tipptopp frisiert und geföhnt. Valerie war auch immer nach der letzten Mode gekleidet, aber sie machte daraus nicht so einen Kult wie er. »Die Barbie Dolls« wurden sie allgemein genannt. Valerie war durchaus in Ordnung, wenn man mit ihr allein war. Sie war intelligent, sehr begeisterungsfähig und verdammt ehrlich. Auch Bobby war viel menschlicher, wenn er allein bei mir aufkreuzte, doch wenn ich eine Frau in der Wohnung hatte, wurde er immer sehr öde und penetrant. Er widmete sich dann voll und ganz der Frau und bildete sich ein, schon seine bloße Anwesenheit müsse ein interessantes und beglückendes Ereignis für sie sein, doch was er von sich gab, war jedesmal das gleiche abgedroschene Zeug. Ich fragte mich, wie Katherine auf ihn reagieren würde.

Ich saß in einem Sessel am Fenster, und auf der Couch saß Valerie zwischen Bobby und Katherine. Bobby beugte sich nach vorn, nahm Katherine ins Visier und legte los.

»Gefällt Ihnen Los Angeles?«

»Es geht«, sagte Katherine.
»Werden Sie länger hierbleiben?«
»Noch eine Weile.«
»Sie sind aus Texas?«
»Ja.«
»Sind Ihre Eltern auch aus Texas?«
»Ja.«
»Gibt's da unten interessante Sachen im Fernsehen?«
»Nein, es ist auch nicht anders als hier.«
»Ich habe einen Onkel in Texas.«
»Oh.«
»Ja, in Dallas.«

Katherine ging nicht darauf ein. Dann sagte sie: »Entschuldigt mich mal, ich geh in die Küche und mach mir einen Sandwich. Möchte jemand was essen?«

Wir sagten nein. Katherine stand auf und ging in die Küche. Bobby stand auf und folgte ihr. Man konnte nicht verstehen, was er da drin sagte, aber seiner Stimme war anzuhören, daß er weitere Fragen stellte. Valerie saß da und starrte auf den Fußboden.

Katherine und Bobby blieben sehr lange in der Küche. Plötzlich hob Valerie den Kopf und begann auf mich einzureden. Sie sprach sehr schnell und nervös.

»Valerie«, unterbrach ich sie, »wir müssen nicht unbedingt was reden.«

Sie ließ den Kopf wieder sinken. Nach einer Weile sagte ich: »Hey, ihr beiden bleibt aber lang da drin. Was macht ihr denn so lange? Den Fußboden bohnern?«

Bobby lachte und tappte mit dem einen Fuß einen nervösen Rhythmus aufs Linoleum.

Schließlich kam Katherine heraus, gefolgt von Bobby. Sie kam zu mir her und zeigte mir ihren Sandwich. Erdnußbutter und Bananenscheiben auf Knäckebrot, mit Sesam bestreut.

»Sieht gut aus«, sagte ich.

Sie setzte sich und begann, ihren Sandwich zu essen. Es wurde still. Es blieb still. Dann sagte Bobby: »Tja, ich glaube, wir sollten mal wieder gehn ...«

Sie gingen. Als die Tür zu war, sah Katherine mich an und sagte: »Du mußt dir nichts dabei denken, Hank. Er wollte nur Eindruck bei mir schinden.«

»Das versucht er bei jeder Frau, schon seit ich ihn kenne.«

Das Telefon klingelte. Es war Bobby. »Hey, Mann, was hast du mit meiner Frau angestellt?«

»Wieso? Was ist denn?«

»Sie sitzt einfach da und sagt kein Wort! Sie ist völlig deprimiert!«

»Ich hab deiner Frau nichts getan.«

»Ich versteh das nicht!«

»Gute Nacht, Bobby.«

Ich legte auf.

»Das war Bobby«, sagte ich zu Katherine. »Seine Frau hat Depressionen.«

»Wirklich?«

»Sieht so aus.«

»Bist du sicher, daß du keinen Sandwich möchtest?«

»Kannst du mir so einen machen wie deinen?«

»Na sicher.«

»Dann nehm ich einen.«

40

Katherine blieb noch vier oder fünf Tage. Wir hatten inzwischen die Zeit erreicht, in der das Ficken für sie riskant war. Ich konnte Gummis nicht ausstehen, also ging Katherine los und besorgte sich Schaumtabletten. Mittlerweile hatte die Polizei meinen VW gefunden. Wir gingen hin, um ihn abzuholen. Er war noch intakt und in gutem Zustand, nur die Batterie war leer. Ich ließ ihn nach Hollywood in eine Werkstatt schleppen und die Sache in Ordnung bringen. Nach einer Abschiedsnummer im Bett fuhr ich Katherine in dem blauen VW, Kennzeichen TRV 469, an den Flughafen.

Es war kein glücklicher Tag für mich. Wir saßen in der Abflughalle und sagten nicht viel. Dann wurde ihr Flug aufgerufen. Wir küßten uns.

»Hey, die haben alle gesehen, wie dieses junge Girl und der alte Mann sich abknutschen.«

»Mir doch egal.«

Katherine küßte mich noch einmal.

»Du verpaßt dein Flugzeug«, sagte ich.

»Komm mich besuchen, Hank. Ich hab ein hübsches Haus. Ich lebe ganz allein. Komm mich besuchen.«

»Mach ich.«

»Schreib mir!«

»Mach ich ...«

Katherine ging durch den Passagiertunnel und war verschwunden.

Ich ging hinaus auf den Parkplatz, stieg in den VW und dachte: Wenigstens der ist mir geblieben. Zum Teufel auch. Ich hab nicht alles verloren.

Er sprang an.

41

Gegen Abend begann ich zu trinken. Es würde nicht leicht sein ohne Katherine. Ich fand einige Sachen, die sie vergessen hatte – Ohrringe, ein Armreif.

Ich muß zurück an die Schreibmaschine, dachte ich. Kunst verlangt Disziplin. Einem Rock kann jedes Arschloch nachlaufen. Ich trank und dachte darüber nach.

Nachts um 2.10 Uhr schrillte das Telefon. Ich trank gerade das letzte Bier.

»Hallo?«

»Hallo.« Es war die Stimme einer Frau, einer jungen Frau.

»Ja?«

»Sind Sie Henry Chinaski?«

»Ja.«

»Meine Freundin bewundert Ihre Bücher. Sie hat heute Geburtstag, und ich hab ihr versprochen, ich würde Sie anrufen. Wir waren ganz überrascht, daß Sie im Telefonbuch stehen.«

»Ich mach kein Geheimnis aus meiner Telefonnummer.«

»Jedenfalls, sie hat Geburtstag, und da hab ich mir gedacht, es wäre nett, wenn wir bei Ihnen vorbeikommen könnten.«

»Von mir aus gern.«

»Ich hab Arlene gesagt, daß Sie wahrscheinlich die ganze Bude voll Frauen haben.«

»Ich bin ein Einsiedler.«

»Dann können wir also kommen?«

Ich gab ihnen die Adresse und erklärte ihnen den Weg.

»Nur eins – das Bier ist mir gerade ausgegangen.«

»Wir besorgen Ihnen welches. Ich heiße Tammie.«

»Es ist aber schon nach zwei Uhr.«

»Wir kriegen welches. Ein tiefer Ausschnitt wirkt manchmal Wunder.«

Zwanzig Minuten später waren sie da. Mit Ausschnitt, aber ohne Bier.

»Dieser miese Kerl«, sagte Arlene. »Bis jetzt hat er uns immer was verkauft. Diesmal hatte er anscheinend Angst.«

»Scheiß auf den Typ«, sagte Tammie.

Sie setzten sich und verkündeten mir ihr Alter.

»Ich bin 32«, sagte Arlene.

»Ich bin 23«, sagte Tammie.

»Wenn ihr das zusammenzählt«, sagte ich, »dann wißt ihr, wie alt *ich* bin.«

Arlene hatte langes schwarzes Haar. Sie saß in dem Sessel am Fenster, kämmte ihr Haar, sah in einen großen silberglänzenden Handspiegel, machte ihr Gesicht zurecht und redete in einer Tour. Sie war offensichtlich high von Pillen. Tammie hatte eine beinahe perfekte Figur und langes naturrotes Haar. Auch sie war auf Pillen, aber nicht ganz so high.

»Ein Fick kostet dich 100 Dollar«, eröffnete mir Tammie.

»Ich passe.«

Tammie war abgebrüht wie viele Frauen von Anfang Zwanzig. Ein Gesicht wie ein Hai. Sie war mir sofort unsympathisch.

Gegen halb vier verschwanden sie, und ich ging allein zu Bett.

42

Zwei Tage danach hämmerte jemand morgens um vier an die Tür.

»Wer ist da?«

»Ein rothaariges Flittchen!«

Ich ließ Tammie herein. Sie setzte sich hin, und ich machte zwei Flaschen Bier auf.

»Ich riech aus dem Mund. Hab zwei schlechte Zähne. Du kannst mich nicht küssen.«

»Is gut.«

Wir redeten. Naja, ich hörte zu. Tammie war auf Speed. Ich hörte ihr zu und sah ihr langes rotes Haar an, und wenn sie nicht darauf achtete, starrte ich diesen Körper an. Er fühlte sich eingezwängt in ihren Kleidern, er wollte die Hüllen unbedingt loswerden. Sie redete und redete. Ich rührte sie nicht an.

Um sechs gab mir Tammie ihre Adresse und Telefonnummer.

»Ich muß gehn«, sagte sie.

»Ich bring dich noch raus an den Wagen.«

Es war ein knallroter Camaro. Ein einziges Wrack. Vorne eingedrückt, die eine Seite aufgerissen, die Fenster in Scherben. Innen lagen Damenbinden und Hemden und Kleenex-Schachteln und Zeitungen und Milchtüten und Colaflaschen und Draht und Schnur und Papierservietten und Illustrierte und Pappbecher und Schuhe und bunte zerknickte Trinkhalme. Dieses ganze Zeug türmte sich bis in Sitzhöhe und bedeckte auch die Sitze selbst. Nur für den Fahrer war noch ein bißchen Platz.

Tammie steckte den Kopf aus dem Fenster, und wir küßten uns.

Dann machte sie einen Blitzstart, und an der Ecke hatte sie bereits siebzig Sachen drauf. Sie pumpte das Bremspedal, und der Camaro bockte, auf und nieder, auf und nieder. Ich ging wieder rein.

Ich legte mich ins Bett und dachte an ihr Haar. Ich hatte noch nie eine echte Rothaarige kennengelernt. Feuerrot. Wie ein Blitz aus dem Himmel, dachte ich.

Irgendwie kam mir ihr Gesicht jetzt nicht mehr so hart vor...

43

Ich rief sie an. Es war ein Uhr morgens. Sie war da, und ich fuhr zu ihr rüber. Sie wohnte in einem kleinen Bungalow hinter einem Haus.

»Sei leise«, sagte sie, als sie mich reinließ. »Weck mir Dancy nicht auf. Das ist meine Tochter. Sie ist sechs. Schläft da drin, im Schlafzimmer.«

Ich hatte eine Sechserpackung Bier mitgebracht. Tammie stellte sie in den Kühlschrank und kam mit zwei Flaschen zurück.

»Meine Tochter darf nichts merken. Ich hab immer noch Mundgeruch von den zwei schlechten Zähnen. Wir können uns nicht küssen.«

»Is gut.«

Die Schlafzimmertür war zu.

»Paß auf«, sagte sie jetzt, »ich brauch 'ne Ladung Vitamin B. Ich werd mir dazu die Hose runterziehen müssen, damit ich mir die Spritze in die Arschbacke stechen kann. Dreh dich um.«

»Is gut.«

Ich sah ihr zu, wie sie die Spritze aufzog. Ich drehte mich um.

»Ich brauch die volle Ladung«, sagte sie.

Als sie fertig war, stellte sie ein kleines rotes Radio an.

»Nette Wohnung hast du hier.«

»Ich bin einen Monat mit der Miete im Rückstand.«

»Oh.«

»Keine Sorge. Den Besitzer – er wohnt da vorne in dem Haus – den kann ich vertrösten.«

»Gut.«

»Er ist verheiratet, der alte Wichser. Und weißt du, was?«

»Nee.«

»Neulich, als seine Frau mal weg war, hat mich der alte Wichser zu sich eingeladen. Ich ging rüber und setzte mich hin, und weißt du, was?«

»Er holte sein Ding raus.«

»Nee, er ließ dreckige Filme laufen. Er dachte, dieser Schund würde mich in Stimmung bringen.«

»Und? Hat er nicht?«

»Ich hab zu ihm gesagt: ›Mr. Miller, ich muß jetzt gehn. Ich muß Dancy von der Schule abholen.‹«

Tammie gab mir eine Pille zum Aufmöbeln. Wir redeten und redeten. Und tranken Bier.

Um sechs klappte Tammie die Couch auseinander, auf der wir gesessen hatten. Eine Bettdecke kam zum Vorschein. Wir zogen unsere Schuhe aus und krochen in voller Montur unter die Decke. Ich hielt Tammie von hinten in den Armen, mein Gesicht in all diesem roten Haar. Ich bekam einen Steifen. Ich drückte ihn von hinten zwischen ihre Schenkel, durch ihre Kleider. Ich hörte, wie sich ihre Finger in den Rand der Couch krallten.

»Ich muß gehn«, sagte ich.

»Hör zu, ich muß Dancy nur was zum Frühstück machen und sie in die Schule fahren. Es macht nichts, wenn sie dich sieht. Du wartest einfach hier, bis ich zurück bin.«

»Ich gehe«, sagte ich.

Ich fuhr nach Hause, betrunken wie ich war. Die Sonne brannte bereits herunter, stechend grell und gelb.

44

Ich schlief seit Jahren auf einer schauderhaften Matratze, deren Sprungfedern sich überall in mein Fleisch drückten. Als ich an diesem Nachmittag aufwachte, zerrte ich die Matratze vom Bett, schleifte sie hinaus und lehnte sie gegen die Mülltonne.

Ich ging wieder hinein und ließ die Tür offen. Es war 14 Uhr. Heiß.

Tammie kam herein und setzte sich auf meine Couch.

»Ich muß weg«, sagte ich. »Muß mir eine Matratze kaufen.«

»Eine Matratze? Na, dann geh ich wieder.«

»Nein, Tammie, warte. Bitte. Es dauert höchstens eine Viertelstunde. Warte hier und trink solange ein Bier.«

»Na gut.«

Drei Blocks weiter unten an der Western Avenue gab es einen Laden, der aufgearbeitete Matratzen im Angebot hatte. Ich parkte vor dem Eingang und rannte hinein. »Jungs, ich brauch eine Matratze ... SCHNELL!«

»Was für ein Bett?«

»Doppel.«

»Hier hätten wir eine für 35 Dollar.«

»Die nehme ich.«

»Kriegen Sie die in Ihr Auto?«

»Ich hab einen VW.«

»Na schön, dann bringen wir sie Ihnen. Wo wohnen Sie? ...«

Tammie war noch da, als ich zurückkam.

»Wo ist deine Matratze?«

»Wird geliefert. Nimm dir noch ein Bier. Hast du eine Pille für mich?«

Sie gab mir eine. Die Sonne schimmerte durch ihr rotes Haar.

1973 hatten sie Tammie bei der Orange County Fair zur Miss Sunny Bunny gewählt. Das war vier Jahre her, aber sie hatte es immer noch. Sie war drall und reif an den richtigen Stellen.

Der Mann mit der Matratze stand vor der Tür.

»Kommen Sie, ich helfe Ihnen«, sagte er.

Eine Seele von einem Menschen. Er half mir, die Matratze aufs Bett zu bringen. Dann sah er Tammie auf der Couch sitzen. Er grinste. »Hi«, sagte er.

Ich bedankte mich bei ihm, gab ihm drei Dollar, und er verschwand.

Ich ging ins Schlafzimmer und sah mir die Matratze an. Tammie kam mir nach. Die Matratze war in Zellophan gepackt. Ich begann es abzureißen, und Tammie half dabei.

»Sieh mal an«, sagte sie. »Sie ist hübsch.«

»Ja, ist sie.«

Sie hatte ein farbenprächtiges Muster. Rosen, Stiele, Blätter, Ranken. Sah aus wie der Garten Eden. Und das für 35 Dollar.

»Bringt mich richtig in Stimmung, diese Matratze«, sagte Tammie. »Ich möchte sie einweihen. Ich möchte die erste Frau sein, die mit dir auf dieser Matratze fickt.«

»Ich frage mich, wer die zweite sein wird.«

Tammie ging ins Badezimmer. Eine Weile blieb es still,

dann hörte ich die Dusche. Ich holte frische Bettwäsche und machte das Bett zurecht, dann zog ich mich aus und kletterte rein. Tammie kam aus dem Bad, jung und naß, die Wassertropfen glitzerten auf ihr. Ihr Schamhaar hatte die gleiche Farbe wie das Haar auf ihrem Kopf: rot. Wie Feuer.

Sie blieb vor dem Spiegel stehen und zog den Bauch ein. Ihr enormer Busen wölbte sich dem Glas entgegen. Ich konnte sie gleichzeitig von vorne und hinten sehen.

Sie kam herüber und kroch zu mir unter das Laken.

Wir steigerten uns langsam rein.

Dann waren wir voll drauf, all das rote Haar auf dem Kissen, während draußen die Sirenen heulten und die Hunde bellten.

45

Am Abend kam Tammie wieder vorbei. Sie schien ziemlich aufgepulvert zu sein. »Ich will einen Sekt«, sagte sie.

»Meinetwegen.«

Ich gab ihr zwanzig Dollar.

»Gleich wieder da«, sagte sie und war schon aus der Tür.

In diesem Augenblick rief Lydia an. »Ich wollte nur mal hören, wie's dir so geht ...«

»Ganz gut.«

»Mir nicht. Ich bin schwanger.«

»Was?«

»Und ich weiß nicht einmal, von wem.«

»Oh?«

»Du kennst doch Dutch – er treibt sich immer in der Bar herum, wo ich jetzt arbeite.«

»Ja. Old Baldy.«

»Naja, er ist ein ganz netter Kerl. Er ist in mich verliebt. Bringt mir Blumen und Pralinen mit. Er will mich heiraten. Er ist immer so nett zu mir gewesen, da bin ich eben eines Nachts mal mit ihm nach Hause gegangen und wir haben es gemacht.«

»All right.«

»Dann käme noch Barney in Frage. Er ist verheiratet, aber ich kann ihn gut leiden. Von den ganzen Kerlen in der Bar ist er der einzige, der nie versucht hat, mich anzumachen. Das hat mich fasziniert. Naja, du weißt ja, ich versuche seit einiger Zeit, mein Haus zu verkaufen, und da ist er mal nachmittags bei mir vorbeigekommen – einfach so. Sagte, er wollte sich das Haus ansehen, für einen Freund von ihm. Ich ließ ihn rein. Tja, er hatte sich genau den richtigen Zeitpunkt ausgesucht. Die Kinder waren in der Schule, und da ließ ich ihn eben machen ... Und dann war noch dieser Fremde, der kam mitten in der Nacht in die Bar, und als wir dichtmachten, hat er mich gefragt, ob ich mit ihm nach Hause gehe. Ich habe nein gesagt. Dann hat er gesagt, er möchte sich nur eine Weile zu mir ins Auto setzen und mit mir reden. ›Meinetwegen‹, hab ich gesagt. Also, wir saßen im Auto und haben geredet. Dann haben wir einen Joint durchgezogen. Dann hat er mich geküßt. Dieser Kuß hat mich schwach gemacht. Wenn er mich nicht geküßt hätte, hätte ich's nicht mit ihm gemacht. Jetzt bin ich schwanger und weiß nicht, welcher es war. Ich werde abwarten müssen, wem das Kind ähnlich sieht.«

»All right, Lydia. Viel Glück.«

»Danke.«

Ich legte auf. Eine Minute verstrich, dann klingelte das Telefon erneut. Wieder Lydia. »Oh«, sagte sie, »ich wollte doch eigentlich fragen, wie es *dir* geht.«

»Wie immer. Pferde und Saufen.«

»Dann ist also bei dir alles in Ordnung?«

»Nicht ganz.«

»Wieso? Was ist?«

»Naja, ich habe gerade diese Frau da losgeschickt, damit sie einen Sekt holt ...«

»Eine Frau?«

»Naja, eigentlich noch ein Mädchen ...«

»Ein *Mädchen*?«

»Ja. Ich hab sie mit zwanzig Dollar losgeschickt und sie ist noch nicht zurück. Ich glaube, ich bin gelinkt worden.«

»Chinaski, ich will von deinen Weibern nichts *hören*! Hast du verstanden?«

»Schon gut.«

Sie legte auf. Es klopfte an die Tür. Tammie. Sie war zurückgekommen, mit dem Sekt und dem Wechselgeld.

46

Um die Mittagszeit des folgenden Tages weckte mich das Telefon. Lydia war dran.

»Na? Ist sie mit dem Sekt zurückgekommen?«

»Wer?«

»Deine Nutte.«

»Ja, sie ist zurückgekommen.«

»Und dann?«

»Dann haben wir den Sekt getrunken. War gut, das Zeug.«

»Und was war dann?«

»Naja, shit, du weißt schon ...«

Ein langgezogener irrsinniger Heulton drang aus dem Hörer. Wie von einer angeschossenen Wölfin, die im Schnee der Arktis jämmerlich verblutet.

Sie legte auf.

Ich schlief noch eine Runde, und als ich aufwachte, ging es auf den Abend zu. Ich fuhr raus zum Trabrennen.

Ich verlor $ 32, stieg in den VW und fuhr wieder nach Hause, parkte, ging den Weg hoch, die Stufen zur Veranda hinauf, steckte den Schlüssel in die Tür. Drinnen brannten sämtliche Lichter. Ich sah mir die Bescherung an. Schubladen waren herausgerissen und auf den Boden ausgekippt worden. Im Schlafzimmer lag das Bettzeug über den ganzen Boden verstreut. Aus dem Regal fehlten sämtliche Bücher, darunter auch zwanzig Stück oder so, die ich selbst geschrieben hatte. Und meine Schreibmaschine war weg, und mein Toaster war weg, und mein Radio war weg, und meine Bilder waren weg.

»Lydia«, dachte ich.

Das einzige, was sie mir gelassen hatte, war mein Fernseher. Weil sie wußte, daß ich ihn nie anstellte.

Ich ging nach draußen. Weiter hinten stand Lydias

Wagen, aber sie saß nicht drin. »Lydia«, rief ich. »Hey, Baby!«

Ich ging ein Stück die Straße hinauf, dann drehte ich um und ging ein Stück in die andere Richtung. Vor einem Apartmenthaus stand ein verkümmerter Baum, und hinter dem Baumstamm lugten ihre Füße hervor. Ich ging zu dem Baum hin und sagte: »Sag mal, was ist denn in dich gefahren, verdammt nochmal?!«

Lydia stand da und sagte keinen Ton. Sie hatte die Mappe mit meinen Bildern unter dem Arm, und auf dem Rasen standen zwei Einkaufstüten mit meinen Büchern.

»Hör mal, die Bücher und diese Ölgemälde mußt du wieder rausrücken. Sie gehören mir.«

Jetzt kam sie hinter dem Baum hervor – schreiend. Sie zerrte die Bilder aus der Mappe und begann sie in Fetzen zu reißen. Sie warf die Fetzen in die Luft, und als sie auf dem Boden landeten, trampelte sie darauf herum. Sie hatte ihre Cowboystiefel an.

Dann nahm sie meine Bücher aus den Einkaufstüten und warf sie durch die Gegend – auf die Straße, auf den Rasen, in alle Richtungen.

»Da hast du deine Bilder! Da hast du deine Bücher! UND ERZÄHL MIR NICHTS MEHR VON DEINEN WEIBERN! ERZÄHL MIR BLOSS NICHTS MEHR VON DEINEN WEIBERN!«

Dann rannte sie nach hinten zu meinem Bungalow, mein letztes Werk in der Hand – einen gewichtigen Sammelband mit dem Titel ›The Selected Works of Henry Chinaski‹. »Du willst deine Bücher zurück?« schrie sie. »Du willst deine Bücher zurück? Hier hast du deine gottverdammten Bücher! UND ERZÄHL MIR BLOSS NICHTS VON DEINEN WEIBERN! ICH WILL NICHTS MEHR HÖREN VON DEINEN WEIBERN!«

Sie ging dazu über, mit den Ausgewählten Werken von Henry Chinaski die Scheiben meiner Haustür einzuschlagen.

Ich stand da, während sie herumschrie und Glas zerschlug. »Wo bleibt die Polizei?« dachte ich.

Lydia rannte auf dem Weg zwischen den Bungalows in Richtung Straße und bog an der Mülltonne links ab, in die Einfahrt des Apartmenthauses von nebenan. Hinter einer Hecke lagen meine Schreibmaschine, mein Radio und mein Toaster.

Sie hob die Schreibmaschine hoch und rannte damit auf die Straße. Es war eine wuchtige alte Standard-Maschine. Sie hob das Ding mit beiden Händen hoch über den Kopf und donnerte es auf die Straße. Der Deckel und verschiedene Einzelteile flogen weg. Sie hob die Maschine auf, wuchtete sie hoch, sah zu mir her und schrie: »ERZÄHL MIR BLOSS NICHTS MEHR VON DEINEN WEIBERN!« und warf sie noch einmal auf die Straße. Dann sprang sie in ihr Auto und brauste davon.

Fünfzehn Sekunden später kam der Streifenwagen an.

»Es ist ein VW«, sagte ich. »Orange. Wir nennen ihn ›Das Ding‹. Er sieht aus wie ein Panzer. Die Nummer habe ich nicht ganz im Kopf, aber sie fängt an mit HZY. Haben Sie das?«

»Adresse?«

Ich gab ihnen die Adresse.

Wahrhaftig. Sie brachten sie zurück. Als der Streifenwagen wieder vor mir hielt, tobte sie auf dem Rücksitz, und man hörte ihr Zetern durch die geschlossenen Scheiben.

»Gehn Sie mal auf die Seite!« sagte der Cop auf dem Beifahrersitz und sprang heraus. Wir gingen nach hinten zu meinem Bungalow. Der Cop ging rein und trat auf einige Scherben. Aus irgendeinem Grund leuchtete er mit seiner Stablampe die Zimmerdecke ab.

»Wollen Sie eine Anzeige machen?« fragte er.

»Nein. Sie hat Kinder. Ich will nicht, daß man ihr die Kinder wegnimmt. Ihr geschiedener Mann wartet bloß auf die Gelegenheit. Aber sagen Sie ihr um Gottes willen, daß man sich solche Sachen nicht erlauben darf.«

»Okay«, sagte er, »dann brauche ich eine Unterschrift von Ihnen.«

Er schrieb etwas in ein kleines liniertes Notizbuch. Es besagte, daß ich, Henry Chinaski, darauf verzichtete, eine gewisse Lydia Vance anzuzeigen.

Ich unterschrieb das, und er ging.

Ich machte die Tür zu, oder was davon noch übrig war, ging zu Bett und versuchte zu schlafen.

Nach etwa einer Stunde klingelte das Telefon. Es war Lydia. Sie war wieder zu Hause.

»Du Miststück! Wenn du mir noch einmal von deinen Weibern anfängst, dann mach ich das Gleiche nochmal!«

Sie legte auf.

47

Zwei Abende später fuhr ich hinüber zu Tammies Wohnung am Rustic Court. Ich klopfte an die Tür. Es brannte Licht, aber es schien niemand da zu sein. Ich sah in ihren Briefkasten. Es lagen mehrere Briefe drin. Ich schrieb ihr einen Zettel und klemmte ihn an die Tür. »Tammie – ich habe ein paarmal angerufen. Ich war auch hier, aber du warst nicht zu Hause. Wie geht es dir? Ruf mich an. – Hank.«

Am nächsten Morgen um elf fuhr ich wieder hin. Ihr Wagen stand nicht da. Mein Zettel steckte noch an der Tür. Ich drückte trotzdem auf die Klingel. Nichts. Die Briefe lagen noch im Kasten. Ich machte ihr einen Zettel an den Briefkasten: »Tammie, wo steckst du denn? Laß von dir hören. – Hank.«

Ich fuhr in der ganzen Gegend herum und hielt Ausschau nach dem verbeulten roten Camaro.

Gegen Abend kam ich zurück. Es regnete inzwischen. Meine beiden Zettel waren aufgeweicht. In ihrem Briefkasten lag weitere Post. Ich ließ ihr einen meiner Gedichtbände da, mit Widmung. Dann ging ich zurück zu meinem VW. Am Rückspiegel hatte ich ein Malteserkreuz hängen. Ich schnitt es ab, ging damit an die Haustür und band es ihr an den Türknauf.

Ich wußte nicht, wo ihre Freunde wohnten, ihre Mutter, ihre Liebhaber.

Ich fuhr zurück zu mir und schrieb einige Liebesgedichte.

48

Ich hatte gerade Besuch von Ben Solvnag, einem Anarchisten aus Beverly Hills, der ein Buch über mein Leben schrieb, als ich ihre Schritte hörte. Ich kannte das Geräusch ... diese kleinen Füße, der hektische Gang. Immer so in Eile. Und so sexy. Meine Tür stand offen. Tammie kam hereingerannt. Ich sprang auf, und dann lagen wir uns in den Armen und küßten uns.

Ben Solvnag verabschiedete sich und ging.

»Dieser Drecksack von Vermieter«, sagte sie. »Hat meine ganzen Sachen pfänden lassen! Ich konnte die Miete nicht bezahlen. Dieser elende Drecksack!«

»Ich fahr hin und tret ihn in den Arsch. Wir holen deine Sachen zurück.«

»Nein! Er hat Waffen! Alle möglichen Waffen!«

»Ach so.«

»Ich hab Dancy zu meiner Mutter gebracht.«

»Willst du was trinken?«

»Ja.«

»Was?«

»Sekt. Extra dry.«

»Okay.«

Ihr langes rotes Haar glühte in den Strahlen der Abendsonne, die durch die offene Tür hereindrangen.

»Kann ich bei dir ein Bad nehmen?« fragte sie.

»Natürlich.«

»Warte auf mich«, sagte sie ...

Am Morgen beschäftigten wir uns dann mir ihrer finanziellen Lage. Sie hatte regelmäßige Einkünfte: Alimente für das Kind, und die Arbeitslosenunterstützung würde auch noch eine Weile laufen.

»Die Wohnung über mir ist gerade freigeworden«, sagte ich.

»Wieviel?«

»105 Dollar. Die Hälfte der Nebenkosten schon mit drin.«

»Na, das kann ich bringen. Nehmen die auch Kinder? Ein Kind?«

»Wenn ich mit ihnen rede, bestimmt. Ich kenn die beiden Verwalter ganz gut.«

Bis Sonntag war sie eingezogen. Direkt über mir. Sie konnte zu mir in die Küche reinsehen, wo ich in der Frühstücksnische an der Schreibmaschine saß und meine Sachen tippte.

49

Am folgenden Donnerstag saßen wir abends bei mir herum und tranken – Tammie, ihr Bruder Jay und ich. Es kam ein Anruf von Bobby.

»Louie ist hier, mit seiner Frau. Sie möchte dich gern kennenlernen.«

Louie hatte zuletzt die Wohnung über mir gehabt, in die jetzt Tammie eingezogen war. Er spielte in kleinen Klubs bei verschiedenen Jazz-Combos mit und hatte nicht viel Glück, aber er war ein ganz interessanter Mensch.

»Würd ich mir eigentlich lieber schenken, Bobby«, sagte ich.

»Louie wird geknickt sein, wenn du nicht herkommst.«

»Na gut, Bobby. Aber ich bring zwei Freunde mit.«

Wir gingen hin, und es gab die übliche Vorstellerei. Dann brachte Bobby sein Dünnbier aus dem Sonderangebot auf den Tisch. Aus seiner Stereo-Anlage drang laute Musik.

»Ich hab deine Story in ›Knight‹ gelesen«, sagte Louie. »Die war ja ziemlich eigenartig. Du hast es doch in Wirklichkeit nie mit einer toten Frau getrieben, oder?«

»Nein. Kam mir bei manchen nur so vor, als wären sie tot.«

»Ich weiß, was du meinst.«

»Ich hasse diese Musik«, sagte Tammie.

»Was macht die Musik, Louie?« fragte ich.

»Naja, ich hab jetzt meine eigene Combo. Wenn wir lang genug zusammenbleiben, wird's vielleicht was.«

»Ich glaub, ich muß mal einen abkauen«, sagte Tammie. »Ich glaube, Bobby hätte es mal nötig, oder Louie, oder ich mach's meinem Bruder!«

Tammie steckte in einem knöchellangen Ding, das aussah wie eine Kreuzung aus Abendkleid und Nachthemd.

Valerie, Bobbys Frau, war an diesem Abend nicht zu Hause. Sie arbeitete an zwei Abenden in der Woche als Bardame. Louie und seine Paula hatten mit Bobby schon eine ganze Reihe Dosen geleert.

Louie trank jetzt wieder einen Schluck von diesem Billig-Bier, wurde grün im Gesicht, sprang auf und stürzte aus der Tür. Tammie stand auf und rannte ihm nach. Es dauerte eine Weile, dann kamen sie zusammen wieder herein.

»Scheiße, laß uns hier abhauen«, sagte Louie zu seiner Paula.

»All right«, sagte sie.

Sie gingen.

Bobby schleppte weiteres Bier an. Jay und ich unterhielten uns gerade über irgendwas, da hörte ich Bobby plötzlich sagen:

»Hey, Mann! Sag jetzt bloß nicht, ich bin schuld!«

Ich sah hin. Tammie hatte ihren Kopf bei Bobby auf dem Schoß und die Hand an seinen Eiern. Dann langte sie hoch und packte seinen Schwanz. Und die ganze Zeit sah sie mir direkt in die Augen.

Ich trank einen Schluck von meinem Bier, stellte die Dose ab, stand auf und ging.

50

Am nächsten Tag, auf dem Weg zum Zeitungsstand, lief mir Bobby über den Weg. »Louie hat mich angerufen«, sagte er. »Er hat mir erzählt, was ihm passiert ist.«

»So? Was denn?«

»Er rannte raus, weil er kotzen mußte, und während er noch am Reihern war, hat ihm Tammie an den Schwanz gelangt und gesagt: ›Komm mit zu mir rauf, und ich lutsch dir einen ab. Und dann stecken wir dein Ding in ein Osterei.‹ Er hat abgelehnt, und sie hat gesagt: ›Was hast du denn? Bist du kein Mann? Kannst du keinen Alkohol vertragen? Komm mit, und ich lutsch dir einen ab!‹«

Ich ging runter zur Ecke und kaufte mir die Zeitung.

Ich ging damit zurück in meine Bude, sah mir die Rennergebnisse an, las die Berichte von den Messerstechereien, den Vergewaltigungen, den Morden.

Es klopfte an die Tür. Ich machte auf. Tammie. Sie kam herein und setzte sich.

»Schau her«, sagte sie, »es tut mir leid, wenn ich dich gestern abend gekränkt hab mit dem, was ich gemacht hab. Aber das ist auch alles, was mir leid tut. Wenn dir sonst noch was nicht paßt an mir, kann ich dir nicht helfen.«

»Schon gut«, sagte ich. »Aber du hast auch Paula gekränkt, als du hinter Louie hergerannt bist. Die beiden sind zusammen, verstehst du.«

»Ach Scheiße!« schrie sie. »Was geht mich denn diese Paula an!«

51

An diesem Abend nahm ich Tammie zum Trabrennen mit. Wir stiegen zu den oberen Rängen der Haupttribüne hinauf und setzten uns. Ich hatte ihr ein Programm gekauft, und sie starrte es eine Weile an. (Bei Trabrennen werden immer Tabellen mit den Einläufen der bisherigen Veranstaltungen abgedruckt.)

»Paß auf«, sagte sie schließlich, »ich hab ein paar Pillen eingeworfen. Und wenn ich auf Speed bin, verliere ich manchmal die Orientierung. Gib ein bißchen acht auf mich.«

»Is gut. Ich muß jetzt an den Wettschalter. Willst du ein paar Dollar zum Verwetten?«

»Nein.«

»Na gut. Ich bin gleich wieder da.«

Ich ging runter zu den Wettschaltern und setzte fünf Dollar auf den Sieg von Nr. 7.

Als ich zurückkam, war Tammie nicht mehr da. »Sie wird auf die Toilette gegangen sein«, dachte ich.

Ich setzte mich und sah mir das Rennen an. Die Nr. 7, mit 5 : 1 gewettet, lief das Rennen nach Hause. Ich lag mit $ 25 vorn.

Tammie war noch nicht zurück. Die Pferde für das nächste Rennen kamen heraus. Ich beschloß, auf dieses

Rennen zu verzichten und statt dessen nach Tammie zu sehen. Ich suchte die ganze Haupttribüne ab, dann die Aufgänge, dann unten die Würstchenbuden, die Bar. Ich konnte sie nirgends entdecken.

Das zweite Rennen wurde gestartet, und das Feld ging auf die Reise. Als ich mir einen Weg nach vorn zur Zielgeraden bahnte, ging gerade der Endspurt los, und die Leute gerieten aus dem Häuschen und brüllten. Ich suchte überall nach diesem fabelhaften Körper und dem roten Haar. Nichts.

Ich ging zur Sanitätsstation. Ein Mann saß drin und rauchte eine Zigarette. »Habt ihr hier eine junge Rothaarige?« fragte ich ihn. »Vielleicht mit einem Ohnmachtsanfall ... sie hat sich nicht wohlgefühlt ...«

»Ich hab hier drin keine Rothaarigen, Sir.«

Die Füße taten mir weh. Ich ging zurück auf die Tribüne und tüftelte mir das nächste Rennen aus.

Nach dem 8. Rennen hatte ich insgesamt $ 132 gutgemacht. Ich entschied mich für die Nr. 4 im letzten Rennen und wollte gerade auf Sieg setzen, da sah ich Tammie vor der Tür eines Geräteraums stehen. Sie stand zwischen einem schwarzen Hausmeister mit einem Besen in der Hand und einem weiteren Schwarzen, der sehr aufwendig gekleidet war. Er sah aus wie ein Zuhälter im Film. Tammie grinste und winkte mir zu.

Ich ging hin. »Ich hab dich überall gesucht. Ich dachte, du hast vielleicht eine Überdosis erwischt ...«

»Nein, mir geht's gut. Alles bestens.«

»Na, dann ist ja gut. Gute Nacht, Rote ...«

Ich drehte mich um und ging in Richtung Wettschalter. Sie kam mir nachgerannt. »Hey, verdammt, wo willst du denn hin?«

»Ich will auf die Nr. 4 setzen.«

Ich plazierte die Wette. Die Nr. 4 verlor mit einer Nasenlänge. Ende der Veranstaltung. Ich ging mit Tammie hinaus auf den Parkplatz. Sie hielt sich dicht neben mir, und bei jedem zweiten Schritt stieß sie mich mit der Hüfte an.

»Ich hab mir Sorgen um dich gemacht«, sagte ich.

Wir fanden das Auto und stiegen ein. Auf der Fahrt nach Hause rauchte Tammie sechs oder sieben Zigaretten, doch sie rauchte jede nur an und drückte sie gleich wieder im Aschenbecher aus. Sie stellte das Radio an, drehte es laut und leise, suchte die ganze Skala ab und schnalzte mit den Fingern zur Musik.

Als wir vor meinem Bungalow waren, rannte sie hinauf in ihre Wohnung und schloß die Tür hinter sich ab.

52

Bobbys Frau arbeitete an zwei Abenden in der Woche, Dienstag und Donnerstag, und ich wußte, daß er sich an diesen Abenden immer einsam fühlte. Sobald sie aus dem Haus war, hängte er sich ans Telefon.

Es war Dienstag, und gegen Abend rief er auch prompt an.

»Hey, Mann. Was dagegen, wenn ich auf ein paar Biere vorbeikomme?«

»Is gut, Bobby.«

Ich saß in meinem Sessel, und mir gegenüber saß Tammie auf der Couch. Bobby kam herein und setzte sich zu ihr auf die Couch. Ich machte ihm ein Bier auf. Er fing mit Tammie eine Unterhaltung an. Die Unterhaltung war derart schwachsinnig, daß ich abschaltete. Trotzdem drang einiges durch.

»Morgens«, sagte Bobby, »nehme ich immer eine kalte Dusche. Das macht mich richtig wach.«

»Ich nehme auch jeden Morgen eine kalte Dusche«, sagte Tammie.

»Ich nehme eine kalte Dusche«, fuhr er fort, »und dann frottiere ich mich ab. Dann lese ich eine Zeitschrift oder sowas, und dann kann der Tag für mich losgehen.«

»Ich nehme bloß eine Dusche, aber ich trockne mich nicht ab«, sagte Tammie. »Ich laß die kleinen Wassertropfen einfach von selber trocknen.«

Bobby: »Manchmal nehme ich auch ein richtig *heißes* Bad. So heiß, daß ich mich nur ganz langsam reinsetzen kann.« Er stand auf und führte vor, wie er sich in sein richtig heißes Badewasser reinsetzte.

Dann sprachen sie von Filmen und Fernsehprogrammen. Sie schienen beide sehr viel von Filmen und Fernsehprogrammen zu halten.

Sie redeten zwei oder drei Stunden, ohne Unterbrechung. Dann stand Bobby auf. »Tja«, sagte er, »ich muß mal wieder gehn.«

»Ach *bitte*, Bobby, geh noch nicht«, sagte Tammie.

»Doch, ich muß los.«

Seine Valerie würde gleich von der Arbeit nach Hause kommen.

53

Donnerstag abend rief Bobby wieder an. »Hey, Mann, was machst du denn so?«

»Nicht viel.«

»Was dagegen, wenn ich auf ein paar Biere vorbeikomme?«

»Also heute abend hätt ich eigentlich lieber keinen Besuch.«

»Ach, komm schon, Mann. Nur auf ein paar Biere ...«

»Nee, du, lieber nicht.«

»ACH, DANN LECK MICH DOCH!« schrie er.

Ich legte auf und ging nach vorn ins Wohnzimmer.

»Wer war das?« fragte Tammie.

»Nur jemand, der vorbeikommen wollte.«

»Es war Bobby, nicht?«

»Ja.«

»Du bist richtig gemein zu ihm. Er fühlt sich doch nur einsam, wenn seine Frau auf Arbeit ist. Was hast du denn bloß, verdammt nochmal?«

Sie sprang auf, rannte ins Schlafzimmer und griff sich das Telefon. Ich hatte ihr gerade eine kleine Flasche Sekt gekauft. Sie hatte die Flasche noch nicht aufgemacht. Ich nahm die Flasche und versteckte sie in der Besenkammer.

»Bobby?« hörte ich sie sagen. »Hier ist Tammie. Hast du eben angerufen? Wo ist deine Frau? Paß auf, ich komm zu dir rüber.«

Sie legte auf und kam aus dem Schlafzimmer heraus. »Wo ist der Sekt?«

»Schieb ab«, sagte ich. »Ich hab den Sekt nicht gekauft, damit du ihn mit *ihm* trinkst.«

»Ich will diesen Sekt. Wo ist er?«

»Der soll selber welchen kaufen.«

Sie schnappte sich eine Packung Zigaretten vom Kaffeetisch und rannte aus der Tür.

Ich holte die Sektflasche aus dem Versteck, entkorkte sie und goß mir ein Glas ein. Ich schrieb inzwischen keine Liebesgedichte mehr. Um genau zu sein, ich schrieb überhaupt nichts mehr. Mir war die Lust vergangen. Der Sekt ging mir glatt runter. Ich trank ein Glas nach dem anderen.

Dann zog ich mir die Schuhe aus und ging rüber zu Bobby. Ich sah durch die Jalousie in sein Wohnzimmer hinein. Sie saßen dicht nebeneinander auf der Couch und unterhielten sich.

Ich ging wieder zurück. Ich trank den restlichen Sekt, und als ich gerade zu Bier übergegangen war, kam ein Anruf von Bobby.

»Hör zu«, sagte er, »warum kommst du nicht rüber und trinkst mit mir und Tammie ein Bier?«

Ich legte auf.

Ich trank mehrere Flaschen Bier, rauchte ein paar billige Zigarren und bekam immer mehr Schlagseite. Dann machte ich mich wieder auf den Weg zu Bobbys Wohnung. Ich klopfte an die Tür, und er machte mir auf.

Tammie saß am anderen Ende der Couch und schnupfte Kokain aus einem Kaffeelöffel von McDonald's. Bobby drückte mir ein Bier in die Hand.

»Das Problem mit dir ist, daß du unsicher bist«, eröffnete er mir. »Du hast kein Selbstvertrauen.«

Ich lutschte an meinem Bier.

»Das stimmt«, sagte Tammie. »Bobby hat recht.«

»Irgendwas nagt in mir«, sagte ich.

»Du bist bloß unsicher«, sagte Bobby. »Ganz einfach.«

Ich trank das Bier aus und ging wieder nach Hause.

Joanna Dover hatte mir zwei Telefonnummern gegeben. Ich versuchte es mit der in Galveston. Sie meldete sich.

»Ich bin's. Henry.«

»Du hörst dich an, als wärst du betrunken.«

»Bin ich auch. Ich will dich besuchen.«

»Wann?«

»Morgen.«

»All right.«

»Holst du mich am Flugplatz ab?«

»Aber sicher, Baby.«

»Dann besorg ich mir jetzt einen Flug und ruf dich dann zurück.«

Sie gaben mir was für den folgenden Mittag. Flug 707. 12.15 Uhr. Ich rief Joanna zurück und gab ihr das durch. Sie sagte, sie werde mich bei der Landung erwarten.

Ich hatte kaum den Hörer auf der Gabel, da schrillte das Ding. Lydia war dran.

»Ich wollte dir nur sagen, daß ich das Haus verkauft habe. Ich zieh nach Phoenix. Morgen früh fahr ich ab.«

»All right, Lydia. Viel Glück.«

»Ich hatte eine Fehlgeburt. Bin fast dran gestorben, soviel Blut hab ich verloren. Es war schrecklich. Ich wollte dich nicht damit belästigen.«

»Wie geht dir's jetzt? Alles wieder gut?«

»Ja. Ich will nur raus aus dieser Stadt. Sie steht mir bis hier oben.«

Wir verabschiedeten uns.

Ich machte das nächste Bier auf. Die vordere Tür wurde aufgerissen, und Tammie kam herein. Sie rannte wie wild im Kreis herum und starrte mich an.

»Ist Valerie nach Hause gekommen?« fragte ich. »Hast du Bobby von seiner Einsamkeit kuriert?«

Sie rannte einfach weiter im Kreis herum. Sie sah sehr gut aus in ihrem langen Kleid. Mochte sie es nun mit ihm getrieben haben oder nicht.

»Mach, daß du hier rauskommst«, sagte ich.

Sie brachte nochmal einen Kreis hinter sich, dann rannte sie aus der Tür und hinauf in ihre Wohnung.

Ich konnte nicht schlafen. Glücklicherweise hatte ich noch einiges Bier da. Ich trank, und als ich die letzte Flasche geleert hatte, war es 4.30 Uhr. Ich saß herum und wartete, bis es sechs Uhr wurde. Dann ging ich los und holte mir Nachschub.

Die Zeit verging unendlich langsam. Ich lief in der Wohnung herum. Ich fühlte mich nicht gerade gut, aber ich ging dazu über, allerhand Lieder zu singen. Singend marschierte ich durch die Wohnung, vom Bad ins Schlafzimmer, wieder nach vorn, in die Küche, wieder zurück. Und sang. Und trank.

Dann sah ich wieder einmal auf die Uhr, und es war 11.15. Bis zum Flughafen fuhr man eine Stunde. Ich war fertig angezogen. Auch meine Schuhe hatte ich inzwischen wieder an, wenn auch ohne Socken. Ich nahm meine Lesebrille und steckte sie mir vorne ins Hemd. Dann rannte ich aus der Tür. Ohne Gepäck.

Der VW stand auf dem Rasen. Ich stieg ein. Die Sonne brannte grell herunter. Ich legte den Kopf auf das Lenkrad und blieb so eine Weile sitzen. Aus einem der Bungalows hörte ich eine Stimme: »Will der vielleicht noch Auto fahren – in dem Zustand?«

Ich startete den Wagen, stellte das Radio an und fuhr los. Ich hatte Schwierigkeiten mit dem Lenken und fuhr immer wieder über den gelben Mittelstreifen in den Gegenverkehr. Sie hupten mich an, und ich steuerte wieder auf meine Seite zurück.

Ich schaffte es bis zum Flughafen, und es blieben mir noch fünfzehn Minuten. Ich war bei Rot über Kreuzungen gefahren, hatte Stoppschilder mißachtet und auf der ganzen Strecke die Geschwindigkeitsbegrenzung drastisch überschritten. Der Parkplatz war voll. Ich fand keine Lücke mehr. Vor einem Lastenaufzug gab es noch einen Platz, gerade groß genug für einen VW. Auf dem Asphalt stand in großen Lettern: NO PARKING. Ich parkte. Noch vierzehn Minuten. Als ich die Wagentür abschloß, fiel mir die Lesebrille aus der Hemdtasche und zerschellte am Boden.

Ich rannte die Treppen hinunter, über die Straße, dann rein und an den Schalter der Fluggesellschaft. »Henry Chinaski. Ich habe einen Flug reserviert ...« Der Angestellte schrieb mir das Ticket aus, und ich zahlte. »Ich habe übrigens Ihre Bücher gelesen«, sagte er.

Ich hetzte hinauf zur Sicherheitskontrolle. Der Summer ertönte. Ich hatte zuviel Kleingeld in den Taschen, plus sieben Schlüssel und ein Taschenmesser. Ich nahm das alles heraus, legte es ihnen aufs Tablett und ging nochmal durch.

Noch fünf Minuten. Flugsteig 42.

Alle saßen schon, als ich ins Flugzeug kam. Noch drei Minuten. Ich fand meinen Platz und schnallte mich an. Aus den Lautsprechern kam die Stimme des Flugkapitäns.

Wir rollten zum Runway, und dann hoben wir ab, schwebten hinaus über den Ozean und kurvten in weitem Bogen zurück, landeinwärts.

54

Ich kam als letzter aus dem Flugzeug, und da stand Joanna Dover. »Mein Gott!« sagte sie und lachte. »Du siehst ja schauerlich aus!«

»Joanna, laß uns eine Bloody Mary trinken, während wir auf mein Gepäck warten. Ach verdammt – ich *hab* ja gar kein Gepäck. Aber eine Bloody Mary sollten wir trotzdem trinken.«

Wir gingen in die Bar und setzten uns.

»So kommst du nie nach Paris«, meinte sie.

»Ich bin nicht versessen auf die Franzosen. Ich bin gebürtiger Deutscher, wie du weißt.«

»Ich hoffe, es wird dir bei mir gefallen. Das Haus ist nichts Besonderes. Aber es hat zwei Stockwerke. Jede Menge Platz.«

»Hauptsache, wir landen im gleichen Bett.«

»Ich hab auch Farben da.«

»Farben?«

»Ich meine, falls du malen willst.«

»Scheiß drauf. Trotzdem, vielen Dank. Komm ich dir bei irgendwas dazwischen?«

»Nein. Ich hatte was mit einem Automechaniker, aber der hat schlapp gemacht. Konnte nicht mithalten.«

»Laß mich auch mal verschnaufen, Joanna. Ficken und Lutschen ist nicht alles.«

»Deshalb hab ich ja die Farben. Für deine Ruhepausen.«

»Bei dir hat man wirklich alle Hände voll zu tun. Mal ganz abgesehen von den einszweiundachtzig.«

»Gott, wem sagst du das.«

»Wir fuhren zu ihr nach Hause. Das Haus gefiel mir. Rollos an sämtlichen Fenstern und Türen. Die Fenster waren groß und ließen sich nach außen öffnen. Alte Möbel, keine Teppiche auf den Fußböden, zwei Badezimmer, eine Menge Tische in allen Größen. Einfach, aber wohnlich.

»Geh dich duschen«, sagte Joanna.

Ich lachte. »Ich hab keine Kleider dabei. Nur das, was du an mir siehst.«

»Wir besorgen dir morgen noch was zum Anziehen. Wenn du geduscht hast, führe ich dich zum Essen aus. Ich kenne ein gutes Fischrestaurant.«

»Mit Alkoholausschank?«

»Du Arschloch.«

Ich duschte nicht. Ich nahm ein Bad.

Wir fuhren eine ziemliche Strecke. Ich stellte fest, daß Galveston auf einer Insel lag. Das war mir neu.

»Die Dope-Schmuggler kapern inzwischen die Garnelenboote draußen auf dem Meer«, sagte Joanna. »Sie killen alle Mann an Bord, und dann schmuggeln sie den Stoff rein. Das ist mit ein Grund, warum Garnelen immer teurer werden. Der Job wird zu gefährlich. Und wie geht's in deiner Branche?«

»Ich glaube, für mich ist es gelaufen. Ich hab in letzter Zeit nichts mehr geschrieben.«

»Wie lang schon nicht mehr?«

»Sechs oder sieben Tage.«

Joanna fuhr sehr schnell, aber man merkte, daß sie es nicht in der Absicht tat, das Gesetz herauszufordern. Sie fuhr schnell, als stehe ihr das zu.

Schließlich bog sie in einen Parkplatz ein. »Hier ist es«, sagte sie.

Wir bekamen einen Tisch für uns allein. Es war angenehm kühl und still im Lokal, und die Beleuchtung beschränkte sich auf das Notwendigste. Ich entschied mich für einen Hummer. Joanna bestellte sich etwas Ausgefallenes. Sie bestellte es auf Französisch. Sie war kultiviert, weitgereist. Bildung, auch wenn ich darüber die Nase rümpfte, war eben bisweilen doch von Nutzen. Besonders wenn man eine Speisekarte studierte. Ich kam mir bei diesen Kellnern immer minderwertig vor. Die Kellner lasen alle Truman Capote. Ich las die Rennergebnisse.

Es war ein gutes Dinner. Draußen auf dem Golf waren die Garnelenboote, die Patrouillenboote und die Piraten. Der Hummer kitzelte meinen Gaumen, und ich spülte ihn mit gutem Wein herunter. Braver Bursche, dachte ich. Ich hab dich schon immer gemocht, mit deiner rosaroten Schale, mit deinen langsamen drohenden Bewegungen …

Zu Hause bei Joanna Dover gab es dann noch Rotwein. Wir saßen schweigend im Dunkeln und sahen den wenigen Autos unten auf der Straße nach.

»Hank?« sagte Joanna nach einer Weile.

»Ja?«

»War es eine Frau, die dich aus L. A. vertrieben hat?«

»Ja.«

»Ist es vorbei mit ihr?«

»Mir wär's am liebsten, ich könnte jetzt ja sagen, aber …«

»Dann bist du dir also nicht sicher?«

»Nein.«

»Bei sowas kann man sich wohl nie sicher sein.«

»Nein, wahrscheinlich nicht.«

»Schon eine beschissene Sache.«

»Da hast du recht.«

»Komm, wir ficken.«

»Ich hab zuviel getrunken.«

»Na, laß uns erst mal ins Bett gehn.«

»Ich will noch ein bißchen was trinken.«

»Aber dann wirst du erst recht nicht mehr …«

»Ich weiß. Ich hoffe, du läßt mich vier oder fünf Tage bleiben.«

»Kommt ganz drauf an, wie gut du es bringst.«

»Faires Angebot.«

Wir tranken die Flasche aus, und ich schaffte es kaum noch bis zum Bett. Als Joanna aus dem Badezimmer kam, war ich bereits eingeschlafen.

55

Am Morgen wachte ich einigermaßen tatendurstig auf. Ich ging ins Bad, benutzte Joannas Zahnbürste, trank zwei Glas Wasser, wusch mir die Hände und das Gesicht und kroch wieder zu ihr ins Bett. Sie drehte sich zu mir herum. Wir küßten uns, und mein Schwanz wurde hart. Ich nahm ihre Hand und legte sie um meinen Schwanz. Ich packte sie an den Haaren, drückte ihr den Kopf ins Kissen und küßte sie wie wild. Ich knetete ihre Möse, rieb ihr den Kitzler. Sie war jetzt sehr naß da unten. Ich stieg auf, steckte ihn rein und hielt ihn ruhig. Ich spürte, wie sie in Fahrt kam. Der Ritt wurde sehr lange, ich schob und pumpte, doch schließlich konnte ich es nicht länger zurückhalten, und als es mir kam, war ich naßgeschwitzt und mein Herz hämmerte und dröhnte mir in den Ohren.

»Ich bin nicht besonders gut in Form«, sagte ich.

»Mir hat's gefallen. Komm, wir rauchen einen Joint.«

Sie brachte einen Joint zum Vorschein und zündete ihn an. Wir machten abwechselnd einen Zug.

»Joanna«, sagte ich, »ich hab noch nicht ausgeschlafen. Ich könnte noch eine Stunde gebrauchen.«

»Klar. Aber erst wollen wir diesen Joint vollends durchziehen.«

Das taten wir, und dann legten wir uns wieder lang. Ich schlief ein.

Als ich wieder wach wurde, lag ich allein im Bett. Hm. Ich wartete zehn Minuten, dann stand ich auf, lief nackt durchs Haus ... »Joanna?« ... ich machte sämtliche Zimmer im Erdgeschoß durch ... »Joanna? Wo steckst du? Hey, Sweetie, mach keinen Scheiß! Joanna! ...«

Im Obergeschoß gab es eine Menge Türen. Ich machte eine nach der anderen auf. Joanna war nirgends zu sehen. Ich setzte mich und dachte nach. Ich war mir ziemlich sicher, daß ich ihr einen guten Fick gegeben hatte. Das konnte es also nicht sein.

Dann fiel mir eine Tür auf, die ich noch nicht probiert hatte. Ich ging hin und machte sie auf. Da hockte sie im Schneidersitz auf dem Boden, mit dem Rücken zu mir. Sie hatte einen Kimono an, der hinten mit Schlangen und

Vögeln bedruckt war. Mehrere Kerzen brannten. Vor ihr lagen in einem Halbkreis Fotos von Männern. Sie sahen aus wie Inder. Die meisten waren kahlköpfig und zahnlos und hatten einen stumpfen Gesichtsausdruck. Manche hatten eine Brille auf der Nase. Und fast alle waren sie nackt bis auf einen dürftigen Sackhalter.

»Oh«, sagte ich. »Entschuldige.«

Ich schloß die Tür, ging nach unten und legte mich wieder ins Bett.

Es dauerte geraume Zeit, bis sie herunter kam.

»Joanna«, sagte ich. »Entschuldige.«

»Wieso?«

»Ich wollte dich nicht stören.«

»Macht doch nichts. Ich hab nur meditiert.«

»Ich dachte, du bist auf und davon. Ich wußte nicht, was los war.«

»Ich hab mir gedacht, ich mach's, während du schläfst.«

»All right.«

56

An diesem Abend brachte Joanna Dover nach dem Essen eine Prise Meskalin auf den Tisch.

»Schon mal probiert, das Zeug?«

»Nein.«

»Willst du mal?«

»All right.«

Am Ende des Tischs lagen Pinsel und Farben und große Bogen Papier. Jetzt fiel es mir wieder ein. Sie sammelte Bilder. Hatte auch zwei von meinen gekauft.

»Der Stoff ist sehr stark«, sagte sie. »Ich hab einen guten Dealer.«

»Wie wirkt er denn so?«

»Man kriegt ein sehr eigenartiges High davon. Es kann sein, daß dir schlecht wird. Wenn man kotzen muß, wird man hinterher noch mehr high. Aber ich steh nicht auf Kotzen, deshalb nehmen wir's mit ein bißchen Backpulver. Ich würde sagen, das Besondere an Meskalin ist, daß es einen den Terror fühlen läßt.«

»Den hab ich schon oft genug gefühlt, auch ohne was.«
»Aber damit wird er noch größer.«
»Na schön. Mal sehn.«
Wir schluckten das Zeug.

Ich fing an, etwas zu malen, und Joanna brachte ihre Stereo-Anlage in Gang und legte eine Platte auf. Die Musik hörte sich sehr merkwürdig an, aber sie gefiel mir. Ich malte drauflos. Irgendwann drehte ich mich einmal um, und Joanna war weg. Ich kümmerte mich nicht weiter darum und malte weiter. Ich malte einen Mann, der gerade Selbstmord begangen hatte. Er hing an einem Seil vom Dachbalken. Ich nahm reichlich Gelb für den Mann, und er wurde sehr leuchtend und sah ausgesprochen gut aus, auch noch im Tod.

»Hank«, sagte plötzlich eine Stimme dicht hinter mir.

Ich kam kerzengerade aus meinem Stuhl hoch. »O GOTT! SHIT!« Ich stand da wie gelähmt. Ein eisiges Prikkeln lief mir an den Armen hoch und über den Rücken. Zitternd drehte ich mich um. Da stand Joanna.

»Tu mir das bloß nicht nochmal an!« sagte ich. »Wenn du dich nochmal so anschleichst, bring ich dich um!«

»Aber Hank, ich hab doch bloß Zigaretten geholt ...«

»Schon gut, aber mach's nicht nochmal, ja? Hier, sieh dir mal das Bild an.«

»Oh, sehr gut. Gefällt mir wirklich.«

»Liegt wahrscheinlich an dem Meskalin.«

»Ganz bestimmt sogar.«

»All right, Lady. Gib mir mal was zum Rauchen.«

Joanna lachte und zündete uns zwei Zigaretten an.

Ich machte mich wieder ans Malen. Diesmal erwischte ich was Gutes: ein großer grüner Wolf fickte eine Rothaarige, und ihr langes rotes Haar wirbelte durch die Gegend, während der Wolf sie rammeltc, und über den beiden wölbte sich eine schwarze Nacht, in der Sterne und Kometen aufzuckten, und der Mond sah fett und träge herunter ... es war eine heiße Szene, und sehr bunt.

»Hank ...«

Ich zuckte zusammen. Sprang auf. Drehte mich um. Joanna stand hinter mir. Ich packte sie an der Kehle. »Verdammt nochmal, ich hab dir doch gesagt ...!« Ich ließ sie wieder los.

»Entschuldige. Ich hab's vergessen. Ich wollte dich nur was fragen, aber ich weiß nicht mehr, was.«

»Hier, schau mal, was ich gemalt habe.«

Sie sah es sich an. »Mensch, das ist das beste, was ich bis jetzt von dir gesehen habe! Dafür geb ich dir glatt zweihundert Dollar ...«

»Nichts zu machen.«

»Dreihundert.«

»Bullshit.«

»Hank, ich *muß* es haben! Vierhundert ...«

»Nix.«

»Hank ...«

»Da. Du kriegst es umsonst.«

Sie fiel mir um den Hals und tanzte mit mir durchs Zimmer. Kurz danach lagen wir im Bett, in einem wüsten Clinch. Alles drehte sich. Ich fraß ihre Pussy. Ich weiß nicht mehr, was wir sonst noch machten, aber es war allerhand.

57

Ich blieb fünf Tage. Und Nächte. Dann war ich ausgepumpt. Ich kriegte ihn nicht mehr hoch. Joanna fuhr mich zum Flugplatz. Ich hatte inzwischen einige neue Kleider und einen Koffer. Ich dachte daran, daß ich auf dem Airport von Dallas/Fort Worth umsteigen mußte, und bei dem Gedanken wurde mir schlecht. Es war der schlimmste Airport in den Vereinigten Staaten. Er war noch inhumaner als der von Chicago.

Joanna winkte mir zum Abschied, dann rollte der Flieger los und hob ab.

Der Flug nach L.A. verlief ohne Zwischenfälle. Nach der Landung begann ich mich zu fragen, ob mein VW noch da sein würde. Ich fuhr mit dem Aufzug zum Parkplatz hoch, sah mich um und konnte ihn nirgends entdecken. Wahrscheinlich hatten sie ihn aus dem Parkverbot abgeschleppt. Doch dann ging ich auf die andere Seite herum, und da stand er. Es steckte nur ein Strafzettel an der Windschutzscheibe.

Ich fuhr zu meiner Bude am Carlton Way. Alles sah noch genauso aus, wie ich es verlassen hatte – Müll und leere Flaschen überall. »Ich werde hier mal aufräumen müssen«, dachte ich. »Wenn jemand diesen Saustall sieht, läßt er mich ins Irrenhaus einweisen.«

Die Tür ging auf, und Tammie kam herein. »Hi«, sagte sie.

»Hallo.«

»Du mußt ja stockvoll gewesen sein, als du weggegangen bist. Du hast die Tür hier nicht abgeschlossen, und die Hintertür stand sperrangelweit offen. Und weißt du, was? Aber du mußt mir versprechen, daß du es für dich behältst ...«

»All right.«

»Arlene war hier unten und hat dein Telefon benutzt. Ferngespräch.«

»Schon gut.«

»Ich hab versucht, sie davon abzubringen, aber es ging nicht. Sie war high wie nur was.«

»Schon gut.«

»Wo bist du gewesen?«

»Galveston.«

»Warum schwirrst du eigentlich immer so durch die Gegend? Du spinnst.«

»Am Samstag muß ich schon wieder weg.«

»Samstag? Was haben wir denn heute?«

»Donnerstag.«

»Und wohin?«

»New York.«

»Was machst du dort?«

»Eine Lesung. Sie haben mir schon vor zwei Wochen den Flugschein geschickt. Und ich kriege einen Anteil von den Gesamteinnahmen.«

»Oh, nimm mich mit! Ich bring Dancy zu meiner Mutter. Ich will mit!«

»Ich kann mir's nicht leisten, dich mitzunehmen. Sonst bleibt von meinen Einnahmen nichts übrig. Und ich hab in der letzten Zeit schon ein paar happige Ausgaben gehabt.«

»Ich werd dir bestimmt keine Scherereien machen. Ich versprech dir's! Ich werde nie von deiner Seite weichen! Du hast mir richtig gefehlt ...«

»Es geht nicht, Tammie.«

Sie ging an den Kühlschrank und holte sich ein Bier. »Ich bin dir anscheinend scheißegal. Diese ganzen Liebesgedichte ... du hast kein Wort davon ernst gemeint.«

»Als ich sie geschrieben habe, war mir's schon ernst ...«

Das Telefon klingelte. Es war mein Verleger. »Wo hast du denn gesteckt?«

»In Galveston. Recherchen.«

»Ich höre, du liest am Samstag in New York?«

»Ja. Meine Freundin Tammie sagt gerade, sie will mit.«

»Und? Nimmst du sie mit?«

»Nein. Ich kann mir's nicht leisten.«

»Was kostet es denn?«

»316 Dollar, hin und zurück.«

»All right, ich schick dir einen Scheck.«

»Ist das dein Ernst?«

»Ja.«

»Ich weiß nicht, was ich sagen soll ...«

»Vergiß es. Aber denk an Dylan Thomas.«

»Keine Angst. Mich kriegen sie nicht klein.«

Wir verabschiedeten uns.

Tammie saß da und lutschte mißmutig an ihrem Bier.

»All right«, sagte ich zu ihr. »Du hast noch zwei Tage zum Packen.«

»Soll das heißen, du nimmst mich *mit*?«

»Ja. Mein Verleger zahlt dir den Trip.«

Sie sprang auf und fiel mir um den Hals. Sie küßte mich, packte mich an den Eiern, zog mich am Schwanz. »Du bist der süßeste alte Ficker von der Welt!«

New York City. Abgesehen von Dallas, Houston, Charleston und Atlanta war es die übelste Stadt, in der ich mich je aufgehalten hatte. Tammie drängelte sich an mich, und mein Schwanz ging hoch. Joanna Dover hatte doch nicht alles bekommen ...

Dann war es Samstag. Wir hatten einen Flug um 15.30 Uhr gebucht. Gegen 14 Uhr stieg ich die Treppe zu Tammies Wohnung hoch und klopfte an die Tür. Sie war nicht zu Hause. Ich ging wieder runter zu mir und setzte mich hin. »Erst mal einen Wodka-Seven«, dachte ich. Ich machte mir einen und nahm ihn zur Brust. Ich stellte gerade das Glas ab, da rief Tammie an. »Hör mal«, sagte ich, »wir müssen allmählich los. In New York holt mich jemand vom Kennedy Airport ab. Wo bist du denn?«

»Ich will mir grade ein paar Quaaludes kaufen, aber ich hab nicht genug Geld dabei. Mir fehlen noch sechs Dollar.«

»Wo du bist, hab ich gefragt.«

»Santa Monica und Western, ungefähr einen Block weiter unten. Es war früher ein Owl Drugstore. Du kannst es nicht verfehlen.«

Ich legte auf, stieg in den VW und fuhr hin. Ich parkte einen Block unterhalb von Santa Monica und Western und sah mich um. Es war keine Apotheke zu sehen.

Ich stieg wieder ins Auto, fuhr weiter und hielt Ausschau nach ihrem roten Camaro. Fünf Blocks weiter unten sah ich ihn schließlich stehen. Ich bog in die nächste Querstraße ein, parkte und ging zurück. Da war eine Apotheke. Ich ging hinein. Tammie saß hinten auf einem Stuhl. Dancy rannte mir entgegen und zog eine Schnute.

»Die Kleine können wir aber nicht mitnehmen«, sagte ich.

»Ich weiß. Wir bringen sie zu meiner Mutter.«

»Zu deiner Mutter? Das sind von mir zu Hause drei Meilen zu fahren!«

»Es liegt doch auf dem Weg zum Flughafen.«

»Von wegen. Es liegt genau in der anderen Richtung.«

»Hast du die sechs Dollar?«

Ich gab ihr die sechs. »Wir sehn uns dann bei dir zu Hause«, sagte ich. »Hast du gepackt?«

»Ja. Alles fertig.«

Ich fuhr nach Hause, wartete, trank noch einen Wodka-Seven. Schließlich hörte ich die beiden draußen den Weg hochkommen. »Mammi«, sagte Dancy, »ich will ein

Ding-Dong!« Sie gingen nach oben. Ich wartete darauf, daß sie wieder herunterkamen. Sie kamen nicht herunter. Ich stand auf und ging mal nachsehen.

Tammie kniete vor einem merkwürdigen Gepäckstück, das aus vier Teilen bestand, und jedes Teil hatte seinen eigenen Reißverschluß. Es sah sehr unpraktisch aus. Tammie kniete davor und zog diese Reißverschlüsse auf und zu.

»Schau her«, sagte ich, »ich bring schon mal deinen anderen Kram runter zum Auto.«

Sie hatte noch zwei große Plastiktaschen voll Zeug und drei lange Kleider an Kleiderbügeln. Ich brachte das nach unten und verstaute es im VW. Als ich zurückkam, lag Tammie immer noch auf den Knien und zerrte an den Reißverschlüssen herum.

»Tammie, wir müssen gehn.«

»Augenblick noch.«

Sie zog die Reißverschlüsse zu, wieder auf, wieder zu ...

»Mammi«, sagte Dancy, »ich will ein Ding-Dong!«

»Jetzt komm doch endlich, Tammie.«

»Oh, äh, klar.«

Ich nahm das Monstrum mit den Reißverschlüssen, und wir gingen nach unten.

Wir fuhren zur Wohnung ihrer Mutter. Ich im VW, Tammie und Dancy im roten Camaro. Als wir hinkamen, war die Mutter nicht da. Tammie ging rein und fing an, Schubladen aufzuziehen und darin herumzuwühlen.

»Tammie«, sagte ich. »Wir verpassen das Flugzeug.«

»Ach was, wir haben noch jede Menge Zeit. Ich kann's nicht leiden, wenn ich im Flughafen rumsitzen und warten muß.«

»Was machst du jetzt mit Dancy?«

»Ich laß sie da. Meine Mutter kommt ja bald von der Arbeit zurück.«

Dancy fing an zu zetern, die Tränen flossen, dann ballte sie die Fäuste und schrie: »Ich will ein Ding-Dong!!«

»Hör zu, Tammie, ich warte draußen im Auto.«

Ich ging raus und setzte mich in den VW. Ich wartete fünf Minuten, dann ging ich wieder rein. Tammie wühlte immer noch in den Schubladen herum.

»Tammie, ich bitte dich, laß uns endlich gehn!«

»All right.«

Sie drehte sich um und sagte zu Dancy: »Also du bleibst schön hier, bis Oma nach Hause kommt. Schließ die Tür ab und laß außer Oma *niemand* rein, ja?«

Dancy legte wieder los. Sie zeterte und zeterte. Dann schrie sie: »ICH HASSE DICH!«

Wir gingen raus und stiegen in den VW. Plötzlich riß Tammie die Tür auf und stieg wieder aus. »Ich muß noch was aus meinem Wagen holen!«

Sie rannte nach hinten zu ihrem Camaro. »Ach Scheiße, ich hab die Tür verriegelt und die Schlüssel drin gelassen! Hast du ein Stück dicken Draht?«

»Nein!« schrie ich. »Ich hab keinen Draht!«

»Gleich wieder da.« Sie rannte zurück in das Apartment ihrer Mutter. Ich hörte Dancy schreien und heulen. Dann knallte die Tür zu, und Tammie kam an mir vorbei, einen Kleiderbügel aus Draht in der Hand. Sie bog sich den Draht zurecht und machte sich an der Fahrertür des Camaro zu schaffen. Sie kriegte die Tür auf.

Ich stieg aus und ging hin. Tammie hing halb über der Rückenlehne des Fahrersitzes und wühlte das Gerümpel da hinten durch ... Berge von Kleidern, Tüten, Schuhen, Pappbechern, Zeitungen, Pepsi-Cola-Flaschen. Endlich fand sie, was sie suchte: einen Fotoapparat. Die Polaroid, die ich ihr zum Geburtstag geschenkt hatte.

Wir fuhren los. Ich drückte drauf, als wollte ich die 500 Meilen von Indianapolis gewinnen. Wir hatten eine Sechserpackung dabei. Wir tranken, und Tammie warf die leeren Dosen aus dem Fenster. Sie beugte sich zu mir herüber und schrie mir ins Ohr: »Wenn wir in New York sind, kriegst du von mir einen Fick, wie du noch *nie* einen erlebt hast!«

»Ehrlich?«

»Ja!«

Sie kuschelte sich an mich und langte mir an den Schwanz. Meine erste Rothaarige. Ich war ein Glückspilz ...

59

Wir rannten die lange Rampe hinauf. Ich schleppte die drei Kleider und das Monstrum mit den Reißverschlüssen. Unten an der Rolltreppe blieb Tammie vor dem Automaten für Lebensversicherungen stehen.

»Ich bitte dich«, sagte ich, »tu mir das nicht an. Wir haben nur noch fünf Minuten.«

»Ich will eine Versicherung. Ich will, daß Dancy das Geld kriegt, wenn das Flugzeug abstürzt.«

»Na meinetwegen.«

»Hast du zwei Quarters?«

Ich griff in die Tasche und gab ihr zwei. Sie warf die beiden Münzen ein, und der Automat spuckte eine Karte aus, gefolgt von einem Briefumschlag.

»Hast du was zum Schreiben?«

Ich gab ihr einen Kugelschreiber. Sie füllte die Karte aus und steckte sie in den Umschlag. Dann versuchte sie, den Umschlag in den Schlitz zu stecken.

»Das Ding geht nicht rein!«

Sie probierte es noch einmal. Es ging nicht. Sie versuchte es immer wieder, und bald war der Umschlag an allen vier Ecken stumpf und zerknittert und in der Mitte durchgeknickt.

»Ich werd gleich wahnsinnig!« sagte ich. »Ich halt das nicht mehr *aus*!«

Sie rammte den Umschlag noch ein paarmal gegen den Schlitz. Schließlich gab sie auf, sah mich an und sagte: »Okay. Gehn wir.«

Also die Rolltreppe rauf, mit den Kleidern und dem ganzen Kram. Wir fanden unseren Flugsteig.

Dann saßen wir auf unseren Plätzen und schnallten uns an. »Siehst du?« sagte sie. »Ich hab dir ja gesagt, wir haben noch jede Menge Zeit.«

Ich sah auf die Uhr. In diesem Augenblick setzte sich das Flugzeug in Bewegung ...

Wir waren gerade zwanzig Minuten in der Luft, da klappte Tammie ihre Handtasche auf und nahm einen Spiegel und ein Fläschchen Wimperntusche heraus. Sie sah in den Spiegel und bearbeitete ihre Wimpern mit einer kleinen Bürste. Dabei riß sie die Augen weit auf und formte ihren Mund zu einem »O«. Ich sah ihr zu und bekam einen Steifen.

Ich bestellte zwei Drinks. Die Drinks kamen, Tammie nippte kurz an ihrem und beschäftigte sich weiter mit ihren Wimpern. Ein junger Kerl, der rechts von uns auf der anderen Seite des Mittelgangs saß, steckte seine Hand in die Hosentasche und begann an sich herumzumachen. Er sah verstohlen zu Tammie herüber, die weiter in ihren Spiegel sah, mit offenem Mund. Dieser offene Mund mit seinen vollen Lippen ... wenn man ihn so ansah, konnte man sich richtig vorstellen, wie er saugte und lutschte.

Nach einer Stunde beendete sie ihr Make-up, verstaute den Spiegel und die Utensilien in ihrer Handtasche, lehnte sich an mich und schlief ein.

Links von mir saß eine Frau von Mitte Vierzig. Die Frau sah mich jetzt an und sagte:

»Wie alt ist sie?«

Plötzlich wurde mir bewußt, wie still es in diesem Düsenflugzeug war. Die Leute um uns herum schienen alle zuzuhören.

»23«, sagte ich.

»Sie sieht aus wie 17.«

»Sie ist 23.«

»Sie malt sich zwei Stunden lang das Gesicht an, und dann schläft sie ein.«

»Es war nur eine Stunde.«

»Fliegen Sie nach New York?«

»Ja.«

»Ist sie Ihre Tochter?«

»Nein. Ich bin weder ihr Vater noch ihr Großvater, noch sonstwie mit ihr verwandt. Sie ist meine Freundin, und wir fliegen zusammen nach New York.«

Ich sah es in ihren Augen: *Zuhälter aus East Hollywood setzt 17jährige unter Drogen, verschleppt sie nach*

New York, vergeht sich an ihr und schickt sie anschließend auf den Strich.

Die Dame gab ihr Verhör auf. Sie lehnte sich zurück und machte die Augen zu. Nach einer Weile sackte ihr der Kopf herunter. Es sah so aus, als würde er gleich auf meinem Schoß landen. Ich hielt Tammie im Arm und verfolgte die Abwärtsbewegung dieses Kopfes. Ich fragte mich, ob die Dame etwas dagegen hätte, wenn ich ihr einen wilden Kuß auf die Lippen drückte. Ich bekam wieder einen Steifen.

Schließlich kam das Signal zum Anschnallen. Tammie schien sehr schlaff auf ihrem Sitz zu hängen. Das machte mir Sorgen. Ich schnallte sie an.

»Tammie, wir sind in New York! Wir landen gleich! Tammie, *wach auf*!«

Keine Reaktion.

Hatte sie eine Überdosis geschluckt?

Ich fühlte ihr den Puls. Sie schien keinen zu haben.

Ich sah auf ihren enormen Busen herunter und versuchte festzustellen, ob er sich hob und senkte. Er bewegte sich nicht. Ich stand auf und suchte mir eine Stewardeß.

»Bitte gehen Sie auf Ihren Platz, Sir. Wir landen gleich.«

»Hören Sie, ich mache mir Sorgen wegen meiner Freundin. Sie will nicht aufwachen.«

»Glauben Sie, daß sie tot ist?« flüsterte sie.

»Ich weiß nicht«, flüsterte ich zurück.

»Ist gut, Sir. Sobald wir gelandet sind, komme ich zu Ihnen nach hinten.«

Wir gingen jetzt zum Sinkflug über. Ich begab mich auf die Toilette, machte einige Papierhandtücher naß, ging zurück auf meinen Platz und rieb Tammie damit übers Gesicht. Ihre ganze Arbeit mit diesem Make-up war nun umsonst.

Tammie reagierte nicht.

»Wach auf, du Nutte!«

Ich fuhr ihr mit den nassen Papiertüchern in den Spalt zwischen ihren Brüsten. Nichts. Keine Regung. Ich gab auf.

Ich werde ihre Leiche per Luftfracht zurück nach

L.A. schicken müssen, dachte ich. Ich werde es ihrer Mutter erklären müssen. Ihre Mutter wird mich hassen.

Wir landeten. Die Leute standen auf und drängten sich im Mittelgang. Ich blieb sitzen. Ich rüttelte Tammie an der Schulter, kniff sie in den Arm. »Wir sind in New York City, Rote. Komm schon, mach jetzt keinen Scheiß.«

Die Stewardeß kam an. Sie faßte Tammie an der Schulter und rüttelte sie.

»Honey, was ist denn mit Ihnen?«

Tammie begann zu reagieren. Sie bewegte sich. Dann schlug sie die Augen auf. Ah – sie hatte eine neue Stimme gehört. Das brachte es. Auf eine alte Stimme hörte man nach einer Weile nicht mehr. Eine vertraute Stimme wurde einem so gleichgültig wie ein krummer Fingernagel.

Tammie nahm ihren Spiegel heraus und fing an, sich die Haare zu kämmen. Die Stewardeß tätschelte ihr die Schulter. Ich stand auf und holte die Kleider oben aus der Ablage. Die beiden Plastiktaschen waren auch da oben. Tammie sah immer noch in den Spiegel und kämmte sich.

»Tammie, wir sind in New York. Komm, wir müssen raus.«

Sie kam aus ihrem Tran hoch, ging rasch nach vorn und verschwand durch die Ausstiegsluke. Ich griff mir die Kleider und die Plastiktaschen und folgte ihrem schlingernden Hintern.

61

Unser Mann war da, um uns abzuholen. Er hieß Gary Benson, schrieb Gedichte und fuhr ein Taxi. Er war sehr fett, aber wenigstens sah man ihm den Dichter nicht an, er sah nicht nach North Beach oder East Village oder nach Englischlehrer aus, und das half, denn in New York war es an diesem Tag sehr heiß, fast 43 Grad.

Wir holten das Ungetüm mit den Reißverschlüssen und stiegen in seinen Wagen (er war nicht mit seinem Taxi gekommen), und er erklärte uns, daß es beinahe sinnlos sei, in New York einen eigenen Wagen zu haben. Deshalb gebe es auch so viele Taxis. Wir fuhren in Richtung Stadt, und die Autofahrer von New York waren genau wie ihre Stadt – keiner kümmerte sich einen Scheißdreck, und keiner gab einen Zentimeter nach. Sie fuhren Stoßstange an Stoßstange und kannten kein Mitleid und keine Rücksicht. Ich begriff auch, warum: Wenn einer nur einen Zentimeter nachgab, würde er ein Verkehrschaos auslösen, und es würde Mord und Totschlag geben. In endlosen Schlangen schoben sich die Autos durch die Straßen, wie Kotklumpen in einer Kloake. Es war ein erstaunlicher Anblick. Und keiner der Fahrer verlor die Beherrschung. Sie fanden sich einfach mit den Tatsachen ab.

»Wenn du nichts dagegen hast, würde ich gern ein Interview mit dir machen, für den Rundfunk«, sagte Gary.

»Is gut, Gary. Morgen. Erst will ich mal die Lesung hinter mich bringen.«

»Wir holen jetzt den Typ ab, der die Lesungen organisiert. Er hat sich um alles gekümmert. Er wird dir sagen, wo du wohnst, undsoweiter. Er heißt Marshall Benchly. Ich kann den Kerl nicht riechen – aber sag es nicht weiter.«

Wir kamen nach Manhattan rein, und schließlich sahen wir Marshall Benchly vor einem teuren Wohnhaus stehen, das ihm vermutlich gehörte. Er sah aus wie ein Sonntagsdichter, der von einer dicken Erbschaft lebte und in seinem Leben noch nie einen Finger krumm gemacht hatte. Er war affektiert und glatt wie ein Kieselstein. Man konnte hier nirgends parken. Er sprang zu uns ins Auto, und Gary fuhr weiter.

»Wir bringen Sie jetzt in Ihr Hotel«, sagte Benchly.

Stolz rezitierte er mir eine lange Liste von Leuten, die bereits in meinem Hotel gewohnt hatten. Manche Namen sagten mir etwas. Die meisten waren mir unbekannt.

Gary hielt in der Ladebucht vor dem Chelsea Hotel. Wir stiegen aus. »Wir sehn uns dann bei der Lesung«, sagte Gary. »Und morgen natürlich.«

Marshall ging mit uns rein zum Empfang. Das Chelsea wirkte reichlich verlottert. Vielleicht übte es gerade deshalb auf manche Leute so einen Reiz aus.

Marshall drehte sich um und gab mir den Schlüssel. »1010. Das ist das alte Zimmer von Janis Joplin.«

»Danke.«

»In 1010 haben schon viele große Künstler gewohnt.«

Er ging mit uns rüber zu dem kleinen Fahrstuhl.

»Die Lesung ist um 8. Ich hole Sie hier um halb 8 ab. Wir sind seit zwei Wochen ausverkauft. Es gibt nur noch Stehplätze. Aber damit müssen wir vorsichtig sein, wegen den Brandschutzbestimmungen.«

»Marshall, wo ist hier der nächste Spirituosenladen?«

»Hier vorne raus und gleich rechts um die Ecke.«

Wir verabschiedeten uns von Marshall und fuhren mit dem Aufzug nach oben.

62

Am Abend war es immer noch heiß. Ich sollte in der St. Mark's Church lesen. Dort saßen wir nun in der ehemaligen Sakristei, die jetzt als Garderobe diente. An der einen Wand lehnte ein mannshoher Spiegel. Tammie stellte sich davor und machte an ihrer Frisur herum. Marshall ging mit mir hinaus, hinter die Kirche, wo einige Gräber waren. Aus der Erde ragten kleine Grabsteine, in die verschiedene Inschriften eingemeißelt waren. Marshall machte mit mir die Runde und zeigte mir die Inschriften. Ich war vor einer Lesung immer nervös, sehr angespannt, mit einem flauen Gefühl im Magen, und ich mußte mich fast jedesmal übergeben. So auch an diesem Abend. Es platschte auf eines der Gräber.

»Sie haben gerade auf Peter Stuyvesant gekotzt«, sagte Marshall.

Ich ging wieder rein. Tammie stand immer noch vor dem Spiegel und prüfte ihr Aussehen. Am meisten machte ihr die Frisur zu schaffen. Sie türmte sich das Haar nach oben, sah sich das Ergebnis an und ließ die Haare wieder auf die Schultern fallen.

Marshall steckte den Kopf zur Tür herein. »Kommen Sie, alles wartet schon!«

»Tammie ist noch nicht soweit«, sagte ich.

Sie türmte sich das Haar wieder nach oben, sah in den Spiegel, ließ es wieder fallen. Dann stellte sie sich ganz dicht vor den Spiegel und betrachtete ihre Augen.

Marshall klopfte und kam herein. »Kommen Sie, Chinaski!«

»Tammie, komm, wir müssen raus.«

»Is gut.«

Ich ging mit Tammie raus. Sie begannen zu klatschen. Der alte Chinaski-Bullshit wirkte immer noch. Tammie setzte sich unten irgendwo ins Publikum, und ich begann zu lesen. Ich hatte reichlich Bier in einem Eimer voll Eis. Ich hatte alte Gedichte und neue Gedichte. Es konnte nichts schiefgehen. Ich würde die Gemeinde bei der Stange halten.

63

Dann waren wir wieder im Zimmer 1010. Ich hatte mein Honorar in der Tasche. Unten am Empfang hatte ich Bescheid gesagt, daß wir nicht gestört werden wollten. Wir saßen da und tranken. Ich hatte fünf oder sechs Gedichte gelesen, die von Tammie handelten.

»Die wußten alle, daß ich gemeint war«, sagte sie. »An manchen Stellen hab ich gekichert. Es war mir peinlich.«

Und ob sie gewußt hatten, daß sie gemeint war. Sie glitzerte vor Sex.

Es klopfte an die Tür. Zwei Leute hatten sich unten durchgemogelt, ein Dichter und seine Freundin. Der Dichter hieß Morse Jenkins und war aus Vermont. Die Freundin stellte sich als Sadie Everet vor.

Morse hatte vier Flaschen Bier dabei, trug Sandalen und alte ausgefranste Jeans; türkisblaue Armreifen; eine Kette um den Hals; Bart, lange Haare; orangefarbene Windjakke. Er redete und redete und lief dabei im Zimmer auf und ab.

Mit Schreibern ist das so eine Sache. Wenn einer hohe Auflagen erzielt, kommt er sich großartig vor. Wenn einer mittelprächtige Auflagen erzielt, kommt er sich großartig vor. Wenn einer sehr geringe Auflagen erzielt, kommt er sich großartig vor. Und wenn einer keinen Verleger findet und auch nicht das Geld hat, um das Ding selbst zu drucken, kommt er sich erst recht großartig vor.

Die traurige Wahrheit ist, daß man nach Größe lange suchen kann. Es gibt sie fast nirgends. Sie ist kaum zu sehen. Nur auf eins kann man sich verlassen: Der mieseste Schreiber hat unweigerlich das größte Selbstvertrauen und die geringsten Zweifel an seinen Fähigkeiten.

Jedenfalls, Schriftstellern mußte man aus dem Weg gehen, und das versuchte ich auch, aber es war beinahe unmöglich. Sie hofften immer auf so etwas wie Verbrüderung, auf ein Gefühl von Gemeinsamkeit. Mit Schreiben hatte das alles nichts zu tun. Es half einem kein bißchen, wenn man an der Schreibmaschine saß.

»Ich war Sparringspartner von Cassius Clay, bevor er Moslem wurde und sich Ali nannte«, sagte Morse. Er führte seine Beinarbeit vor und boxte in die Luft. »Er war ziemlich gut, aber ich hab ihn ganz schön zum Schwitzen gebracht.«

Er tänzelte durchs Zimmer und zeigte weiteres Schattenboxen. »Sieh dir meine Beine an!« sagte er. »Ich hab erstklassige Beine!«

»Hank hat bessere Beine als du«, sagte Tammie.

Da ich schon immer eine Schwäche für Beine hatte, nickte ich dazu.

Morse setzte sich. »Sie arbeitet als Krankenschwester«, sagte er und deutete mit seiner Bierflasche auf Sadie. »Sie ernährt mich. Aber eines Tages komm ich groß raus! Die werden alle noch von mir hören!«

Morse würde bei seinen Lesungen nie ein Mikrofon brauchen.

Er sah mich an. »Chinaski, du bist einer von den zwei oder drei besten Dichtern, die wir heute haben. Du bist voll drauf. Du schreibst eine starke Zeile. Aber ich bin auch im Kommen! Paß auf, ich les dir mal meinen Kram vor. Sadie, gib mir meine Gedichte.«

»Nein«, sagte ich, »laß gut sein. Ich will sie nicht hören.«

»Wieso nicht, Mann! Wieso nicht?«

»Für heute hab ich genug von Gedichten, Morse. Ich will bloß noch abschalten und nicht mehr dran denken müssen.«

»Na schön, wie du willst. Sag mal, du antwortest nie auf meine Briefe ...«

»Ich bin kein Snob, Morse, aber ich kriege 75 Briefe im Monat. Wenn ich die beantworten wollte, käm ich zu nichts anderem.«

»Den Weibern schreibst du bestimmt! Da mach ich jede Wette!«

»Kommt darauf an ...«

»Schon gut, Mann. Ich nehm dir's nicht krumm. Ich find dein Zeug trotzdem gut. Vielleicht werd ich nie berühmt, aber ich glaub dran, daß ich's schaffe, und dann wirst du froh sein, daß du mich mal getroffen hast. Komm, Sadie, wir gehn jetzt ...«

Ich brachte die beiden an die Tür. Morse packte meine Hand. Er pumpte sie nicht auf und ab, und wir sahen einander auch nicht richtig an.

»Du bist schon in Ordnung, Alter«, sagte er.

»Danke, Morse . . «

Und dann waren die beiden weg.

64

Am nächsten Morgen fand Tammie ein Rezept in ihrer Handtasche. »Sieh dir das mal an«, sagte sie. »Meinst du, damit kriege ich noch was?«

Es war zerknittert, und die Tinte war verlaufen.

»Was ist denn *damit* passiert?« fragte ich.

»Naja, du kennst doch meinen Bruder. Er ist tablettensüchtig.«

»Ich kenn deinen Bruder. Er schuldet mir noch zwanzig Dollar.«

»Jedenfalls, er wollte mir dieses Rezept da wegnehmen. Er hat mich gewürgt. Da hab ich's in den Mund gesteckt und so getan, als würde ich's runterschlucken. Das war an dem Abend, als ich dich angerufen und dir gesagt hab, du sollst rüberkommen und ihn in den Arsch treten. Schließlich ist er dann abgehauen. Aber ich hatte dieses Rezept eine ganze Weile im Mund. Hab dann nichts damit gemacht, aber hier könnte ich's jetzt einlösen. Einen Versuch ist es wert.«

»Na schön.«

Wir nahmen den Fahrstuhl nach unten und gingen raus auf die Straße. Es waren immer noch an die 40 Grad. Ich konnte kaum gehen. Tammie zog los, in Schlangenlinien ... sie brauchte den ganzen Bürgersteig. »Komm schon!« rief sie zu mir nach hinten. »Beweg dich!«

Sie schien mal wieder im Tran zu sein. Wahrscheinlich hatte sie Beruhigungsmittel geschluckt. Vor einem Zeitungsstand blieb sie stehen und starrte eine Illustrierte an. Ich glaube, es war ›Variety‹. Sie stand da und stand da. Ich blieb hinter ihr stehen und wartete. Es war öde und sinnlos. Sie starrte nur dieses Titelblatt von ›Variety‹ an.

»Hören Sie, Schwester, entweder Sie kaufen das verdammte Ding oder Sie gehn weiter!« sagte der Mann vom Zeitungsstand.

Tammie ging weiter. »Mein Gott, dieses New York ist wirklich eine schauderhafte Stadt!« sagte sie. »Ich wollte doch bloß sehn, ob da was von der Lesung drinsteht.«

Tammie ging vor mir her und schlingerte wieder über die ganze Breite des Bürgersteigs. In Hollywood wären Autofahrer rechts rangefahren und hätten ihr den Schlag aufgehalten, Schwarze hätten sie angemacht, man hätte ihr nachgepfiffen oder wenigstens vor ihr ausgespuckt – irgendwas. New York war anders. Es war abgestumpft und gleichgültig und hatte keinen Sinn für Fleisch.

Wir kamen in ein schwarzes Viertel. Sie saßen vor ihren Hauseingängen auf den Stufen und sahen uns an – die benebelte Rothaarige und den alten Kerl mit dem graumelierten Bart, der ihr mit müden Schritten folgte. Ich warf ihnen im Vorübergehen einen Blick zu. Sie hatten gute Gesichter. Ich mochte sie. Sie gefielen mir besser als meine weggetretene Begleiterin.

Weiter ging es die Straße entlang, und dann gab es da einen Laden, der gebrauchte Möbel verkaufte. Neben dem Eingang stand ein kaputter Bürostuhl. Tammie ging hin, blieb stehen, starrte ihn an. Sie starrte ihn an wie hypnotisiert. Sie strich mit dem Finger über die Lehne. Minuten vergingen. Dann setzte sie sich auf den Stuhl.

»Schau her«, sagte ich, »du kannst meinetwegen machen, was du willst, aber ich geh zurück ins Hotel.«

Sie sah nicht einmal hoch. Sie saß da und strich mit den Händen über die Armstützen. Ich drehte mich um und machte mich auf den Rückweg zum Chelsea.

Ich besorgte mir einige Dosen Bier und fuhr mit dem Aufzug nach oben. Ich duschte, und dann setzte ich mich aufs Bett, stopfte mir Kissen in den Rücken und nuckelte an einem Bier. Lesungen gingen mir immer an die Substanz. Sie saugten einem die Seele aus dem Leib. Ich trank das Bier aus und griff zum nächsten. Gut, Lesungen verschafften einem gelegentlich einen Fick. Aber Rock-Stars hatten es da besser. Oder Boxer, die auf dem Weg nach oben waren. Große Stierkämpfer bekamen sogar etwas zum Entjungfern. Irgendwie waren sie auch die einzigen, die es verdienten.

Es klopfte an die Tür. Ich stand auf, ging hin, schloß auf. Tammie drückte die Tür auf und kam herein.

»Ich bin an so einen schmierigen Drecksack von Yid geraten. Der wollte doch tatsächlich zwölf Dollar, damit er mir das Rezept einlöst. An der Westküste verlangen sie nur sechs. Ich hab ihm gesagt, ich hätte nur sechs Dollar dabei. Ließ ihn völlig kalt. Ein schmieriger Yid, mitten in Harlem! Kann ich ein Bier haben?«

Sie nahm mir das Bier aus der Hand und setzte sich aufs Fensterbrett, das eine Bein drin, das andere draußen. Mit der einen Hand hielt sie sich am Fensterrahmen fest.

»Ich will die Freiheitsstatue sehn!« sagte sie. »Ich will Coney Island sehn!«

Ich holte mir ein neues Bier.

»Oh, es ist schön hier draußen! So schön kühl!«

Sie beugte sich hinaus und sah in die Gegend.

Dann stieß sie einen Schrei aus.

Ihre Hand, mit der sie sich am Fensterrahmen festhielt, rutschte ab. Ich sah, wie sie zum größten Teil nach draußen verschwand. Dann kam sie wieder hoch. Irgendwie hatte sie sich wieder hereinziehen können. Sie saß da, wie vor den Kopf geschlagen.

»Das war knapp«, sagte ich. »Es hätte ein gutes Gedicht abgegeben. Ich hab schon viele Frauen verloren, auf alle möglichen Arten, aber das hier wäre mal was ganz Neues gewesen.«

Tammie kam her und ließ sich aufs Bett fallen, mit dem

Gesicht nach unten. Sie mußte wohl ziemlich starke Tabletten geschluckt haben. Dann wälzte sie sich herum, fiel vom Bett herunter und landete auf dem Boden. Sie lag auf dem Rücken und regte sich nicht mehr. Ich hob sie hoch und legte sie wieder aufs Bett. Ich packte sie an den Haaren und gab ihr einen wüsten Kuß.

»Hey«, sagte sie schwach, »was machsu denn ...«

Ich erinnerte mich, daß sie mir einen großen Fick versprochen hatte. Ich drehte sie auf den Bauch, schob ihr das Kleid hoch, zog ihr den Slip herunter. Ich hob sie an, drängelte ihr von hinten meinen Schwanz zwischen die Schenkel und versuchte ihre Möse zu finden. Ich drängelte und drängelte. Schließlich ging er rein. Er drang tiefer und tiefer in sie ein. Jetzt hatte ich sie gut. Sie gab schwache Laute von sich. Dann klingelte das Telefon. Ich zog ihn heraus, stand auf, hob den Hörer ab. Es war Gary Benson.

»Ich komm dann mit meinem Tonband rüber, wegen dem Interview für den Rundfunk.«

»Wann?«

»In 45 Minuten, so ungefähr.«

Ich legte auf und ging wieder hinüber zu Tammie. Mein Ding war immer noch hart. Ich wühlte meine Hände in ihr Haar und gab ihr noch einen wüsten Kuß. Sie hatte die Augen zu, und ihr Mund war schlaff. Dann kniete ich wieder hinter ihr und schob. Draußen saßen sie auf ihren Feuerleitern. Wenn es Abend wurde und ein bißchen Schatten gab, kamen sie heraus und hockten vor ihren Fassaden auf der Feuerleiter, tranken Bier und Limonade und Eiswasser, rauchten Zigaretten. Für diese New Yorker war alles nur noch eine Frage von Durchhalten. Allein am Leben zu sein war schon ein Sieg. Auf manchen Etagen benutzten sie den Eisengrill der schwarzgestrichenen Feuerleiter als Balkon-Ersatz und dekorierten ihn mit Topfpflanzen. Sie richteten sich ein mit dem bißchen, was sie hatten.

Und da war ich nun am Stoßen. In Hundestellung. Die Hunde wußten schon, warum. Ich sah aus dem Fenster und ackerte drauflos. Früher hatte ich um diese Zeit zum Schichtdienst als Briefsortierer erscheinen müssen. Es war gut, dem Postamt entronnen zu sein. Ich pumpte

Tammies Körper auf und nieder, und das Bettgestell ratterte. »Hank ...«, sagte sie in ihrem Tabletten-Tran.

Schließlich kam es mir. Ich blieb auf ihr liegen und verschnaufte. Wir waren beide naßgeschwitzt. Ich wälzte mich vom Bett herunter, zog mich aus und ging unter die Dusche. Der Ventilator des Zimmers war außer Betrieb, aber die Dusche funktionierte. Der kalte Wasserstrahl tat gut. Ich war bereit für mein Rundfunk-Interview.

65

Zurück nach L. A. Ungefähr eine Woche blieb alles ruhig, dann bekam ich einen Anruf von Marty Seavers, Besitzer eines Nachtklubs in Manhattan Beach. Der Klub nannte sich »Smack-Hi«. Ich hatte dort schon ein paarmal gelesen.

»Chinaski, ich will dich für Freitag in einer Woche buchen. Du kannst ungefähr mit $ 450 rechnen.«

»Is gut.«

Rock-Gruppen traten dort auf. Das Publikum war anders als das in den Colleges. Sie tranken soviel wie ich, und sie waren genauso widerwärtig wie ich, und es kam oft vor, daß wir einander mit unflätigen Beschimpfungen eindeckten. Das war mir gerade recht.

»Chinaski«, sagte er jetzt, »du behauptest immer, du hast Ärger mit Frauen, aber da kann ich dir auch was erzählen. Im Moment hab ich eine, die kommt nachts durchs Fenster rein. Ich liege da und penne, und plötzlich steht sie morgens um drei oder vier neben dem Bett und rüttelt mich wach. Jagt mir jedesmal einen fürchterlichen Schrecken ein. ›Ich wollte mich nur vergewissern, daß du auch allein schläfst‹, sagt sie.«

»Kenn ich. ›Tod und Verklärung‹ heißt die Nummer.«

»Neulich sitz ich da, nachts so gegen elf, da klopft es an die Tür. Ich weiß genau, daß sie es ist. Ich mach die Tür auf, aber sie ist nicht da. Ich hab nur meine Unterhose an. Ich hab einiges getrunken, und ich kriege jetzt so ein komisches Gefühl. Ich renne raus, so wie ich bin, in Unterhosen. Ich hatte ihr für 400 Dollar Kleider geschenkt, zu ihrem Geburtstag. Ich renn also raus, und da seh ich die Kleider, auf dem Dach von meinem neuen Wagen – und die Kleider stehn in Flammen! Ich will das Zeug da gerade runterziehen, da springt sie hinter einem Busch vor und fängt an zu schreien. Sämtliche Nachbarn hängen jetzt aus ihren Fenstern, und da steh ich in Unterhosen und versuch die Klamotten da runterzuziehen und verbrenn mir die Pfoten dabei ...«

»Hört sich an wie eine von meinen.«

»Na, danach sag ich mir, mit der ist jetzt Schluß. Zwei Tage später sitz ich morgens um drei reichlich angetrunken da – hatte einen harten Abend im Klub hinter mir –, wieder in Unterhosen. Es klopft an die Tür. Ich mach auf, aber sie steht nicht da. Ich also raus zu meinem Wagen, und da hat sie schon wieder Kleider am Lodern – sie hatte sich ein paar aufgehoben –, aber diesmal auf der Kühlerhaube. Sie springt irgendwo raus und schreit. Die Nachbarn hängen aus den Fenstern. Und da steh ich schon wieder in Unterhosen und versuch das brennende Gelump da runterzuziehen ...«

»Fabelhaft. Wenn mir nur auch mal sowas passieren würde.«

»Du solltest mal mein neues Auto sehen. Der ganze Lack ist verschmort.«

»Wo ist sie jetzt?«

»Wir sind wieder zusammen. In einer halben Stunde kommt sie her. Also was ist – machst du die Lesung?«

»Klar.«

»Du bringst mehr Leute auf die Beine als die Rock-Gruppen. Ich hab sowas noch nie erlebt. Ich würde dich gern jeden Freitag und Samstag ins Programm nehmen.«

»Das würde nichts werden, Marty. Einen Song kannst du immer wieder spielen, aber bei Gedichten wollen sie jedesmal was Neues.«

Er lachte und legte auf.

66

Ich nahm Tammie zu der Lesung mit. Wir waren ein bißchen zu früh dran, also gingen wir erst mal in eine Bar auf der anderen Straßenseite. Wir bekamen einen Tisch.

»Trink jetzt nicht soviel, Hank. Du weißt, daß du die Wörter nicht mehr richtig rauskriegst und ganze Zeilen wegläßt, wenn du einen sitzen hast.«

»Endlich sagst du mal was Vernünftiges.«

»Du hast Schiß vor dem Publikum, nicht?«

»Ja, aber es ist kein Lampenfieber. Es ist dieses Gefühl, als wär man ein dressierter Affe auf dem Jahrmarkt. Sie wollen sehen, wie ich mich an meiner eigenen Scheiße verschlucke. Ich mach mir da nichts vor, und ich such auch keine faulen Ausreden. Ich mach's, weil es hilft, die Stromrechnung zu bezahlen. Und fürs Pferderennen bleibt auch noch was übrig.«

»Ich will einen Stinger«, sagte Tammie.

Ich bestellte uns einen Stinger und ein Budweiser.

»Ich komm schon zurecht heute abend«, sagte ich. »Mach dir keine Sorgen.«

Tammie trank ihren Stinger herunter. »In denen ihren Stingern scheint nicht viel drin zu sein«, sagte sie. »Ich nehme noch einen.«

Sie genehmigte sich noch einen, und ich ließ mir noch ein Budweiser bringen.

»Also wirklich«, sagte sie, »ich glaube, die tun in ihre Drinks überhaupt nichts rein. Besser, ich trink gleich noch einen.«

Tammie trank fünf Stinger in vierzig Minuten.

Wir klopften an die Hintertür des »Smack-Hi«. Einer von Martys großen Leibwächtern ließ uns rein. Marty beschäftigte diese drüsenkranken Typen, die für Ruhe und Ordnung sorgten, wenn das Publikum randalierte – die Teenybopper, die Langhaarigen, die Leimschnüffler, die Acid-Freaks, die Kiffer, die Alkoholiker. Die Elenden, die Verdammten, die Gelangweilten und die Angeber.

Ich spürte, wie es mir hochkam. Diesmal fand ich eine Mülltonne. Beim letzten Mal hatte ich Marty direkt vor die Tür seines Büros gereihert. Es freute ihn, daß ich mich verbessert hatte.

67

Bei Marty im Büro gab es keine Sitzgelegenheit. Wir standen herum. »Was zu trinken?« fragte er.

»Ich nehme ein Bier«, sagte ich.

»Für mich einen Stinger«, sagte Tammie.

»Setz sie bei mir auf die Rechnung«, sagte ich zu Marty. »Und laß ihr draußen einen Platz geben.«

»In Ordnung. Wird ein bißchen eng sein. Wir sind restlos voll. Am Eingang mußten wir schon 150 Leute wieder wegschicken, dabei sind es noch dreißig Minuten bis zur Lesung.«

»Ich will die Ansage für Chinaski machen«, sagte Tammie.

Marty sah mich an. »Ist dir das recht?«

»Okay.«

Sie hatten einen Jungen draußen auf der Bühne. Dinky Summers. Er sang etwas zur Gitarre, und das Publikum machte ihn fertig. Dinky hatte vor acht Jahren eine Goldene Schallplatte gehabt. Seither nichts mehr.

Marty hängte sich ans Haustelefon. »Sag mal, ist der Kerl wirklich so schlecht, wie er sich anhört?«

»Er ist schauerlich«, kam eine weibliche Stimme aus dem Telefonhörer.

Marty legte auf.

»Wir wollen Chinaski!« brüllten sie draußen.

»Is ja gut«, hörte man Dinky sagen. »Chinaski ist gleich an der Reihe. Jetzt laßt mich erst mal mein Ding hier machen.«

Er sang wieder etwas. Sie waren alle betrunken. Sie buhten und zischten. Dinky sang weiter. Er brachte seinen Set zu Ende und ging von der Bühne. Man konnte nie wissen. An manchen Tagen war es besser, man blieb im Bett und zog sich die Decke über den Kopf.

Dinky kam zu uns herein. Rot-weiß-blaue Tennisschuhe, weißes T-Shirt, Kordhose, brauner Filzhut. Der Hut saß auf einer Masse von blonden Locken. Auf dem T-Shirt stand »Gott ist die Liebe«.

Dinky sah uns an. »War ich wirklich so schlecht?« wollte er wissen. »War ich *wirklich* so schlecht?«

Keiner sagte etwas.

Er wandte sich an mich. »Hank, war ich so schlecht?«

»Die Leute sind besoffen. Für die ist Karneval.«

»Nein, sag schon: war ich schlecht oder nicht?«

»Trink mal was.«

»Ich muß meine Freundin suchen«, sagte er. »Sie ist allein da draußen.«

»Marty«, sagte ich, »bringen wir's hinter uns.«

»Schön«, sagte Marty. »Dann mal los.«

»Ich sag ihn an«, sagte Tammie.

Ich ging mit ihr hinaus. Als wir uns zur Bühne durchdrängten, wurden sie auf uns aufmerksam und fingen an zu schreien. Es hagelte Kraftausdrücke. Flaschen kippten um und rollten von den Tischen. Weiter hinten brach eine Schlägerei aus. Die Boys vom Postamt hätten mir so etwas nie geglaubt.

Tammie ging ans Mikrofon. »Ladies and Gentlemen«, sagte sie, »Henry Chinaski ist heute abend leider verhindert ...«

Das Geschrei brach schlagartig ab.

Dann schwang sie den rechten Arm in meine Richtung und rief: »Ladies and Gentlemen – HANK CHINASKI!«

Ich ging auf die Bühne. Sie johlten. Dabei hatte ich noch gar nichts gesagt. Ich nahm das Mikrofon in die Hand. »Hallo. Ich bin Henry Chinaski ...«

Die Bude wackelte. Ich brauchte anscheinend nichts weiter zu tun. Die machten alles von allein. Aber man mußte sich vorsehen. Betrunken, wie sie waren – sie würden jeden falschen Zungenschlag merken, jede falsche Geste. Man durfte ein Publikum nie unterschätzen. Sie hatten Eintritt bezahlt, sie hatten für ihre Getränke bezahlt. Dafür wollten sie etwas geboten kriegen. Und wenn man es ihnen nicht gab, scheuchten sie einen ins Meer.

Ein Kühlschrank stand auf der Bühne. Ich machte ihn auf. Es waren gut vierzig Flaschen Bier drin. Ich nahm mir eine Flasche heraus, schraubte den Verschluß ab und trank einen kräftigen Schluck. Den hatte ich jetzt bitter nötig.

»Hey, Chinaski!« brüllte einer aus der ersten Reihe. »Wir müssen für unser Bier *bezahlen*!« Es war ein dicker Kerl. Die Kluft, die er anhatte, erinnerte an einen Postboten.

Ich griff mir eine Flasche, ging zu ihm hin und gab sie

ihm. Dann ging ich zurück, räumte weitere Flaschen aus und verteilte sie an die Leute in der ersten Reihe.

»Hey, und was ist mit uns?!« riefen sie weiter hinten.

Ich ging dazu über, Flaschen nach hinten zu werfen. Die Jungs waren noch gut in Form – sie fingen sie alle auf. Dann rutschte mir eine Flasche aus der Hand und flog zur Seite. Ich hörte, wie sie zerschellte. Danach ließ ich es sein. Ich wollte mich nicht auch noch für einen Schädelbruch verantworten müssen.

Es waren noch zwanzig Flaschen übrig.

»So«, sagte ich. »Der Rest ist jetzt für mich!«

»Willst du vielleicht den ganzen Abend lesen?«

»Nee, ich will den ganzen Abend *trinken.*«

Beifall. Gejohle. Rülpsen.

»Du blödes Arschloch!« röhrte einer von hinten.

»Mach dich nicht naß, Tante Tilly«, sagte ich.

Ich setzte mich, bog mir das Mikrofon zurecht und fing das erste Gedicht an. Es wurde still. Ich war jetzt mit dem Stier allein in der Arena. Mir wurde einigermaßen mulmig. Aber schließlich hatte ich diese Gedichte geschrieben. Also raus damit. Für den Anfang empfahl sich immer etwa Leichtes, ein Schmähgedicht. Als ich es fertig hatte, wackelten die Wände. Nur vier oder fünf Leute kamen nicht zum Klatschen. Sie hatten mit einer Balgerei alle Hände voll zu tun. Ich würde glücklich über die Runden kommen. Ich mußte nur dranbleiben.

Ich las weitere Gedichte, leerte eine Flasche nach der anderen und wurde immer betrunkener. Die Worte kamen mir immer schwerer über die Lippen. Ich ließ ganze Zeilen aus, und gelegentlich fiel mir ein Gedicht zu Boden. Dann hörte ich auf, saß nur noch da und trank.

»Das ist gut«, sagte ich zu ihnen, »– ihr blecht, damit ihr mir beim Trinken zusehen könnt.«

Ich gab mir einen Ruck und machte weiter. Schließlich las ich ihnen noch ein paar wüste Sachen vor und brachte es zu Ende. »Das war's«, sagte ich.

Sie schrien nach mehr.

Die Boys vom Schlachthof, die Boys von Sears Roebuck, die Boys in sämtlichen Fabrikhallen, wo ich in jungen und nicht mehr so jungen Jahren malocht hatte – sie hätten mir das nie geglaubt.

Bei Marty im Büro tranken wir weiter, und einige dicke Bomber-Joints machten die Runde. Er rief das Mädchen von der Kasse an und erkundigte sich nach den Einnahmen.

Tammie starrte ihn mit glasigen Augen an. »Ich mag dich nicht«, sagte sie. »Ich kann deine Augen nicht leiden.«

»Halt dich mal nicht mit seinen Augen auf«, sagte ich. »Wir warten nur noch auf unser Geld, dann gehn wir.«

Marty schrieb eine Quittung und hielt sie mir hin. »Hier«, sagte er, »unterschreib mir für die $ 200 ...«

»$ 200!« schrie ihn Tammie an. »Du mieser Knochen!«

Ich sah auf die Quittung. »Er macht nur einen Witz«, sagte ich zu ihr. »Krieg dich wieder.«

Sie hörte nicht darauf. »$ 200! Du mieser ...!«

»Tammie«, sagte ich. »Es sind $ 400 ...«

»Unterschreib die Quittung«, sagte Marty, »dann geb ich dir die Knete.«

»Ich hab ziemlich Schlagseite gekriegt da draußen«, sagte Tammie jetzt zu mir. »Ich hab den Kerl neben mir gefragt, ob ich mich bei ihm anlehnen kann, und er hat gesagt ›Okay‹ ...«

Ich unterschrieb, und Marty gab mir ein Bündel Scheine. Ich verstaute das Geld in der Jackentasche.

»Tja, Marty, ich glaube, wir sollten jetzt gehn.«

»Ich hasse deine Augen«, sagte Tammie zu ihm.

»Warum bleibst du nicht noch eine Weile?« fragte mich Marty. »Noch ein bißchen reden.«

»Nein, wir müssen los.«

»Ich muß mal auf die Toilette«, sagte Tammie.

Sie ging.

Nach zehn Minuten stand Marty hinter seinem Schreibtisch auf und sagte: »Augenblick, ich bin gleich wieder da.«

Ich setzte mich auf die Kante des Schreibtischs und wartete. Fünf Minuten. Zehn Minuten. Dann verließ ich das Büro, ging durch die Hintertür, hinaus auf den Parkplatz, setzte mich in den VW. Es vergingen 15 Minuten, 20, 25 ...

Ich laß ihr noch fünf Minuten, dachte ich. Wenn sie dann nicht da ist, fahr ich ohne sie weg.

In diesem Augenblick sah ich Tammie und Marty aus der Hintertür kommen. Marty zeigte in meine Richtung. »Dort ist er.« Tammie schlurfte zu mir herüber. Sie sah reichlich zerzaust und mitgenommen aus. Sie machte die Beifahrertür auf, kletterte auf den Rücksitz und legte sich schlafen.

Ich verfuhr mich zwei- oder dreimal auf den Freeways, aber ich schaffte es bis nach Hause. Ich weckte Tammie auf. Sie stieg aus, rannte nach oben in ihre Wohnung und knallte die Tür hinter sich zu.

68

An einem Mittwoch saß Tammie bei mir in der Wohnung, es war eine halbe Stunde nach Mitternacht, und ich fühlte mich sehr krank. Meine Magenwände kamen mir wie wundgescheuert vor, und das Bier, das ich trank, blieb nur mit knapper Not unten. Tammie schien sich Sorgen um mich zu machen. Sie hatte Dancy zu ihrer Mutter gebracht. Obwohl ich krank war, schien es mir, als hätten wir nun doch endlich eine gute Zeit miteinander – einfach zwei Menschen, die zusammen waren.

Es klopfte an die Tür, und als ich aufmachte, stand Tammies Bruder Jay da. Er hatte einen kleinen Puertorikaner namens Filbert dabei. Sie setzten sich, und ich gab jedem ein Bier.

»Wie wär's, wenn wir alle zusammen in einen Pornofilm gehn?« sagte Jay.

Filbert saß nur da. Er hatte ein schwarzes Schnurrbärtchen, sorgfältig zurechtgestutzt, und ein ziemlich ausdrucksloses Gesicht. Ich dachte unwillkürlich an Vokabeln wie *leer, hölzern, tot,* usw. Er strahlte rein gar nichts aus.

»Warum sagst du nicht was, Filbert?« fragte Tammie.

Er machte den Mund nicht auf.

Ich stand auf, ging in die Küche und kotzte in den Ausguß. Ich kam zurück, setzte mich hin, griff nach einem neuen Bier. Ich haßte es, wenn das Bier nicht unten bleiben wollte.

Ich habe einfach zu viele Tage und Nächte durchgesoffen, dachte ich. Ich brauche ein bißchen Erholung. Und ich brauche was zu trinken. Nur Bier. Man müßte doch annehmen, daß ich wenigstens noch ein Bier unten behalten kann.

Ich nahm einen tiefen Schluck. Das Bier wollte nicht unten bleiben. Ich ging ins Badezimmer. Nach einer Weile klopfte Tammie an die Tür. »Hank? Ist alles in Ordnung?«

Ich spülte mir den Mund aus und schloß die Tür auf. »Mir ist nur nicht gut, das ist alles.«

»Soll ich die beiden wegschicken?«

»Ja.«

Sie ging zu den beiden zurück. »Sagt mal, ihr zwei, warum gehn wir nicht einfach rauf zu mir?«

Das hatte ich nun nicht erwartet.

Tammie hatte vergessen, ihre Stromrechnung zu bezahlen. Oder vielleicht hatte sie einfach keine Lust dazu gehabt. Und so setzten sie sich nun da oben bei Kerzenlicht zusammen. Mit einer Flasche Margarita-Cocktails, die ich an diesem Tag erstanden hatte und die Tammie kurzerhand mit nach oben nahm.

Ich saß da und trank allein weiter. Das nächste Bier blieb unten.

Ich hörte, wie sie sich da oben unterhielten. Schließlich kam Tammies Bruder herunter, und ich sah ihm nach, wie er im Mondschein zu seinem Wagen ging ...

Tammie und Filbert waren jetzt allein da oben. Bei Kerzenschein.

Ich knipste das Licht aus und trank. Eine Stunde verging. Aus dem Fenster da oben drang der flackernde Schein der Kerzen. Mein Fuß stieß an etwas. Es waren Tammies Schuhe. Ich nahm die Schuhe in die Hand, ging nach draußen, die Treppe hoch. Ihre Tür stand offen, und ich hörte, wie sie gerade zu Filbert sagte: »Also jedenfalls, was ich damit sagen will, ist ...« Dann hörte sie mich die Treppe hochkommen. »Henry? Bist du das? ...«

Ich warf ihr die Schuhe hoch. Sie landeten vor ihrer Tür.

»Du hast deine Schuhe vergessen«, sagte ich.

»Oh, wie nett von dir«, sagte sie ...

Am nächsten Morgen gegen halb elf klopfte sie bei mir an. Ich machte die Tür auf und sagte: »Du mieses gottverdammtes Luder.«

»Hör auf, so zu reden«, sagte sie.

»Willst du ein Bier?«

»Meinetwegen.«

Sie setzte sich. »Also, wir haben die Margaritas ausgetrunken. Mein Bruder ist dann gegangen. Filbert war *sehr* nett. Er saß nur da und sagte nicht viel. ›Wie kommst du jetzt nach Hause?‹ hab ich ihn gefragt. ›Hast du ein Auto?‹ Er sagte nein. Er saß einfach da und sah mich an. ›Na, ich hab ein Auto‹, sag ich. ›Ich fahr dich nach Hause.‹ Also hab ich ihn nach Hause gefahren. Na jedenfalls, jetzt war ich schon mal da, also bin ich auch in sein Bett gekrochen. Ich war ziemlich weg von den vielen Drinks, aber er hat mich nicht angerührt. Er sagte, er müßte morgens früh raus, zur Arbeit.« Tammie lachte. »Irgendwann in der Nacht wollte er sich an mich ranmachen. Ich hab mir einfach das Kissen über den Kopf getan und gekichert. Hab immer nur gekichert. Da hat er aufgesteckt. Heute früh, als er weg war, bin ich rüber zu meiner Mutter gefahren und hab Dancy in die Schule gebracht. Und jetzt bin ich hier ...«

Am nächsten Tag war Tammie high von irgendwelchen Aufputschmitteln. Sie rannte ständig bei mir rein und raus. Schließlich sagte sie: »Also wir sehn uns dann heute abend. Ich komm heute abend wieder vorbei.«

»Heute abend kannst du vergessen«, sagte ich.

»Was hast du denn? Was glaubst du, wieviele Männer froh wären, wenn ich heute abend bei ihnen aufkreuzen würde!«

»Mach bloß, daß du hier rauskommst, Rote!«

Sie war bercits aus der Tür. Ich hinterher. Auf meiner Veranda schlief eine trächtige Katze. Ich hob das Tier hoch und warf es ihr nach. Ich traf daneben, und die Katze landete in einem Gebüsch ...

Am folgenden Abend war Tammie auf Speed. Ich war betrunken. Tammie und Dancy lehnten oben aus dem Fenster und schrien zu mir herunter.

»Fick dich ins Knie, blöder Wichser!«

»Yeah«, schrie Dancy begeistert, »fick dich ins Knie, blöder Wichser! Hahaha!«

»Ach, pump doch deiner Mutti die Titten mit Preßluft auf«, gab ich zurück.

»Friß Rattenscheiße, du Wichser!«

»Wichser, Wichser, Wichser! Hahaha!«

»Nix als Stroh im Kopf«, sagte ich. »Lutscht mir doch die Fussel aus dem Nabel.«

»Du ...«, setzte Tammie wieder an.

Plötzlich knallten in der Nähe mehrere Pistolenschüsse. Sie kamen entweder von der Straße oder von den Bungalows weiter hinten oder aus dem Apartmenthaus von nebenan. Jedenfalls, sehr nahe. Wir lebten in einer ziemlich heruntergekommenen Gegend, es wimmelte von Junkies und Prostituierten, und gelegentlich passierte auch mal ein Mord.

Jetzt kreischte Dancy oben aus dem Fenster: »Hank! Hank! Komm schnell rauf, Hank! Hank, Hank, Hank! Mach schnell, Hank!«

Ich rannte hoch. Tammie lag platt auf dem Bett, ihr rotes Haar wirr auf dem Kopfkissen. Sie sah mich an.

»Ich hab eine Kugel erwischt«, sagte sie mit schwacher Stimme. »Ich bin getroffen.«

Sie zeigte auf eine Stelle an ihren Jeans. Sie machte jetzt keine Witze mehr. Sie war völlig verängstigt. Ihre Jeans hatten einen roten Fleck. Ich ging hin und strich mit dem Finger darüber. Der Fleck war trocken.

»Hör mal«, sagte ich, »dir ist nichts passiert. Mach dir keine Sorgen.«

Als ich aus der Tür ging, polterte gerade Bobby die Treppe herauf. »Tammie!« rief er. »Tammie! Was hast du? Ist was passiert?« Bobby hatte sich offenbar erst etwas anziehen müssen, daher seine Verspätung. Während er an mir vorbeikam, wurde ich noch schnell meinen Spruch los:

»Menschenskind, Bobby, du mischst dich aber auch ständig in mein Leben ein ...«

Er rannte zu ihr hinein, und hinter ihm kam jetzt noch einer an. Es war der Typ von nebenan. Er war Gebrauchtwagenhändler und ein klinischer Fall. Mit Zertifikat.

Ein paar Tage danach kam Tammie mit einem Brief zu mir herein. »Hank, die Verwaltung hat mir gerade gekündigt.«

Sie zeigte mir den Schrieb. Ich las ihn sorgfältig durch.

»Sieht so aus, als wär's ihnen ernst damit«, sagte ich.

»Ich hab der Alten gesagt, ich zahl ihr die rückständige Miete, aber sie hat gesagt: ›Wir wollen Sie hier raushaben, Tammie!‹«

»Du darfst sie eben mit der Miete nicht so lange hängen lassen.«

»Hör mal, ich *hab* das Geld. Ich will's bloß nicht rausrücken.«

Das war typisch für sie. Sie mußte sich gegen alles sperren. Ihr Wagen war nicht angemeldet, die Plakette vom TÜV war schon längst verfallen, und sie fuhr ohne Führerschein. Sie parkte das Auto im Parkverbot, im Halteverbot, in Ladebuchten, auf reservierten Parkplätzen, ganz egal. Tagelang. Wenn sie high oder angetrunken oder ohne Ausweispapiere von der Polizei angehalten wurde, führte sie den Cops ihre Anatomie vor und hielt einen kleinen Plausch mit ihnen, und sie ließen sie jedesmal wieder gehen. Wenn ein Strafzettel unter dem Scheibenwischer klemmte, riß sie ihn einfach durch und warf ihn weg.

»Ich besorg mir die Telefonnummer vom Hausbesitzer«, sagte sie jetzt. »Die können mich nicht einfach vor die Tür setzen! Hast du seine Nummer?«

»Nein.«

Ich hatte keine Ahnung, wer der Hauseigentümer war und wo er wohnte. Er ließ sich nie blicken.

In diesem Augenblick kam Irv »The Whorehouse Man« draußen vorbei. Er arbeitete im Massagesalon um die Ecke als Rausschmeißer. Irv war gut einsneunzig groß und bezog Invalidenrente. Und außerdem hatte er einen besseren Verstand als die ersten 3000 Leute, die einem auf der Straße begegnen.

Tammie rannte zu ihm hinaus. »Irv! Irv!«

Er blieb stehen und drehte sich um. Tammie schwang ihm ihre Titten entgegen und sagte: »Irv, hast du die Telefonnummer von dem Besitzer hier?«

»Nee, hab ich nicht.«

»Irv, ich brauch die Nummer ganz dringend. Gib mir seine Nummer und ich lutsch dir einen runter.«

»Ich hab die Nummer aber nicht.«

Er ging die Stufen zu seiner Veranda hoch und steckte den Schlüssel in die Tür.

»Komm schon, Irv! Ich lutsch dir dafür auch einen!«

Irv schloß auf, ging rein und machte die Tür hinter sich zu.

Tammie rannte zum nächsten Bungalow und hämmerte an die Tür. Richard machte die Tür einen Spalt auf, ließ aber die Kette dran. Er war kahl, etwa 45, religiös, lebte allein und saß ständig vor dem Fernseher. Er hatte eine rosige Haut und war reinlich wie ein Mormone. Bei den Verwaltern beschwerte er sich regelmäßig über den Krach in meiner Bude. Er behauptete, er könne nicht schlafen. Die Verwalter sagten ihm, er könne jederzeit ausziehen, wenn's ihm nicht paßte. Er hatte einen ordentlichen Haß auf mich. Und jetzt stand auch noch eine von meinen Frauen vor seiner Tür. Er ließ die Kette dran.

»Was wollen Sie?« zischte er.

»Schau her, Baby, ich brauch die Telefonnummer vom Hausbesitzer. Du wohnst doch schon seit Jahren hier. Ich weiß, daß du seine Telefonnummer hast. Ich brauch sie dringend ...«

»Gehn Sie weg«, sagte er.

»Komm schon, Baby. Ich werd' auch sehr nett zu dir sein ... du kriegst einen großen saftigen Kuß ...

»Schlampe!« zischte er. »Dirne!« Und patschte seine Tür zu.

Tammie kam wieder zu mir herein. »Hank?«

»Ja?«

»Was meint der mit ›Dirne‹? Ich weiß, was 'ne Birne ist – aber eine *Dirne* ...?«

»Eine Dirne, meine Liebe, ist eine Hure.«

»Was?! Dieser Knilch mit seiner dreckigen Phantasie! ...«

Sie lief wieder raus und machte weitere Türen durch. Doch es war entweder niemand zu Hause, oder man wollte nichts mit ihr zu tun haben. Schließlich kam sie zurück. »Das ist nicht fair! Warum wollen die mich hier raushaben? Was hab ich denn getan?«

»Weiß ich doch nicht«, sagte ich. »Denk mal nach. Vielleicht fällt dir was ein.«

»Ich wüßte nicht, was. Da ist nie was gewesen.«

»Zieh doch einfach bei mir ein.«

»Hat keinen Sinn. Das Kind würde dir auf die Nerven gehn.«

»Da hast du auch wieder recht.«

Tage vergingen. Der Hauseigentümer trat nicht in Erscheinung. Die Verwaltung blieb bei ihrer Kündigung. Sogar Bobby zog sich jetzt zurück, aß Fertiggerichte, rauchte sein Pot und hörte sich seine Stereo-Platten an. »Mensch«, sagte er, als ich ihm einmal über den Weg lief, »ich hab nicht mal was *übrig* für deine Ische. Sie macht unsere Freundschaft kaputt, Mann!«

»Jaja, schon gut, Bobby ...«

Ich fuhr zum Supermarkt und besorgte leere Kartons für den Umzug. Dann kam eine Nachricht von Tammies Schwester Cathy aus Denver – die Schwester spielte verrückt, weil ihr ein Liebhaber davongelaufen war. Tammie und Dancy mußten unbedingt zu ihr hin. Ich fuhr die beiden zum Bahnhof und setzte sie in den Zug.

69

An diesem Abend rief mich eine gewisse Mercedes an, die ich nach einer Lesung in Venice Beach kennengelernt hatte. Sie war Ende Zwanzig, etwa einsfünfundsechzig, hatte eine annehmbare Figur, ziemlich gute Beine, blaue Augen, langes Haar, blond, leicht gewellt. Und sie rauchte einen Joint nach dem anderen. Ihre Konversation war eintönig, und ihr Lachen war laut und meistens gekünstelt. Ich war nach der Lesung mit ihr nach Hause gegangen – ihr Apartment lag nur eine Ecke weiter, an der Strandpromenade. Ich hatte auf ihrem Klavier geklimpert, und sie hatte dazu ihre Bongotrommeln bearbeitet. Es hatte Joints gegeben und eine Korbflasche voll Red Mountain. Am Ende hatte ich zuviel Schlagseite, um noch nach Hause zu fahren. Also war ich bei ihr über Nacht geblieben.

»Paß auf«, sagte sie jetzt, »ich hab inzwischen einen Job ganz in deiner Nähe. Da hab ich mir gedacht, ich komm mal vorbei.«

»All right.«

Ich legte auf. Schon kam der nächste Anruf. Diesmal war es Tammie.

»Also paß auf, ich hab mir's überlegt. Ich zieh aus. In ein paar Tagen komm ich zurück. Hol doch bitte aus meiner Wohnung das gelbe Kleid, das dir so gut gefällt, und meine grünen Schuhe. Den Rest kannst du liegenlassen. Das ist alles Plunder.«

»Okay.«

»Hör zu, ich bin total abgebrannt. Wir haben überhaupt kein Geld mehr, um uns was zu essen zu kaufen.«

»Ich schick dir gleich morgen früh 40 Dollar, per telegraphische Postanweisung.«

»Das ist lieb von dir ...«

Ich legte auf. Eine Viertelstunde später war Mercedes da. Sie trug einen sehr kurzen Rock, Sandalen und eine Bluse mit tiefem Ausschnitt. Und kleine blaue Ohrringe.

»Wie wär's mit einem Joint?« fragte sie.

»Klar, nur zu.«

Sie holte das Gras und eine Packung Zigarettenpapier aus der Handtasche und machte sich daran, einige Joints zu drehen. Ich stellte das Bier auf den Tisch.

Wir saßen auf der Couch und redeten nicht viel. Ich knetete ein bißchen an ihren Schenkeln herum, und ansonsten saßen wir geraume Zeit nur da und tranken und pafften Joints dazu.

Dann zogen wir uns schließlich aus und krochen ins Bett. Erst Mercedes, dann ich. Wir begannen zu knutschen. Ich rieb ihr die Möse. Dann stieg ich auf, und sie nahm meinen Schwanz in die Hand und dirigierte ihn unten bei sich rein. Ihre Möse war sehr eng und klemmte ihn gut ein. Ich reizte sie eine Weile, zog ihn fast ganz heraus und machte nur kurze Stöße mit dem vorderen Teil. Dann drückte ich ihn ganz rein, schob aber nur langsam und faul. Plötzlich rammte ich sie vier- oder fünfmal, und ihr Kopf schleuderte auf dem Kissen hin und her. »Arrrrggg ...«, machte sie. Ich ging zu einem stetigen Pumpen über.

Die Nacht war sehr schwül, und der Schweiß lief uns beiden herunter. Mercedes war von dem Bier und den Joints schon sehr benebelt. Wenn ich ihr in diesem Zustand noch was zeigen wollte, mußte ich einen eleganten Schlenker finden ...

Ich pumpte und pumpte. Fünf Minuten. Zehn Minuten. Es tat sich nichts. Ich begann nachzulassen. Ich merkte, wie er mir schlapp machte.

Mercedes merkte es auch. »Mach mir's!« verlangte sie. »Oh mach mir's doch, Baby!«

Das half mir auch nicht weiter. Ich wälzte mich herunter. Die Schwüle war nicht zum Aushalten. Ich griff mir das Bettlaken und trocknete mir den Schweiß ab. Dann lag ich da und hörte zu, wie mein Herz hämmerte. Es hörte sich traurig und verzagt an. Ich fragte mich, was Mercedes in diesem Augenblick dachte.

Da lag ich mit meinem schlaffen Schwanz, als gehe es ans Sterben.

Mercedes wandte mir den Kopf zu. Ich küßte sie. Küssen fand ich schon immer viel intimer als Ficken. Deshalb hatte ich auch immer etwas dagegen, wenn meine Freundinnen mit Männern herumknutschten. Es hätte mir weniger ausgemacht, wenn sie mit ihnen ins Bett gestiegen wären.

Ich küßte Mercedes, und da ich mit Küssen solche Vorstellungen verband, hatte ich im Nu wieder einen stehen. Ich legte mich auf sie und küßte sie, als hätte ich nur noch eine Stunde zu leben. Mein Schwanz ging rein. Diesmal wußte ich, daß ich es schaffen würde. Ich spürte es. Das Wunder würde geschehen.

Ich werd dir die Möse überschwemmen, du Luder. Ich pump dir meinen Saft rein, und nichts kann mich daran hindern. Ich bin eine Besatzungsarmee, ich bin ein Triebtäter, ich bin dein Meister, du bist mir ausgeliefert, ich bin der Tod ...

Ihr Kopf rollte hin und her. Sie klammerte sich an mich und keuchte. »Arrrggg«, machte sie, »uugggh ... oh, oh ... uuuff ... ooooooh!«

Mein Schwanz wurde dick und dicker.

Ich stieß einen komischen Laut aus, und es kam mir. Nach fünf Minuten schnarchte sie. Ich schloß mich an ...

Als wir am Morgen geduscht hatten und uns anzogen, sagte ich: »Komm, laß dich zu 'nem Frühstück einladen.«

»All right«, sagte sie. »Übrigens, haben wir gestern abend noch gebumst?«

»Mein Gott! Das *weißt* du nicht mehr? Wir haben fast eine Stunde lang gefickt!«

Es war nicht zu fassen. Mercedes sah mich zweifelnd an. Sie schien sich an nichts mehr zu erinnern. Wir gingen um die Ecke in ein Lokal. Ich bestellte mir leicht angebratene Spiegeleier, Kaffee, Toast. Mercedes ließ sich Pfannkuchen und gekochten Schinken zu ihrem Kaffee bringen. Die Kellnerin servierte. Ich spießte ein Stück Ei auf die Gabel. Mercedes goß sich Sirup über ihre Pfannkuchen.

»Du hast recht«, sagte sie. »Du mußt mich tatsächlich gefickt haben. Ich spür, wie mir der Saft an den Schenkeln runterläuft.«

Ich beschloß auf der Stelle, sie nicht mehr wiederzusehen.

70

Ich ging mit meinen Kartons aus dem Supermarkt nach oben in Tammies Wohnung. Ich fand das Kleid und die grünen Schuhe, und dann entdeckte ich weitere Sachen ... Blusen und Röcke, Schuhe, ein Bügeleisen, eine Trockenhaube, Dancys Kleider, Teller und Besteck, ein Fotoalbum. Dann stand auch noch ein massiver Rohrstuhl da, der ihr gehörte. Ich schaffte alles nach unten zu mir. Es waren acht oder zehn Kartons voll Kram. Ich stapelte sie vorne in meinem Wohnzimmer entlang der Wand.

Am nächsten Tag fuhr ich zum Bahnhof und holte Tammie und Dancy vom Zug ab.

»Du siehst gut aus«, sagte Tammie.

»Danke«, sagte ich.

»Wir ziehen zu meiner Mutter, also fahr uns am besten gleich hin. Gegen diese Kündigung kann ich nichts machen. Außerdem, wer möchte schon irgendwo bleiben, wo man ihn nicht haben will.«

»Tammie«, sagte ich, »ich hab den größten Teil von deinen Sachen eingepackt. Die Kartons stehen unten bei mir.«

»All right. Kann ich sie noch eine Weile bei dir lassen?«

»Klar.«

Kurz danach fuhr Tammies Mutter zu der Schwester nach Denver. An dem Abend, als sie wegfuhr, erschien ich bei Tammie, um mir in Ruhe einen anzutrinken. Tammie warf mal wieder Tabletten ein. Ich nahm keine. Ich hielt mich an Bier. Als ich die vierte Sechserpackung anbrach, sagte ich: »Tammie, ich versteh nicht, was du an Bobby findest. Er ist eine Null.«

Sie schlug die Beine übereinander und wippte mit dem einen Fuß.

»Er bildet sich was ein auf seinen Small talk und findet sich charmant.«

Sie wippte mit dem Fuß.

»Kino, Fernsehen, Comic-Hefte und schmierige Fotos. Das ist alles, was er im Kopf hat.«

Tammie wippte jetzt betont ungehalten mit dem Fuß.

»Machst du dir wirklich etwas aus ihm?«

Sie wippte weiter mit dem Fuß.

»Du miese Zicke!« sagte ich.

Ich ging raus, knallte die Tür hinter mir zu und stieg in meinen VW. Ich raste durch den Abendverkehr, schlingerte von einer Fahrbahn auf die andere und ruinierte mir die Kupplung und die Schaltung.

Irgendwie schaffte ich es bis nach Hause. Ich fing an, ihren Kram ins Auto zu laden. Viel ging natürlich nicht rein. Ich schnappte mir noch einen Stapel Schallplatten, einige Decken, Spielzeug von Dancy, dann raste ich zurück zu Tammie. Ich parkte in doppelter Reihe, machte die Warnblinkanlage an, schleppte die Sachen über den Vorgartenrasen und stapelte sie auf der Veranda. Dann drückte ich auf die Klingel und fuhr wieder los.

Als ich mit der zweiten Ladung ankam, war die erste verschwunden. Ich machte wieder einen Stapel und raste davon.

Dann dasselbe nochmal. Wieder ein Stapel, wieder auf die Klingel gedrückt und davongebraust.

Zu Hause bei mir mixte ich mir einen Wodka mit Leitungswasser, trank ihn herunter und besah mir den Rest: Der massive Rohrstuhl stand noch da – und die Trokkenhaube, so groß wie eine Stehlampe. Mehr als eine Fahrt konnte ich jetzt nicht mehr machen. Also entweder der Stuhl oder die Trockenhaube. Beides zusammen war im VW nicht unterzubringen.

Ich entschied mich für den Stuhl. Es war inzwischen vier Uhr morgens. Nach dem Wodka fühlte ich mich ziemlich betrunken und schwach. Als ich den Rohrstuhl in die Hand nahm, kam er mir sehr schwer vor. Ich schleifte ihn hinaus zum Wagen, machte die Beifahrertür auf und rammte ihn hinein. Ich versuchte, die Tür zu schließen. Sie ging nicht zu. Der Stuhl ragte noch zu weit heraus. Ich wollte ihn wieder herausziehen, aber er klemmte. Ich fluchte und drückte ihn weiter rein. Es gab ein knirschendes Geräusch, und das eine Stuhlbein ging durch die Windschutzscheibe, ragte vorne heraus und zeigte gen Himmel. Die Tür ging trotzdem nicht zu. Es fehlte noch ein ganzes Stück. Ich versuchte, das Stuhlbein noch weiter durch das Loch in der Windschutzscheibe zu drücken, damit ich endlich die Tür zukriegen konnte. Ging nicht. Der Stuhl klemmte. Ich zog daran. Er ging auch nicht mehr zurück. Abwechselnd zog und drückte ich nun, mit wachsender Verzweiflung. Wenn jetzt ein Streifenwagen vorbeikam, war ich dran. Nach einer Weile machte ich schlapp und gab auf. Ich stieg ein. Es gab nirgends einen Platz zum Parken. Ich fuhr die Straße runter zum Pizza Parlor, die Beifahrertür schwang hin und her, und dort ließ ich den Wagen auf dem Parkplatz stehen, mit offener Tür. Auch die Innenbeleuchtung war an (– sie ließ sich nicht von Hand abstellen). Es sah schlimm aus. Der reine Wahnsinn. Dieses Auto da, mit der geborstenen Windschutzscheibe und dem herausragenden Stuhlbein im fahlen Licht des Morgens. Es roch nach Attentat, nach Mord. Mein schönes Auto ...

Ich ging zurück in meine Bude, machte mir noch einen Wodka mit Wasser und rief Tammie an.

»Baby, ich bin in der Klemme. Ich hab deinen Rohrstuhl im Auto, das eine Bein ist durch die Windschutzscheibe gegangen, er klemmt und ich krieg ihn nicht mehr raus und die Tür geht nicht mehr zu. Die Windschutzscheibe ist total gesplittert. Was soll ich machen, um Gottes willen? Du mußt mir helfen ...!«

»Dir wird schon was einfallen, Hank.«

Sie legte auf.

Ich wählte die Nummer nochmal. »Baby ...«

Sie legte auf. Als ich es wieder versuchte, hatte sie den Hörer von der Gabel: *bzzzzz, bzzzzzz, bzzzzzz* ...

Ich ließ mich aufs Bett fallen. Nach einer Weile klingelte das Telefon.

»Tammie ...«

»Hank, ich bin's. Valerie. Ich bin gerade nach Hause gekommen. Ich wollte dir nur sagen, daß dein Auto mit offener Tür vor dem Pizza Parlor steht.«

»Danke, Valerie, ich weiß. Ich krieg die Tür nicht mehr zu. Ich hab einen Rohrstuhl im Auto, mit dem einen Bein vorne durch die Scheibe.«

»Oh, das ist mir gar nicht aufgefallen ...«

»Trotzdem, nett von dir, daß du angerufen hast.«

Ich schlief ein. Es war ein gequälter Schlaf. Sie würden mir das Auto abschleppen. Ich würde eine Anzeige bekommen ...

Zwanzig Minuten nach sechs hielt ich es nicht mehr aus. Ich stand auf, zog mich an und ging runter zum Pizza Parlor. Das Auto stand noch da. Die Sonne kam gerade hoch.

Ich packte den Rohrstuhl und stemmte mich dagegen. Er gab nicht nach. Wütend riß und zerrte ich daran herum und fluchte vor mich hin. Je aussichtsloser es schien, um so wütender wurde ich. Es gab ein lautes knackendes Geräusch, und dann splitterte etwas. Das inspirierte mich, gab mir neue Energie. Plötzlich hielt ich ein Stück von dem Stuhl in der Hand. Ich sah es an, warf es auf den Asphalt und machte mich wieder an die Arbeit. Ein weiteres Stück brach ab. Jetzt machte es sich bezahlt, daß ich so lange in Fabriken geschuftet, Güterwaggons entladen, Kisten voll tiefgefrorenem Fisch gestemmt und Rinderhälften auf meinen Schultern geschleppt hatte. Für einen faulen Menschen war ich schon immer recht kräftig gewesen. Ich riß diesen Stuhl in Fetzen, zerrte das Ding aus dem Wagen, schlug es auf dem Parkplatz vollends entzwei. Dann sammelte ich die Stücke auf und stapelte sie auf den Rasen des Hauses nebenan.

Ich stieg in den VW, fuhr zurück und fand in der Nähe meiner Bude eine Parklücke. Jetzt mußte ich mir nur noch an der Santa Fé Avenue einen Schrottplatz suchen, wo ich eine Windschutzscheibe erstehen konnte. Aber das hatte Zeit. Ich ging rein, machte mir zwei Glas Wasser mit Eiswürfeln drin, trank sie aus und legte mich wieder schlafen.

71

Es vergingen vier oder fünf Tage, dann kam aus heiterem Himmel ein Anruf von Tammie.

»Was willst du?« fragte ich.

»Hör zu, Hank, du kennst doch diese kleine Brücke, über die man kommt, wenn man zur Wohnung von meiner Mutter fährt, nicht?«

»Ja.«

»Naja, und direkt daneben machen sie einen Flohmarkt. Ich war dort und hab diese Schreibmaschine da gesehen. Sie kostet nur 20 Dollar und ist noch gut in Schuß. Bitte kauf sie mir, Hank.«

»Was willst du denn mit einer Schreibmaschine?«

»Naja, ich hab dir nie was davon erzählt, aber ich wollte es eigentlich schon immer mal mit Schreiben versuchen.«

»Tammie ...«

»Bitte, Hank, nur noch dieses eine Mal. Tu mir den Gefallen, und ich bin dein Freund fürs Leben.«

»Nein.«

»Hank ...«

»Ach Scheiße. Also gut, meinetwegen.«

»Ich treff dich dann an der Brücke, in einer Viertelstunde. Wir müssen uns beeilen, sonst ist das Ding weg. Ich hab ein neues Apartment gefunden, und Filbert und mein Bruder helfen mir beim Umzug ...«

Tammie war nicht an der Brücke, weder in fünfzehn Minuten noch in fünfundzwanzig. Ich stieg wieder in den

VW und fuhr zur Wohnung ihrer Mutter. Filbert lud gerade einige der Kartons in Tammies Wagen. Er sah mich nicht. Ich parkte einen halben Block entfernt.

Tammie kam aus dem Haus und sah meinen VW. Filbert stieg jetzt in sein Auto. Er fuhr auch einen VW, einen gelben. Tammie winkte ihm zu und rief: »Bis später!«

Dann kam sie die Straße herunter, auf mich zu. Als sie bis auf wenige Schritte heran war, legte sie sich plötzlich mitten auf die Straße, platt auf den Rücken. Ich wartete ab. Schließlich stand sie auf, kam her und stieg ein.

Ich machte wortlos den Gang rein und fuhr los. Filbert saß immer noch in seinem Auto. Ich winkte ihm zu, als wir an ihm vorbeifuhren. Er winkte nicht zurück. Er sah sehr geknickt drein. Und das war erst der Anfang für ihn ...

»Weißt du«, sagte Tammie, »ich bin jetzt mit Filbert zusammen.«

Ich mußte unwillkürlich lachen. Es platzte einfach aus mir heraus.

»Wir müssen uns beeilen«, sagte sie. »Sonst ist die Schreibmaschine weg.«

»Warum läßt du dir das Scheißding nicht von Filbert kaufen?«

»Hör mal, wenn du nicht willst, dann brauchst du bloß anhalten und mich aussteigen lassen!«

Ich hielt an und machte ihr die Tür auf.

»Also hör mal, du Scheißtyp, du hast mir *versprochen*, daß du mir die Maschine kaufst! Wenn du jetzt einen Rückzieher machst, dann fang ich an zu schreien und schlag dir sämtliche Fenster ein!«

»Schon gut. Du kriegst das Ding.«

Wir fuhren hin. Die Schreibmaschine war noch da.

»Dieser Apparat hat sein ganzes Leben in einer Irrenanstalt verbracht«, erzählte uns die Lady.

»Dann kommt er jetzt genau in die richtigen Hände«, sagte ich und zeigte mit dem Daumen auf Tammie.

Ich gab der Dame einen Zwanziger, und wir fuhren zurück. Filbert war verschwunden.

»Willst du nicht eine Weile reinkommen?« fragte Tammie.

»Nein, ich muß wieder los.«

Sie griff sich die Maschine und stieg aus. Zum Reintragen brauchte sie meine Hilfe nicht. Es war eine Reiseschreibmaschine.

72

Während der nächsten Woche trank ich Tag und Nacht und schrieb 25 oder 30 düstere Gedichte, die von enttäuschter Liebe handelten. Dann kam der Freitag, und gegen Abend schrillte das Telefon. Es war Mercedes.

»Ich hab geheiratet«, sagte sie. »Little Jack. Du hast ihn auf der Party nach deiner Lesung in Venice kennengelernt. Er ist ein netter Typ, und er hat Geld. Wir ziehen raus ins San Fernando Valley.«

»All right, Mercedes. Ich drück dir die Daumen.«

»Aber weißt du, ich vermisse die Abende, wo ich mit dir getrunken und geredet habe. Wie wär's, wenn ich heute vorbeikomme?«

»Is gut.«

Ein Viertelstunde später war sie da, drehte Joints und trank mir mein Bier weg.

»Little Jack ist ein netter Kerl. Wir sind glücklich miteinander.«

Ich lutschte an meinem Bier.

»Ich will aber nicht mehr ficken. Ich bin die ewigen Abtreibungen leid. Sie stehn mir schon bis hier oben.«

»Wir werden uns schon was einfallen lassen.«

»Nein, ich will bloß durchziehen und reden und trinken.«

»Das reicht mir nicht.«

»Ihr Typen wollt immer nur ficken.«

»Mir macht es Spaß.«

»Na, ich kann aber nicht. Ich will nicht ficken.«

»Immer mit der Ruhe.«

Wir saßen da, auf der Couch. Wir küßten uns nicht. Mercedes hatte ihre Beine und ihren Arsch und ihr Haar und ihre Jugend, doch was sie von sich gab, war nichts Besonderes. Sie war nicht interessant. Ich hatte weiß Gott schon ein paar interessante Frauen getroffen, und auf dieser Liste rangierte Mercedes wirklich nicht weit oben.

Wir taten uns das Bier rein und zogen ihre Joints durch. Mercedes hatte immer noch ihren Job im Hollywood Institute of Human Relationships. Sie hatte Ärger mit ihrem Wagen. Little Jack hatte einen kurzen dicken Schwanz. Sie las gerade ›Grapefruit‹ von Yoko Ono. Sie hatte Abtreibungen satt. Das Valley war ganz nett, aber sie vermißte Venice. Sie fuhr immer so gern mit ihrem Fahrrad auf der Strandpromenade. Das würde ihr jetzt fehlen.

Ich weiß nicht, wie lange wir redeten bzw. *sie* redete, jedenfalls war es spät in der Nacht, als sie schließlich sagte, sie sei zu betrunken, um nach Hause zu fahren.

»Dann zieh dich aus und geh ins Bett«, sagte ich.

»Aber es wird nicht gefickt«, sagte sie.

»Schon gut, ich laß deine Muschi in Ruhe.«

Sie zog sich aus und kroch ins Bett. Ich zog mich aus und ging ins Badezimmer. Als ich mit einer Dose Vaseline wieder herauskam, sah sie mir mißtrauisch entgegen.

»Was soll denn das werden?«

»Immer mit der Ruhe, Baby. Kein Grund zur Aufregung.«

Ich rieb mir den Schwanz mit Vaseline ein, knipste das Licht aus und legte mich zu ihr.

»Dreh dich auf die Seite«, sagte ich.

Ich griff unter ihr durch und spielte mit der einen Titte, und dann langte ich außen herum und spielte mit der anderen. Es tat gut, so dazuliegen, mit meinem Gesicht in ihrem Haar. Ich bekam einen Steifen und drückte ihn zwischen ihre Arschbacken. Ich packte sie an der Hüfte, drückte ihren Arsch hart an mich, und mein Schwanz ging rein. »Oooooooh«, sagte sie.

Ich begann zu schieben. Er ging ein bißchen weiter rein. Ihre Arschbacken waren groß und weich. Ich kam in Fahrt und begann zu schwitzen. Dann wälzte ich sie auf den Bauch und drückte ihn tiefer rein. Es wurde enger. Ich machte einen unbeherrschten Stoß, und sie schrie. »Verdammt!« sagte ich. »Nicht so laut!« Ich kriegte ihn noch weiter rein. Das klemmte unglaublich da unten. Ich kam mir vor, als würde ich einen Gartenschlauch pimpern. Ich begann zu rammeln, spürte plötzlich ein heftiges Stechen und Brennen in der Seite, aber ich machte weiter. Dann röhrte ich wie ein Wahnsinniger, und es kam mir.

Ich blieb auf ihr liegen und verschnaufte. Das Seitenstechen war unerträglich. Sie weinte. »Verdammt, was hast du denn?« sagte ich. »Ich hab doch deine Muschi geschont, oder nicht?«

Ich wälzte mich herunter.

Am Morgen sagte Mercedes sehr wenig. Sie zog sich an und machte sich auf den Weg zu ihrem Job.

Naja, dachte ich. Da geht wieder eine.

73

Die nächsten acht Tage hing ich etwas weniger an der Flasche. Ich fuhr jeden Nachmittag zum Pferderennen, tankte Sonne und frische Luft und vertrat mir ausgiebig die Beine. Abends saß ich zu Hause herum, trank, fragte mich, warum ich überhaupt noch lebte und wie das alles so zuging. Ich dachte an Katherine, an Lydia, an Tammie, und ich fühlte mich gar nicht wohl.

Es wurde Freitag, und Mercedes rief wieder an.

»Hank, ich würde gern vorbeikommen. Aber nur Reden und Bier und Joints, sonst nichts, ja?«

»Wenn du willst. Meinetwegen.«

Es dauerte eine halbe Stunde, dann kam sie herein. Zu meiner Überraschung fand ich, daß sie sehr gut aussah. Ich hatte noch nie so einen kurzen Minirock an ihr gesehen, und ihre Beine machten wirklich etwas her. Erfreut nahm ich sie in die Arme und gab ihr einen Kuß. Sie machte sich von mir los.

»Nach dieser Nummer von letzter Woche konnte ich zwei Tage lang nicht mehr gehen. Reiß mir ja nicht nochmal den Hintern auf.«

»Is gut, wackere Squaw. Ehrenwort.«

Es war wie immer. Wir saßen auf der Couch, das Radio lief, wir unterhielten uns, tranken Bier und rauchten. Ich küßte sie immer wieder. Ich konnte mich nicht bremsen.

Sie reagierte, als sei sie scharf darauf, doch sie blieb eisern dabei, daß es nicht gehe. Little Jack liebte sie, und Liebe bedeutete viel auf dieser Welt, sagte sie.

»Kann man wohl sagen«, sagte ich.

»Du liebst mich nicht.«

»Wie komm ich dazu? Du bist eine verheiratete Frau.«

»Ich liebe Little Jack nicht, aber ich mach mir sehr viel aus ihm, und er liebt mich.«

»Hört sich doch ganz gut an.«

»Warst du schon mal verliebt?«

»Viermal.«

»Und was ist aus denen geworden? Wo sind sie heute abend?«

»Eine ist tot. Die anderen drei sind mit anderen Männern zusammen.«

Wir redeten sehr lange an diesem Abend, und die Jointkippen häuften sich im Aschenbecher. Gegen zwei Uhr morgens sagte Mercedes, sie sei zu high, um noch Auto zu fahren. »Ich würde glatt einen Totalschaden bauen.«

»Dann zieh dich aus und leg dich ins Bett.«

»All right, aber heute möcht ich was anderes.«

»Was denn?«

»Ich will zusehen, wie du dir einen runterholst. Ich will sehen, wie es *spritzt*!«

»Na schön. Auch gut. Nichts dagegen.«

Sie zog sich aus und legte sich lang. Ich zog mich aus und stellte mich neben das Bett. »Setz dich hin, dann siehst du mehr.«

Sie setzte sich auf die Bettkante. Ich spuckte in die Hand und begann meinen Dick zu massieren.

»Oh«, sagte sie, »er *wächst*!«

»Mhm.«

»Er wird groß!«

»Mhm.«

»Oh, er ist knallrot und die Adern schwellen an! Er pumpert! Er ist häßlich!«

»Yeah.«

Ich wichste da herum, dicht vor ihrem Gesicht. Sie sah es sich an. Als ich kurz davor war, hörte ich auf.

»Oh«, sagte sie.

»Weißt du, was? Ich hab eine bessere Idee ...«

»Was?«

»Hol du mir einen runter.«

»All right.«

Sie fing an. »Mach ich es richtig?«

»Ein bißchen stärker. Und spuck dir in die Hand. Und reib ihn ganz, nicht nur vorne.«

»All right ... Oh Gott, sieh ihn dir *an*! ... Ich will sehn, wie der *Saft* rausspritzt! ...«

»Komm schon! Mach! O mein Gott! ...«

Ich spürte, daß es mir gleich kam. Ich nahm ihre Hand da unten weg.

»Ach Menschenskind! Verdammt!« sagte sie.

Sie beugte sich herunter und nahm ihn in den Mund. Sie züngelte und lutschte darauf herum, und ihr Kopf ging auf und nieder.

»Ah! Du geiles Luder!«

Dann ließ sie ihn rausrutschen und hörte auf.

»Mach weiter! Mach doch weiter! Jetzt mach mir's doch!«

»Nein!«

»Ja verflucht nochmal ...!«

Ich schubste sie um und war mit einem Satz auf ihr. Ich küßte sie wie verrückt und rammte ihn unten bei ihr rein. Ich stieß und pumpte und geriet außer Rand und Band. Mit einem Stöhnen kam es mir, es zuckte und sprudelte, und ich spürte, wie es heiß und dampfend in sie eindrang.

74

Als nächstes hatte ich eine Lesung an der Universität von Illinois. Ich hatte einen Widerwillen gegen diese Lesungen, aber schließlich sprang die Miete dabei heraus, und vielleicht trugen sie auch dazu bei, daß ein paar Bücher mehr verkauft wurden. Ich kam für eine Weile aus East Hollywood heraus und konnte durch die Gegend fliegen mit blasierten Geschäftsleuten und Stewardessen und eisgekühlten Drinks auf kleinen Tabletts mit saugfähigen Untersetzern. Und gesalzenen Erdnüssen zur Bekämpfung der Alkoholfahne.

Der Dichter William Keesing, mit dem ich schon seit 1966 korrespondierte, sollte mich vom Flugzeug abholen. Ich hatte seine ersten Sachen in Doug Fazzicks ›Bull‹ gelesen, einem Vorreiter jener hektographierten Literaturzeitschriften, die dann massiert auftraten und die ganze Szene umkrempelten. Keiner von uns war das, was man sich unter einem richtigen Dichter vorstellt – Fazzick arbeitete in einer Reifenfabrik, Keesing war als Marine-Infanterist im Koreakrieg gewesen, hatte Zuchthausstrafen abgesessen und lebte von der Arbeit seiner Frau, und ich schob als Briefsortierer meine 11 Stunden Nachtschicht bei der Post. Damals erschien auch Marvin auf der Bildfläche mit seinen merkwürdigen Gedichten über Dämonen. Marvin Woodman schrieb die besten gottverdammten Dämonen-Gedichte in Amerika. Vielleicht auch noch in ganz Spanien und Peru. Ich schrieb damals vor allem Briefe. Jeder bekam vier und fünf Seiten lange Briefe von mir, und die Ränder und Umschläge dekorierte ich mit krakeligen Zeichnungen in Ölkreide. Und so kam es auch zu meinem Briefwechsel mit William Keesing, dem ehemaligen Marine-Infanteristen und Zuchthäusler, der inzwischen eine Drogensucht am Hals hatte (er schluckte vorwiegend Codein-Tabletten).

Jetzt, Jahre später, hatte sich Keesing einen Lehrauftrag an der Universität ergattert. Zwischen seinen Haftstrafen wegen Drogenbesitzes hatte er es irgendwie fertig gebracht, ein Studium zu absolvieren. Ich gab ihm zu bedenken, daß ein solcher Job seine Gefahren hatte für einen, der schreiben wollte. Aber immerhin brachte er seinen Studenten eine Menge Chinaski bei.

Keesing und seine Frau Cecelia holten mich am Flughafen ab. Ich hatte mein bißchen Gepäck in der Hand. Wir konnten also gleich nach draußen zum Wagen gehen.

»Mein Gott«, sagte Keesing, »ich hab noch nie einen aus dem Flugzeug steigen sehen, der so aussah wie du.«

Ich hatte den Mantel meines verstorbenen Vaters an. Der Mantel war mir viel zu groß. Meine Hosenaufschläge schleiften am Boden, doch das war ganz gut, denn ich hatte zwei verschiedene Socken an den Füßen und die Absätze meiner Schuhe waren schiefgelatscht. Ich haßte es, zum Friseur zu gehen, deshalb schnitt ich mir die

Haare selbst, wenn ich nicht gerade eine Frau dazu bringen konnte, es zu tun. Ich rasierte mich auch nicht gern, und um nicht mit einem langen Vollbart herumlaufen zu müssen, stutzte ich mir das Ding alle zwei oder drei Wochen mit der Schere. Meine Augen waren schlecht, aber ich hatte etwas gegen Brillen und setzte mir nur zum Lesen eine auf. Ich hatte noch meine eigenen Zähne, wenn auch nicht mehr alle. Mein Gesicht und vor allem die Nase waren rot von der Trinkerei, und meine Augen vertrugen kein helles Licht, weshalb ich sie ständig zu schmalen Schlitzen zusammenkniff. Ich wäre in keinem Pennerviertel der Welt aufgefallen.

Wir fuhren los.

»Du bist ganz anders, als wir's uns vorgestellt hatten«, sagte Cecelia.

»So?«

»Ja. Du hast so eine leise Stimme. Und du scheinst ein umgänglicher Mensch zu sein. Bill hat gedacht, du kletterst fluchend und besoffen aus dem Flugzeug und langst den Frauen unter den Rock ...«

»Ich mach aus meiner Vulgarität keine Show. Ich laß sie nur raus, wenn sich's gerade zwanglos ergibt.«

»Deine Lesung ist morgen abend«, sagte Bill.

»Gut, dann machen wir uns heute einen gemütlichen Abend und vergessen alles.«

Keesing erwies sich an diesem Abend als ebenso interessant wie in seinen Briefen und Gedichten. Er war so vernünftig, das Thema Literatur weitgehend auszuklammern, so daß wir von anderen Dingen reden konnten. Mit den meisten Dichtern, auch wenn mir ihre Briefe und Gedichte gefielen, hatte ich nicht viel Glück, wenn ich sie schließlich leibhaftig zu sehen bekam. Douglas Fazzick hatte ich einmal getroffen, und das Ergebnis war alles andere als bezaubernd gewesen. Am besten, man ging den Kollegen aus dem Weg und machte einfach seine Arbeit – oder auch nicht.

Cecelia zog sich bald zurück. Sie mußte am nächsten Morgen früh zur Arbeit.

»Sie läßt sich von mir scheiden«, erzählte mir Bill. »Ich mach ihr keinen Vorwurf. Sie hat es satt mit meinen Drogen und meiner Kotzerei und allem. Sie hat es jahrelang mitgemacht. Jetzt kann sie es nicht mehr länger verkraften. Ich kann ihr im Bett nicht mehr viel bieten. Sie hat sich einen jungen Kerl geangelt. Ich kann's ihr nicht verdenken. Ich bin ausgezogen und hab mir ein eigenes Zimmer genommen. Du kannst bei mir übernachten, oder ich geh zu mir und du bleibst hier, oder wir bleiben alle beide hier – mir ist es egal.«

Keesing schüttelte einige Tabletten aus einem Fläschchen und warf sie ein.

»Laß uns hierbleiben«, sagte ich.

»Du trinkst da wirklich einiges zusammen.«

»Gibt ja sonst nichts zu tun.«

»Du mußt einen gußeisernen Magen haben.«

»Nicht mal so sehr. Er ist mir schon einmal durchgebrochen. Aber wenn das wieder zusammenwächst, hält es besser als jede Schweißnaht. Sagt man jedenfalls.«

»Was meinst du, wie lange du es noch machst?«

»Mein Plan sieht vor, daß ich im Jahr 2000 sterbe. Dann bin ich 80.«

»Komisch«, sagte Keesing, »in dem Jahr werde ich auch sterben. Es ist mir in einem Traum gekommen. Ich hab sogar den Tag und die Stunde geträumt. Jedenfalls, es wird das Jahr 2000 sein.«

»Es ist eine schöne runde Zahl. Sagt mir irgendwie zu.«

Wir tranken noch ein oder zwei Stunden weiter, dann gingen wir zu Bett. Ich bekam das zweite Schlafzimmer. Keesing schlief auf der Couch. Cecelia wollte ihn anscheinend wirklich loswerden.

Am nächsten Morgen war ich um halb elf auf den Beinen. Es waren noch einige Dosen Bier übrig. Das Bier war lauwarm, aber ich brachte es runter, und es blieb auch unten. Ich nahm gerade die zweite Dose in Angriff, als Keesing hereinkam.

»Mensch, wie machst du das bloß? Du hast eine Kondition wie ein 18jähriger.«

»Ich hab auch schlechte Morgen. Heute hab ich zufällig keinen erwischt.«

»Ich muß heute mittag eine Stunde Englisch geben. 13 Uhr. Bis dahin muß ich mich in Form bringen.«

»Schluck was zum Aufmöbeln.«

»Ich brauch was Richtiges in den Magen.«

»Iß zwei weichgekochte Eier und streu dir Chili oder Paprika drauf.«

»Soll ich dir auch zwei machen?«

»Gern, ja.«

Das Telefon klingelte. Cecelia. Bill redete eine Weile mit ihr, dann legte er auf und drehte sich zu mir um. »Wir kriegen einen Tornado. Einen der stärksten in der Geschichte dieser Gegend. Kann sein, daß er hier durchkommt.«

»Irgendwas passiert immer, wenn ich eine Lesung gebe.«

Ich stellte fest, daß es draußen dunkel wurde.

»Vielleicht fällt meine Stunde aus«, sagte Bill. »Aber man kann nie wissen. Besser, ich esse was.«

Er setzte die Eier auf.

»Du bist mir wirklich ein Rätsel«, sagte er. »Du siehst nicht mal verkatert aus.«

»Ich bin jeden Morgen verkatert, aber das ist mein Normalzustand. Ich hab mich dran gewöhnt.«

»Du schreibst immer noch ganz gutes Zeug, trotz der vielen Sauferei.«

»Reden wir nicht davon. Vielleicht liegt es daran, daß ich soviel Pussy kriege. Laß diese Eier nicht zu lange drauf.«

Ich ging auf die Toilette und setzte mich zu einem Schiß. »Chinaski!« hörte ich ihn plötzlich schreien. Als ich wieder nach vorn kam, stand die Tür offen. Ich hörte ihn draußen auf dem Hof. Er kotzte. Nach einer Weile kam er kreidebleich herein. Der arme Kerl. Er sah wirklich elend aus.

»Nimm ein bißchen Backpulver ein«, sagte ich. »Hast du ein Valium da?«

»Nein.«

»Dann warte nach dem Backpulver zehn Minuten und trink ein warmes Bier. Gieß dir's gleich jetzt in ein Glas, damit es dann die richtige Temperatur hat.«

»Ich hab ein Bennie.«

»Dann schluck das.«

Draußen war es inzwischen noch dunkler geworden. Fünfzehn Minuten nach dem Bennie ging Bill unter die Dusche. Als er wieder herauskam, sah er ganz passabel aus. Er aß einen Erdnußbutter-Sandwich mit Bananenscheiben. Er würde es schaffen.

»Du liebst deine Frau immer noch, wie?« fragte ich.

»Gott, ja.«

»Ich weiß, es ist kein Trost, aber versuch dir klar zu machen, daß uns allen mal sowas passiert.«

»Das hilft mir nicht.«

»Wenn eine Frau erst mal anfängt, sich von dir abzusetzen, dann kannst du es gleich vergessen. Sie lieben dich eine Weile, und dann bist du plötzlich abgemeldet. Sie können zusehen, wie du von einem Auto überfahren wirst und in der Gosse krepierst, und sie werden sogar noch auf dich spucken.«

»Cecelia ist nicht so. Sie ist schwer in Ordnung.«

»Laß uns noch was trinken«, sagte ich.

Wir saßen da und tranken Bier. Draußen wurde es jetzt finster, und ein starker Wind kam auf. Wir redeten nicht viel. Ich war froh, daß ich ihm begegnet war. Es gab sehr wenig an ihm auszusetzen. Er war müde. Vielleicht half das. Mit seinen Gedichten hatte er in den USA nie Glück gehabt. In Australien verehrten sie ihn. Vielleicht würden sie ihn auch hier eines Tages entdecken. Wer weiß. Vielleicht im Jahr 2000. Er war ein harter Brocken, bullig, untersetzt. Man sah ihm an, daß er einiges austeilen konnte. Man wußte, daß er viel mitgemacht hatte. Ich mochte ihn sehr.

Wir tranken schweigend. Dann kam noch ein Anruf von Cecelia. Der Tornado war vorbei, bzw. er hatte einen Bogen um uns gemacht. Bill würde seinen Unterricht nun doch halten müssen. Und ich mußte am Abend meine Lesung machen. Na schön. Da hatten wir ja alle etwas zu tun.

Gegen halb eins verstaute Bill seine Bücher und Notizen in einem Rucksack, schwang sich aufs Fahrrad und radelte zur Universität.

Cecelia kam irgendwann am Nachmittag von der Arbeit zurück. »Hat es Bill noch rechtzeitig geschafft?«

»Ja. Er ist mit dem Fahrrad gefahren. Er schien ganz gut in Schuß zu sein.«

»Wie gut? War er etwa auf Shit?«

»Er war okay. Er hat gegessen und alles.«

»Weißt du, Hank, ich liebe ihn immer noch. Aber ich kann's einfach nicht mehr länger durchstehen.«

»Klar.«

»Du glaubst nicht, wieviel es ihm bedeutet, daß du hergekommen bist. Er hat mir immer deine Briefe vorgelesen.«

»Dreckiges Zeug, wie?«

»Nein, sehr lustig. Du hast uns beide zum Lachen gebracht.«

»Komm, wir ficken, Cecelia.«

»Hank, jetzt machst du wieder eins von deinen Spielchen.«

»Du bist ein dralles kleines Ding. Laß mich ran. Es wird bestimmt gut.«

»Du bist betrunken, Hank.«

»Hast recht. Vergiß es.«

75

An diesem Abend gab ich mal wieder eine schlechte Vorstellung, aber das machte mir nichts aus, und dem Publikum war es auch so recht. Wenn John Cage $ 1000 dafür einstreichen konnte, daß er auf der Bühne einen Apfel aß, dann konnte ich mir getrost $ 500 plus Flugkosten für einen Flop geben lassen.

Nach der Lesung war wieder alles wie sonst. Die zierlichen College-Studentinnen kamen mit ihren jungen heißen Körpern und ihren leuchtenden Augen zu mir auf die Bühne und wollten einige meiner Bücher signiert haben. Ich hätte gern einmal fünf von ihnen in einer einzigen Nacht geschwängert, um auch diese Erfahrung zu machen und mein hechelndes Verlangen nach ihnen für immer los zu sein.

Ein paar Professoren kamen zu mir hoch und grinsten mich an, weil ich mich in meinem Suff so dämlich aufgeführt hatte. Das hatte offenbar ihr Selbstvertrauen gestärkt, und sie rechneten sich jetzt wieder eine gute Chance an der Schreibmaschine aus.

Ich nahm mein Honorar in Empfang und ging. Anschließend sollte es bei Cecelia noch ein geselliges Beisammensein geben, nur für geladene Gäste. Mein Deal schloß immer die stillschweigende Vereinbarung ein: Je mehr Girls, desto besser. Doch ich wußte schon, daß ich im Haus von Cecelia so gut wie keine Aussichten hatte. Und in der Tat – als ich am nächsten Morgen wach wurde, lag ich allein im Bett.

Bill war an diesem Morgen wieder suchtkrank. Um ein Uhr mittags hatte er wieder eine Stunde Unterricht zu geben, und ehe er sich auf den Weg machte, sagte er: »Cecelia wird dich dann an den Flughafen fahren. Ich muß jetzt los. Keine großen Abschiedsszenen.«

»Is gut.«

Er schwang seinen Rucksack um und bugsierte sein Fahrrad aus der Tür.

76

Ich war ungefähr anderthalb Wochen wieder in L. A., als eines Abends ein Anruf von Cecelia kam. Sie schluchzte. »Hank«, sagte sie, »Bill ist tot. Du bist der erste, den ich anrufe.«

»Ach Gott, Cecelia. Ich weiß nicht, was ich sagen soll.«

»Ich bin so froh, daß du uns noch besucht hast. Als du wieder fort warst, hat Bill nur noch von dir gesprochen. Du kannst dir nicht vorstellen, wieviel ihm dein Besuch bedeutet hat.«

»Was ist denn passiert?«

»Er hat sich plötzlich sehr schlecht gefühlt. Wir haben ihn ins Krankenhaus gebracht, und zwei Stunden später war er tot. Ich weiß, es wird jetzt heißen, er sei an einer Überdosis gestorben, aber das war es nicht. Ich wollte mich von ihm scheiden lassen, aber ich hab ihn immer noch geliebt.«

»Ich glaub dir's.«

»Ich will dir hier nicht die Ohren vollheulen.«

»Laß nur. Bill hätte das verstanden. Ich weiß nur nicht, was ich sagen soll, um dir's leichter zu machen.

Ich bin wie vor den Kopf geschlagen. Paß auf, ich ruf dich später zurück, um zu sehn, wie es dir geht.«

»Würdest du das tun?«

»Natürlich.«

Das ist das Problem mit dem Trinken, dachte ich, während ich mir etwas einschenkte. Wenn etwas Schlimmes passiert, trinkt man, um es zu vergessen. Wenn etwas Gutes passiert, trinkt man, um zu feiern. Und wenn nichts los ist, trinkt man, *damit* was passiert.

Nun, hier war etwas Schlimmes passiert. So krank und unglücklich er auch war – Bill hatte einfach nicht ausgesehen wie jemand, der gleich sterben würde. Sicher, es gab viele solche Tode, doch wenn einer unerwartet starb und dazu auch noch ein außergewöhnlicher und liebenswerter Mensch war, dann traf es einen sehr hart. Egal, wie viele sonst noch starben. Gute und Schlechte. Oder solche, von denen man es nicht wußte. Ich rief Cecelia in dieser Nacht zurück, am nächsten Abend wieder, dann noch einmal, und dann hörte ich damit auf.

77

Einen Monat später schrieb mir R. A. Dwight vom Verlag Dogbite Press und bat mich um ein Vorwort zu Keesings Ausgewählten Gedichten. Dank seines Todes sollte Keesing jetzt endlich auch außerhalb Australiens ein bißchen Anerkennung finden.

Dann rief mich Cecelia an. »Hank, ich muß nach San Francisco zu R. A. Dwight. Ich hab ein paar Fotos von Bill und einige unveröffentlichte Sachen. Ich will sie mit Dwight durchsehen, und wir wollen uns überlegen, was wir in das Buch reinnehmen. Aber vorher will ich für ein oder zwei Tage nach L. A. kommen. Kannst du mich am Flughafen abholen?«

»Klar. Du kannst bei mir wohnen, Cecelia.«

»Vielen Dank.«

Sie gab mir ihre Ankunftszeit durch. Ich putzte das Klo, schrubbte die Badewanne sauber und wechselte meine Bettbezüge.

Cecelia kam bereits morgens um zehn an, was für mich einigermaßen schwer zu bewerkstelligen war. Doch sie sah gut aus, auch wenn sie ein bißchen dicklich geraten war. Sie hatte einen rosigen Teint, der durch energisches Schrubben und viel frische Luft entsteht, und sie entsprach so ganz dem gesunden kräftigen Typ, den man aus dem Mittelwesten kennt. Männer warfen ihr Blicke zu. Sie hatte so eine Art, ihren drallen Hintern zu bewegen – es verriet Entschlossenheit und wirkte zugleich sexy und ein bißchen ominös.

Wir gingen in die Bar, um die Wartezeit zu überbrükken, bis ihr Koffer kam. Cecelia trank keinen Alkohol. Sie ließ sich ein Glas Orangensaft bringen.

»Ach, ich finde Flughäfen einfach toll! Und all die Leute, die man da sieht! Du nicht auch?«

»Nein.«

»Die Fluggäste scheinen alle so interessante Menschen zu sein.«

»Sie haben bloß mehr Geld als die Leute, die mit der Bahn oder mit dem Bus fahren.«

»Wir sind über den Grand Canyon geflogen.«

»Ja, der liegt auf dem Weg.«

»Diese Kellnerinnen hier haben so kurze Röcke an! Schau doch, man kann ihre Höschen sehen!«

»Das bringt gute Trinkgelder. Sie wohnen alle in Eigentumswohnungen und fahren englische Sportwagen.«

»Im Flugzeug waren alle so nett! Der Mann neben mir wollte mich sogar zu einem Drink einladen.«

»Komm, wir sehn mal nach deinem Koffer.«

»Dwight hat mich angerufen und hat mir gesagt, daß du ihm das Vorwort zu Bills Gedichtband geschickt hast. Er hat mir ein paar Stellen vorgelesen. Es war wunderschön. Ich möchte dir dafür danken.«

»Vergiß es. Bist du sicher, daß du keinen Drink willst?«

»Ich trinke selten. Vielleicht später.«

»Was hast du am liebsten? Ich kann es dir holen, wenn wir zu mir nach Hause kommen. Ich möchte, daß du dich wohlfühlst.«

»Ich bin ganz sicher, daß Bill jetzt auf uns beide runtersieht und glücklich ist.«

»Glaubst du?«

»Ja.«

Wir holten ihren Koffer und gingen nach draußen auf den Parkplatz.

78

Es gelang mir an diesem Abend, Cecelia zu zwei oder drei Drinks zu überreden. Sie vergaß sich und schlug die Beine so nachlässig übereinander, daß ich ihre kernigen Oberschenkel sehen konnte. Dauerhaft. Eine Kuh von einer Frau. Titten wie eine Kuh, und Augen wie eine Kuh. Sie konnte allerhand bewältigen. Keesing hatte einen guten Blick gehabt.

Sie war dagegen, daß man Tiere schlachtete, und sie aß kein Fleisch. Wahrscheinlich konnte sie gut darauf verzichten, weil sie auf andere Art zu fleischlichen Genüssen kam, und zwar nicht zu knapp. Sie sah überall nur Schönheit, die ganze Welt sei voll davon, erzählte sie mir, und wir brauchten nur die Hand danach auszustrecken.

»Da hast du völlig recht, Cecelia«, sagte ich. »Hier, trink noch ein Glas.«

»Davon bekomm ich einen Schwips.«

»Na und? Was ist schon dabei?«

Sie schlug wieder die Beine übereinander, und ihre Schenkel blitzten auf. Bis ganz rauf.

Bill, dachte ich, du hast jetzt eh nichts mehr davon. Du warst ein guter Dichter, aber Teufel nochmal, du hast mehr hinterlassen als deine Gedichte. Und deine Gedichte hatten nie solche Schenkel und Hüften.

Cecelia ließ sich noch einen Drink geben, doch dann war für sie Schluß. Ich trank weiter.

Wo kamen all diese Frauen nur her? Es gab immer mehr, und keine glich der anderen. Jede hatte etwas Unverwechselbares. Ihre Muschis waren verschieden, ihre Küsse waren verschieden, ihre Brüste waren verschieden, doch kein Mann konnte sich die ganze Vielfalt zu Gemüte führen, es waren einfach zu viele, und alle schlugen die Beine übereinander und machten einen wahnsinnig. Das reinste Schlaraffenland.

»Ich will an den Strand. Fährst du mit mir an den Strand, Hank?«

»Heute abend noch?«

»Nein, nicht heute abend. Irgendwann halt, eh ich wieder gehe.«

»Na gut.«

Dann sprach sie davon, wie schlimm man sich an den Indianern vergangen hatte. Und dann erzählte sie mir, daß sie auch schrieb, aber nie etwas an Zeitschriften schickte, nur so für sich, in ein Notizbuch. Bill hatte sie dazu ermutigt und ihr bei einigen Sachen geholfen. Sie hatte Bill bei seinem Studium geholfen. Der Bildungsfonds für Kriegsveteranen hatte ihm natürlich auch dabei geholfen. Und immer diese Codein-Tabletten. Sie hatte ihn nie anders als süchtig gekannt. Sie hatte ihm immer wieder gedroht, sie werde ihn verlassen, aber es hatte nichts genützt. Und jetzt ...

»Hier, trink was, Cecelia«, sagte ich. »Dann kommst du leichter drüber weg.«

Ich machte ihr ein großes Glas voll.

»Oh, das kann ich unmöglich alles trinken!«

»Mach nochmal die Beine übereinander, aber höher als vorhin. Laß mich mehr sehen.«

»Bill hat nie solche Sachen zu mir gesagt.«

Ich trank weiter. Cecelia redete weiter. Nach einer Weile hörte ich nicht mehr hin. Es wurde Mitternacht, und es wurde später.

»Komm, Cecelia, laß uns schlafen gehn. Ich bin erledigt.«

Ich ging ins Schlafzimmer, zog mich aus und kroch unter die Decke. Kurz danach hörte ich sie durchs Zimmer gehen. Sie verschwand im Badezimmer. Ich knipste das Licht aus. Sie kam heraus, und ich spürte, wie die andere Hälfte des Doppelbetts unter ihrem Gewicht nachgab.

»Gute Nacht, Cecelia«, sagte ich.

Ich zog sie zu mir herüber. Sie war nackt. Meine Güte, dachte ich. Wir küßten uns. Sie küßte sehr gut. Es war ein langer, heißer Kuß.

»Cecilia?«

»Ja?«

»Ich fick dich ein andermal.«

Ich wälzte mich auf den Bauch und schlief ein.

79

Bobby und Valerie kamen vorbei, und ich machte alle miteinander bekannt.

»Valerie und ich machen einen Urlaub. Wir haben in Manhattan Beach was gemietet, direkt am Meer«, sagte Bobby. »Warum kommt ihr beiden nicht mit? Das Apartment hat zwei Schlafzimmer.«

»Nein, Bobby. Ich glaub, das schenk ich mir lieber.«

»Ach Hank, *bitte*! Ich liebe den Ozean!« sagte Cecelia. »Hank, wenn du mit mir ans Meer fährst, werd ich sogar mit dir trinken. Ehrenwort!«

»Na gut, Cecelia.«

»Schön«, sagte Bobby. »Wir fahren heute abend. Wir holen euch hier um sechs ab, dann können wir noch zusammen essen gehn.«

»Das hört sich prima an«, sagte Cecelia.

»Mit Hank macht das Essen immer Spaß«, sagte Valerie. »Als wir das letzte Mal mit ihm ausgegangen sind, hat er sich in diesem schicken Lokal sofort den Oberkellner vorgeknöpft und zu ihm gesagt: ›Ich will Kohlsalat und Fritten für meine Freunde hier! Doppelte Portionen! Und verwässer mir ja die Drinks nicht, sonst reiß ich dir den Schlips und die Manschetten ab!‹«

»Ich kann's kaum erwarten!« sagte Cecelia.

Gegen zwei Uhr nachmittags kam sie auf den abwegigen Gedanken, wir sollten unsere Verdauung durch einen Spaziergang fördern. Als wir durch die Bungalow-Anlage gingen, wurde sie auf die Poinsettia-Sträucher aufmerksam. Sie ging hin, steckte ihr Gesicht zwischen die Blüten rein und strich mit den Fingerspitzen darüber.

»Oh, sie sind so wunderschön!«

»Cecelia, die sind am *Absterben*. Siehst du denn nicht, wie verschrumpelt sie schon alle sind? Der Smog bringt sie um.«

Dann gingen wir unter den Palmen lang.

»Und so viele Vögel sind hier! Hunderte von Vögeln, Hank!«

»Ja. Und Dutzende von Katzen.«

Wir fuhren mit Bobby und Valerie nach Manhattan Beach, schafften unsere Sachen in das Apartment am Meer und suchten uns ein Lokal. Das Essen war annehmbar. Cecelia beschränkte sich auf einen Drink, bestellte sich Suppe, Salat und Joghurt und erläuterte ausführlich, weshalb sie Vegetarierin sei. Wir anderen aßen Steaks, Fritten, französisches Weißbrot und Salat. Bobby und Valerie klauten den Salzstreuer und den Pfefferstreuer, zwei Steakmesser und das Trinkgeld, das ich für den Kellner liegen ließ.

Auf dem Rückweg zu unserer Ferienwohnung besorgten wir uns Zigaretten, Eiswürfel und etwas zu trinken. Cecelia war von diesem einen Drink im Lokal bereits angesäuselt. Sie kicherte und redete in einer Tour. Sie erklärte uns, daß auch Tiere eine Seele hätten. Keiner widersprach ihr. Bei Tieren konnte es durchaus sein. Bei uns selber waren wir nicht so sicher.

Wir tranken weiter. Cecelia ließ sich nur noch zu einem Glas bewegen, dann machte sie Schluß.

»Ich möchte rausgehen und mir den Mond und die Sterne ansehen«, sagte sie. »Es ist wunderschön draußen.«

»Is gut, Cecelia.«

Sie ging hinaus an den Swimmingpool und setzte sich in einen Liegestuhl.

»Kein Wunder, daß Bill gestorben ist«, sagte ich. »Sie hat ihn am ausgestreckten Arm verhungern lassen.«

»Dasselbe hat sie vorhin von dir gesagt, als du auf dem Klo warst«, sagte Valerie. »Sie sagte: ›Oh, Hank's Gedichte sind immer so leidenschaftlich, aber er selber ist gar nicht so!‹ «

»Der liebe Gott und ich wetten auch nicht immer auf dasselbe Pferd.«

»Hast du sie schon gepimpert?« fragte Bobby.

»Nein.«

»Was war denn Keesing so für ein Mensch?«

»Er war ganz passabel. Aber ich frage mich wirklich, wie er's mit ihr ausgehalten hat. Vielleicht haben es ihm die Codein-Tabletten erleichtert. Vielleicht hat er auch mehr so 'ne jugendbewegte Amme in ihr gesehen.«

»Was soll's«, meinte Bobby. »Laß uns was trinken.«

»Yeah. Wenn ich mich zwischen Trinken und Ficken entscheiden müßte – ich glaube, da müßte ich auf das Ficken verzichten.«

»Ficken kann einem Probleme machen«, sagte Valerie.

»Wenn sie bei einem anderen ist und mit ihm rumfickt, steig ich in meinen Schlafanzug, leg mich ins Bett und zieh mir die Decke über den Kopf«, sagte Bobby.

»Er ist cool«, sagte Valerie.

»Keiner von uns weiß so recht, wie er mit Sex umgehen soll«, sagte ich. »Für die meisten ist Sex bloß ein Spielzeug – man zieht es auf und läßt es laufen.«

»Und die Liebe?« fragte Valerie.

»Liebe ist was für Leute, die den Psycho-Streß verkraften können. Es ist, als würde man mit einer vollen Mülltonne auf dem Rücken durch einen reißenden Strom von Pisse waten.«

»Ach, *so* schlimm ist es auch wieder nicht!«

»Liebe ist eine Art Vorurteil. Ich hab schon genug andere Vorurteile.«

Valerie ging ans Fenster und sah hinaus.

»Alles amüsiert sich da draußen und hechtet in den Swimmingpool, und was macht sie? Sie hockt da und starrt den Mond an.«

»Ihr Mann ist gerade gestorben«, sagte Bobby. »Laß sie doch.«

Ich nahm meine Flasche und ging in unser Schlafzimmer. Ich zog mich aus bis auf die Unterhose und legte mich lang. Es ging nie etwas so recht zusammen. Die Menschen griffen blindlings nach allem, was ihnen zwischen die Finger kam: Kommunismus, Reformkost, Zen, Wellenreiten, Ballett, Hypnose, Gruppentherapie, Orgien, Radsport, Heilkräuter, Katholizismus, Gewichtheben, Reisen, Isolation, vegetarische Ernährung, Indien,

Malen, Schreiben, Bildhauern, Komponieren, Dirigieren, Bergsteigen, Yoga, Kopulieren, Spielen, Trinken, Gammeln, Joghurt am Stiel, Beethoven, Bach, Buddha, Jesus, Transzendentale Meditation, Heroin, Karottensaft, Selbstmord, selbstgeschneiderte Kleider, Flugreisen, New York City – und alles ging ihnen wieder in die Brüche und verpuffte. Mit irgendwas mußten sie sich eben beschäftigen, während sie auf ihren Tod warteten. Und daß man dabei so eine große Auswahl hatte, machte die Sache vielleicht erträglicher.

Ich traf meine Wahl. Ich setzte die Flasche an und trank meinen Wodka pur herunter. Die Russen wußten schon, warum.

Die Tür ging auf, und Cecelia kam herein. Ein erhebender Anblick, diese kräftigen drallen Formen. Die meisten Amerikanerinnen waren entweder zu dünn, oder sie vertrugen nichts. Wenn man grob mit ihnen umsprang, riß etwas in ihnen, und sie wurden neurotisch, und ihre Männer wurden Sportfanatiker oder Alkoholiker oder Autofanantiker. Die Norweger, die Isländer, die Finnen – die wußten, wie eine Frau gebaut sein mußte: kernig und ausladend, großer Arsch, breite Hüften, dicke weiße Schenkel, großer Kopf, großer Mund, große Titten, viel Haar, große Augen, große Nasenlöcher. Und unten, zwischen den Schenkeln – groß genug, und eng genug.

»Hallo, Cecelia. Komm ins Bett.«

»Es war schön draußen.«

»Vermutlich, ja. Komm, sag mir gute Nacht.«

Sie verzog sich ins Badezimmer. Ich knipste das Licht aus.

Nach einer Weile kam sie heraus, tastete im Dunkeln herum, kroch ins Bett. Man sah kaum die Hand vor den Augen. Durch die Fenstervorhänge drang nur cin schwacher Lichtschimmer herein. Wir setzten uns auf, stopften uns die Kissen in den Rücken. Unsere Schenkel berührten sich. Ich reichte ihr die Flasche. Sie nippte daran und gab sie mir zurück.

»Hank, der Mond war nur noch eine schmale Sichel. Aber die Sterne waren wunderschön. So strahlend. Da kann man auf allerhand Gedanken kommen, nicht?«

»Ja.«

»Manche von diesen Sternen sind schon vor Millionen Lichtjahren erloschen, und doch können wir sie noch sehen.«

Ich griff rüber und zog ihren Kopf zu mir her. Ihr Mund war offen. Er war naß. Es war gut.

»Komm, Cecelia, wir ficken.«

»Ich will nicht.«

Eigentlich wollte ich auch nicht. Aber gesagt hatte ich's trotzdem.

»Du willst nicht? Warum küßt du dann so?«

»Ich finde, man sollte sich die Zeit nehmen, einander besser kennenzulernen.«

»Manchmal ist aber nicht soviel Zeit.«

»Ich will's so nicht machen.«

Ich stieg aus dem Bett, ging in Unterhosen hinaus und klopfte bei Bobby und Valerie an die Tür.

»Was ist?« fragte Bobby.

»Sie will nicht mit mir ficken.«

»Aha.«

»Geht ihr mit mir schwimmen?«

»So spät noch? Der Pool ist geschlossen.«

»Was heißt geschlossen? Es ist doch Wasser drin, oder nicht?«

»Ich meine, die Beleuchtung ist aus.«

»Mir egal. Sie will nicht ficken.«

»Du hast keine Badehose dabei.«

»Ich hab meine Unterhose an.«

»Na gut. Augenblick ...«

Bobby und Valerie kamen heraus, wunderschön ausstaffiert mit neuen knappsitzenden Badesachen.

»Was ist denn mit Cecelia?«

»Verklemmt. Christliche Erziehung.«

Wir gingen hinaus zum Swimmingpool. Es stimmte, die Lichter waren aus. Bobby und Valerie hechteten gemeinsam ins Wasser. Ich setzte mich an den Rand des Beckens, ließ die Füße reinhängen und lutschte an meiner Wodkaflasche.

Bobby und Valerie tauchten nebeneinander wieder auf. Bobby schwamm zu mir her, packte mich am einen Fuß und zog daran.

»Komm schon, du Affenarsch. Zeig ein bißchen Mumm! Spring rein!«

Ich sprang nicht rein. Ich hielt mich am Beckenrand fest und ließ mich langsam und vorsichtig ins Wasser. Dann war ich drin. Es war ein merkwürdiges Gefühl. All dieses dunkle Wasser um mich herum. Ich sank langsam auf den Grund des Schwimmbeckens zu. Ich war etwas über einsachtzig und wog 225 Pfund. Ich wartete darauf, daß ich Boden unter die Füße bekam und mich wieder abstoßen konnte. Wo *war* der Boden? Ah, da war er. Ich stieß mich ab. Langsam ging es wieder nach oben. Schließlich kam ich mit dem Kopf aus dem Wasser.

»Tod allen Huren, die vor mir die Beine zuklemmen!« brüllte ich.

Eine Tür ging auf und ein Mann kam aus einem der ebenerdigen Apartments gerannt. Es war der Manager.

»Hey! Um diese Zeit darf nicht mehr geschwommen werden! Der Pool ist nicht beleuchtet!«

Ich paddelte zu ihm hin, hielt mich am Beckenrand fest und sah zu ihm hoch. »Hör mal, Motherfucker, ich trink zwei Fässer Bier am Tag und bin Profi-Catcher. Ich bin von Natur aus ein gutmütiger Mensch, aber jetzt will ich schwimmen, und ich will diese Lichter anhaben! SOFORT! Ich sag's nicht zweimal!« Ich paddelte wieder davon.

Die Lichter gingen an. Der ganze Pool war in strahlendes Licht getaucht. Reine Magie. Ich paddelte zu meinem Wodka, nahm die Flasche vom Beckenrand und trank einen kräftigen Schluck. Die Flasche war jetzt fast leer. Ich sah mich nach Bobby und Valerie um. Sie schwammen unter Wasser, kreisten umeinander, geschmeidig und elegant. Sie machten das wirklich gut. Schon merkwürdig, dachte ich. Immer sind alle jünger als ich.

Wir beendeten die Schwimmerei. Ich ging in meinen klatschnassen Unterhosen zum Apartment des Managers und klopfte. Er machte die Tür auf. Ich mochte ihn.

»Hey, Sportsfreund, du kannst die Lichter wieder ausknipsen. Ich bin fertig mit Schwimmen. Du bist okay, Baby, wirklich okay.«

Wir gingen zurück in unser Apartment.

»Trink noch was bei uns«, sagte Bobby. »Ich weiß, daß du unglücklich bist.«

Ich ging noch auf zwei Drinks zu ihnen rein.

„Also wirklich, Hank«, sagte Valerie. »Du und deine Frauen! Alle kannst du doch schließlich nicht ficken. Ist dir das nicht klar?«

»Sieg oder Tod!«

»Schlaf dich aus, Hank.«

»Gute Nacht, ihr zwei. Und vielen Dank.«

Ich ging zurück in mein Schlafzimmer. Cecelia lag platt auf dem Rücken und schnarchte. Sie kam mir jetzt ausgesprochen fett vor. Ich zog meine nasse Unterhose aus und kroch unter die Decke. Dann faßte ich Cecelia an der Schulter und rüttelte sie.

»Cecelia. Du *schnarchst*!«

»Hm? ... oh ... entschuldige ...«

»Schon gut. Ich komm mir vor, als wären wir ein Ehepaar. Ich mach dir's morgen früh, wenn ich wieder frisch bin.«

81

Ein Geräusch weckte mich auf. Es war noch nicht ganz Tag. Cecelia machte irgendwo im Zimmer herum und zog sich an. Ich sah auf die Uhr.

»Es ist erst fünf. Was hast du denn vor?«

»Ich will raus und mir den Sonnenaufgang ansehn. Ich *liebe* Sonnenaufgänge!«

»Kein Wunder, daß du ohne Alkohol auskommst.«

»Wenn ich zurückkomme, können wir zusammen frühstücken.«

»Ich kann schon seit vierzig Jahren kein Frühstück mehr runterkriegen.«

»Ich geh jetzt und seh mir den Sonnenaufgang an.«

Ich entdeckte eine Flasche Bier. Sie war warm. Ich schraubte den Verschluß ab und trank die Flasche aus. Dann schlief ich weiter.

Gegen halb elf klopfte es an die Tür. »Herein ...«

Es waren Bobby, Valerie und Cecelia.

»Wir haben gerade zusammen gefrühstückt«, sagte Bobby.

»Und jetzt möchte Cecelia barfuß einen Spaziergang am Strand machen«, sagte Valerie.

»Ich war noch nie am Pazifischen Ozean, Hank. Er ist *so* wunderschön!«

»All right, ich zieh mich an ...«

Wir gingen am Strand lang. Cecelia war glücklich. Sie juchzte jedesmal, wenn eine Welle ankam und ihr über die nackten Füße schwappte.

»Geht ihr mal weiter«, sagte ich. »Ich such mir eine Kneipe.«

»Ich geh mit«, sagte Bobby.

»Ich paß auf Cecelia auf«, sagte Valerie.

Wir gingen in die nächste Bar. Es waren nur noch zwei Hocker frei. Wir setzten uns und bestellten uns was. Bobby hatte einen Mann neben sich, ich eine Frau. Die Frau war 26 oder 27. Sie hatte einen müden Zug um die Augen und den Mund, aber sie hielt sich trotzdem noch ganz gut. Ihr dunkles Haar war gepflegt. Sie trug einen Rock und hatte gute Beine. Nach ihren Augen zu urteilen war ihre Seele ein astreiner Topas. Ich stellte mein Bein seitwärts aus, so daß es ihres berührte. Sie rückte nicht von mir weg. Ich trank mein Glas aus.

»Laden Sie mich zu'm Drink ein?« fragte ich.

Sie nickte dem Barkeeper zu. Er kam zu uns her.

»Einen Wodka-Seven für den Herrn da.«

»Danke, –«

»Babette.«

»Danke, Babette. Ich bin Henry Chinaski, Alkoholiker und Schriftsteller.«

»Nie von dir gehört.«

»Gleichfalls.«

»Ich hab einen Laden, unten am Strand. Krimskrams und Schund. Meistens Schund.«

»Dann sind wir quitt. Ich *schreib* 'ne Menge Schund.«

»Wenn du so ein schlechter Schreiber bist, warum steckst du's dann nicht auf?«

»Weil ich was zum Essen brauche, ein Dach überm Kopf und was zum Anziehen. Bestell mir noch einen.«

Sie nickte dem Barkeeper zu, und ich bekam noch einen Drink.

Wir drückten unsere Beine aneinander.

»Ich bin eine Ratte«, sagte ich. »Ich hab Verstopfung, und ich krieg keinen hoch.«

»Mit deiner Verdauung kenn ich mich nicht aus. Aber wenn du 'ne Ratte bist, dann kriegst du ihn auch hoch.«

»Wie ist deine Telefonnummer?«

Babette griff in ihre Handtasche und suchte nach einem Kugelschreiber.

In diesem Augenblick kamen Cecelia und Valerie herein.

»Ah, da sind sie ja, die beiden Schufte. Hab ich dir's nicht gesagt? Die erstbeste Kneipe!«

Babette rutschte von ihrem Barhocker herunter und verschwand aus der Tür. Durch die schrägstehenden Lamellen der Jalousie konnte ich sehen, wie sie sich draußen auf der Strandpromenade entfernte. Mein Gott, hatte die einen Körper. Er bog sich wie eine Trauerweide im Wind, und dann war er fort.

82

Cecelia hockte da und sah uns beim Trinken zu. Ich konnte ihr ansehen, wie abstoßend ich auf sie wirkte. Ich aß Fleisch. Ich glaubte nicht an Gott. Ich wollte immer nur ficken. Ich interessierte mich nicht für die Schönheiten der Natur. Ich ging nie zur Wahl. Ich fand Kriege gut. Die Raumfahrt langweilte mich. Baseball langweilte mich. Geschichte langweilte mich. Tierparks langweilten mich.

»Hank«, sagte sie, »ich geh eine Weile raus.«

»Was gibt's denn da draußen?«

»Ich seh so gern den Leuten beim Schwimmen zu. Ich seh gern zu, wie sie sich amüsieren.«

Cecelia stand auf und ging raus.

Valerie lachte. Bobby lachte.

»Na schön, bei der hab ich eben mal Pech.«

»Macht dir das wirklich was aus?« fragte Bobby.

»Der Dämpfer für meinen Sextrieb ist nicht so schlimm, aber es ist schlecht für mein Ego.«

»Und vergiß nicht dein Alter«, ergänzte Bobby.

»Ja«, sagte ich. »Es gibt nichts Schlimmeres als ein altes Chauvinistenschwein.«

Wir tranken schweigend weiter.

Nach ungefähr einer Stunde kam Cecelia zurück. »Hank, ich will gehn.«

»Wohin?«

»Zum Flughafen. Ich will nach San Francisco fliegen. Meine Sachen hab ich alle hier.«

»Von mir aus gern. Aber wir sind im Wagen von Valerie und Bobby hier rausgefahren. Vielleicht wollen sie noch eine Weile hierbleiben.«

»Wir fahren sie schon rein«, sagte Bobby.

Wir zahlten, beglichen unsere Rechnung für die Ferienwohnung und stiegen ins Auto. Bobby am Steuer, Valerie neben ihm, Cecelia und ich auf dem Rücksitz. Cecelia drückte sich in die äußerste Ecke, um möglichst viel Luft zwischen uns zu haben.

Bobby warf eine Stereo-Kassette ein. Ein Schwall von Musik brach über uns auf dem Rücksitz herein. Bob Dylan.

Valerie reichte einen Joint nach hinten. Ich machte einen Zug und versuchte den Glimmstengel an Cecelia weiterzugeben. Sie drückte sich noch weiter in ihre Ecke. Ich griff rüber und massierte ihr das eine Knie. Sie stieß meine Hand weg.

»Wie läuft's denn so mit euch beiden da hinten«, fragte Bobby.

»Es ist die reine Liebe«, sagte ich.

Wir fuhren eine Stunde, dann sagte Bobby: »So, da vorne ist der Flughafen.«

»Du hast noch zwei Stunden Zeit«, sagte ich zu Cecelia. »Wir können solange zu mir nach Hause.«

»Nein, laß nur«, sagte Cecelia. »Ich will hier aussteigen.«

»Aber was willst du zwei Stunden auf dem Flughafen machen?«

»Ach, ich finde Flughäfen ganz toll.«

Wir hielten vor der Abflughalle. Ich sprang raus und lud ihr Gepäck aus. Dann standen wir voreinander. Cecelia stellte sich auf die Zehenspitzen und gab mir einen Kuß auf die Backe. Ich ließ sie allein reingehen.

83

Ich hatte mich zu einer Lesung irgendwo im Norden verpflichten lassen. Am Nachmittag vor der Lesung saß ich in einem Apartment im Holiday Inn und trank Bier mit Joe Washington, dem Promoter, sowie dem lokalen Poeten Dudley Barry und dessen Boyfriend Paul. Dudley hatte vor kurzem seine Hemmungen sausen lassen und bekannte sich nun offen zu seiner Homosexualität. Er war fett und ehrgeizig und lief nervös im Zimmer herum.

»Wirst du eine gute Lesung geben?«

»Keine Ahnung.«

»Zu dir strömen sie immer in Massen. Menschenskind, wie machst du das bloß? Sie stehen Schlange, um den ganzen Block herum!«

»Die wollen mich nur bluten sehn.«

Dudley griff jetzt Paul an den Arsch. »Ich räucher dir das Loch aus, Baby! Und dann kannst du mich ausräuchern!«

Joe Washington stand am Fenster. »Hey, schau mal«, sagte er, »da kommt grade William Burroughs. Er hat das Apartment gleich nebenan. Er liest morgen abend.«

Ich ging ans Fenster. Es war tatsächlich Burroughs. Ich drehte mich um und machte das nächste Bier auf. Wir waren in der 1. Etage. Burroughs kam draußen die Treppe hoch, an meinem Fenster vorbei, schloß seine Tür auf und ging rein.

»Möchtest du ihn kennenlernen?« fragte Joe.

»Nein.«

»Ich geh mal auf einen Sprung zu ihm rüber.«

»All right.«

Dudley und Paul schäkerten immer noch herum. Dudley war am Lachen, und Paul kicherte und errötete in einer Tour.

»Warum treibt ihr's nicht irgendwo, wo ihr unter euch seid?«

»Ist er nicht süß?« sagte Dudley. »Ich bin einfach vernarrt in junge Boys!«

»Ich interessier mich mehr für Weiber.«

»Du hast keine Ahnung, was dir da entgeht.«

»Mach dir um mich mal keine Sorgen.«

»Jack Mitchell treibt sich mit Transvestiten rum. Er schreibt Gedichte über sie.«

»Die sehn wenigstens wie Frauen aus.«

»Manchmal sogar noch besser.«

Ich trank und schwieg.

Joe Washington kam wieder herein. »Ich hab Burroughs gesagt, daß du direkt neben ihm wohnst. ›Burroughs‹, hab ich gesagt, ›Henry Chinaski ist im Apartment nebenan.‹ Und er hat gesagt: ›Soso.‹ Ich hab ihn gefragt, ob er dich kennenlernen möchte. Er hat nein gesagt.«

»Warum gib's hier eigentlich nirgends einen Kühlschrank?« fragte ich. »Das Bier wird allmählich lauwarm.«

Ich ging raus, um mir einen Eiswürfel-Automaten zu suchen. Als ich bei Burroughs vorbeikam, saß er auf einem Stuhl am Fenster. Er sah zu mir heraus, ohne eine Miene zu verziehen.

Ich fand den Automaten, ging mit dem Eis zurück in meine Bude, kippte es ins Waschbecken und steckte die Bierdosen rein.

»Sieh zu, daß du nicht allzu blau auf die Bühne gehst«, sagte Joe, »sonst versteht man nicht mehr, was du sagst.«

»Das ist denen doch wurscht. Die wollen mich nur am Kreuz hängen sehen.«

»Du kriegst 500 Dollar für eine Stunde Arbeit«, mischte sich jetzt Dudley ein, »und das nennst du ein Kreuz?«

»Yeah.«

»Jesus hat's für umsonst gemacht.«

Dudley und Paul verzogen sich, und ich ging mit Joe in eine der lokalen Kneipen, um einen Happen zu essen und noch einiges zu trinken. Wir fanden einen freien Tisch. Wir saßen noch gar nicht richtig, da kamen bereits wildfremde Leute mit ihren Stühlen an und setzten sich zu uns. Lauter Männer. Scheiße. Es gab einige hübsche Girls, aber die sahen nur her und lächelten. Oder sie sahen nicht her und lächelten auch nicht – wahrscheinlich haßten sie mich wegen meiner Einstellung zu Frauen. Auch recht. Geschenkt.

Jack Mitchell war da, und bei ihm war Mike Tufts, ebenfalls ein Dichter. Keiner von beiden arbeitete etwas, obwohl ihnen das Dichten keinen Pfennig einbrachte. Sie lebten von ihrer Willenskraft und der Mildtätigkeit der anderen. Mitchell war wirklich ein guter Poet, aber er hatte immer nur Pech. Er hatte was besseres verdient.

Dann kam auch noch der Sänger Blast Grimly zu uns her. Blast war ständig betrunken. Ich hatte ihn noch nie nüchtern erlebt. Ansonsten saßen nur Leute um den Tisch, die mir fremd waren.

»Mr. Chinaski?«

Es war ein süßes kleines Ding in einem kurzen grünen Kleid.

»Ja?«

»Würden Sie mir dieses Buch hier signieren?«

Sie hatte einen frühen Gedichtband von mir: ›It Runs Around the Room and Me‹. Die Gedichte hatte ich geschrieben, als ich noch bei der Post arbeitete. Ich signierte, machte eine Zeichnung dazu und gab ihr den Band zurück.

»Oh, vielen Dank!«

Sie ging. Die Bastarde, die um den Tisch herumsaßen, hatten mir jede Chance verbaut.

Bald standen vier oder fünf Humpen Bier auf dem Tisch. Ich bestellte mir einen Sandwich. Wir tranken zwei, drei Stunden, dann ging ich zurück in das Apartment. Ich trank die Dosen aus, die ich noch im Waschbecken hatte, und legte mich schlafen.

An die Lesung kann ich mich kaum noch erinnern. Ich weiß nur, daß ich am nächsten Tag, als ich wieder zu mir kam, allein im Bett lag. Gegen elf Uhr klopfte Joe Washington an die Tür und kam herein.

»Hey, Mann, das war eine deiner besten Lesungen!«

»Ist das dein Ernst, oder willst du mich verscheißern?«

»Nein, du warst voll drauf. Hier ist dein Geld.«

»Danke, Joe.«

»Bist du sicher, daß du Burroughs nicht kennenlernen willst?«

»Ich bin mir sicher.«

»Er liest heute abend. Bleibst du solange da?«

»Ich muß zurück nach L. A., Joe.«

»Hast du ihn schon mal lesen hören?«

»Joe, ich will bloß noch duschen und dann von hier verschwinden. Fährst du mich an den Flughafen?«

»Klar.«

Als wir hinausgingen, saß Burroughs wieder auf seinem Stuhl am Fenster. Er verzog auch diesmal keine Miene. Ich sah kurz zu ihm hin und ging weiter. Ich hatte mein Geld. Jetzt hatte ich es eilig, auf die Pferderennbahn zu kommen ...

84

Ich korrespondierte seit einigen Monaten mit einer Lady in San Francisco. Sie hieß Liza Weston und gab Tanzstunden, einschließlich Ballett, in ihrem eigenen Studio. Sie war 32, geschieden, und schrieb mir lange Briefe, die sie fehlerlos auf rosarotes Papier tippte. Ihre Briefe lasen sich gut, sie waren intelligent und wirkten so gut wie nie übertrieben. Also schrieb ich zurück. Liza ließ Literatur und überhaupt die sogenannten höheren Dinge aus dem Spiel und schrieb statt dessen von kleinen alltäglichen Vorfällen, und zwar mit Einsicht und Humor. So kam es schließlich, daß sie mir eines Tages mitteilte, sie werde nach Los Angeles kommen, um einige Tanzkleider einzukaufen, und ob ich mich mit ihr treffen wolle? »Unbedingt«, schrieb ich zurück. Ich sagte ihr auch, sie könne bei mir wohnen, aber wegen des Altersunterschieds müsse ich im Bett schlafen und sie auf der Couch. »In Ordnung«, schrieb sie. »Ich melde mich, sobald ich ankomme.«

Drei oder vier Tage danach kam der Anruf. »Ich bin in der Stadt«, sagte sie.

»Bist du am Flughafen? Ich hole dich ab.«

»Ich nehme mir ein Taxi.«

»Das kostet einiges.«

»Aber so ist es für mich am einfachsten.«

»Was trinkst du denn gern?«

»Ich trinke selten. Also, was du gerade hast ...«

Ich saß da und wartete auf sie. Wie immer in solchen

Fällen wurde mir unbehaglich zumute. Wenn sie schließlich ankamen, wollte ich eigentlich kaum noch, daß es passierte. Liza hatte erwähnt, daß sie gut aussehe, aber Fotos hatte sie nicht geschickt. Die Frau, mit der ich einmal verheiratet war, hatte ich auch nur brieflich gekannt. Ich hatte ihr die Heirat versprochen, ohne sie vorher gesehen zu haben. Auch sie hatte mir intelligente Briefe geschrieben, doch die 2½ Jahre Ehe mit ihr erwiesen sich als Katastrophe. In ihren Briefen waren die Menschen meistens viel besser als in der Wirklichkeit. Genau wie die Dichter.

Ich ging im Zimmer auf und ab. Dann hörte ich Schritte draußen auf dem Weg. Ich ging ans Fenster und linste durch die Jalousie. Nicht übel. Dunkles Haar. Ein knöchellanger Rock. Sehr schick. Sie hatte einen guten Gang und hielt den Kopf hoch. Hübsche Nase. Durchschnittlicher Mund. Ich mochte Frauen in langen Kleidern. Es erinnerte mich an früher.

Sie hatte einen kleinen Koffer in der Hand. Sie klopfte an die Tür. Ich machte ihr auf. »Komm herein.«

Sie stellte ihren Koffer ab.

»Setz dich doch.«

Sie war hübsch. Ihr Make-up war sehr sparsam. Ihr kurzes Haar hatte einen modischen Schnitt.

Ich machte jedem von uns einen Wodka-Seven. Sie wirkte sehr gelassen. In ihrem Gesicht lag so eine Andeutung von einem leidenden Zug. Sie hatte ein- oder zweimal in ihrem Leben eine schwierige Zeit durchgemacht. Ich auch.

»Ich gehe morgen die Kleider einkaufen. In Los Angeles gibt es ein Geschäft, das sehr ausgefallene Sachen hat.«

»Mir gefällt der lange Rock, den du da anhast. Ich finde Frauen aufregend, die von Kopf bis Fuß bekleidet sind. Man kann sich zwar kein rechtes Bild von ihrer Figur machen, aber Raten hat ja auch seinen Reiz.«

»Du bist genau so, wie ich mir's vorgestellt habe. Ziemlich selbstbewußt.«

»Vielen Dank.«

»Sogar fast ein bißchen gleichgültig.«

»Ich hab gerade meinen dritten Drink in der Hand.«

»Und was passiert nach dem vierten?«

»Nicht viel. Ich trinke ihn und warte auf den fünften.«

Ich ging nach draußen und holte die Zeitung rein. Als ich wieder ins Zimmer kam, hatte Liza ihren langen Rock bis knapp über die Knie hochgezogen. Das sah gut aus. Sie hatte wohlgeformte Knie, gute Beine. Der Tag (eigentlich war es schon Abend) ließ sich gut an. Aus ihren Briefen wußte ich, daß sie auf Reformkost eingeschworen war. Wie Cecelia. Nur daß sie sich nicht so zickig benahm wie Cecelia. Ich setzte mich ans andere Ende der Couch und warf verstohlene Blicke auf ihre Beine. Ich hatte schon immer eine Schwäche für Beine gehabt.

»Du hast hübsche Beine«, sagte ich schließlich.

»Gefallen sie dir?«

Sie zog ihren Rock noch zwei oder drei Zentimeter höher. Es war zum Verrücktwerden. Soviel Stoff, aus dem soviel Bein herauskam. Viel besser als bei einem Minirock.

Nach dem nächsten Drink rückte ich zu ihr hin und ging auf Tuchfühlung.

»Du solltest mal kommen und dir mein Tanzstudio ansehen«, sagte sie.

»Ich kann nicht tanzen.«

»Klar kannst du. Ich bring dir's bei.«

»Umsonst?«

»Natürlich. Du hast einen ausgesprochen leichten Gang, wenn man bedenkt, wie massiv du gebaut bist. Deinem Gang sehe ich sofort an, daß du auch ein sehr guter Tänzer wärst.«

»Abgemacht. Ich schlafe dann auf *deiner* Couch.«

»Ich hab ein hübsches Apartment, aber ich verfüge nur über ein Wasserbett.«

»Auch gut.«

»Aber du mußt mich für dich kochen lassen. Ich kenne ein paar gute Rezepte.«

»Hört sich verlockend an.« Ich konnte die Augen nicht von ihren Beinen lassen. Schließlich langte ich hin und fummelte ihr am rechten Knie herum. Ich küßte sie. Sie küßte mich wieder. Wie eine Frau, die einsam ist.

»Findest du mich attraktiv?« fragte sie.

»Ja natürlich. Aber am besten gefällt mir dein Stil. Du hast so eine vornehme Art.«

»Und du hast einen guten Vortrag, Chinaski.«
»Muß ich auch. Ich bin fast 60.«
»Du wirkst nicht älter als 40, Hank.«
»Du hast auch einen guten Vortrag, Liza.«
»Muß ich auch. Ich bin 32.«
»Ich bin froh, daß du nicht 22 bist.«
»Und ich bin froh, daß du nicht 32 bist.«
»Was für ein erfreulicher Abend«, sagte ich.
Wir schlürften unsere Drinks.
»Was denkst du so von Frauen?« wollte sie wissen.
»Ich bin kein Denker. Jede Frau ist anders. Auf einen Nenner gebracht, würde ich sagen, vereinen sie in sich die besten und die schlechtesten Eigenschaften. Das Magische neben dem Schauderhaften. Trotzdem bin ich froh, daß es sie gibt.«
»Und wie behandelst du sie?«
»Sie sind besser zu mir als ich zu ihnen.«
»Findest du das fair?«
»Nein, aber so ist es nun mal.«
»Du bist ehrlich.«
»Nicht ganz.«
»Wenn ich morgen die Kleider eingekauft habe, werde ich sie anprobieren, und du kannst mir sagen, welches dir am besten gefällt.«
»Gern. Aber mir gefallen eigentlich nur lange Kleider. Mehr Klasse.«
»Ich kaufe mir immer verschiedene.«
»Ich trage meine Sachen so lange, bis sie mir von selbst abfallen.«
»Du gibst dein Geld eben für etwas anderes aus.«
»Liza, nach diesem Drink leg ich mich schlafen. In Ordnung?«
»Natürlich.«
Ich hatte ihr Bettzeug neben der Couch auf den Boden gestapelt. »Kommst du mit den Decken aus?«
»Ja.«
»Ist das Kissen recht?«
»Bestimmt.«
Ich trank aus, stand auf und schloß die vordere Tür ab.
»Ich schließ dich nicht ein. Fühl dich wie zu Hause.«
»Tu ich schon ...«

Ich ging ins Schlafzimmer, knipste das Licht aus, stieg aus meinen Kleidern und kroch unter die Decke. »Siehst du?« rief ich zu ihr hinaus. »Ich hab dich nicht vergewaltigt.«

»Ach«, kam ihre Antwort, »wenn du's nur tun würdest.«

Das nahm ich ihr nicht ganz ab, aber es war gut zu hören. Ich hatte meine Karten recht passabel ausgespielt. Liza würde sich bis zum nächsten Morgen halten ...

Als ich aufwachte, hörte ich sie im Badezimmer. Hätte ich sie doch gleich stoßen sollen? Woher sollte man wissen, was richtig war? Bei einer Frau, für die man etwas empfand, war es wohl besser, wenn man damit wartete. Wenn man eine auf Anhieb nicht ausstehen konnte, war es besser, wenn man es gleich hinter sich brachte.

Als Liza aus dem Badezimmer kam, trug sie ein mittellanges rotes Kleid. Es saß wie angegossen. Sie war schlank und hatte Klasse. Sie stellte sich im Schlafzimmer vor den Spiegel und machte ihre Frisur zurecht.

»Hank, ich gehe jetzt die Kleider einkaufen. Bleib du nur im Bett. Dir ist wahrscheinlich schlecht von der Trinkerei.«

»Wieso? Du hast soviel getrunken wie ich.«

»Ich hab dich in der Küche gehört, wie du heimlich noch ein paar getrunken hast. Warum hast du das gemacht?«

»Weil ich Angst vor dir hatte, nehme ich an.«

»Du und Angst? Ich dachte, du bist der große harte Trinker und Frauenheld?«

»Hab ich dich enttäuscht?«

»Nein.«

»Ich hatte Angst. Meine Angst ist der Treibsatz für meine Kunst.«

»Ich geh jetzt die Kleider einkaufen, Hank.«

»Du bist verärgert. Du bist enttäuscht von mir.«

»Nein, überhaupt nicht. Also bis später.«

»Wo ist denn dieses Geschäft?«

»In der 87. Straße.«

»In der 87. Straße? Großer Gott, das ist mitten in *Watts*!«

»Sie haben die besten Tanzkleider an der Westküste.«

»Das ist ein rein schwarzes Viertel!«

»Bist du etwa gegen Schwarze?«

»Ich bin gegen alles.«

»Ich nehme mir ein Taxi. In drei Stunden bin ich wieder da.«

»Soll das eine Art Rache sein?«

»Ich sagte doch, ich komme wieder. Meine ganzen Sachen sind ja noch hier.«

»Du wirst nicht mehr zurückkommen.«

»Doch. Ich kann schon selbst auf mich aufpassen.«

»Na schön, aber das mit dem Taxi laß bitte sein.«

Ich stieg aus dem Bett, fand meine Hose und holte die Wagenschlüssel heraus.

»Hier, nimm meinen VW. Er steht draußen. Kennzeichen TRV 469. Aber geh schonend mit der Kupplung um. Und der zweite Gang hat eine Macke. Er knirscht. Vor allem beim Runterschalten …«

Sie nahm die Schlüssel, und ich legte mich wieder ins Bett und zog mir die Decke hoch. Liza beugte sich zu mir herunter. Ich packte sie, doch da ich aus dem Mund roch, drückte ich ihr nur einen dezenten Kuß auf den Hals.

»Komm«, sagte sie, »krieg dich wieder. Und sei nicht so mißtrauisch. Heute abend werden wir feiern, und anschließend gibt's eine Modenschau.«

»Ich kann's nicht erwarten.«

»Wirst es schon.«

»Der silberne Schlüssel ist für die Fahrertür. Der andere ist der Zündschlüssel …«

Sie ging raus, in ihrem mittellangen roten Kleid. Ich hörte, wie die Tür ins Schloß fiel. Ich sah mich um. Ihr Koffer stand noch da. Und auf dem Teppich lag ein Paar Schuhe von ihr.

85

Als ich wieder wach wurde, war es 13.30 Uhr. Ich nahm ein Bad, zog mich an, sah in den Briefkasten. Ein Brief von einem jungen Mann aus Glendale. »Sehr geehrter Mr. Chinaski: Ich bin ein junger Autor, und ich glaube, daß ich etwas kann, sogar sehr viel, aber meine Gedichte kommen immer wieder zurück. Was muß man tun, um in dieser Branche Fuß zu fassen? Was ist das Geheimnis? Wen muß man kennen? Ich bewundere Ihre Arbeit sehr und würde gerne einmal vorbeikommen und mich mit Ihnen unterhalten. Ich bringe zwei Sixpacks mit, und wir können reden. Ich würde Ihnen auch gerne einige meiner Sachen vorlesen ...«

Der Ärmste. Er hatte keine Möse zwischen den Schenkeln. Ich warf seinen Brief in den Papierkorb.

Etwa eine Stunde später kam Liza zurück. »Oh, ich habe ganz fabelhafte Sachen entdeckt!«

Sie hatte einen Armvoll Kleider und ging damit ins Schlafzimmer. Es verging eine Weile, dann kam sie in einem hochgeschlossenen langen Kleid wieder heraus und drehte sich damit schwungvoll vor mir im Kreis. Es paßte ihr recht gut, vor allem um den Hintern herum. Es war schwarz mit Goldfäden drin, und sie trug schwarze Schuhe dazu. Sie deutete einige Tanzschritte an.

»Gefällt es dir?«

»Oh, ja ...«

Ich setzte mich hin und wartete ab.

Als sie wieder aus dem Schlafzimmer kam, trug sie etwas in Grün und Rot mit Silber dazwischen. Dieses hier war nabelfrei. Sie ging vor mir auf und ab und sah mir dabei in die Augen. Es war weder neckisch noch aufreizend. Es war schlicht perfekt.

Ich weiß nicht mehr, wie viele Kleider sie mir vorführte, aber das letzte war genau das Richtige. Es klebte an ihr, und es hatte links und rechts einen Schlitz, so daß erst das eine Bein zum Vorschein kam, dann das andere. Das Kleid war aus einem schwarzen Material, das matt schimmerte, und vorne war es tief ausgeschnitten.

Sie schritt im Zimmer auf und ab. Ich stand auf, versperrte ihr den Weg und packte sie. Ich küßte sie wie verrückt und bog sie dabei nach hinten durch. Ich zog ihr das Kleid hinten hoch, bis ich ihren Slip sah. Er war gelb. Dann zog ich ihr das Kleid auch vorne hoch und drückte meinen Schwanz gegen sie. Ihre Zunge glitt in meinen Mund. Sie war kühl wie nach einem Glas Eiswasser.

Ich bugsierte sie rückwärts ins Schlafzimmer, stieß sie

aufs Bett und walkte sie durch. Dann zerrte ich ihr diesen gelben Slip herunter und entledigte mich auch meiner Textilien. Ich kniete jetzt vor ihr und hatte ihre Beine um den Hals. Ich spreizte ihr die Beine, drängte mich dazwischen und steckte ihn bei ihr rein. Ich machte ein bißchen herum, mal schnell, mal langsam, dann stieß ich, bald wütend, bald zärtlich, dann aufreizend langsam, dann hart und brutal. Zwischendurch zog ich ihn immer wieder ganz heraus und begann von neuem. Schließlich verlor ich die Beherrschung, gab ihr die letzten paar Stöße, es kam mir, und ich sank neben ihr in die Daunen.

Liza hörte nicht auf, mich zu küssen. Ich war nicht sicher, ob sie es richtig gekriegt hatte oder nicht. Bei mir war ich sicher.

Zum Abendessen gingen wir in ein französisches Lokal, in dem man zu annehmbaren Preisen auch gute amerikanische Kost bekam. Es war immer überfüllt, so daß man erst mal einige Zeit an der Bar verbringen konnte. An diesem Abend gab ich meinen Namen als Lancelot Lovejoy an, und als er 45 Minuten später aufgerufen wurde, war ich sogar noch nüchtern genug, um mich daran zu erinnern.

Wir bestellten uns eine Flasche Wein und beschlossen, das Essen noch eine Weile hinauszuschieben. Man trinkt nirgends besser als an einem kleinen Tisch mit einem blütenweißen Tischtuch und einer gutaussehenden Frau.

»Du fickst«, sagte Liza, »mit dem Enthusiasmus eines Mannes, der es zum erstenmal macht, aber gleichzeitig gestaltest du die Sache auch sehr einfallsreich.«

»Darf ich mir das auf die Manschette notieren?«

»Bitte.«

»Vielleicht kann ich es mal verwenden.«

»Hauptsache, du tust mich nicht ›verwenden‹. Ich möchte nicht nur eine von vielen sein.«

Ich schwieg.

»Meine Schwester hat einen Haß auf dich«, sagte sie. »Sie meinte, du würdest mich nur ausnutzen.«

»Was ist aus deiner ganzen Klasse geworden, Liza? Du redest jetzt wie alle anderen.«

Wir kamen nie zu einem Abendessen. Wir fuhren zurück zu mir und tranken weiter. Ich mochte sie eigentlich sehr. Trotzdem rutschten mir ein paar unangenehme Bemerkungen heraus. Sie sah mich entgeistert an und bekam Tränen in die Augen. Sie rannte ins Badezimmer und blieb gut zehn Minuten drin. Als sie wieder herauskam, sagte sie:

»Meine Schwester hatte recht. Du bist ein Dreckskerl.«

»Komm, wir gehn ins Bett, Liza.«

Wir gingen rein, zogen uns aus, und ich stieg bei ihr auf. Ohne Vorspiel war es ein bißchen schwierig, aber schließlich war ich drin und fing an. Es zog sich in die Länge. Die Nacht war wieder einmal sehr schwül. Es war wie die Wiederholung eines schlechten Traums. Ich begann zu schwitzen. Ich pumpte und stieß, aber es wollte einfach nicht werden. Ich pumpte und pumpte. Schließlich rollte ich von ihr herunter. »Entschuldige, Baby. Zuviel getrunken.«

Liza rutschte langsam an mir abwärts. Dann war sie dran. Sie leckte und leckte und leckte. Schließlich nahm sie ihn in den Mund und machte sich darüber her...

Ich flog mit Liza zurück nach San Francisco. Sie hatte ein sehr schönes Apartment, oben auf einem der Hügel. Ich mußte erst mal aufs Klo. Ich ging rein und setzte mich. Überall grüne Ranken. Sehr angenehm. Es gefiel mir da drin.

Als ich herauskam, schob mir Liza einige große Sitzkissen unter, legte einen Mozart auf und goß mir einen gekühlten Wein ein. Es wurde Zeit fürs Abendessen, und sie stellte sich in der Küche an ihren Herd. Zwischendurch kam sie heraus und goß mir nach. Ich war viel lieber bei den Frauen zu Hause als bei mir. Wenn ich bei ihnen war, konnte ich jederzeit gehen.

Sie rief mich zum Essen. Es gab einen Salat, Eistee und Hühnerfrikassee. Sie konnte wirklich kochen. Ich war ein miserabler Koch. Ich konnte nur Steaks braten. Allerdings machte ich auch ein gutes Beef Stew. Vor allem, wenn ich einen in der Krone hatte. Ich warf dann immer alles mögliche rein, auf volles Risiko, und manchmal konnte man das Ergebnis sogar essen.

Nach dem Essen fuhren wir raus zur Fisherman's Wharf. Liza hatte eine übervorsichtige Fahrweise, die mich außerordentlich nervte. Sie hielt an jeder Kreuzung und sah nach rechts und links. Auch wenn nichts kam, blieb sie trotzdem noch stehen. Ich wartete jedesmal eine Weile und sagte schließlich: »Liza, *shit*, fahr zu. Es ist niemand zu sehen.« Dann fuhr sie endlich los.

Es war immer dasselbe mit den Menschen. Je länger man sie kannte, um so mehr zeigten sich ihre Macken. Anfangs konnte man die Macken noch erheiternd finden, aber dann ...

Wir gingen die Wharf entlang, und dann setzten wir uns an den Strand. Der Strand war sehr kümmerlich.

Sie erzählte mir, sie habe schon längere Zeit keinen Freund mehr gehabt. Von den Männern, mit denen sie zusammen war, habe sie sich angehört, was für sie im Leben wichtig war, und sie habe nicht begreifen können, wie einem solche Dinge wichtig sein konnten.

»Frauen sind nicht viel anders«, sagte ich. »Als sie Richard Burton mal fragten, auf was es ihm bei einer Frau in erster Linie ankommt, sagte er: ›Sie muß mindestens 30 Jahre alt sein.‹ «

Es wurde dunkel, und wir fuhren zurück zu ihr. Sie holte den Wein aus dem Kühlschrank und wir setzten uns wieder auf die Kissen. Sie zog die Rollos hoch, wir sahen hinaus in die Nacht, küßten uns, tranken was, küßten uns wieder.

»Wann gehst du wieder an deinen Job?« fragte ich.

»Warum? Soll ich denn?«

»Nein, aber du mußt doch was für deinen Lebensunterhalt tun.«

»Du arbeitest ja auch nichts.«

»Irgendwie schon.«

»Du meinst, du lebst nur, um zu schreiben?«

»Nein, ich existiere bloß. Und später versuche ich mich an ein paar Dinge zu erinnern und sie aufzuschreiben.«

»Ich mache mein Tanzstudio nur drei Abende in der Woche.«

»Und damit kommst du über die Runden?«

»Bis jetzt, ja.«

Sie trank nicht soviel wie ich. Die Küsse nahmen zu, und schließlich zogen wir uns aus und versuchten es mit dem Wasserbett. Ich hatte von diesen Wasserbetten gehört. Angeblich ließ es sich darauf großartig ficken. Doch ich fand es schwierig. Das Wasser schwappte unter uns herum, und bei jedem Stoß kam man ins Schlingern. Und die Frau kam mir nicht näher, sondern schwamm mir weg. Vielleicht brauchte ich mehr Übung. Ich steigerte mich in meine wilde Tour hinein, packte sie an den Haaren und rammte sie, als sei es eine Vergewaltigung. Sie stieß einige lustvolle Laute aus. Offenbar gefiel es ihr. Ich wütete noch eine Weile herum, und plötzlich schien es ihr zu kommen. Jedenfalls machte sie die richtigen Geräusche. Das erregte mich, und ich kam gerade noch in die letzten Zuckungen ihres Orgasmus hinein.

Wir machten uns wieder frisch, und dann ging es zurück zu den Sitzkissen und dem Wein. Liza legte den Kopf auf meinen Schoß und schlief ein. Ich trank noch eine Stunde, dann streckte ich mich aus, und so schliefen wir die Nacht durch.

Am nächsten Tag zeigte mir Liza ihr Tanzstudio. Wir besorgten uns auf der anderen Straßenseite einige Sandwiches und etwas zu trinken und gingen damit rauf. Es war in der 1. Etage, ein sehr großer Raum, nichts als Parkettboden, eine Stereo-Anlage, ein paar Stühle, und quer über die Decke waren Seile gespannt. Ich wußte nicht, wozu.

»Soll ich dir das Tanzen beibringen?« fragte sie.

»Ich bin nicht recht in Stimmung dazu.«

Die folgenden Tage und Nächte waren ähnlich. Nicht schlecht, aber auch nicht überwältigend. Mit dem Wasserbett kam ich allmählich etwas besser zurecht, aber zum Ficken war mir ein normales Bett trotzdem lieber. Ich blieb noch drei oder vier Tage, dann flog ich zurück nach L. A. Wir schrieben uns weiter Briefe.

Einen Monat später war Liza wieder in L. A. Diesmal kam sie in Hosen zur Tür herein. Sie wirkte verändert. Ich konnte mir nicht recht erklären, woran es lag. Es machte mir keinen Spaß mehr, mit ihr herumzusitzen, also ging ich mit ihr zum Pferderennen, ins Kino, zum Boxen – was ich eben so unternahm mit Frauen, an denen mir etwas lag. Aber es fehlte einfach etwas. Wir trieben es nach wie vor im Bett, doch der anfängliche Reiz war verflogen. Ich kam mir wie verheiratet vor.

Am fünften Tag – ich las gerade die Zeitung – sagte sie: »Hank, es klappt nicht mit uns beiden, wie?«

»Nein.«

»An was liegt es?«

»Ich weiß nicht.«

»Ich gehe lieber. Ich will nicht hierbleiben.«

»Na laß mal, so schlimm ist es auch wieder nicht.«

»Ich versteh es einfach nicht.«

Ich schwieg.

»Hank, fahr mich zum Women's Liberation Building. Weißt du, wo das ist?«

»Ja, im Westlake Distrikt. Wo früher die Kunstakademie drin war.«

»Woher weißt du das?«

»Ich hab mal eine Frau hingefahren.«

»Du Bastard.«

»Na, na ...«

»Ich habe eine Freundin, die dort arbeitet. Ich weiß ihre Adresse nicht, und ich kann sie auch im Telefonbuch nicht finden, aber ich weiß, daß sie im Women's Lib Building arbeitet. Ich bleibe ein paar Tage bei ihr. Ich möchte nicht in diesem Zustand nach San Francisco zurück ...«

Sie suchte ihre Sachen zusammen und packte sie in ihren Koffer. Wir gingen raus zum Wagen, und ich fuhr mit ihr in den Westlake Distrikt. Ich war die Strecke schon einmal mit Lydia gefahren, als sie dort eine Ausstellung von Frauenkunst hatten, in der auch einige ihrer Skulpturen gezeigt wurden.

Ich parkte vor dem Gebäude. »Ich warte, bis du nachgesehen hast, ob deine Freundin auch da ist«, sagte ich.

»Nicht nötig. Du kannst ruhig fahren.«

»Ich warte.«

Nach einer Weile kam Liza wieder heraus und winkte mir zu. Ich winkte zurück, warf den Motor an und fuhr weg.

Eine Woche danach saß ich nachmittags gerade in Unterhosen da, als jemand zaghaft an die Tür klopfte. »Augenblick«, sagte ich. Ich zog mir einen Bademantel über und machte die Tür auf. Zwei Girls standen da.

»Wir sind aus Deutschland. Wir haben Ihre Bücher gelesen.«

Die eine schien ungefähr 19 zu sein, die andere war vielleicht 22.

In Deutschland waren zwei oder drei Bücher von mir erschienen, in kleinen Auflagen. Ich war in Deutschland zur Welt gekommen, 1920, in Andernach. Aus meinem Geburtshaus war inzwischen ein Bordell geworden. Ich sprach kein Wort Deutsch. Aber die beiden sprachen Englisch.

»Kommt rein.«

Sie setzten sich auf die Couch.

»Ich heiße Hilde«, sagte die 19jährige.

»Ich heiße Gertrud«, sagte die 22jährige.

»Ihr könnt Hank zu mir sagen.«

»Die Geschichten, die du schreibst, sind sehr traurig, aber vieles ist auch sehr komisch«, sagte Gertrud.

»Danke.«

Ich ging in die Küche und mixte drei Wodka-Seven. Ich machte die Drinks der beiden extra stark. Meinen auch.

»Wir sind auf dem Weg nach New York, und da dachten wir uns, wir schauen mal vorbei«, sagte Gertrud.

Sie erzählten mir, sie seien gerade in Mexiko gewesen. Sie sprachen beide ein gutes Englisch. Gertrud war gut gepolstert, beinahe drall; nichts als Titten und Arsch. Hilde war mager und wirkte leicht verkrampft, als leide sie an Verstopfung. Irgendwie merkwürdig. Aber attraktiv.

Ich setzte mein Glas an und schlug die Beine übereinander. Mein Bademantel fiel vorne auseinander.

»Oh«, sagte Gertrud, »deine Beine sind aber sexy!«

»Ja«, sagte Hilde.

»Ich weiß«, sagte ich.

Als mein Drink alle war, hatten auch die Girls nichts mehr im Glas. Ich ging und machte drei neue. Beim Hinsetzen achtete ich darauf, daß mich der Bademantel diesmal züchtig bedeckte.

»Ihr könnt ein paar Tage hierbleiben und euch erholen.«

Sie gaben keine Antwort.

»Ihr könnt es auch sein lassen«, sagte ich. »Wie ihr wollt. Wir können uns ein bißchen unterhalten. Ihr braucht euch wegen mir keinen abbrechen.«

»Ich wette, du kennst eine Menge Frauen«, sagte Hilde. »Wir haben deine Bücher gelesen.«

»Ich schreibe Fiction.«

»Was verstehst du unter Fiction?«

»Daß man das Leben ein bißchen interessanter macht, als es in Wirklichkeit ist.«

»Soll das heißen, du lügst?« fragte Gertrud.

»Ein bißchen. Nicht allzu viel.«

»Hast du eine Freundin?« wollte Hilde wissen.

»Nein, im Moment nicht.«

»Dann bleiben wir«, sagte Gertrud.

»Ich hab aber nur ein Bett.«

»Das macht nichts.«

»Aber auf eins müssen wir uns einigen ...«

»Was?«

»Daß ich in der Mitte schlafe.«

»Soll uns recht sein.«

Ich mixte uns weitere Drinks, und bald war der Stoff alle. Ich rief meinen Getränkeladen an. »Ich möchte ...«

»Augenblick, mein Freund«, sagte der Mann am anderen Ende, »wir liefern erst ab 18 Uhr frei Haus.«

»Was?! Ich stopf euch jeden Monat 200 Dollar in den Rachen, und ...«

»Wer sind Sie denn?«

»Chinaski.«

»Ach so, *Chinaski* ...! Was möchten Sie denn gerne haben?«

Ich sagte es ihm. Dann fragte ich: »Kennen Sie den Weg hierher?«

»Oh, und ob.«

In acht Minuten war er da. Es war der fette Australier, der ständig schwitzte. Ich nahm ihm die beiden Kartons ab und stellte sie auf einen Stuhl.

»Hallo, Ladies«, sagte der fette Australier.

Sie gaben keine Antwort.

»Was macht das, Arbuckle?«

»Tja, das wären $ 17,94.«

Ich gab ihm einen Zwanziger. Er griff in die Tasche und suchte nach Wechselgeld.

»Komm«, sagte ich, »was soll das? Kauf dir ein neues Haus.«

»Vielen Dank, Sir!«

Dann kam er dicht an mich ran und fragte in vertraulichem Tonfall: »Sagen Sie mal, wie machen Sie das nur?«

»Mit Tippen.«

»Mit Tippen?«

»Ja. Ungefähr achtzehn Wörter in der Minute.«

Ich schob ihn hinaus und machte die Tür zu.

In der Nacht stiegen wir alle zusammen ins Bett, betrunken, mit mir in der Mitte. Ich griff mir zuerst die eine, küßte sie, fummelte an ihr herum, dann drehte ich mich herum und packte die andere. So ging es einige Zeit hin und her, und es war sehr ersprießlich. Später beschäftigte ich mich sehr lange mit der einen, dann ebenso lange mit der anderen. Jede wartete, bis sie wieder dran war. Ich war mir unschlüssig. Gertrud war heißer, Hilde war jünger. Ich stupste sie von hinten, von vorn, aber ich steckte ihn nicht rein. Schließlich entschied ich mich für Getrud. Aber es wurde nichts. Ich hatte zuviel getrunken. Wir schliefen ein, Gertrud hielt meinen Schwanz in der Hand, und ich hatte ihre Brustwarzen zwischen den Fingern. Mein Schwanz baute ab. Ihre Nippel blieben hart.

Der nächste Tag war sehr heiß, so daß es ratsam schien, viel zu trinken und sich möglichst wenig zu bewegen. Ich rief ein Restaurant in der Nähe an und ließ uns etwas zu essen bringen. Ich stellte den Ventilator an. Die deutschen Girls tranken munter drauflos. Es wurde nicht viel geredet. Dann gingen die beiden nach draußen und setzten sich auf die alte Couch neben meiner Tür – Hilde nur mit Slip und BH bekleidet, und Gertrud in einem knappsitzenden rosa Unterrock, ohne Slip und BH. Max, mein Briefträger, kam vorbei. Gertrud nahm meine Post entgegen. Der arme Max. Er fiel beinahe in Ohmacht. Ich sah den Neid in seinen Augen, das fassungslose Staunen. Nun ja, er hatte dafür den sicheren Job ...

Gegen zwei Uhr nachmittags verkündete Hilde, sie werde jetzt einen Spaziergang machen. Gertrud und ich zogen uns ins Schlafzimmer zurück. Endlich ging es nun zur Sache. Wir lagen auf dem Bett und eröffneten die Partie. Dann machten wir Ernst. Ich stieg auf, steckte ihn rein – aber er ging um die Ecke, als sei da eine Linkskurve. Ich erinnerte mich, daß ich das schon einmal bei einer Frau erlebt hatte – und daß es gut gewesen war. Doch dann dachte ich: Augenblick, die tut nur so ... in Wirklichkeit bin ich gar nicht drin. Ich zog ihn heraus und probierte es noch einmal. Wieder ging er um die Ecke. Verflucht. Entweder stimmte etwas mit ihrer Pussy nicht, oder ich war nicht drin. Ich entschied, daß es an ihrer Pussy lag. Ich schob und ackerte und ließ mir den Schwanz verbiegen.

Ich schob und schob. Plötzlich war es mir, als stoße ich auf einen Knochen. Eine böse Überraschung. Ich gab es auf und wälzte mich von ihr herunter.

»Sorry«, sagte ich, »heute krieg ich einfach nicht die Kurve.«

Gertrud blieb stumm.

Wir standen auf und zogen uns wieder an. Dann gingen wir nach vorn ins Wohnzimmer, setzten uns und warteten auf Hilde. Wir tranken und warteten. Hilde ließ sich Zeit. Sehr viel Zeit. Endlich kam sie herein.

»Hallo«, sagte ich.

»Was sind das alles für Schwarze hier in deiner Nachbarschaft?« fragte sie.

»Keine Ahnung, wer sie sind.«

»Sie sagten, ich könnte 2000 Dollar in der Woche verdienen.«

»Mit was?«

»Das haben sie nicht gesagt.«

Die deutschen Girls blieben noch zwei oder drei Tage. Ich erwischte weiterhin diese Linkskurve bei Gertrud, auch wenn ich nüchtern war. Auf Hilde konnte ich nicht ausweichen. Sie eröffnete mir, sie sei auf Tampax.

Schließlich suchten sie ihre Sachen zusammen, und ich lud sie in meinen Wagen. Sie hatten große Segeltuchtaschen, die sie über der Schulter trugen. Deutsche Hippies. Sie sagten mir, wie ich fahren sollte. Da vorne links, und dann wieder rechts. Es ging in die Hollywood Hills, höher und höher hinauf. In die Gefilde der Reichen. Ich hatte ganz vergessen, daß manche Leute ein sehr luxuriöses Leben führten, während die meisten anderen ihre eigene Scheiße zum Frühstück aßen. Wenn man wie ich in einer schäbigen Bude hauste, glaubte man nach einer Weile, es sehe überall so aus ...

»Hier ist es«, sagte Gertrud.

Wir standen vor einer Einfahrt. Der asphaltierte Weg führte in Serpentinen den Hang hinauf, und irgendwo da oben gab es ein weitläufiges Haus mit all den Sachen darin und drumherum, die zu solchen Häusern gehörten.

»Besser, du läßt uns zu Fuß raufgehen«, meinte Gertrud.

»Sicher«, sagte ich.

Sie stiegen aus. Ich wendete, kam zurück. Sie standen vor der Einfahrt, ihre Segeltuchtaschen über der Schulter, und winkten mir. Ich winkte zurück. Dann fuhr ich davon. Ich machte den Gang raus und ließ den VW talwärts rollen.

87

»The Lancer«, ein bekannter Nachtklub am Hollywood Boulevard, wollte mich für zwei Abende buchen. Ich stimmte zu. Vor mir sollte an beiden Abenden eine Rockgruppe auftreten, die sich »The Big Rape« nannte. Ich geriet allmählich in die Fänge des Showbusineß.

Ich hatte einige Freikarten, also rief ich Tammie an und fragte sie, ob sie mit ihrem Bruder kommen wolle. Sie wollte. Ich nahm die beiden am ersten Abend mit und ließ Tammies Getränke bei mir auf die Rechnung setzen. Wir saßen an der Bar und warteten, bis meine Nummer an der Reihe war. Die Nummer, die Tammie aufs Tapet brachte, hatte große Ähnlichkeit mit meiner – sie trank sich prompt einen an, ging vor der Bar auf und ab und nervte die Leute.

Als es Zeit für meinen Auftritt wurde, war Tammie bereits so voll, daß sie quer über die Tische fiel. Ich suchte ihren Bruder und sagte zu ihm: »Menschenskind, sei so gut und schaff sie hier raus, ja?«

Er bugsierte sie hinaus in die Nacht. Doch ich war auch schon reichlich benebelt, und irgendwann vergaß ich, daß ich ihn gebeten hatte, sie rauszuschaffen.

Ich gab keine gute Lesung. Das Publikum war ganz auf Rock eingestellt und ging nicht recht mit. Aber auch ich verpatzte einiges. Manchmal hatte ich Glück mit so einem Publikum, aber an diesem Abend lief es nicht. Ich war nicht bei der Sache. Es hatte wohl auch damit zu tun, daß ich glaubte, Tammie habe sich von irgendeinem Kerl abschleppen lassen.

Als ich nach Hause kam, rief ich bei ihr an. Ihre Mutter meldete sich. »Deine Tochter«, sagte ich, »ist das LETZTE!«

»Hank, ich will so etwas nicht von dir hören.«

Sie legte auf.

Am zweiten Abend ging ich allein. Ich setzte mich in der Nähe der Bar an einen Tisch und trank. Eine ältere vornehme Dame kam an meinen Tisch und stellte sich vor. Sie war Englischlehrerin und hatte eine ihrer Schülerinnen dabei, eine schnuckelige Kleine namens Nancy Freeze. Nancy schien vor lauter Hitze fast aus den Nähten zu platzen. Sie wollten wissen, ob ich so nett sei, ihnen für die nächste Literaturstunde einige Fragen zu beantworten.

»Nur zu.«

»Welchen Autor haben Sie am liebsten gelesen?«

»Fante.«

»Wen?«

»John Fante. F-a-n-t-e. ›Ask the Dust‹. ›Wait Until Spring, Bandini‹.«

»Wo können wir seine Bücher finden?«

»Ich hab sie in der Stadtbibliothek gefunden. Ecke Fifth und Olive, nicht?«

»Was hat Ihnen an ihm gefallen?«

»Er geht voll aus sich raus. Ein sehr tapferer Mann.«

»Wen noch?«

»Céline.«

»Warum?«

»Sie rissen ihm die Eingeweide raus, und er hat nur gelacht. Er hat sie sogar selbst noch zum Lachen gebracht. Ein sehr tapferer Mann.«

»Sie halten viel von Tapferkeit?«

»Ich seh sie gern. Bei Tieren. Bei Menschen. Sogar bei Reptilien.«

»Warum?«

»Warum? Weil es mir ein gutes Gefühl gibt. Stil bewahren, auch wenn die Chancen gleich Null sind.«

»Hemingway?«

»Nein.«

»Warum nicht?«

»Zu ernst. Zu verbissen. Ein guter Schreiber, der saubere Sätze bauen konnte. Aber für ihn war das Leben immer nur der totale Krieg. Er hat sich nie entkrampft. Er hat nie getanzt.«

Sie klappten ihre Notizbücher zu und verschwanden. Zu dumm. Ich hatte ihnen eigentlich sagen wollen, meine wirklichen Vorbilder seien Gable, Cagney, Bogart und Errol Flynn.

Ehe ich mich's versah, hatte ich neue Gesellschaft. Drei attraktive Ladies. Sara, Cassie und Debra. Sara war 32, ein Klasseweib mit Stil und Herz. Sie hatte langes, glattes rotblondes Haar und unternehmungslustige Augen, die leicht irre glitzerten. Außerdem leistete sie ein Übersoll an Mitgefühl, das sehr echt war und sie offensichtlich viel Kraft kostete. Debra war Jüdin, hatte große braune Augen und einen generösen Mund, der dick mit einer blutroten Schicht Lippenstift bemalt war. Ihr Mund glitzerte mich an und lockte. Ich schätzte sie zwischen 30 und 35, und sie erinnerte mich daran, wie meine Mutter 1935 ausgesehen hatte, nur daß meine Mutter damals wesentlich schöner gewesen war. Cassie war eine hochgewachsene Blondine, sehr jung, teuer und modisch gekleidet, hip, ›in‹, nervös, sah blendend aus. Sie saß mir am nächsten, drückte mir unter dem Tisch die Hand und rieb ihren Schenkel an meinem. Sie schien eine größere Hand zu haben als ich. Es hatte mich immer peinlich berührt, daß meine Hände im Vergleich zu meinen sonstigen Körpermaßen reichlich klein ausgefallen waren. Als junger

Mensch hatte ich bei meinen Kneipenschlägereien in Philadelphia sehr schnell herausgefunden, wie wichtig die Handschuhgröße sein konnte. Daß es mir trotzdem gelang, ein knappes Drittel meiner Faustkämpfe zu gewinnen, war einigermaßen erstaunlich. Jedenfalls, Cassie ging anscheinend davon aus, daß sie den anderen beiden überlegen war, und ich ließ sie gern in ihrem Glauben, auch wenn ich ihr nicht unbedingt recht geben konnte.

Dann mußte ich auf die Bühne. Es war wieder dasselbe Publikum, doch an diesem Abend hatte ich die nötige Konzentration und traf es besser. Die Leute erwärmten sich zusehends, gingen mit, ließen sich begeistern. Manchmal waren sie es, die einen Auftritt zum Erfolg werden ließen, und manchmal mußte man es selbst machen. Gewöhnlich das letztere. Es war eine Frage der Einstellung, wie beim Boxen – wenn man nicht mit dem Bewußtsein ranging, daß man ihnen etwas schuldig war, gehörte man da oben nicht hin. Ich ließ die Linke herauszucken und blockte ab und fintete, und in der letzten Runde ging ich voll heraus und schlug den Ringrichter k.o. Eine gelungene Vorstellung, die sie nach meiner Pleite vom vergangenen Abend sicherlich nicht erwartet hatten. Mich überraschte sie jedenfalls sehr.

Cassie wartete an der Bar auf mich. Sara steckte mir einen Zettel zu, auf dem eine Liebeserklärung stand und darunter ihre Telefonnummer. Debra war nicht so einfallsreich – sie schrieb mir nur ihre Telefonnummer auf. Für einen Augenblick mußte ich zu meiner Verwunderung an Katherine denken. Dann bestellte ich Cassie einen Drink. Ich würde Katherine nicht mehr zu sehen bekommen. Meine kleine Texanerin. Die Frau meiner Träume. Goodbye, Katherine.

»Sag mal, Cassie, kannst du mich nach Hause fahren? Ich hab zuviel Schlagseite. Noch eine Anzeige wegen Trunkenheit am Steuer, und ich bin erledigt.«

»Klar. Ich fahr dich nach Hause. Was machst du mit deinem Wagen?«

»Scheiß drauf. Den laß ich hier.«

Wir gingen zusammen hinaus und stiegen in ihren M.G. Es war wie in einem Film. Ich erwartete jeden

Augenblick, daß sie mich an der nächsten Ecke raussetzen würde. Sie war Mitte Zwanzig, und während der Fahrt erzählte sie mir, daß sie für eine Plattenfirma arbeitete. Es mache ihr Spaß, sie müsse erst um 10.30 Uhr zur Arbeit erscheinen, und nachmittags um 3 sei Feierabend. »Nicht schlecht«, sagte sie. »Der Job gefällt mir. Ich bin inzwischen in einer leitenden Position, ich kann Leute einstellen und entlassen, nur brauchte ich bis jetzt noch keinen zu entlassen. Es sind alles tüchtige Leute, und wir haben schon ein paar hervorragende Schallplatten herausgebracht ...«

Bei mir zu Hause holte ich den Wodka heraus. Cassie hatte sehr langes Haar. Es reichte ihr fast bis zum Hintern. Für solches Haar hatte ich eine Schwäche.

»Heute abend hast du wirklich gut gelesen«, sagte sie. »Du warst wie ausgewechselt im Vergleich zu gestern. Ich weiß nicht, wie ich es erklären soll, aber wenn du in Bestform bist, hast du so eine menschliche Art ... Die meisten Dichter sind muffige arrogante Scheißer.«

»Ich kann sie auch nicht leiden.«

»Und sie können dich nicht leiden.«

Wir tranken einiges, dann gingen wir zu Bett. Sie hatte einen märchenhaften Körper, wie etwas aus dem ›Playboy‹, doch ich war leider betrunken. Ich kriegte ihn zwar hoch, wir kamen in Fahrt, ich packte ihr langes Haar, zog es unter ihr hervor und wühlte es durch und war erregt, aber ich brachte es trotzdem nicht. Ich rutschte von Cassie herunter, sagte ihr gute Nacht und schlief schuldbewußt ein.

Am nächsten Morgen wachten wir gegen 10 Uhr auf. Mir war unbehaglich zumute. Ich war sicher, Cassie würde mich nicht wiedersehen wollen. Wir zogen uns an, gingen hinaus zu ihrem M.G. und stiegen ein. Keiner sagte etwas. Das Schweigen war mir peinlich, aber es gab nichts zu sagen. Wir fuhren zurück zum »Lancer«. Mein blauer VW stand noch da.

»Danke für alles, Cassie. Und denk jetzt nicht schlecht von Chinaski.«

Sie gab keine Antwort. Ich küßte sie auf die Wange und stieg aus. Sie fuhr los und verschwand mit ihrem M.G. Es war eben doch so, wie Lydia oft gesagt hatte: »Wenn du trinken willst, dann trink. Wenn du ficken willst, dann schmeiß die Flasche weg.«

Mein Problem war, daß ich beides wollte.

88

Ein paar Tage danach, gegen Abend, bekam ich zu meiner Überraschung einen Anruf von Cassie.

»Was machst du so, Hank?«

»Nichts. Sitze nur rum.«

»Warum kommst du nicht zu mir?«

»Würd ich schon gern ...«

Sie gab mir ihre Adresse. Es war irgendwo in Westwood oder West L. A.

»Ich hab genug zu trinken da«, sagte sie. »Du brauchst nichts mitzubringen.«

»Vielleicht sollte ich lieber gar nichts trinken, hm?«

»Ist schon gut.«

»Wenn du mir was einschenkst, trink ich es. Wenn nicht – ich kann mich beherrschen.«

»Mach dir mal keine Gedanken«, sagte sie.

Ich zog mir etwas an, sprang in den VW und fuhr hin. Wie viele Breaks konnte ein Mensch erwarten? Die Götter verwöhnten mich in letzter Zeit. Wollten sie mich etwa auf die Probe stellen? War es nur ein Trick? Wollten sie Chinaski nur in Sicherheit wiegen, um ihn dann genüßlich über die Klinge springen zu lassen? Ich wußte, daß mir auch das einmal blühen würde. Aber was soll man machen, wenn man schon ein paarmal bis 8 auf den Brettern war, und es bleiben einem nur noch zwei Runden ...?

Cassie wohnte im ersten Obergeschoß eines Apartmenthauses. Sie schien sich über mein Erscheinen zu freuen. Ein großer schwarzer, zottiger Hund versperrte mir den Weg. Er war riesig. Er richtete sich auf, legte mir die Vorderpfoten auf die Schultern und leckte mir das Gesicht ab. Ich schob ihn von mir weg. Er wedelte mit dem Schwanz und fiepte. Er hatte lange schwarze Zotteln und schien eine Promenadenmischung zu sein. Aber was für eine. Groß wie ein Kalb.

»Das ist Elton«, sagte Cassie.

Sie ging zum Kühlschrank und holte eine Flasche Wein heraus.

»Das ist das Richtige für dich. Ich hab reichlich da.«

Sie trug ein grünes Kleid, das sich eng an ihren Körper schmiegte und ihre schlangenhaften Bewegungen unterstrich. Ihre Stöckelschuhe waren mit grünen Steinen besetzt. Wieder fiel mir ihr langes Haar auf. Es war nicht nur lang, sondern auch voll. Eine dichte Masse. Ihre Augen waren groß und blaugrün, und je nachdem, wie das Licht auf sie fiel, waren sie mal mehr grün oder mehr blau. Auf ihrem Bücherregal sah ich zwei von meinen Büchern stehen. Zwei von den besseren.

Cassie entkorkte die Flasche, goß jedem von uns ein Glas ein und setzte sich zu mir.

»Irgendwie sind wir uns bei unserer ersten Begegnung nähergekommen«, sagte sie. »Das wollte ich nicht einfach verpuffen lassen.«

»Mir hat es viel gegeben«, sagte ich.

»Willst du was einwerfen?«

»Ja, gern.«

Sie griff in ihre Handtasche und legte zwei auf den Tisch. Black Caps. Die besten. Ich spülte meine mit einem Schluck Wein herunter.

»Ich habe den besten Dealer in der Stadt«, sagte sie. »Er hat mich noch nie gelinkt.«

»Gut für dich.«

»Warst du schon mal süchtig?«

»Nein. Eine Weile hab ich es mit Coke probiert, aber die Flaute hinterher wurde mir zu riskant. Ich hatte Angst, am nächsten Morgen in die Küche zu gehen, weil ich wußte, daß dort ein Schlachtermesser in der Schublade liegt. Außerdem, 50 bis 75 Dollar pro Tag kann ich nicht bringen.«

»Ich hab ein bißchen Coke da.«

»Nein danke. Ich passe.«

Sie goß mir noch ein Glas Wein ein.

Ich weiß nicht, warum, aber mit jeder neuen Frau war es fast wie das erste Mal. Als hätte ich noch nie eine gehabt ... Ich küßte Cassie und strich ihr mit beiden Händen durch dieses lange Haar.

»Bißchen Musik?«

»Nein, eigentlich lieber nicht.«

»Du warst mal mit DeeDee Bronson zusammen, nicht?«

»Ja. Wir haben uns getrennt.«

»Hast du gehört, was ihr passiert ist?«

»Nein.«

»Sie hat ihren Job verloren und ist nach Mexiko gegangen. Dort hat sie einen ausrangierten Stierkämpfer kennengelernt. Der Stierkämpfer hat sie grün und blau geprügelt und hat ihr dann ihre ganzen Ersparnisse abgenommen. 7000 Dollar.«

»Die Ärmste. Erst gerät sie an mich, und dann an sowas.«

Cassie stand auf. Ich sah ihr nach, wie sie durchs Zimmer ging. Das enge grüne Kleid spannte und glänzte über ihrem schlingernden Hintern. Sie kam mit Zigarettenpapier und ein bißchen Gras zurück und drehte einen Joint.

»Und dann hatte sie einen Unfall mit dem Auto.«

»Autofahren war nie ihre Stärke. Kennst du sie gut?«

»Nein. Aber in der Branche spricht sich eben alles herum.«

»Bloß durchhalten, bis man stirbt, ist schon Schwerarbeit.«

Cassie reichte mir den Joint herüber. »Aber du kommst mit deinem Leben anscheinend ganz gut zurecht.«

»Meinst du?«

»Jedenfalls versuchst du keinen Eindruck zu schinden und drückst nicht so drauf wie manche Männer. Und du wirkst irgendwie, als hättest du einen gesunden Humor.«

»Ich mag deinen Arsch und dein Haar«, sagte ich, »und deine Lippen und deine Augen und deinen Wein und deine Wohnung und deine Joints. Aber mit meinem Leben komm ich nicht zurecht.«

»Du hast eine Menge Frauen, über die du schreiben kannst.«

»Ich weiß. Manchmal frage ich mich, was ich schreiben soll, wenn ich keine mehr finde.«

»Vielleicht hört es nie auf.«

»Alles hört mal auf.«

»Laß mich auch mal an diesem Joint ziehen.«

»Oh, entschuldige. Hier ...«

Sie machte einen Zug. Ich packte sie an den Haaren, bog ihr den Kopf nach hinten, wühlte ihr die Lippen auseinander. Es wurde ein langer Kuß. Schließlich ließ ich sie los.

»Du stehst auf Küssen, wie?«

»Mhm. Ich finde es intimer und erregender als Ficken.«

»Ich glaube, da hast du recht.«

Wir pafften und tranken einige Stunden, dann gingen wir zu Bett. Wir knutschten und machten herum, mein Dick war hart und blieb auch hart, und ich besorgte es ihr ausgiebig, doch nach zehn Minuten wußte ich, daß es nichts werden würde. Schon wieder zuviel getrunken. Ich begann zu schwitzen, ich verkrampfte mich. Ich machte noch eine Weile weiter, dann gab ich auf.

»Tut mir leid, Cassie ...«

Im schwachen Mondschein, der durchs Fenster drang, sah ich, wie ihr Kopf nach unten ging. Sie begann zu lecken. Der Hund kam jetzt aufs Bett und drängelte sich dazwischen. Ich gab ihm einen Tritt. Ich sah Cassie zu, wie sie mir den Schwanz leckte. Sie nahm ihn ein bißchen in den Mund und kaute daran herum. Dann ging sie plötzlich aufs Ganze, züngelte und lutschte, rauf und runter. Es war überwältigend.

Ich griff nach unten, holte ihr langes Haar herauf, hielt es hoch, während sie am Machen war. Es zog sich sehr schön in die Länge, doch schließlich merkte ich, wie es bei mir losging. Sie merkte es auch und verstärkte ihre Anstrengungen. Ich gab jetzt winselnde Laute von mir, und ich hörte, wie der Hund neben uns auf dem Bettvorleger einstimmte. Das gefiel mir. Ich hielt es zurück, solange ich konnte, um den Genuß zu verlängern. Dann, immer noch beide Hände in ihrem Haar, ließ ich es sprudeln, in ihren Mund.

Als ich am Morgen aufwachte, zog sich Cassie gerade an.

»Bleib ruhig noch liegen«, sagte sie. »Nur sei so gut und mach die Tür richtig zu, wenn du gehst.«

»Is gut.«

Als sie fort war, stellte ich mich unter die Dusche. Dann entdeckte ich im Kühlschrank ein Bier, trank es aus, verabschiedete mich von Elton. Ich ging hinaus, vergewisserte mich, daß die Tür richtig zu war, setzte mich in meinen VW und fuhr nach Hause.

89

Drei oder vier Tage später geriet mir der Zettel mit Debras Telefonnummer zwischen die Finger. Ich rief sie an. »Komm doch rüber«, meinte sie. Sie erklärte mir den Weg – es war draußen in Playa del Rey –, und ich fuhr hin.

Das kleine Haus, das sie sich gemietet hatte, verfügte über einen Vorgarten. Ich fuhr da rein, parkte vor der Haustür und klopfte an. Dann drückte ich auch noch auf die Klingel. »Bing-bong« machte es drinnen.

Debra kam an die Tür. Sie war genau so, wie ich sie in Erinnerung hatte: enorm viel Lippenstift auf dem Mund, kurzes Haar, bunte Ohrringe, Parfüm, einladendes Lächeln.

»Oh, Henry! Komm herein!«

Das tat ich. Ein Typ saß da. Er hatte kein Hemd an, doch er war offensichtlich ein Homo, so daß man es nicht unbedingt als Affront auffassen mußte.

»Das ist Larry. Mein Nachbar. Er wohnt in dem Haus hinter mir.«

Wir schüttelten uns die Hand, und ich setzte mich.

»Gibt es hier was zu trinken?«

»Oh, also *Henry*!«

»Ich kann gehn und was holen. Ich hätte was mitgebracht, aber ich wußte nicht, was du trinkst.«

»Laß nur, ich hab etwas da.« Sie verschwand in die Küche.

»Wie läuft's so?« fragte ich Larry.

»Ich war eine Weile ziemlich runter, aber jetzt geht es wieder. Ich mache autogenes Training. Es wirkt Wunder für mich.«

»Kann ich dir auch was zu trinken bringen, Larry?« rief Debra aus der Küche heraus.

»Oh, nein danke ...«

Debra kam mit zwei Gläsern Rotwein zurück. Ihre

Wohnung war ein Alptraum von Innendekoration. Überall stand oder hing etwas, lauter teures Zeug, und aus sämtlichen Ecken kam Rockmusik aus kleinen Lautsprechern.

»Larry macht autogenes Training.«

»Ja, hat er mir grade erzählt.«

»Sie können sich nicht vorstellen, wie gut ich seither schlafe«, sagte Larry. »Und ich kann auch viel besser auf meine Umgebung eingehen.«

»Meinst du, jeder sollte es damit versuchen?« fragte Debra.

»Na ja, das ist schwer zu sagen. Aber für mich wirkt es jedenfalls Wunder.«

»Ich gebe eine Halloween-Party, Henry. Es werden alle möglichen Leute kommen. Wie wär's, wenn du auch kommst? Was meinst du, als was er kommen sollte, Larry?«

Beide musterten mich jetzt von Kopf bis Fuß.

»Tja, ich weiß nicht«, sagte Larry. »Wirklich, mir fällt nichts ein. Vielleicht als ...? Ach nein ... ich glaube nicht ...«

Die Türglocke machte »bing-bong«, und Debra ging hin und öffnete. Noch ein Homo, diesmal mit Hemd. Vor dem Gesicht hatte er eine Wolfsmaske, aus deren Maul eine lange Gummizunge heraushing. Er wirkte gereizt und deprimiert.

»Vincent, das ist Henry. Henry ... Vincent.«

Vincent ignorierte mich. Er stand einfach da, mit seiner raushängenden Gummizunge. »Ich hatte einen schauderhaften Tag. Ich halte diesen Job nicht mehr aus. Ich glaube, ich werde kündigen.«

»Aber Vincent, was willst du denn dann machen?« fragte ihn Debra.

»Ich weiß nicht. Aber ich könnte alles mögliche machen. Ich brauche denen ihre Scheiße nicht zu schlukken!«

»Du kommst doch zu meiner Party, nicht?«

»Natürlich. Ich bereite mich schon seit Tagen darauf vor.«

»Hast du auch deinen Text für unser Stück auswendig gelernt?«

»Ja, aber ich finde, diesmal sollten wir erst das Stück aufführen und dann unsere Spiele machen. Letztes Jahr waren wir alle schon so geschafft, daß wir dem Stück nicht mehr gerecht wurden.«

»Also gut, Vincent, dann machen wir es so.«

Vincent drehte sich um und ging mit seiner Gummizunge aus der Tür.

Larry stand auf. »Tja, ich muß jetzt auch wieder los. War nett, Sie kennenzulernen«, sagte er zu mir.

»All right, Larry.«

Wir schüttelten uns die Hand, und Larry ging durch die Küche nach hinten zu seinem Haus.

»Larry hat mir schon sehr viel geholfen. Er ist ein guter Nachbar. Ich bin froh, daß du so nett zu ihm gewesen bist.«

»Er war ganz in Ordnung. Außerdem war er schon vor mir da.«

»Wir haben nichts miteinander.«

»Wir beide auch nicht.«

»Du weißt schon, was ich meine.«

»Ich geh mal los und hol uns noch was zu trinken.«

»Henry, ich hab genug da. Ich wußte doch, daß du kommst.«

Debra goß unsere Gläser wieder voll. Ich sah sie mir an. Sie war jung, aber sie sah aus wie eine aus den dreißiger Jahren. Sie trug einen schwarzen Rock, der bis zu den Waden reichte, schwarze Stöckelschuhe, eine hochgeschlossene weiße Bluse, eine Halskette, Ohrringe, Armreifen, und sie benutzte eine Menge Lippenstift, Rouge und Parfüm. Sie war gut gebaut, Busen und Hintern konnten sich sehen lassen, und sie brachte beides vorteilhaft zur Geltung, wenn sie sich bewegte. Sie zündete sich eine Zigarette nach der anderen an. Überall lagen lippenstiftverschmierte Kippen. Ich fühlte mich in meine Jugendzeit zurückversetzt. Sie trug sogar einen Strumpfhalter. Dann und wann zupfte sie sich ihre Nylons zurecht und ließ gerade genug Bein und Knie sehen. Sie war die Sorte Girl, für die die Generation meines Vaters geschwärmt hatte.

Sie erzählte mir von ihrer Arbeit. Es hatte etwas zu tun mit Gerichtsprotokollen und Anwälten. Es machte sie wahnsinnig, aber man konnte anständig davon leben.

»Manchmal werde ich sehr grob zu meinen Mitarbeitern«, sagte sie, »aber das legt sich dann wieder, und sie haben Verständnis dafür. Du machst dir keine Vorstellung, wie unmöglich diese Rechtsanwälte sind. Alles soll ruck-zuck gehen, und sie denken nie daran, daß man dafür Zeit braucht.«

»Anwälte und Ärzte«, sagte ich. »Es gibt keine zwei Berufsstände, die von unserer Gesellschaft so verhätschelt und mit Geld verwöhnt werden. Dicht gefolgt von Automechanikern. Und dann kommen die Zahnärzte.«

Debra schlug ihre Beine übereinander, und ihr Rock rutschte hoch.

»Du hast ein Paar hübsche Beine, Debra. Und du verstehst dich anzuziehen. Du erinnerst mich an die Girls aus der Zeit, als meine Mutter noch jung war. Damals sahen die Frauen noch wie Frauen aus.«

»Du verstehst dich auf Komplimente, Henry.«

»Du weißt schon, was ich meine. In L. A. fällt einem das besonders auf. Vor kurzem war ich mal einige Zeit weg, und als ich wieder in die Stadt kam – weißt du, an was ich gemerkt habe, daß ich wieder in L. A. war?«

»Nein, an was denn?«

»An der ersten Frau, die mir über den Weg lief. Sie hatte einen Rock an, der so kurz war, daß man den Zwikkel ihrer Strumpfhose sehen konnte. Und dahinter sah man – Verzeihung – ihre Mösenhaare. Da wußte ich, daß ich in L. A. war.«

»Wo ist denn das gewesen? Auf der Main Street?«

»Von wegen Main Street! Ecke Beverly und Fairfax.«

»Schmeckt dir der Wein?«

»Ja, und deine Wohnung gefällt mir auch. Ich hätte direkt Lust, hier einzuziehen.«

»Ich hab einen eifersüchtigen Vermieter.«

»Sonst noch jemand, der eifersüchtig werden könnte?«

»Nein.«

»Warum nicht?«

»Mein Job ist so anstrengend, daß ich abends nur noch ausspannen will. Und in meiner Freizeit such ich am liebsten nach Sachen für die Wohnung. Meine Freundin – sie arbeitet für mich – geht morgen früh mit mir Antiquitäten ansehen. Möchtest du mitkommen?«

»Werde ich morgen früh noch hier sein?«

Debra ließ die Frage unbeantwortet. Sie goß mir das Glas wieder voll und setzte sich neben mich auf die Couch. Ich beugte mich zu ihr hinüber und küßte sie. Während sie abgelenkt war, streifte ich ihr den Rock ein Stück weiter hoch und äugte auf diese nylonumspannten Beine herunter. Was ich sah, gefiel mir. Als wir mit dem Kuß fertig waren, zog sie sich den Rock wieder herunter, doch ich hatte mir die Beine inzwischen gut genug eingeprägt. Sie stand auf und ging ins Badezimmer. Ich hörte die Klosettspülung. Dann war eine Weile nichts mehr zu hören. Wahrscheinlich zog sie sich die Lippen nach. Ich nahm mein Taschentuch heraus, wischte mir damit über den Mund und sah es mir an. Es war rot verschmiert. Endlich kam ich jetzt in den Genuß der schönen Dinge, die in meiner Schulzeit immer nur die anderen bekommen hatten – die reichen gutaussehenden gutgekleideten goldblonden Boys mit ihren neuen Autos, gegen die ich mit meinen schlampigen alten Klamotten und meinem kaputten Fahrrad keine Chance hatte.

Debra kam heraus. Sie setzte sich und griff nach einer Zigarette.

»Komm, wir ficken«, sagte ich.

Sie ging ins Schlafzimmer. Die Weinflasche vor mir war noch halb voll. Ich goß mir ein Glas ein und zündete mir eine von Debras Zigaretten an. Sie stellte die Rockmusik ab. Nett von ihr.

Es war still in der Wohnung. Ich goß mir noch ein Glas ein. Vielleicht würde ich hier einziehen? Wo würde ich die Schreibmaschine hinstellen?

»Henry?«

»Ja?«

»Wo bleibst du denn?«

»Augenblick. Ich will nur noch das Glas hier austrinken.«

»All right.«

Ich trank das Glas aus, und dann trank ich auch noch den Rest aus der Flasche. Ich war in Playa del Rey. Na sowas. Ich zog meine Sachen aus und ließ sie durcheinander auf der Couch liegen. Meine Kleider waren auch danach. Schon immer gewesen. Meine Hemden waren alle verblichen und eingelaufen, fünf oder sechs Jahre alt, durchgescheuert. Meine Hosen ebenso. Ich haßte Kaufhäuser, ich haßte die Verkäufer, die sich immer so überlegen gaben, als wüßten sie das Geheimnis des Lebens. Sie hatten ein Selbstvertrauen, das mir völlig abging. Da ich auch Schuhgeschäfte nicht leiden konnte, waren meine Schuhe durchweg alt und kaputt. Ich kaufte mir immer nur Zeug, das kaum noch zu gebrauchen war, und das galt auch für Autos. Nicht weil ich knauserig war, sondern weil ich es einfach nicht ertragen konnte, als Kunde anzurücken und auf die Dienste von geschniegelten hochnäsigen Verkäufern angewiesen zu sein. Außerdem kostete es einen Zeit. Zeit, die man wesentlich sinnvoller mit Faulenzen und Trinken verbringen konnte.

Ich hatte jetzt nur noch meine Unterhose an und ging nach hinten ins Schlafzimmer. Ich war mir bewußt, daß mir der weiße Bauch über den Bund der Unterhose quoll, aber ich machte keine Anstrengung, den Bauch einzuziehen. Ich stellte mich neben das Bett, ließ die Unterhose herunter, stieg mit beiden Füßen heraus, hatte plötzlich das dringende Bedürfnis, noch etwas zu trinken, unterdrückte es und kroch unter die Decke. Ich nahm Debra in die Arme. Sie drängte sich an mich. Ich küßte sie. Ihr Mund war wie eine nasse Möse. Sie wollte jetzt. Ich spürte, daß sie es eilig hatte. Nur kein langes Vorspiel. Ihre Zunge schnellte in meinem Mund herum. Ich klemmte sie mit den Zähnen ein. Dann wälzte ich mich auf Debra und steckte ihn bei ihr rein.

Ich glaube, es war die Art, wie sie ihren Kopf zur Seite drehte, während ich sie fickte. Das hatte einen merkwürdigen Reiz. Dieser abgewandte Kopf, der bei jedem Stoß vom Kissen hochkam und wieder zurückfiel. Während ich es ihr machte, drehte ich ihn dann und wann zu mir herum und küßte den blutroten Mund. Es war, als würde ich auf einen Schlag sämtliche Girls und Frauen ficken, denen ich 1937 auf den Bürgersteigen von Los Angeles so sehnsüchtig nachgeschaut hatte, in jenem letzten wirklich schlimmen Jahr der Wirtschaftskrise, als eine Nummer zwei Dollar kostete und niemand einen Pfennig Geld und einen Funken Hoffnung hatte. Ich hatte lange darauf warten müssen, aber da hatte ich ihn nun, meinen heißen sinnlosen Fick. Ich wühlte und pumpte, drehte ihr noch einmal den Kopf herum, fand ein letztes Mal diesen Lippenstiftmund und spritzte es in sie hinein bzw. in ihr Pessar.

90

Der nächste Tag war ein Samstag. Debra machte das Frühstück.

»Gehst du heute mit zu den Antiquitäten?«

»All right.«

»Bist du verkatert?«

»Nicht besonders.«

Eine Weile saßen wir schweigend da und aßen. Dann sagte sie: »Ich fand, das war eine gute Lesung, die du da im ›Lancer‹ gegeben hast. Du warst betrunken, aber es kam rüber.«

»Manchmal bleibt es auch auf der Strecke.«

»Wann wirst du wieder lesen?«

»Jemand hat mich aus Kanada angerufen. Aber sie haben das Geld noch nicht ganz beisammen.«

»Kanada! Kann ich mit?«

»Mal sehn.«

»Bleibst du heute über Nacht?«

»Soll ich denn?«

»Ja.«

»Dann bleibe ich.«

»Prima.«

Wir beendeten unser Frühstück. Debra räumte den Tisch ab, und ich zog mich ins Klo zurück. Als ich wieder herauskam, war sie gerade mit dem Abwasch fertig und machte das Spülbecken sauber. Ich packte sie von hinten.

»Du kannst meine Zahnbürste benutzen, wenn du willst«, sagte sie.

»Riech ich denn so aus dem Mund?«

»Es geht.«

»Von wegen.«

»Du kannst auch duschen, wenn du willst.«

»Auch das noch?«

»Hör schon auf. Tessie kommt erst in einer Stunde. Bis dahin kannst du ein paar Spinnweben loswerden.«

Ich ging rein und ließ mir ein Bad einlaufen. Unter die Dusche ging ich nur in Motels. Im Badezimmer hing ein Foto von einem Mann an der Wand. Ihr Ehemaliger. Sie hatte erwähnt, daß der Psychiater war. Er hatte schwarzes Haar, ziemlich lang, ein Dutzendtyp mit einer gutaussehenden genormten Visage und einem leicht idiotischen Grinsen. Er bleckte mir seine weißen Zähne entgegen. Ich putzte mir, was von meinen braungelb verfärbten Zähnen noch übrig war.

Debra ging unter die Dusche, als ich das Badezimmer räumte. Ich goß mir ein kleines Glas Wein ein, setzte mich in einen Sessel und sah aus dem Fenster. Plötzlich fiel mir ein, daß ich vergessen hatte, meiner Ehemaligen die Alimente für das Kind zu schicken. Na ja, dann würde ich es eben am Montag tun.

Es war still und friedlich in Playa del Rey. Eine angenehme Abwechslung von dem Trubel und Dreck der Gegend, in der ich hauste. Die Sonne brannte dort Tag für Tag auf uns herunter, nirgends gab es Schatten, und auf die eine oder andere Art hatten wir alle einen Stich. Sogar die Hunde und Katzen hatten einen Stich, und die Vögel und die Zeitungsjungen und die Nutten auch. Bei uns in East Hollywood war ständig die Klosettspülung kaputt, und die Vermieter ließen nur die billigsten Klempner kommen, die den Schaden nie ganz behoben. Wir nahmen die Deckel der Spülkästen ab und betätigten das Pumpgestänge von Hand. Die Wasserhähne tropften, die Kakerlaken rannten durch die Gegend, die Hunde kackten überall hin, und die Fliegengitter hatten große Löcher und ließen Schmeißfliegen und sonstiges fliegendes Ungeziefer in Massen herein. Hier war das anders. Vor allem das Klo war ein Genuß. Die Spülung funktionierte prächtig, der Wasserkasten lief im Nu wieder voll, und ich hatte die Spülung gleich noch einmal gezogen, um auch dieses lang entbehrte Gefühl richtig auszukosten.

»Bing-bong«. Ich ging an die Tür und machte auf. Es war Tessie. Sie war Anfang Vierzig, rothaarig, ein Swinger. Das rote Haar war offensichtlich gefärbt.

»Du bist Henry, nicht?«

»Ja. Debra ist im Badezimmer. Komm doch rein. Setz dich.«

Sie trug einen ziemlich kurzen roten Rock. Ihre Schenkel sahen gut aus. Die Waden und die Knöchel waren auch nicht schlecht. Sie machte den Eindruck, daß sie von Ficken allerhand hielt.

Ich ging nach hinten und klopfte an die Tür des Badezimmers.

»Debra, Tessie ist da ...«

Schließlich ging es los. Wir stiegen in meinen VW und fuhren zwei Blocks, und da war bereits der erste Antiquitätenladen. Ich ging mit den beiden herum und sah mir die Preisschilder an den alten Uhren, alten Stühlen und alten Tischen an. $ 800, $ 1500 ... nicht zu fassen, diese Preise. Zwei oder drei Verkäufer standen herum und rieben sich erwartungsvoll die Hände. Offenbar bekamen sie ein Fixum und einen Bonus für jedes Stück, das sie an den Mann brachten. Der Inhaber besorgte sich den Krempel wahrscheinlich für einen Apfel und ein Ei in Europa oder in den Ozark Mountains. Allmählich wurde es mir langweilig, die unverschämten Preise anzustarren. Ich sagte den Girls, ich würde im Auto auf sie warten.

Auf der anderen Straßenseite sah ich eine Bar. Ich ging hinein und bestellte mir eine Flasche Bier. Die Bar saß voll von jungen Männern, die meisten unter 25, blond und schlank, oder dunkelhaarig und schlank, und alle trugen gutsitzende Hosen und Hemden, hatten ausdruckslose Gesichter und wirkten sehr gelassen. Frauen waren keine da. In der Ecke lief ein großer Fernseher. Der Ton war abgestellt. Niemand sah hin. Niemand sagte etwas. Ich trank mein Bier aus und ging.

Ich entdeckte einen Getränkeladen, erstand eine Sechserpackung, ging damit zurück zum Wagen und setzte mich rein. Das Bier tat gut. Ich stand auf dem Parkplatz hinter dem Geschäft, auf der Straße links von mir staute sich der Verkehr, und ich sah mir die Leute an, die geduldig in ihren Wagen saßen und warteten. Darauf lief es letzten Endes für uns alle hinaus: warten. Man wartete und wartete – auf ein freies Bett im Krankenhaus, auf den Arzt, den Klempner, das Irrenhaus, das Zuchthaus, den

Tod. Erst stand die Ampel auf Rot, dann bekam man grünes Licht, und dann saß man wieder vor der Mattscheibe, aß ein Fertiggericht, machte sich Sorgen um den Job oder wie man zu einem kommen sollte, und bis dahin hieß es wieder: warten.

Ich dachte an Debra und Tessie da drin bei den Antiquitäten. Eigentlich mochte ich Debra überhaupt nicht, aber da war ich nun und mischte mich in ihr Leben ein. Ich kam mir vor wie ein Spanner.

Als ich gerade die letzte Dose anbrach, kamen die beiden endlich heraus.

»Oh Henry«, sagte Debra, »ich hab einen wunderschönen Tisch mit Marmorplatte entdeckt! Für ganze 200 Dollar!«

»Er ist wirklich *fabelhaft*«, bestätigte Tessie.

Sie stiegen ins Auto. Debra drückte ihren Schenkel an meinen. »Hast du dich sehr gelangweilt?« fragte sie.

Ich warf den Motor an, fuhr am Getränkeladen vor, ging hinein und ließ mir Zigaretten und vier Flaschen Wein geben.

»Diese Tessie«, dachte ich, während ich dem Mann das Geld über den Ladentisch schob. »Dieses Flittchen mit seinem kurzen roten Rock und seinen Nylons. Ich wette, sie hat mindestens schon ein Dutzend Männer verschlissen, ohne sich was dabei zu denken.« Sie sah mir nicht danach aus, als würde sie sich große Gedanken machen. Hatte es auch nicht nötig. Aber in ein paar Jahren, mit 50, da würde sie nachdenklich werden. Da würde sie verbittert durch den Supermarkt tigern, eine Sonnenbrille vor den Augen, das Gesicht verquollen und unglücklich, Quark und Kartoffelchips und Schweinskoteletts und rote Zwiebeln und eine Literflasche Jim Beam in ihrem Einkaufswagen, den sie in der Schlange vor der Kasse den Leuten in den Hintern und in die Kniekehlen rammte.

Wir fuhren zurück zu Debra. Die Girls setzten sich, und ich machte eine Flasche auf und goß drei Gläser voll.

»Henry«, sagte Debra, »ich geh mal Larry holen. Er wird mich in seinem Kastenwagen hinfahren und mir helfen, den Tisch zu holen. Du wirst sicher froh sein, wenn du den Trip nicht nochmal machen mußt.«

»Und wie.«

»Tessie wird dir solange Gesellschaft leisten.«
»All right.«
»Aber daß ihr mir auch artig seid, ihr beiden!«
Sie kam mit Larry zurück, und die beiden gingen nach draußen, stiegen in den Kastenwagen und fuhren los.
»Tja, jetzt sind wir allein«, sagte ich.
»Yeah«, sagte Tessie. Sie saß sehr steif da und sah geradeaus. Ich trank mein Glas aus, ging auf die Toilette und legte eine Pinkelpause ein. Als ich wieder herauskam, saß Tessie immer noch regungslos auf der Couch.
Ich stellte mich hinter sie, faßte sie unters Kinn, beugte mich herunter und drückte ihr meinen Mund auf die Lippen. Ihr Kopf wirkte von oben sehr groß. Das Make-up unter ihren Augen war verschmiert, und sie roch wie abgestandener Aprikosensaft. Von jedem Ohrläppchen hing eine kleine Kugel an einem dünnen Silberkettchen herunter. Während ich sie küßte, griff ich ihr mit der einen Hand in den Ausschnitt der Bluse. Sie trug keinen BH. Ich bekam eine Titte zu fassen und werkelte daran herum. Dann richtete ich mich auf und nahm die Hand wieder weg. Ich ging nach vorn herum, setzte mich neben sie auf die Couch und goß unsere Gläser voll.
»Für einen häßlichen alten Hund bist du aber ganz schön dreist«, sagte sie.
»Wie wär's mit einem auf die Schnelle, ehe Debra wieder zurückkommt?«
»Nein.«
»Sei doch nicht so verbiestert. Ich will unsere kleine Party nur ein bißchen unterhaltsamer gestalten.«
»Ich finde, du hast kein Benehmen. Was du eben getan hast, war plump und vulgär.«
»Ich hab eben nicht viel Phantasie.«
»Und du willst Schriftsteller sein?«
»Ich schreibe. Meistens ist es so, wie wenn man etwas abfotografiert.«
»Ich glaube, du fickst Frauen nur, damit du anschließend darüber schreiben kannst.«
»Ich weiß nicht.«
»Doch, finde ich schon.«
»Okay, is ja gut, vergiß es. Trink aus.«
Tessie trank ihr Glas aus und legte ihre Zigarette weg.

Sie sah mich an und ließ ihre langen falschen Wimpern flattern. Sie hatte einen großen Mund mit einer dicken Schicht Lippenstift darauf, genau wie Debra. Nur daß der von Debra dunkler war und nicht so glitzerte. Tessie benutzte einen leuchtend roten Lippenstift, und ihre Lippen glitzerten, denn sie leckte ständig mit der Zunge darüber.

Plötzlich packte sie mich. Ihr großer offener nasser Mund stülpte sich über meinen. Es war erregend. Ich kam mir vor, als würde ich vergewaltigt. Mein Schwanz ging hoch. Während sie mich küßte, griff ich ihr unter den Rock und strich ihr mit der flachen Hand am linken Schenkel hoch.

»Komm«, sagte ich, als der Kuß zu Ende war.

Ich nahm sie an der Hand und führte sie nach hinten in Debras Schlafzimmer. Dort drängte ich sie rückwärts aufs Bett. Die Tagesdecke lag über dem Bett, also zog ich mir die Schuhe aus, dann die Hose, und ich zog auch Tessie die Schuhe von den Füßen. Ich küßte sie lange und eingehend. Dann werkelte ich ihr den roten Rock über die Hüften hoch. Sie trug keine Strumpfhose. Das war erfreulich. Nylons und rosa Slip. Ich zerrte ihr den Slip herunter. Sie hatte die Augen zu. Irgendwo in der Nähe drang klassische Muik aus einem Lautsprecher. Ich rieb ihr mit einem Finger über die Möse, die rasch naß wurde und sich öffnete. Ich steckte ihr den Finger hinein, zog ihn wieder heraus und rieb ihren Kitzler. Sie war jetzt saftig genug. Ich legte mich auf sie, gab ihr ein paar rasche harte Stöße, verlangsamte, stieß wieder heftiger. Ich sah auf dieses simple verderbte Gesicht herunter, und meine Erregung steigerte sich. Ich geriet in Fahrt.

Plötzlich stieß sie mich weg. »Geh runter!«

»Was? Warum denn?«

»Ich höre den Wagen kommen! Sie wird mich feuern! Ich verlier meinen Job!«

»Von wegen, du NUTTE!«

Ich rammte eisern weiter, preßte meine Lippen auf diesen glitzernden schauerlichen Mund, und dann kam es mir, voll. Ich sprang ab. Tessie griff sich ihre Schuhe und den Slip und rannte damit ins Badezimmer. Ich trocknete mir mit dem Taschentuch notdürftig den Schwanz ab, strich die Bettdecke glatt und schüttelte die Kopfkissen auf. Als ich mir den Reißverschluß hochzog, hörte ich die Haustür. Ich ging nach vorn.

»Henry, hilfst du bitte Larry beim Reintragen? Der Tisch ist schwer.«

»Klar.«

»Wo ist Tessie?«

»Sitzt auf dem Klo, glaube ich.«

Ich folgte Debra hinaus an den Kastenwagen. Larry und ich schoben den Tisch von der Ladefläche und trugen ihn ins Haus. Tessie saß inzwischen auf der Couch und rauchte eine Zigarette.

»Laßt das gute Stück nicht fallen, Boys«, sagte sie.

»Keine Sorge«, sagte ich.

Der Tisch sollte neben das Bett, doch dort stand bereits einer, den Debra erst in eine Ecke rücken mußte. Dann schoben wir unseren hin. Wir standen um das Prachtstück herum und sahen es uns an.

»Oh Henry ... für ganze 200 Dollar! Gefällt er dir auch?«

»Ach ja, ganz nett, Debra, ganz nett.«

Ich ging ins Badezimmer. Ich wusch mir das Gesicht, kämmte mir die Haare, dann ließ ich die Hosen herunter und wusch mir in aller Ruhe die Weichteile.

»Wie wär's mit einem Glas Wein, Larry?« fragte ich, als ich wieder nach vorn ins Wohnzimmer kam.

»Oh nein, vielen Dank ...«

»Danke für die Hilfe, Larry«, sagte Debra.

Larry verschwand durch den Hinterausgang.

»Ach, bin ich aufgeregt!« sagte Debra.

Tessie blieb noch zehn oder fünfzehn Minuten sitzen, machte Konversation und trank etwas, dann sagte sie: »Ich muß jetzt gehn.«

»Du kannst gern noch bleiben, wenn du willst«, meinte Debra.

»Nein, ich muß wirklich los. Ich muß meine Wohnung aufräumen. Da liegt alles durcheinander.«

»Deine Wohnung aufräumen? Ausgerechnet heute, wo du hier zwei nette Freunde hast, mit denen du was trinken kannst?«

»Ich sitze hier nur rum und muß dauernd an das

Durcheinander bei mir zu Hause denken, weißt du, da kann ich einfach nicht relaxen. Du mußt das nicht persönlich nehmen.«

»Schon gut, Tessie, dann geh nur. Wir sind dir nicht böse.«

»All right, Darling ...«

Sie verabschiedeten sich unter der Tür mit einem Kuß auf die Wange, und dann war auch Tessie fort.

Debra nahm meine Hand und zog mich nach hinten ins Schlafzimmer. Wir sahen uns wieder diesen Tisch mit der Marmorplatte an.

»Jetzt mal im Ernst, Henry – wie findest du ihn?«

»Naja, ich hab schon 200 Dollar auf dem Rennplatz gelassen und bin mit leeren Händen nach Hause gekommen. Verglichen damit ist das hier nicht schlecht.«

»Er wird heute nacht neben uns stehen, wenn wir miteinander schlafen.«

»Vielleicht sollte lieber ich neben dem Bett stehen, und du nimmst *ihn* mit in die Federn.«

»Du bist ja eifersüchtig!«

»Natürlich.«

Debra holte sich aus der Küche einige Lappen und ein Reinigungsmittel und begann, die Marmorplatte zu polieren.

»Weißt du, so eine Marmorplatte braucht eine bestimmte Pflege, damit die Maserung richtig zur Geltung kommt.«

Ich zog mich bis auf die Unterhose aus und setzte mich auf die Bettkante. Dann legte ich mich lang, kam aber gleich wieder hoch – »Ach je, Debra, ich zerknitter dir die schöne Tagesdecke.«

»Laß nur, das macht nichts.«

Ich holte jedem von uns ein Glas Wein. Debra bearbeitete weiter ihre Tischplatte. Schließlich sah sie zu mir her und sagte: »Weißt du, du hast die schönsten Beine, die ich je an einem Mann gesehen habe.«

»Nicht schlecht für so einen alten Kerl, hm?«

»Kann man wohl sagen.«

Sie polierte noch eine Weile, dann ließ sie es sein.

»Wie bist du mit Tessie zurechtgekommen?«

»Ganz gut. Ich finde sie wirklich sympathisch.«

»Sie ist eine tüchtige Arbeitskraft.«

»Wenn du es sagst.«

»Es ist mir gar nicht recht, daß sie gegangen ist. Sie hatte bestimmt den Eindruck, sie stört. Ich sollte sie anrufen.«

»Ja, warum nicht?«

Sie griff sich das Telefon, setzte sich damit aufs Bett und rief Tessie an. Sie redeten ziemlich lange miteinander. Es wurde dunkel. Was war mit dem Abendessen? Debra kniete jetzt auf dem Bett, vornübergebeugt, stützte die Ellbogen auf und reckte den Hintern in die Luft. Ein hübscher Hintern. Schließlich lachte sie und sagte ihrer Freundin goodbye. Sie drehte sich zu mir um.

»Tessie sagt, sie findet dich süß.«

Ich ging nach vorn und goß unsere Gläser wieder voll. Als ich zurückkam, hatte sie ihren großen Farbfernseher an. Wir setzten uns ans Kopfende des Betts, tranken, sahen auf die Mattscheibe.

»Henry«, fragte sie, »was machst du am Erntedankfest?«

»Nichts.«

»Warum feiern wir es nicht bei mir? Ich besorge den Truthahn, und du kannst dich um die Getränke kümmern. Ich lade zwei oder drei Freunde ein.«

»All right. Hört sich gut an.«

Sie stand auf und stellte den Fernseher ab. Dann ging auch das Licht im Schlafzimmer aus. Nach einer Weile kam sie aus dem Badezimmer, mit so einem hauchdünnen Seidending um die Schultern. Sie ließ es fallen und kroch zu mir ins Bett. Wir drückten uns aneinander. Mein Schwanz wurde hart. Ihre Zunge schnellte in meinen Mund. Eine lange Zunge. Sie fühlte sich warm an. Ich rutschte an Debra abwärts, schob ihr mit den Fingern die Schamhaare auseinander und züngelte herum. Dann stupste ich ihren Kitzler mit der Nase. Sie reagierte. Ich kroch wieder an ihr hoch und steckte ihn unten rein. Während ich pumpte, versuchte ich an Tessie und ihren kurzen roten Rock zu denken. Es half nicht. Ich hatte Tessie bereits alles gegeben. Ich mühte mich ab, bis mir das Blut in den Ohren sauste.

»Sorry, Baby. Zuviel getrunken. Fühl mal, wie mein Herz am Hämmern ist.«

Sie legte mir die Hand auf die Brust. »Das ist ja wirklich *schlimm*«, sagte sie.

»Bin ich trotzdem noch zum Erntedankfest eingeladen?«

»Aber natürlich. Du Ärmster. Nun mach dir mal keine Gedanken.«

Ich gab ihr einen Gutenachtkuß, drehte mich auf die Seite und versuchte zu schlafen.

91

Als Debra am nächsten Morgen zur Arbeit gegangen war, nahm ich ein Bad und versuchte es anschließend eine Weile mit Fernsehen. Ich lief nackt durch die Wohnung, doch dann merkte ich, daß man mich von der Straße aus sehen konnte. Ich trank ein Glas Grapefruitsaft und zog mich an. Nun gab es nichts mehr zu tun als nach Hause zu fahren. Die Post würde inzwischen da sein. Vielleicht hatte mir jemand geschrieben. Ich vergewisserte mich, daß alle Türen richtig zu waren, dann stieg ich in den VW und fuhr zurück nach Los Angeles.

Unterwegs fiel mir Sara ein, das dritte Girl, das ich bei meiner Lesung im ›Lancer‹ kennengelernt hatte. Der Zettel mit ihrer Telefonnummer steckte in meiner Brieftasche. Als ich zu Hause war, setzte ich mich zu einem Morgenschiß aufs Klo, dann rief ich sie an.

»Hallo? Hier ist Chinaski, Henry Chinaski ...«

»Ja, ich weiß schon.«

»Was machst du so? Ich dachte mir, ich könnte mal zu dir rausfahren und dich besuchen.«

»Ich muß heute in mein Restaurant. Wie wär's, wenn du dort hinkommst?«

»Das ist ein vegetarischer Laden, nicht?«

»Ja. Ich mach dir einen guten gesunden Sandwich.«

»Ja?«

»Ich schließe um 4. Vielleicht kannst du es so einrichten, daß du kurz vorher da bist?«

»All right. Und wie komme ich hin?«

»Hol dir was zum Schreiben, dann erklär ich dir den Weg.«

Ich schrieb es mir auf. »Ich bin so gegen halb 4 da«, sagte ich.

Kurz vor halb 3 fuhr ich los. Irgendwo auf dem Freeway wurden ihre Erklärungen konfus. Oder ich wurde konfus. Ich hatte eine starke Abneigung gegen Freeways und Erklärungen. Ich nahm die nächste Ausfahrt und stellte fest, daß ich in Lakewood war. An einer Tankstelle hielt ich und rief Sara an.

»Drop On Inn«, meldete sie sich.

»Shit!« sagte ich.

»Was hast du denn? Warum bist du so verärgert?«

»Ich bin in Lakewood! Du hast mir den Weg ganz falsch erklärt!«

»Lakewood? Augenblick.«

»Ich fahr zurück. Ich brauch einen Drink.«

»Also komm schon. Ich möchte dich sehen! Sag mir, auf welcher Straße in Lakewood du bist und wie die nächste Querstraße heißt.«

Ich ließ den Hörer hängen, ging raus und sah nach. Ich gab ihr die Information durch. Sie gab mir neue Anweisungen.

»Es ist ganz leicht«, sagte sie. »Und jetzt versprich mir, daß du auch kommst.«

»Also gut.«

»Und wenn du dich wieder verfährst, ruf mich an.«

»Du mußt entschuldigen, ich hab keinerlei Ortssinn. Ich hab mich schon so oft verfahren, daß ich Alpträume davon hatte. Ich glaube, ich gehöre auf einen anderen Planeten.«

»Schon gut. Fahr jetzt einfach so, wie ich dir gesagt habe.«

Ich stieg wieder ins Auto, und diesmal ging es ganz leicht. Bald war ich auf dem Pacific Coast Highway und spähte nach der Ausfahrt, die sie mir angegeben hatte. Ich fand sie. Es ging jetzt durch ein vornehmes Einkaufsviertel dicht am Meer. Ich fuhr langsamer, und schließlich sah ich es: ›Drop On Inn‹. Ein großes handgemaltes Schild. Am Fenster klebten Fotos und kleine Karten. Oh Gott, ein astreines Vegetarier-Lokal. Ich wollte da nicht rein. Ich fuhr einmal um den Block und wieder langsam am ›Drop On Inn‹ vorbei. Dann bog ich zweimal rechts ab, sah eine Kneipe, ›Crab Haven‹, parkte davor und ging hinein.

Es war viertel vor 4. Nirgends mehr ein Platz frei. Ich stellte mich an den Tresen und bestellte mir einen Wodka-Seven. Dann ging ich mit meinem Drink nach hinten zum Telefon und rief Sara an. »Okay, ich bin's. Henry. Ich bin hier.«

»Ich hab dich zweimal vorbeifahren sehen. Warum so schüchtern? Wo bist du denn jetzt?«

»Im ›Crab Haven‹. Mit einem Drink in der Hand. Ich komm dann gleich.«

»All right. Trink nicht zuviel.«

Ich trank aus und ließ mir noch einen geben. Inzwischen war eine Nische freigeworden. Ich setzte mich. Mir war gar nicht mehr nach einem Besuch bei ihr zumute. Ich konnte mich kaum noch erinnern, wie sie aussah.

Ich trank mein Glas aus und fuhr wieder zu ihrem Lokal. Ich stellte den Wagen ab, drückte die Fliegengitter-Tür auf und ging hinein. Sie sah mir entgegen. »Hi, Henry!« sagte sie. »Augenblick noch. Ich bin gleich fertig.« Sie richtete gerade etwas an. Vier oder fünf Typen waren da. Zwei saßen auf einer Couch, die anderen auf dem Boden. Sie waren alle Mitte Zwanzig, trugen Tennishosen, sahen alle gleich aus und hockten da herum. Dann und wann schlug einer die Beine übereinander oder räusperte sich. Sara war schlank, sah ziemlich gut aus und hatte flinke Bewegungen. Klasse. Ihr Haar war rotblond. Es gefiel mir sehr.

»Ich kümmer mich gleich um dich«, rief sie.

»All right.«

An der einen Wand gab es ein Bücherregal. Drei oder vier von meinen Büchern standen darin. Ich entdeckte eine Lorca-Ausgabe, nahm sie heraus und tat so, als würde ich darin lesen. So mußte ich wenigstens nicht diese Typen in Tennishosen ansehen. Sie wirkten, als hätten sie noch nie einen Kratzer abbekommen. Verhätschelt, gut versorgt und mit einem weichen Schimmer von Zufriedenheit auf den Gesichtern. Die hatten noch nie einen

Knast von innen gesehen, sich die Hände bei irgendeiner Arbeit dreckig gemacht oder auch nur einen Strafzettel bekommen. Muttersöhnchen, der ganze Verein.

Sara brachte mir einen vegetarischen Sandwich. »Hier, versuch mal.«

Ich aß den Sandwich. Die Kerle hingen weiter herum. Dann stand einer auf und ging. Ein zweiter folgte ihm. Sara ging ans Saubermachen. Nach einer Weile saß nur noch einer am Boden. Er war etwa 22, schlaksig, und sein Rücken war gekrümmt wie ein Flitzbogen. Auf der Nase hatte er eine dicke schwarze Hornbrille. Er wirkte einsamer und bekloppter als die anderen. »Hey, Sara«, sagte er, »gehst du heute abend mit, ein paar Biere trinken?«

»Heute geht's nicht, Mike. Wie wär's mit morgen abend?«

»All right, Sara.«

Er stand auf und ging nach hinten an den Tresen. Er legte eine Münze hin und nahm sich ein Schonkost-Gebäck. Er blieb am Tresen stehen und aß das Ding, dann drehte er sich um und ging hinaus.

»Hat dir der Sandwich geschmeckt?« fragte mich Sara.

»Ja. War nicht schlecht.«

»Kannst du mir bitte die Tische und Stühle von draußen reinholen?«

Ich holte ihr die Tische und Stühle herein.

»Was möchtest du unternehmen?« fragte sie.

»Tja, also Kneipen sind nicht mein Fall. Die Luft da drin ist so schlecht. Ich würde sagen, wir besorgen uns etwas zu trinken und gehn zu dir.«

»All right. Hilf mir noch den Müll raustragen.«

Ich half ihr den Müll raustragen. Dann sah sie zu mir hoch und sagte:

»Fahr mir nach. Ich weiß einen Laden, der guten Wein hat. Und dann fährst du mir nach bis zu mir nach Hause.«

Das Nachfahren war kein Problem – sie hatte einen VW-Bus. Am hinteren Fenster hing ein Poster von einem Mann. »Lächelt und freut euch«, empfahl er. Er stammte aus Indien, war 1971 gestorben und hatte bis zuletzt behauptet, er sei Gott. Quer über dem unteren Rand stand sein Name: Drayer Baba.

Bei Sara zu Hause machten wir eine Flasche auf und setzten uns auf die Couch. Die Einrichtung gefiel mir. Sara hatte alles selbst gezimmert, sogar das Bett. Überall hingen Fotos von Drayer Baba.

Während wir noch an unserer ersten Flasche Wein waren, ging die Tür auf und ein junger Mann kam ins Zimmer. Er hatte schiefe Zähne, lange Haare und einen sehr langen Bart.

»Das ist Ron«, sagte Sara. »Er wohnt bei mir.«

»Hallo, Ron. Ein Glas Wein?«

Ron trank ein Glas mit uns. Dann kam ein dickes Girl herein, gefolgt von einem dünnen Mann mit kahlrasiertem Schädel. Sie wurden mir als Pearl und Jack vorgestellt. Kaum hatten sie sich gesetzt, da kam noch ein junger Mann herein. Er nannte sich Jean John. Auch Jean John nahm Platz. Dann kam Pat herein. Pat hatte einen schwarzen Vollbart und lange Haare. Er setzte sich direkt vor mir auf den Fußboden.

»Ich bin Dichter«, eröffnete er mir.

Ich trank einen Schluck Wein.

»Wie stellt man es an, daß man was veröffentlicht kriegt?«

»Man schickt es an Zeitschriften.«

»Aber ich bin unbekannt.«

»Jeder fängt als Unbekannter an.«

»Ich gebe jede Woche drei Lesungen. Und ich lese sehr gut. Ich bin nämlich Schauspieler. Ich sage mir, wenn ich meine Sachen oft genug vortrage, wird sich vielleicht jemand melden, der sie veröffentlichen will.«

»Nicht ganz ausgeschlossen.«

»Das Problem ist nur, daß zu meinen Lesungen niemand kommt.«

»Dann weiß ich auch nicht, was ich dir raten soll.«

»Ich werde meinen Gedichtband cinfach selber drukken.«

»Whitman hat es auch so gemacht.«

»Siehst du dir mal ein paar von meinen Gedichten an?«

»Oh Gott, bloß nicht.«

»Warum nicht?«

»Ich will nur was trinken.«

»In deinen Büchern ist viel von Trinken die Rede. Findest du, daß das Trinken deiner Schreibe genützt hat?«

»Nein. Ich bin nur ein Alkoholiker, der sich fürs Schreiben entschieden hat, damit er immer bis Mittag im Bett bleiben kann.«

Ich wandte mich zu Sara um »Ich hatte keine Ahnung, daß du so viele Freunde hast.«

»Heute abend ist eine Ausnahme. Sonst ist es fast nie so.«

»Nur gut, daß wir genug Wein haben.«

»Ich bin sicher, die gehn bald wieder«, sagte sie.

Die anderen unterhielten sich über dies und jenes, und nach einer Weile hörte ich nicht mehr hin. Sara gefiel mir immer mehr. Wenn sie etwas sagte, dann war es überlegt und ging direkt zur Sache. Die Frau hatte Verstand.

Nach und nach gingen die anderen – in der Reihenfolge, in der sie gekommen waren. Pearl und Jack. Jean John. Pat, der Poet. Jetzt waren wir nur noch zu dritt. Ron saß rechts von Sara, ich links. Ron goß sich ein Glas Wein ein. Selbstbedienung. Dafür konnte ich ihm schlecht auf die Finger klopfen, denn schließlich war er ihr Hausfreund. Er hielt das Terrain besetzt, und es konnte lange dauern, bis er sich abgenutzt hatte. Ich füllte Sara das Glas wieder auf, dann auch mir selbst. Als ich ausgetrunken hatte, sagte ich zu Sara und Ron: »Tja, ich glaube, ich sollte mal wieder gehn.«

»Ach nein, doch nicht so früh«, sagte Sara. »Ich bin noch gar nicht dazu gekommen, mich mit dir zu unterhalten. Ich würde mich sehr gern mit dir unterhalten.«

Sie sah Ron an. »Verstehst du doch, Ron, nicht?«

»Na klar.«

Er stand auf und verzog sich in eines der hinteren Zimmer.

»Hey«, sagte ich, »ich will hier aber keinen Stunk vom Zaun brechen.«

»Was denn für Stunk?«

»Zwischen dir und deinem Hausfreund.«

»Oh, wir haben nichts miteinander. Keinen Sex, nichts. Er wohnt nur in dem Zimmer da hinten zur Miete.«

»Ach so.«

Ich hörte eine Gitarre. Dann lauten Gesang.

»Das ist Ron«, sagte Sara.

Er röhrte wie ein Schweinehirt. Seine Stimme war so schauerlich, daß sich jeder Kommentar erübrigte.

Ron sang eine geschlagene Stunde lang. Sara und ich leerten noch eine Flasche. Sie zündete einige Kerzen an. »Hier, versuch mal eine Bidi.«

»Ich versuchte eine. Die Bidi erwies sich als eine indische Zigarette, bestehend aus einem gerollten Tabakblatt. Recht würzig, wenn auch etwas streng. Ich wandte mich zu Sara um, und es kam zu unserem ersten Kuß. Sie küßte gut. Der Abend ließ sich immer besser an.

Die Tür mit dem Fliegengitter schwang nach innen, und ein junger Mann kam ins Zimmer.

»Barry«, sagte Sara, »ich hab schon Besuch.«

Die Tür klatschte wieder zu, und Barry war verschwunden. Ich sah Probleme auf mich zukommen. Als zurückgezogen lebender Mensch konnte ich Publikumsverkehr nicht ertragen. Es hatte nichts mit Eifersucht zu tun. Ich hatte einfach etwas gegen das massierte Auftreten von Menschen. Außer bei meinen Lesungen.

Wir küßten uns wieder. Wir hatten inzwischen beide schon zuviel getrunken. Sara entkorkte eine weitere Flasche. Sie konnte wirklich einiges vertragen. Ich weiß nicht mehr, worüber wir uns unterhielten, doch eines fiel mir an Sara besonders angenehm auf: sie kam nur ganz selten auf meine Schriftstellerei zu sprechen. Als die letzte Flasche leer war, sagte ich ihr, daß ich zu betrunken sei, um noch nach Hause zu fahren.

»Oh, du kannst gern bei mir im Bett schlafen. Aber keinen Sex.«

»Warum?«

»Man soll keinen Sex haben, wenn man nicht verheiratet ist.«

»Soll man nicht?«

»Drayer Baba ist dagegen.«

»Auch Gott kann sich mal irren.«

»Nie.«

»Na schön. Gehn wir schlafen.«

Dann lagen wir im Dunkeln und küßten uns. Auch gut. Ich war ohnehin ein Kuß-Freak, und Sara küßte besser als alle, die mir seit Lydia begegnet waren. Lydia knutschte in diesem Augenblick vermutlich mit irgendeinem Makker herum. Oder noch schlimmer, sie küßte ihm den Schwanz ab. Katherine war in Austin und schlief allein.

Ich hatte einen stehen, und Sara hielt ihn jetzt in der Hand und machte Petting. Sie drückte ihn gegen ihre Möse und rieb ihn daran auf und nieder. Sie befolgte das Gebot ihres göttlichen Drayer Baba. Ich ließ die Finger von ihrer Möse, um Drayer nicht unnötig zu verärgern. Wir küßten uns nur, und sie rieb immer wieder meinen Schwanz an ihrer Möse auf und nieder. Vielleicht rieb sie ihn auch über ihren Kitzler. Es war schwer zu sagen. Ich wartete darauf, daß sie ihn endlich bei sich reinsteckte, aber nein – außer Reiben war nichts. Mein Schwanz wurde von ihrem Schamhaar allmählich wundgescheuert. Ich machte der Sache ein Ende.

»Gute Nacht, Baby«, sagte ich und drehte mich auf die Seite. »Drayer, Baby«, dachte ich dann, »soviel Frömmigkeit hast du noch nie in einem Bett erlebt.«

Am Morgen begann die Reiberei von neuem. Wieder mit dem gleichen Ergebnis. Zum Teufel damit, dachte ich, auf sowas kann ich auch verzichten.

»Möchtest du ein Bad nehmen?« fragte Sara.

»Gern.«

Ich ging ins Badezimmer und drehte das Wasser auf. In der Nacht hatte ich Sara irgendwann von meinen Ticks erzählt. Einer bestand darin, jeden Tag drei- oder viermal in ein dampfend heißes Bad zu steigen. Die alte Wassertherapie.

Sara hatte eine von diesen alten Badewannen. Es ging mehr Wasser rein als in meine, und das Wasser war hier auch heißer. Ich war knapp über einsachtzig, aber in dieser Wanne konnte ich mich bequem ausstrecken. Früher hatten sie noch Badewannen für Kaiser gemacht, und nicht für schmalbrüstige Bankangestellte von einsdreiundfünfzig.

Ich stieg rein und streckte mich aus. Großartig. Dann stand ich auf und sah auf meinen armen wundgescheuerten Schwanz herunter. Ein hartes Brot, alter Freund, aber vielleicht immer noch besser als gar nichts, wie? Ich setzte mich wieder ins Wasser und streckte mich aus.

Draußen hörte ich das Telefon. Sara nahm ab, und nach

eine Weile kam sie an die Tür des Badezimmers und klopfte.

»Herein.«

»Hank, es ist Debra.«

»Debra? Woher weiß sie, daß ich hier bin?«

»Sie hat überall rumtelefoniert. Soll ich ihr sagen, daß sie später nochmal anrufen soll?«

»Nein. Sag ihr, ich komm gleich.«

Ich wickelte mir ein großes Badetuch um den Bauch und ging nach vorn ins Wohnzimmer. Sara unterhielt sich mit Debra am Telefon. »Ah, da kommt er jetzt ...« Sie gab mir den Hörer in die Hand.

»Hallo, Debra?«

»Hank, wo bist du gewesen?«

»In der Badewanne.«

»In der *Badewanne*?«

»Ja.«

»Du kommst gerade raus?«

»Ja.«

»Was hast du an?«

»Ich hab ein Handtuch um den Bauch.«

»Wie kannst du dir ein Handtuch um den Bauch halten und gleichzeitig telefonieren?«

»Na, ich tu's jedenfalls.«

»Ist was gewesen?«

»Nein.«

»Warum?«

»Warum was?«

»Ich meine, warum hast du sie nicht gefickt?«

»Sag mal, glaubst du vielleicht, ich hab nichts anderes im Kopf? Meinst du, mehr ist an mir nicht dran?«

»Dann ist also nichts gewesen?«

»Ja.«

»Was?«

»Ja, nichts.«

»Wo gehst du anschließend hin?«

»Zu mir.«

»Komm zu mir.«

»Was ist mit deinen Gerichtsprotokollen?«

»Wir sind fast auf dem laufenden. Tessie wird auch allein damit fertig.«

»Na gut, dann bin ich in einer dreiviertel Stunde da.«

Ich legte auf.

»Was hast du vor?« fragte Sara.

»Ich fahre zu Debra. Ich hab ihr gesagt, ich bin in 45 Minuten da.«

»Aber ich dachte, wir würden zusammen zum Lunch gehen. Ich weiß da so ein mexikanisches Lokal.«

»Hör mal, sie macht sich Sorgen. Wie können wir da beim Lunch sitzen und einen kleinen Plausch halten?«

»Ich hab mich aber auf einen Lunch mit dir eingestellt.«

»Und wann willst du deine Kunden abfüttern?«

»Ich mach erst um elf auf. Jetzt ist es zehn.«

»Na schön, dann gehn wir eben essen ...«

Das mexikanische Lokal lag in Hermosa Beach, in einer Gegend, die von reichen affektierten Hippies bevölkert wurde. Überall fade nichtssagende Typen. Tod am Strand. Einfach abschalten, inhalieren, Sandalen tragen und so tun, als sei alles bestens auf der Welt.

Während wir auf unser Essen warteten, tunkte Sara ihren Finger in eine Schale Chilisoße und leckte ihn ab. Dann tunkte sie ihn wieder rein. Sie beugte sich über die Schale, und ihre Haare kitzelten mich an der Nase. Immer wieder tunkte sie den Finger rein und leckte ihn ab.

»Hör mal«, sagte ich, »von der Soße wollen auch andere noch was haben. Mir wird schlecht, wenn ich das sehe. Hör auf damit.«

»Ach was«, sagte sie, »die füllen das jedesmal wieder auf.«

Ich konnte nur hoffen, daß sie das wirklich taten. Dann kam unser Essen, und Sara machte sich wie ein wildes Tier darüber her, genau wie es Lydia immer getan hatte. Nach dem Lunch stiegen wir in ihren VW-Bus und fuhren zu ihrem vegetarischen Restaurant. Dort setzte ich mich in meinen VW und machte mich auf den Weg nach Playa del Rey. Sara hatte mir den Weg genau erklärt. Ich brachte einiges durcheinander, kam aber trotzdem ohne Schwierigkeiten hin. Das war fast eine Enttäuschung. Wenn Streß und Wahnsinn aus meinem Alltag verschwanden, schien kaum noch etwas übrig zu sein, worauf man sich verlassen konnte.

Ich fuhr in Debras Vorgarten hinein. Ich sah, wie sich der Fenstervorhang bewegte. Sie hatte nach mir Ausschau gehalten. Ich stieg aus dem Auto und vergewisserte mich, daß beide Türen verriegelt waren, denn meine Versicherung war abgelaufen.

Ich ging an die Haustür und drückte auf die Klingel. »Bing-bong«. Debra machte mir auf. Sie schien erfreut, mich zu sehen. Das war schon recht, nur waren es eben solche Dinge, die einen als Schriftsteller davon abhielten, seine Arbeit zu tun.

92

Den Rest der Woche tat ich nicht viel. Die Oaktree-Rennwoche hatte begonnen, und ich fuhr zwei- oder dreimal raus und gewann gerade meine Einsätze zurück. Ich schrieb eine dreckige Story für ein Sexmagazin, schrieb zehn oder zwölf Gedichte, onanierte, und jeden Abend rief ich Sara und Debra an. An einem Abend rief ich auch einmal bei Cassie an, und es meldete sich ein Mann. Goodbye, Cassie.

Ich machte mir Gedanken über das Ende von Liebesaffären und wie schwer das immer war. Doch gewöhnlich war es eben auch so, daß man eine neue Frau erst kennenlernte, nachdem man sich von einer anderen getrennt hatte. Und wirklich kennenlernen und verstehen konnte ich sie nur, wenn ich mit ihnen intim wurde. Männer konnte ich jederzeit erfinden, weil ich selbst einer war, doch über Frauen zu schreiben, ohne sie wirklich zu kennen, war mir beinahe unmöglich. Also machte ich mich mit ihnen vertraut, so gut ich konnte, und die Studienobjekte erwiesen sich als menschliche Wesen, und jeder Gedanke an Schreiben war vergessen. Schreiben wurde unwichtig, wenn man mit einer Frau zusammen war. Schreiben war nur noch der Rest einer Gewohnheit. Ein Mann mußte nicht unbedingt eine Frau haben, um echte Gefühle zu erleben, aber es war trotzdem gut, wenn er ein paar kannte. Wenn die Affäre dann schiefging, wußte er, was für ein Gefühl es ist, wirklich allein und kirre zu sein, und er wußte dann auch, was ihm bevorstand, wenn es einmal mit ihm selbst zu Ende ging.

Es gab immer wieder Dinge, bei denen ich sentimental wurde: ein Paar Stöckelschuhe unter dem Bett; eine Haarnadel, die auf der Kommode liegen blieb; die Art, wie sie sagten »Ich muß mal Pipi machen«; gemeinsam den Boulevard entlanggehen, nachmittags um halb zwei, einfach zwei Menschen, nebeneinander; die langen Abende, die man mit Trinken und Rauchen und Reden verbrachte; die Streitereien; Gedanken an Selbstmord; ein gemeinsames Essen in guter Stimmung; die Witze und das befreiende Lachen; das Gefühl, als liege ein Wunder in der Luft; auf einem Parkplatz zusammen im Auto sitzen; sich morgens um 3 von früheren Liebschaften erzählen und Vergleiche anstellen; sie schnarchen hören und gesagt bekommen, daß man selbst schnarcht; ihre Mütter, Töchter, Söhne, Katzen, Hunde; Todesfälle und Scheidungen, und wie sie trotzdem weitergemacht und durchgehalten hatten; allein in einer Sandwich-Bude sitzen und die Zeitung lesen und den Ekel in sich aufsteigen spüren, weil sie jetzt einen Zahnarzt mit einem I. Q. von 95 geheiratet hat; Rennbahnen und Parks; Picknicks im Park; auch mal ein Aufenthalt im Gefängnis; ihre langweiligen Freunde; deine langweiligen Freunde; deine Trinkerei, ihre Tanzvergnügen; deine Flirts und ihre Flirts; ihr Tablettenkonsum, deine Seitensprünge, ihre Seitensprünge; und dann wieder miteinander schlafen ...

Man konnte sich kein Urteil anmaßen, aber man war einfach gezwungen, eine Auswahl zu treffen. Jenseits von Gut und Böse – in der Theorie gut und schön, aber im Leben mußte man sich für das eine oder das andere entscheiden, sonst ging es nicht weiter. Manche hatten mehr Herz als andere, manche interessierten sich einfach mehr für einen, und gelegentlich war es notwendig, daß man sich mit einer einließ, die äußerlich schön und innerlich kalt war, nur wegen der brutalen beschissenen Kicks, genau wie in einem brutalen beschissenen Film. Doch die mit Herz waren einfach besser im Bett, und wenn man eine Weile mit ihnen zusammen war, begann man ihre wirkliche Schönheit zu entdecken. Ich dachte dabei vor allem an Sara – sie hatte dieses gewisse Etwas. Wenn nur nicht dieser Drayer Baba gewesen wäre, der immer sein verdammtes STOP-Schild hochhielt ...

Dann kam Saras Geburtstag, 11. November, Veteranen-Gedenktag. Wir hatten uns inzwischen noch zweimal getroffen, einmal bei ihr, einmal bei mir. Es hatte Spaß gemacht und allerhand Erwartungen geweckt. Sie war ein bißchen eigen, aber sie hatte Persönlichkeit und Ideen; wir hatten glückliche Stunden miteinander – außer im Bett –, wir waren Feuer und Flamme, doch Drayer Baba ließ uns nicht zusammenkommen. Und gegen so einen Gott hatte ich nichts zu bestellen.

»Ficken ist nicht so wichtig«, meinte Sara.

Ich ging in einen exotischen Laden, »Aunt Bessie's«, Ecke Hollywood Boulevard und Fountain Avenue, um Geburtstagsgeschenke für Sara einzukaufen. Die Verkäufer waren zum Kotzen – junge Schwarze und Weiße, deren Intelligenz sich in Hochnäsigkeit verwandelt hatte. Sie stelzten herum, ignorierten und beleidigten die Kundschaft. Die weiblichen Angestellten waren tranig und schwergewichtig, trugen weite schlotternde Blusen und liefen mit gesenktem Kopf herum, als müßten sie sich für etwas schämen. Und die Kundschaft bestand aus grauen verhutzelten Figuren, die sich die Beleidigungen bieten ließen und wiederkamen, um sich noch mehr bieten zu lassen.

Die Verkäufer sahen mich an, verkniffen sich ihren Scheiß und durften dafür noch einen Tag älter werden. Als erstes kaufte ich für Sara ein Konzentrat, das aus dem Hirn von Bienen gewonnen wird, dann noch ein Paar Eßstäbchen, Meersalz, zwei organische Granatäpfel, zwei andere Äpfel (ebenfalls organisch) und Sonnenblumenkerne. Das ganze kam in einen Weidenkorb. Das Bienenkonzentrat war natürlich die Hauptsache, und es kostete mich eine schöne Stange. Sara hatte oft davon gesprochen, wie gerne sie welches hätte, doch sie hatte gesagt, sie könne es sich nicht leisten.

Mit diesem Geschenkkorb fuhr ich also zu Sara. Ich hatte auch etliche Flaschen Wein erstanden, doch eine hatte ich bereits beim Rasieren geleert. Ich rasierte mich selten, aber zu Saras Geburtstag und zu Ehren der Kriegsveteranen hatte ich mir die Mühe gemacht. Sie war eine gute Frau. Ihre Ansichten gefielen mir, und seltsamerweise konnte man auch ihre sexuelle Enthaltsamkeit durchaus verstehen. Sie war eben überzeugt, sie müsse es aufsparen für einen guten Mann. Nicht daß ich unbedingt so einer war, aber ihre offensichtliche Klasse würde sich auf jeden Fall sehr gut ergänzen mit der meinen, wenn ich einmal zu Geld und Ruhm gekommen war und wir in Paris am Tisch eines Straßencafés saßen ... Sie war liebenswert, sie war gescheit auf eine unaufdringliche Art, und vor allem hatte sie diese Haarfarbe mit ihrer irren Mischung aus Rot und Goldblond. Fast schien es mir, als hätte ich nach einer solchen Haarfarbe schon seit Jahrzehnten gesucht. Vielleicht auch noch länger ...

Auf dem Pacific Coast Highway hatte ich plötzlich ein trockenes Gefühl in der Kehle. Ich hielt vor der nächsten Kneipe, ging rein und ließ mir einen doppelten Wodka-Seven geben. Ich machte mir Gedanken wegen Sara. Keinen Sex ohne Heirat, sagte sie. Und ich war mir sicher, daß es ihr ernst damit war. Sie hatte eindeutig eine enthaltsame Art an sich. Aber zugleich konnte ich mir auch vorstellen, daß sie auf mancherlei Art und Weise doch auf ihre Kosten kam und ich wohl kaum der erste war, der sich an ihren Mösenhaaren den Schwanz wundscheuern ließ. Ich vermutete, daß sie genauso ratlos und durcheinander war wie alle anderen. Wie ich auf so etwas eingehen konnte, war mir ein Rätsel. Ich legte es nicht einmal besonders darauf an, sie nach und nach weichzumachen. Ihr Keuschheitsfimmel ging mir gegen den Strich, aber ich mochte sie trotzdem. Vielleicht wurde ich allmählich bequem. Vielleicht hatte ich allmählich genug von Sex. Vielleicht wurde ich jetzt endgültig alt. Happy birthday, Sara.

Ich fuhr an ihrem Bungalow vor und trug meinen Korb voll gesunder Kost hinein. Sie war in der Küche. Ich setzte mich mit Korb plus Weinflaschen ins Wohnzimmer.

»Ich bin hier, Sara!«

Sie kam heraus. Ron war nicht da, aber sie hatte seine Stereo-Anlage auf Hochtouren laufen. Ich hatte einen Haß auf Stereo-Anlagen. Wenn man in einem heruntergekommenen Viertel wohnte, bekam man jedes Geräusch aus der Nachbarschaft mit, sogar wenn sie fickten, doch das Widerwärtigste war, daß man sich stundenlang und auf höchster Lautstärke ihre *Musik* anhören mußte, die wie ein endloser Schwall von Kotze über einen hereinbrach. Und zu allem Überfluß ließen sie gewöhnlich ihre Fenster offen, weil sie sich einbildeten, man höre diesen Krach genauso gern wie sie.

Sara hatte etwas von Judy Garland auf dem Plattenteller. Ich mochte Judy Garland durchaus, vor allem ihren Auftritt in der New Yorker Metropolitan Opera. Doch jetzt kam sie mir plötzlich sehr schrill vor, wie sie da ihr sentimentales Zeug herausbrüllte.

»Um Gotteswillen, Sara, stell das *leiser*!«

Das tat sie, aber nicht viel. Sie entkorkte eine der Weinflaschen, und dann saßen wir uns am Tisch gegenüber. Meine Stimmung war nicht mehr die beste.

Sara packte den Korb aus, entdeckte das Bienensekret und war begeistert. Sie schraubte den Deckel ab und probierte es. »Da steckt wirklich Kraft drin«, sagte sie. »Das ist die Essenz ... Willst du auch mal probieren?«

»Nein, danke.«

»Ich mach uns ein Essen.«

»Gut. Aber eigentlich sollte ich dich ausführen.«

»Ich hab es schon auf dem Herd.«

»Naja, dann ...«

»Ich hab nur keine Butter mehr da. Ich müßte schnell los und mir welche besorgen. Ich brauch auch noch Salatgurken und Tomaten. Für morgen, für mein Restaurant.«

»Laß mich das machen. Du hast heute Geburtstag.«

»Willst du nicht doch mal das Bienensekret versuchen?«

»Nein danke, schon gut.«

»Du kannst dir nicht vorstellen, wie viele Bienen dran glauben mußten, bis dieses Glas hier voll war.«

»Herzlichen Glückwunsch zum Geburtstag. Ich hol jetzt die Butter und die anderen Sachen.«

Ich trank noch ein Glas Wein, dann stieg ich in den VW und fuhr zu einem Lebensmittelgeschäft. Die Tomaten und Gurken sahen alt und verhutzelt aus, also nahm ich nur Butter mit und fuhr weiter durch die Gegend, bis ich einen größeren Laden fand. Dort besorgte ich das Gemüse und fuhr wieder zu Sara zurück. Als ich bei ihr die

Einfahrt hochkam, hörte ich es schon – sie hatte die Stereo-Anlage wieder auf höchster Lautstärke. Je näher ich der Haustür kam, desto übler wurde mir. Meine strapazierten Nerven machten nicht mehr mit. Ich ging ins Haus, nur mit der Butter in der Hand. Den Rest hatte ich in einer Einkaufstüte neben dem Wagen stehenlassen. Es war nicht auszumachen, was für eine Platte sie diesmal laufen hatte. Es war so laut, daß man keinen Ton vom anderen unterscheiden konnte.

Sara kam aus der Küche.

»VERDAMMTE SCHEISSE!« schrie ich.

»Was ist denn?« fragte sie.

»DU HAST DAS SCHEISSDING ZU LAUT! MERKST DU DAS DENN NICHT?«

»Was?«

»MIR FALLEN DIE OHREN ZU!«

»Was?«

»ICH GEHE!«

»Nein!«

Ich drehte mich um, trat die Tür mit dem Fliegengitter auf und ging hinaus zu meinem VW. Dort sah ich die Einkaufstüte mit den Tomaten und den Gurken stehen. Ich hob sie auf und ging damit zurück. Sara kam mir entgegen. Ich schob ihr die Tüte hin. »Da.« Dann machte ich auf dem Absatz kehrt und ging in Richtung Wagen.

»Du mieser elender Knochen!« schrie sie und warf mir die Tüte nach. Das Ding traf mich mitten in den Rükken. Sie drehte sich um und rannte ins Haus. Ich sah auf die Tomaten und Gurken herunter, die über die halbe Einfahrt verstreut lagen. Für einen Augenblick dachte ich daran, sie wieder aufzusammeln. Dann ließ ich es sein, setzte mich ins Auto und fuhr weg.

93

Die Lesung in Vancouver kam zustande. $ 500 plus Flug und Spesen. Der Veranstalter, Bart McIntosh, hatte irgendwelche Sorgen wegen des Grenzübertritts. Er sagte, ich solle nur bis Seattle fliegen, er werde mich dort mit dem Wagen abholen, und dann würden wir gemeinsam über die Grenze fahren. Nach der Lesung sollte ich von Vancouver direkt nach L. A. zurückfliegen. Ich verstand nicht, was das sollte, aber ich sagte ihm, es sei mir recht.

Und dann war ich also mal wieder in der Luft, mit den Vertretern und Geschäftsleuten, und mit einem doppelten Wodka-Seven in der Hand. In meiner kleinen Reisetasche hatte ich Unterwäsche und Socken und einige Hemden zum Wechseln, drei oder vier Gedichtbände, ungefähr ein Dutzend neue Gedichte, frisch aus der Schreibmaschine, plus Zahncreme und Zahnbürste. Es war lächerlich, eine solche Reise zu machen, nur um irgendwo Gedichte zu lesen und sich dafür bezahlen zu lassen. Es verdroß mich, und ich kam nie darüber hinweg, wie dämlich das ganze doch war. Da plagte man sich wie ein Maultier mit niederen sinnlosen Jobs ab, bis man fünfzig war, um dann plötzlich als Handlungsreisender in Sachen Kultur durch die Gegend zu jetten, mit einem Drink in der Hand.

McIntosh erwartete mich in Seattle, und wir fuhren in seinem Wagen los. Es wurde eine angenehme Fahrt, denn keiner von uns sagte viel. Daß die Lesung einen privaten Veranstalter hatte, war nach den College-Lesungen eine angenehme Abwechslung. Die Universitäten waren verklemmt, sie hatten Angst vor Dichtern aus der Gosse, doch andererseits waren sie auch zu neugierig, um sich einen entgehen zu lassen.

An der Grenze standen wir in einer Schlange von hundert Wagen, und die Sache zog sich sehr in die Länge. Die Grenzer ließen sich nicht aus der Ruhe bringen. Ab und zu mußte ein alter Schlitten rechts rausfahren, doch gewöhnlich stellten sie nur ein oder zwei Fragen und winkten die Leute durch. Ich konnte wirklich nicht verstehen, warum McIntosh vor dieser Prozedur einen solchen Bammel hatte.

»Mann«, sagte er, »wir haben es geschafft!«

Nach Vancouver war es nun nicht mehr weit. McIntosh parkte vor dem Hotel. Es sah gut aus. Direkt am Wasser. Wir ließen uns den Schlüssel geben und sahen uns das Zimmer an. Sehr angenehm. Ein Kühlschrank stand darin, und irgendeine gute Seele hatte ihn mit Bierflaschen gefüllt.

»Greif zu«, sagte ich zu Bart.

Wir setzten uns und tranken.

»Letztes Jahr hatten wir Creeley hier«, sagte er.

»Soso.«

»Es ist ein unabhängiges Art Center, eine Kooperative. Sie haben eine Menge Mitglieder, die Beitrag zahlen und so. Deine Show ist bereits ausverkauft. Silvers meinte, er hätte noch viel mehr rausholen können, wenn er die Eintrittspreise erhöht hätte.«

»Wer ist Silvers?«

»Einer von den Direktoren. Myron Silvers.«

Wir kamen jetzt zum langweiligen Teil.

»Ich kann dich rumfahren und dir die Stadt zeigen.«

»Laß nur. Ich kann zu Fuß gehn.«

»Oder wie wär's, wenn ich dich zum Essen einlade?«

»Nur einen Sandwich. Ich hab nicht viel Hunger.«

»Hauptsache, ich kriege ihn erst mal hier raus«, dachte ich. »Nach dem Essen werde ich ihn dann schon los.« Nicht daß er mir unsympathisch war. Aber ich hatte nun mal kein Interesse an Männern. Wir fuhren drei oder vier Blocks und gingen in ein Lokal. Vancouver war eine sehr saubere Stadt, und die Leute hatten nicht diese harten Gesichter, die man von Großstadtmenschen kennt. Das Lokal gefiel mir, doch als ich auf die Speisekarte sah, mußte ich feststellen, daß die Preise hier ungefähr 40 Prozent höher waren als in meiner Gegend in L. A. Ich ließ mir einen Roastbeef-Sandwich und ein Bier bringen.

Es war ein gutes Gefühl, aus den USA heraus zu sein. Der Unterschied war wirklich auffallend. Die Frauen sahen besser aus, alles schien ruhiger zu sein, weniger verlogen. Ich aß meinen Sandwich auf und ließ mich von McIntosh zum Hotel zurückfahren. Dort ließ ich ihn im Wagen sitzen und nahm den Fahrstuhl nach oben. Ich duschte, stellte mich nackt ans Fenster und sah auf den Hafen hinunter. Morgen abend würde alles wieder vorbei sein. Schade drum. Ich würde ihr Geld in der Tasche haben, doch um die Mittagszeit hatte ich wieder im Flugzeug zu sitzen. Ich trank noch drei oder vier Flaschen Bier, dann legte ich mich ins Bett und schlief.

Sie holten mich so frühzeitig ab, daß wir schon eine Stunde vor Beginn der Lesung dort waren. Ein junger Folksänger war auf der Bühne. Alles redete und lachte durcheinander, Flaschen klirrten, ein trinkfestes Publikum, ganz nach meinem Geschmack. McIntosh ging mit mir hinter die Bühne, und wir tranken einiges mit Silvers und ein paar anderen.

»Sie sind seit langer Zeit der erste männliche Dichter, den wir hier haben«, sagte Silvers.

»Wie meinen Sie das?«

»Ich meine, wir hatten die ganze Zeit nur Schwule da, deshalb ist das mal eine nette Abwechslung.«

»Ach so.«

Ich gab ihnen was für ihr Geld. Am Ende der Lesung war ich betrunken, und sie waren es auch. Zwischendurch schrien wir uns ein bißchen an und wurden ausfällig, doch größtenteils war es ganz gut. Ich hatte mein Honorar schon vor der Lesung bekommen, und das hatte meinen Vortrag einigermaßen beflügelt.

Anschließend gab es irgendwo in einem großen Haus eine Party. Nach einer Stunde oder so saß ich zwischen zwei Frauen. Die eine war eine Blondine – ein Gesicht wie aus Elfenbein geschnitzt, märchenhafte Augen und ein ebensolcher Körper. Sie hatte ihren Boyfriend dabei.

»Chinaski«, sagte sie nach einer Weile, »ich geh mit dir.«

»Moment mal«, sagte ich, »du hast doch deinen Freund dabei.«

»Ach Scheiße, der zählt nicht. Ich geh mit dir.«

Ich sah den Boy an. Er hatte Tränen in den Augen. Er zitterte. Der arme Kerl war in sie verliebt. Die andere, die bei mir saß, hatte dunkles Haar, eine nicht weniger gute Figur, aber ihr Gesicht war nicht so attraktiv.

»Geh mit mir«, sagte sic jetzt.

»Wie bitte?«

»Ich sagte, nimm mich mit.«

»Augenblick.«

Ich drehte mich zu der Blondine um. »Schau her«, sagte ich »du siehst fabelhaft aus, aber ich kann dich nicht mitnehmen. Ich will deinen Boyfriend nicht vor den Kopf stoßen.«

»Ich pfeif auf den Blödmann. Er stinkt mir.«

Die Dunkelhaarige zog mich jetzt am Ärmel. »Entweder du nimmst mich jetzt gleich mit, oder ich gehe.«

»All right«, sagte ich. »Gehn wir.«

Ich fand McIntosh. Er sah nicht sehr beschäftigt aus. Wahrscheinlich hielt er nichts von Parties.

»Komm, Mac, fahr uns zum Hotel.«

Er fuhr uns hin. Dann saß ich mit der Dunkelhaarigen im Zimmer. Wir nahmen uns das Bier aus dem Kühlschrank vor. Sie sagte, sie heiße Iris Duarte. Sie war Halbindianerin, und sie erzählte mir, sie arbeite als Bauchtänzerin. Sie stand auf und schlenkerte mir etwas vor. Sah gut aus.

»Du mußt natürlich die richtigen Sachen dazu anhaben, damit es wirkt«, sagte sie.

»Ich doch nicht.«

»Naja, *ich* brauch die Klamotten, wollte ich sagen. Damit es gut wirkt, verstehst du.«

Man sah ihr die indianische Abstammung an. Die Nase vor allem, und der Mund. Sie schien etwa 23 zu sein, hatte dunkelbraune Augen, eine lässige Art zu reden – und diesen sagenhaften Körper. Sie hatte einige meiner Bücher gelesen. Na wunderbar.

Wir tranken eine Stunde lang, dann gingen wir zu Bett. Ich züngelte ihr die Möse heiß, doch der anschließende Ritt führte zu nichts. Pech.

Am Morgen putzte ich mir die Zähne, plätscherte mir kaltes Wasser ins Gesicht und legte mich wieder zu ihr ins Bett. Ich spielte an ihrer Möse herum, bis sie naß war, stieg bei ihr auf, wühlte ihn hinein, dachte an diesen Körper, diesen erregenden jungen Körper. Ich machte es ihr nach allen Regeln der Kunst, und sie ging voll mit. Es wurde gut. Sehr gut sogar.

Anschließend ging sie ins Badezimmer, und ich lag da und dachte daran, wie gut es gewesen war. Sie kam heraus und kroch wieder ins Bett. Wir sagten nicht viel. Eine Stunde verging. Dann machten wir dasselbe nochmal.

Wir duschten und zogen uns an. Sie gab mir ihre Adresse und Telefonnummer, ich gab ihr meine. Sie schien mich tatsächlich zu mögen. Eine Viertelstunde später kam McIntosh. Wir setzten Iris an einer Kreuzung ab, in der Nähe ihres Jobs. Es stellte sich heraus, daß sie in Wirklichkeit als Kellnerin arbeitete. Das mit dem Bauchtanz war noch nicht ganz soweit. Ich gab ihr einen Abschiedskuß, sie stieg aus, drehte sich noch einmal um und winkte, dann ging sie über die Straße. Ich sah ihr nach und genoß noch einmal diesen Körper.

»Wieder ein Punkt für Chinaski«, sagte McIntosh, als er anfuhr.

»Mach dir nichts daraus.«

»Ich hab mir gestern abend auch was an Land gezogen«, sagte er.

«So?«

»Ja. Deine Blondine.«

»Was??«

»Ja«, sagte er und lachte.

»Fahr mich zum Flughafen, du Abstauber!...«

Ich war gerade seit drei Tagen wieder in Los Angeles und hatte mich für den Abend mit Debra verabredet, da kam ein Anruf:

»Hank, ich bin's! Iris!«

»Oh, *Iris*! Das ist aber eine Überraschung. Wie geht's?«

»Hank, ich fliege nach L. A.! Ich komm dich besuchen!«

»Großartig! Wann?«

»Am Mittwoch vor dem Erntedankfest.«

»Erntedankfest?«

»Ja. Und ich kann das ganze Wochenende bleiben, bis Montag!«

»Okay.«

»Hast du was zum Schreiben? Ich sag dir die Nummer von meinem Flug...«

Am Abend führte ich Debra in ein Restaurant an der Küste aus, das sich auf Fischgerichte spezialisierte und zwischen den Tischen genug Platz ließ, daß man sich noch regen konnte. Wir bestellten uns eine Flasche Wein und warteten auf unser Essen. Debra sah besser aus, als ich sie seit einiger Zeit gesehen hatte. Trotzdem sagte sie, der Job mache ihr allmählich zuviel zu schaffen. Sie müsse noch jemand einstellen. Aber es sei schwer, tüchtige Arbeitskräfte zu finden. Die Leute stellten sich alle so dumm an.

»Stimmt«, sagte ich.

»Hast du was von Sara gehört?«

»Ich hab mit ihr telefoniert. Wir hatten einen kleinen Krach, aber ich hab es wieder halbwegs hingebogen.«

»Hast du dich mit ihr getroffen, seit du aus Kanada zurück bist?«

»Nein.«

»Ich hab uns fürs Erntedankfest einen Truthahn bestellt. 25 Pfund. Kannst du tranchieren?«

»Und wie.«

»Trink heute abend nicht zuviel. Du weißt, was passiert, wenn du zuviel trinkst. Du wirst schlaff wie 'ne nasse Nudel.«

»Schon gut.«

Sie griff herüber und legte ihre Hand auf meine. »Meine liebe süße alte nasse Nudel ...!«

Ich nahm nur eine Flasche Wein mit zu ihr nach Hause. Die tranken wir dann langsam in ihrem Bett, während wir auf die Mattscheibe ihres riesigen Fernsehers starrten. Der erste Film war lausig. Der zweite war etwas besser. Es ging um einen Perversen und einen schwachsinnigen Farmerjungen. Der Kopf des Perversen wurde dem Farmerjungen von einem wahnsinnigen Wissenschaftler aufgepfropft, und der Farmerjunge machte sich aus dem Staub, rannte mit seinen zwei Köpfen auf dem Rumpf durch die Gegend und stellte allerhand schauerliche Sachen an. Sehr anregend.

Nach der Flasche Wein und dem Boy mit den zwei Köpfen stieg ich bei Debra auf und hatte zur Abwechslung einmal Glück. Ich gab ihr einen langen Galopp mit vielen unvermuteten Tücken und Schlenkern, ehe ich es in einem heißen Schwall kommen ließ.

Debra bat mich am nächsten Morgen, zu bleiben und auf sie zu warten, bis sie wieder von der Arbeit kam. Sie versprach, mir ein leckeres Abendessen zu kochen. »All right«, sagte ich.

Als sie fort war, wollte ich noch ein bißchen schlafen, aber es ging nicht. Ich fragte mich, wie ich ihr beibringen sollte, daß ich zum Erntedankfest nicht kommen konnte. Es machte mich unruhig. Ich stand auf und ging durch die Wohnung. Ich nahm ein Bad. Nichts half. Vielleicht überlegte es sich Iris doch noch anders. Oder vielleicht stürzte ihr Flugzeug ab. Hm. Dann würde ich Debra am Morgen des Erntedankfestes wieder anrufen müssen, um ihr zu sagen, daß ich nun doch kommen konnte ...

Ich lief in der Wohnung herum und fühlte mich immer schlimmer. Vielleicht hätte ich lieber nach Hause fahren sollen, statt hierzubleiben und die qualvolle Entscheidung vor mir herzuschieben. Was für ein beschissener Hundsfott ich doch war, mit meinen widerwärtigen irrealen Spielchen. Was trieb mich eigentlich dazu? Bildete ich mir ein, ich müsse mich für irgendetwas rächen? Wir lange konnte ich mir noch vormachen, es gehe mir nur um Recherchen, um das Studium des weiblichen Geschlechts? Ich nahm es doch einfach, wie es kam, ohne mir etwas dabei zu denken. Ich hatte nichts als mein billiges egoistisches Vergnügen im Sinn. Ich war wie ein verwöhnter Oberschüler. Ich war schlimmer als jede Nutte. Eine Nutte nahm einem das Geld ab, aber sonst nichts. Ich dagegen pfuschte mit dem Leben und den Gefühlen von anderen herum, als sei es mein Spielzeug. Mit welchem Recht nannte ich mich einen Mann? Wie kam ich dazu, Gedichte zu schreiben? Was hatte ich denn schon in mir? Ich war ein drittklassiger de Sade, aber ohne dessen Intellekt. Jeder Killer war offener und ehrlicher als ich. Jeder Triebtäter. Ich wollte nur, daß man mit *meinen* Gefühlen nicht Schindluder trieb, sich darüber lustig machte oder darauf pißte. Das war aber auch alles, was ich wußte. Ich taugte wahrhaftig nichts. Ich spürte es, während ich auf dem Wohnzimmerteppich hin und her ging: *Du taugst nichts.* Das Schlimmste daran war, daß ich mich genau für das Gegenteil ausgab – für einen anständigen Kerl. Ich konnte mich in das Leben von anderen einmischen, weil sie mir vertrauten. Ich machte mir mein dreckiges Geschäft leicht und konnte als Ergebnis einen Wälzer mit dem Titel ›Das Liebesleben der Hyäne‹ schreiben ...

Überrascht von diesen Gedanken blieb ich mitten auf dem Teppich stehen. Dann, ehe ich mich's versah, hockte ich im Schlafzimmer auf der Bettkante, und die Tränen liefen mir herunter. Ich konnte sie spüren, als ich mir mit den Fingern übers Gesicht strich. Alles drehte sich in meinem Kopf. Doch gleichzeitig kam ich mir ganz bei Verstand vor. Ich wußte nicht mehr, wie mir geschah.

Ich nahm den Telefonhörer ab und rief Sara in ihrem vegetarischen Restaurant an.

»Hast du viel Betrieb?« fragte ich.

»Nein, ich hab grade eben aufgemacht. Was ist mit dir? Du klingst so merkwürdig ...«

»Ich bin restlos runter.«

»Warum?«

»Naja, ich hab Debra versprochen, daß ich am Erntedankfest mir ihr zusammen bin. Sie verläßt sich darauf. Aber jetzt ist was dazwischengekommen.«

»Was denn?«

»Naja, ich hab dir noch nichts davon erzählt. Wir beide hatten bis jetzt keinen Sex miteinander, verstehst du, und mit Sex sieht alles anders aus.«

»Sag schon, was passiert ist.«

»Ich hab in Kanada eine Bauchtänzerin kennengelernt.«

»Ach ja? Und du hast dich in sie verliebt?«

»Nein, ich hab mich nicht verliebt ...«

»Augenblick. Ich kriege Kundschaft. Kannst du einen Moment dranbleiben?«

»All right ...«

Ich saß da und hielt mir den Telefonhörer ans Ohr. Ich hatte mich noch nicht angezogen. Ich sah auf meinen Penis herunter. Du mieser Knochen! dachte ich. Ist dir klar, wieviel Kummer du mir machst mit deinem blöden Hunger?

Fünf Minuten saß ich da, den Hörer am Ohr. Immerhin, es war ein *toll call* – der Anruf ging auf den Zähler von Saras Lokal.

»Hier bin ich wieder«, sagte Sara. »Jetzt erzähl weiter.«

»Naja, in Vancouver hab ich der Bauchtänzerin gesagt, sie soll mich mal in L. A. besuchen kommen.«

»Und?«

»Tja, wie gesagt, ich hab das Erntedankfest schon Debra versprochen ...«

»Mir hast du es auch versprochen«, sagte Sara.

»Was??«

»Ja. Naja, da warst du betrunken. Du hast gesagt, wie jeder Amerikaner würdest du Feiertage nicht gern allein verbringen. Du hast mich geküßt, und dann hast du mich gefragt, ob wir das Erntedankfest nicht gemeinsam feiern könnten ...«

»Das tut mir wirklich leid. Ich kann mich nicht mehr dran erinnern ...«

»Schon gut. Bleib dran ... ich hab wieder Kundschaft ...«

Ich legte den Hörer hin, ging in die Küche und holte mir ein Glas Wein. Als ich zurück ins Schlafzimmer ging, sah ich im Spiegel meinen Hängebauch. Er war häßlich. Obszön. Wie konnten Frauen so etwas wie mich ertragen?

Ich trank einen Schluck aus dem Glas und hielt mir mit der anderen Hand den Hörer ans Ohr. Nach einer Weile meldete sich Sara wieder: »All right. Red weiter.«

»Also, es ist so: Die Bauchtänzerin hat mich gestern abend angerufen. Sie ist eigentlich gar keine Bauchtänzerin, sie ist Kellnerin. Sie hat gesagt, sie kommt mich in L. A. besuchen. Am Erntedankfest. Und es klang so, als würde sie sich sehr darauf freuen ...«

»Du hättest ihr sagen sollen, daß du schon eine Verabredung hast.«

»Ich wollte ja, aber ...«

»Du hattest nicht den Mut dazu.«

»... Iris hat so eine sagenhafte Figur.«

»Es geht im Leben auch noch um was anderes als um sagenhafte Figuren.«

»Jedenfalls, jetzt muß ich Debra beibringen, daß es bei mir nicht geht am Erntedankfest. Und ich weiß nicht, wie.«

»Wo bist du jetzt?«

»In ihrem Bett.«

»Und wo ist Debra?«

»Sie arbeitet.« Ich konnte einen Seufzer nicht unterdrücken.

»Du bist nichts als ein dummes weinerliches Wickelkind.«

»Ich weiß. Aber ich muß es ihr sagen. Es macht mich wahnsinnig.«

»Du hast dir die Suppe selber eingebrockt. Jetzt mußt du sie auch selber auslöffeln.«

»Ich dachte, du würdest mir helfen. Ich dachte, du sagst mir vielleicht, was ich machen soll.«

»Soll ich dir auch noch die Windeln wechseln? Soll *ich* sie vielleicht für dich anrufen?«

»Nein, schon gut. Ich bin kein Waschlappen. Ich ruf sie selber an. Ich ruf sie jetzt sofort an und sag ihr die Wahrheit. Ich bring die verfluchte Sache hinter mich!«

»Gut so. Gib mir dann Bescheid, wie es gelaufen ist.«

»Es liegt an meiner Kindheit, verstehst du. Ich hab nie sowas wie Liebe ...«

»Ruf mich dann wieder an.«

Sie legte auf.

Ich holte mir noch ein Glas Wein. Ich verstand nicht mehr, was mit meinem Leben passiert war. Ich hatte meine Sicherheit verloren, meine Überlegenheit, meine schützende Schale. Ich hatte mir Gedanken um andere und ihre Probleme gemacht und dabei meinen schnodderigen Humor verloren. Ich wollte alles wiederhaben. Ich wollte wieder ein leichtes Leben haben. Aber irgendwie spürte ich, daß es nicht wiederkommen würde. Jedenfalls nicht so schnell. Ich würde nicht darum herumkommen, mich schuldig und hilflos zu fühlen.

Ich versuchte mir einzureden, daß Schuldgefühle so etwas wie eine Krankheit seien. Daß nur Männer, die keinerlei Schuldgefühle kannten, im Leben vorankamen. Männer mit der Fähigkeit zu lügen, zu betrügen, jeden Vorteil zu nutzen. Cortez. Der murkste nicht lange rum. Oder Vince Lombardi. Doch soviel ich mir auch überlegte, mir wurde davon nicht besser. Ich beschloß, es hinter mich zu bringen. Ich war bereit zur Beichte. Ich würde wieder ein guter Katholik sein. Rein in den Beichtstuhl, raus damit, und dann auf Vergebung warten. Oder auf die Strafe.

Ich trank mein Glas aus und rief in Debras Büro an. Tessie meldete sich.

»Hi, Baby! Hier ist Hank! Wie geht's!«

»Ganz gut, Hank. Und wie sieht's bei dir aus?«

»Alles in Butter. Sag mal, du bist doch nicht sauer auf mich, oder?«

»Nein, Hank. Es *war* zwar ein bißchen vulgär, hahaha, aber Spaß hat es trotzdem gemacht. Jedenfalls, das bleibt unter uns.«

»Danke. Weißt du, ich bin wirklich nicht ...«

»Ich weiß.«

»Tja also, paß auf, ich wollte eigentlich Debra sprechen. Ist sie da?«

»Nein, sie hat im Gericht zu tun.«

»Wann kommt sie wieder?«

»Wenn sie im Gericht zu tun hat, kommt sie hinterher meistens nicht mehr ins Büro. Aber falls sie doch kommt – soll ich ihr was ausrichten?«

»Nein, Tessie, vielen Dank.«

Das hatte mir gerade noch gefehlt. Da hatte ich meine Beichte auf der Zunge und konnte sie nicht einmal loswerden. Man blockierte mich. Ich kam nicht durch. Ich hatte Feinde. Unsichtbare. Höheren Orts.

Ich trank noch einen Wein. Ich war soweit gewesen, mein Gewissen zu erleichtern und alles darauf ankommen zu lassen. Jetzt mußte ich darauf sitzenbleiben. Ich fühlte mich immer miserabler. Depressionen und Selbstmord waren oft eine Folge mangelhafter Ernährung. Doch ich hatte in letzter Zeit recht gut gelebt. Ich hatte verdammt gut gegessen und verdammt guten Wein getrunken. Ich konnte mich also nicht infolge Unterernährung auf einen geschwächten Geist herausreden. Nein, was mir da durch den Kopf ging, war höchstwahrscheinlich die nackte Wahrheit. Jeder glaubte, er sei etwas Besonderes, privilegiert, eine Ausnahme. Sogar eine häßliche alte Schachtel, die auf der Veranda ihre Geranien goß. Ich hatte mir eingebildet, etwas Besonderes zu sein, weil ich mit 50 den Fabriken entronnen und ein Dichter geworden war. Damit kam ich mir ungeheuer wichtig vor und pißte nun auf alle, so wie die Bosse und Manager auf mich gepißt hatten, als *ich* wehrlos gewesen war. Es kam auf dasselbe heraus. Ich war ein besoffener lausiger verwöhnter Scheißer mit einem sehr minimalen Erfolg.

Meine Analyse trug nicht dazu bei, das brennende Gefühl zu lindern.

Das Telefon klingelte. Sara.

»Du hast doch gesagt, du rufst zurück. Was war denn?«

»Sie war nicht da.«
»Nicht da?«
»Sie hat im Gericht zu tun.«
»Was machst du jetzt?«
»Ich warte und sag's ihr später.«
»Na gut.«
»Ich hätte dich nicht mit dem ganzen Scheiß behelligen sollen.«
»Schon gut.«
»Ich will dich wiedersehen.«
»Wann? Nach der Bauchtänzerin?«
»Naja ... ja.«
»Nett von dir, aber nein danke.«
»Ich ruf dich an ...«
»Meinetwegen. Ich laß dir inzwischen die Windeln waschen.«

Ich schlürfte meinen Wein und wartete. Es wurde drei Uhr nachmittags, vier Uhr, fünf Uhr. Schließlich fiel mir auf, daß ich immer noch keinen Faden am Leib hatte. Ich zog mich an. Ich saß gerade wieder, mit einem vollen Glas in der Hand, als ich draußen Debras Wagen hörte. Ich blieb sitzen. Sie machte die Tür auf und kam mit einer Tüte voll Einkäufen herein. Sie sah sehr gut aus.

»Hi!« sagte sie. »Wie geht's meiner ehemaligen nassen Nudel?«

Ich ging zu ihr hin und legte die Arme um sie. Ich begann zu zittern. Tränen quollen mir aus den Augen.

»Hank, was *hast* du?«

Die Tüte mit den Lebensmitteln fiel zu Boden. Unser Abendessen. Ich hielt mich an Debra fest, drückte sie an mich. Ich schluchzte jetzt. Die Tränen liefen mir herunter. Ich kam nicht mehr dagegen an. Es mußte heraus, ich wollte es auch zum größten Teil, doch ein Rest von Feigheit hielt sich hartnäckig und riet zum Davonlaufen.

»Hank, was *ist* denn?«

»Ich kann am Erntedankfest nicht mit dir zusammensein.«

»Warum denn nicht? Warum?«

»Warum? Weil ich der *letzte Dreck* bin!«

Meine Schuldgefühle nagten an mir. Es schüttelte mich

wie in einem Krampf. Ein stechender, lähmender Schmerz.

»Eine Bauchtänzerin aus Kanada kommt hier runter und besucht mich am Erntedankfest.«

»Eine *Bauchtänzerin*?«

»Ja.«

»Ist sie schön?«

»Ja. Es tut mir leid. Es tut mir *leid* ...«

Debra schob mich mit beiden Händen von sich weg.

»Laß mich mal die Sachen in den Kühlschrank tun.«

Sie hob die Einkaufstüte vom Boden auf und ging damit in die Küche. Ich hörte die Tür des Kühlschranks auf- und zugehen.

»Debra«, sagte ich, »ich gehe.«

Aus der Küche kam kein Laut. Ich ging aus der Haustür, stieg in den VW, ließ den Motor an. Ich stellte das Radio an, schaltete die Scheinwerfer ein und fuhr zurück nach L. A.

94

Am Mittwoch gegen Abend war ich am Flughafen und wartete auf Iris. Ich saß herum und sah mir die Frauen an. Mit ein oder zwei Ausnahmen sah keine so gut wie Iris aus. Etwas stimmte nicht mit mir – ich dachte ein bißchen sehr viel an Sex. Bei jeder Frau, die ich ansah, stellte ich mir vor, ich sei mit ihr im Bett. Aber wenigstens machte es das Warten in einer Flughafenhalle etwas abwechslungsreicher. *Frauen* ... Ich mochte die Farben ihrer Kleider; die Art, wie sie sich bewegten; den grausamen Zug, den manche Gesichter hatten; und dann, hin und wieder, die fast reine Schönheit eines Gesichts, hinreißend und vollkommen weiblich. Sie waren uns überlegen. Sie planten viel besser, hatten alles besser im Griff. Während wir uns Football-Übertragungen ansahen oder Bier tranken oder kegelten, dachten sie über uns nach, konzentrierten sich, beobachteten, überlegten – ob sie uns akzeptieren oder fallenlassen oder gegen einen anderen austauschen sollten; ob sie uns umbringen oder einfach verlassen sollten. Am Ende machte es kaum einen Unterschied. Was sie auch taten, am Ende waren wir allein und verbiestert.

Ich hatte für Iris und mich einen Truthahn besorgt, einen Achtzehnpfünder. Er lag zu Hause in meinem Spülbecken und taute auf. Erntedankfest. Es bestätigte einem, daß man wieder ein Jahr überlebt hatte, mit Kriegen, Inflation, Arbeitslosigkeit, Smog, Präsidenten. Und überall kam der Clan zum großen neurotischen Familienfest zusammen: besoffene Krakeeler, Großmütter, Schwestern, Tanten, schreiende Kinder, potentielle Selbstmörder. Und Verdauungsbeschwerden, nicht zu vergessen. Ich war nicht anders als alle anderen: auch ich hatte einen im Spülbecken sitzen, einen Achtzehnpfünder, tot, gerupft und ausgeweidet. Iris würde ihn für mich braten.

Ich hatte an diesem Nachmittag einen Brief bekommen. Ich nahm ihn aus der Tasche und las ihn noch einmal durch. Er war in Berkeley abgeschickt worden.

Lieber Mr. Chinaski:

Sie kennen mich nicht, aber ich bin ein süßes Luder. Ich bin mit Matrosen gegangen und einmal auch mit einem Fernfahrer, aber die geben mir nichts. Ich meine, wir ficken, und danach kommt nichts mehr. Diese Kerle haben keine Substanz. Ich bin 22 und habe eine kleine Tochter. Sie ist 5 und heißt Aster. Ich lebe mit einem Mann zusammen, aber ohne Sex, wir leben nur zusammen. Er heißt Rex. Ich würde Sie gerne einmal besuchen. Meine Mutter könnte auf Aster aufpassen. Beiliegend ein Foto von mir. Schreiben Sie mir, wenn Sie Lust haben. Ich habe einige Ihrer Bücher gelesen. Sie sind in Buchhandlungen schwer zu finden. Ihre Bücher gefallen mir, weil Sie so leicht verständlich schreiben. Und witzig sind Sie auch.

Ihre Tanya

Inzwischen war Iris mit ihrem Flugzeug gelandet. Ich stellte mich an die Fensterfront und sah ihr zu, wie sie ausstieg. Sie hatte immer noch ihre gute Figur. Sie war damit den ganzen Weg von Kanada gekommen, um mich zu besuchen. Ich winkte ihr, während sie sich in der Schlange der Passagiere auf den Eingang zuschob. Sie brachte die Zollabfertigung hinter sich, und dann drängte sich ihr Körper an mich. Wir küßten uns, und ich bekam einen halben Steifen. Sie trug ein Kleid, ein praktisches, enganliegendes blaues Kleid, Schuhe mit hohen Absätzen, und auf ihrem Kopf saß schräg ein kleiner Hut. Eine Frau, die ein Kleid trug, sah man selten. Hier in Los Angeles liefen sie alle in Hosen herum.

Sie hatte nur einen kleinen Handkoffer dabei. Wir brauchten also auf kein Gepäck zu warten und fuhren gleich los, zu mir nach Hause. Ich parkte vorne an der Straße, und wir gingen zusammen den Weg zwischen den Bungalows hinauf. In meinem Wohnzimmer setzte sie sich auf die Couch, ich goß ihr ein Glas Wein ein, und sie sah sich inzwischen mein selbstgebasteltes Bücherregal an.

»Hast du diese ganzen Bücher geschrieben?«

»Ja.«

»Ich hatte keine Ahnung, daß du so viele geschrieben hast.«

»Ich hab sie geschrieben.«

»Wie viele sind es?«

»Ich weiß nicht. Zwanzig, fünfundzwanzig ...«

Ich gab ihr einen Kuß, legte ihr den Arm um die Taille, zog sie zu mir her. Den anderen Arm machte ich lang und legte ihr meine Hand aufs Knie.

Das Telefon unterbrach mich. Ich stand auf und nahm den Hörer ab.

»Hank?«

Es war Valerie.

»Ja?«

»Wer war das?«

»Wer war was?«

»Dieses Mädchen ...«

»Ach so. Eine Freundin aus Kanada.«

»Also wirklich, Hank. Du und deine gottverdammten Weiber!«

»Ja.«

»Bobby möchte wissen, ob du und ...«

»Iris.«

»Also ob du mit Iris auf einen Drink vorbeikommen willst.«

»Nicht heute abend. Ich passe.«

»Sie hat wirklich einen *Körper.*«

»Ich weiß.«

»Na schön, dann vielleicht morgen.«

»Vielleicht ...«

Während ich den Hörer auflegte, kam mir der Gedanke, daß Valerie wahrscheinlich auch auf Frauen stand. Naja, warum auch nicht.

Ich goß die Gläser wieder voll.

»Wieviele Frauen hast du schon an Flughäfen abgeholt?« fragte Iris.

»So schlimm, wie du denkst, ist es nicht.«

»Hast du die Übersicht verloren? Wie bei deinen Büchern?«

»Mathematik ist nicht meine Stärke.«

»Macht es dir Spaß, Frauen von Flughäfen abzuschleppen?«

»Ja.« Ich hatte Iris gar nicht als so redselig in Erinnerung.

»Du Schwein!« sagte sie und lachte.

»Da haben wir schon unseren ersten Krach. Hast du einen guten Flug gehabt?«

»Ich saß neben einer trüben Tasse. Ich ließ mich von ihm zu einem Drink einladen, aber das war ein Fehler. Er quasselte mir die Ohrläppchen weg.«

»Du hast ihm eben den Kopf verdreht. Du bist sexy.«

»Ist das alles, was du in mir siehst?«

»Ich seh jedenfalls eine Menge davon. Vielleicht sehe ich auch noch andere Sachen, wenn wir uns eine Weile kennen.«

»Warum willst du so viele Frauen?«

»Es hat was mit meiner Kindheit zu tun, weißt du. Keine Liebe, keine Nestwärme. Und als ich Zwanzig und Dreißig wurde, gab's davon immer noch sehr wenig. Ich hab einen Nachholbedarf ...«

»Wirst du überhaupt wissen, wann du alles nachgeholt hast?«

»Ich hab das Gefühl, dazu müßte ich mindestens nochmal ein ganzes Leben haben.«

»Also aus dir kommt doch nichts als Scheiß raus.«

Ich lachte. »Drum schreibe ich ja auch.«

»Ich werd mich jetzt mal duschen und umziehen.«

»Klar.«

Ich ging in die Küche und betastete den Truthahn. Er saß da und zeigte mir seine Beine, sein Schamhaar, sein Spundloch, seine Schenkel. Ich war froh, daß er keine Augen mehr hatte. Na schön, wir würden mit dem Ding irgendwas anstellen. Das würde der nächste Schritt sein. Ich hörte die Toilettenspülung. Wenn Iris ihn nicht braten wollte, dann würde ich es eben selbst tun.

Als junger Mensch war ich immer deprimiert gewesen. Doch Selbstmord schien mir inzwischen kein Ausweg mehr zu sein. Bei einem Menschen in meinem Alter war nur noch sehr wenig übrig, was man umbringen konnte. Es war gut, alt zu sein. Mochten die anderen ruhig das Gegenteil denken. Es war auch durchaus einzusehen, daß ein Mann erst einmal mindestens fünfzig Jahre alt werden mußte, ehe er einigermaßen klar schreiben konnte. Je mehr Flüsse man überwand, um so besser kannte man sich damit aus – d.h., falls man die Stromschnellen und die unsichtbaren Felsen überlebte. Es konnte manchmal schon ein hartes Brot sein.

Iris kam aus dem Badezimmer. Sie trug jetzt ein dunkelblaues Kleid, das aus Seide zu sein schien und sich eng an ihren Körper schmiegte. Sie hatte nichts Billiges und Ordinäres an sich. Sie war kein amerikanisches Durchschnittsgirl. Sie war eine Frau, durch und durch, aber sie rieb es einem nicht unter die Nase. Amerikanerinnen feilschten mit ihrem Körper und ihrem Aussehen und waren im Nu davon gezeichnet. Außer in Texas und Louisiana fand man kaum noch welche, die sich natürlich gaben.

Iris lächelte mich an. Sie hob beide Hände über den Kopf, schnalzte mit den Fingern und begann zu tanzen. Genauer gesagt, sie vibrierte, sie schlingerte, als sitze ihre Seele in ihrem Bauchnabel und schicke elektrische Ströme durch ihren Körper. Es war anmutig und natürlich, und es lag ein Hauch von Humor darin.

Ich applaudierte, als sie fertig war. Dann schenkte ich ihr wieder einen Wein ein.

»Es kommt so nicht richtig zur Geltung«, sagte sie, »ohne Musik und die richtigen Kleider.«

»Mir hat es sehr gefallen.«

»Ich hab ein Tonband mit der Musik drauf, aber ich hab es nicht mitgebracht, weil ich mir dachte, daß du wahrscheinlich kein Gerät hast.«

»Stimmt. Es war trotzdem hervorragend.«

Ich gab ihr einen zarten Kuß. »Warum ziehst du nicht nach Los Angeles?« fragte ich.

»Ich stamme aus dem Nordwesten, und ich hab meine Eltern dort, meine Freunde und alles, verstehst du?«

»Ja.«

»Warum ziehst du nicht nach Vancouver? Du könntest auch in Vancouver schreiben.«

»Vermutlich, ja. Ich könnte sogar auf einem Eisberg schreiben.«

»Dann versuch's doch mal damit.«

»Mit was?«

»Vancouver.«

»Was würde dein Vater davon halten?«

»Von was?«

»Uns.«

»Ich weiß nicht. Du bist älter als er.«

»Er würde denken, ich bin nur hinter deinem Körper her.«

»Das bist du ja auch, oder nicht?«

»Ja.«

»Ich würde ihm sagen, daß du ein halbwegs bekannter Schriftsteller bist.«

»Davon wäre er sicher begeistert. Hat er von meinem Zeug schon was gelesen?«

»Nein. Hoffentlich tut er's auch nicht. Es wäre schlecht für seine Galle.«

95

Am Erntedankfest machte Iris den Truthahn zurecht und steckte ihn in den Backofen. Bobby und Valerie kamen auf ein paar Drinks vorbei, aber sie blieben nicht. Das war angenehm. Iris hatte wieder ein anderes Kleid an, nicht weniger reizend als das vorherige.

»Weißt du«, sagte sie, als unser Besuch weg war, »ich hab nicht genug Sachen dabei. Valerie nimmt mich morgen zum Einkaufen mit, zu Frederick's. Ich kauf mir ein paar richtige Nuttenschuhe. Die werden dir gefallen.«

»Ganz bestimmt, Iris.«

Ich ging ins Badezimmer. Dort hing ein Arzneischränkchen an der Wand, in dem ich das Foto von Tanya versteckt hatte. Ich sah es mir an. Sie hatte das Kleid hoch. Und darunter keinen Slip an. Man sah ihre Möse. Sie war wirklich ein süßes Luder.

Als ich herauskam, war Iris in der Küche gerade am Abwaschen. Ich packte sie von hinten, drehte sie herum und küßte sie.

»Du bist mir vielleicht ein geiler alter Hund!« sagte sie.

»Dafür mußt du mir heute nacht büßen, meine Liebe!«

»Oh, mit Vergnügen!«

Den ganzen Nachmittag verbrachten wir mit Trinken. Zwischen fünf und sechs machten wir uns dann über den Truthahn her, wurden wieder etwas nüchtern, und eine Stunde danach entkorkten wir die nächste Flasche. Wir gingen früh zu Bett, so gegen zehn. Ich hatte keine Probleme. Ich war noch nüchtern genug, um einen guten langen Ritt zu bringen. Nach den ersten paar Stößen merkte ich schon, daß es gutgehen würde. Ich gab mir allerdings keine große Mühe, und Iris bekam nur eine altmodische Nummer, bei der das Bett auf und nieder rüttelte. Sie verzog das Gesicht, dann begann sie leise zu stöhnen. Ich machte langsamer, doch dann wurde ich ungeduldig und ließ mich gehen. Es schien ihr gleichzeitig mit mir zu kommen. Aber da konnte man sich nie sicher sein.

Valerie holte Iris am nächsten Tag zum gemeinsamen Einkaufsbummel ab. Etwa eine Stunde später kam die Post. Es war wieder ein Brief von Tanya dabei ...

Liebster Henry:

Heute ging ich die Straße lang und ein paar Kerle pfiffen mir nach. Ich ging einfach weiter und ließ mir nichts anmerken. Am meisten hasse ich die von der Autowaschanlage. Sie schreien mir Sachen nach und hängen die Zunge heraus, als könnten sie es einem richtig machen mit der Zunge, aber in Wirklichkeit hat keiner von ihnen das Zeug dazu. So etwas merkt man, weißt du.

Gestern ging ich in dieses Kleidergeschäft, um für Rex ein Paar Hosen zu kaufen. Rex gab mir das Geld. Er kann sich seine Sachen nicht selbst kaufen. Es stinkt ihm einfach. Ich ging also in dieses Herrenmodengeschäft und suchte ihm eine Hose aus. Es waren zwei Verkäufer da, beide schon in mittleren Jahren, und der eine von ihnen war wirklich sarkastisch. Während ich mir die Hosen durchsah, kam er zu mir her, nahm meine Hand und legte sie auf seinen Schwanz. »Sie Ärmster«, sagte ich, »ist das alles, was Sie haben?« Er lachte und machte eine anzügliche Bemerkung. Ich fand ein Paar sehr hübsche Hosen für Rex, grün mit weißen Nadelstreifen. Rex mag Grün. Jedenfalls, da sagt dieser Typ zu mir: »Komm mit nach hinten in eine Kabine.« Na ja, weißt du, sarkastische Typen faszinieren mich immer. Also ging ich mit ihm in die Kabine. Wir küßten uns, und er zog seinen Reißverschluß herunter. Er bekam einen Steifen und legte meine Hand darum. Wir küßten uns weiter, und er hob mir das Kleid hoch und sah sich im Spiegel meine Höschen an. Er fummelte mir am Arsch. Aber sein Schwanz wurde nicht richtig hart, nur halb, und er blieb auch so. Ich sagte ihm, er wäre die letzte Scheiße. Er ging aus der Kabine, mit seinem Schwanz draußen, und zog sich vor dem anderen Typ den Reißverschluß hoch. Sie lachten beide. Ich kam heraus und bezahlte die Hose. Er tat sie mir in eine Tüte. »Sag deinem Mann, daß du mit seiner Hose in die Kabine gegangen bist«, sagte er und lachte. »Du bist nichts als ein verschissener *Homo*!« sagte ich zu ihm. »Und dein Freund ist auch ein verschissener Homo!« Und das waren sie auch. Fast jeder Mann ist heute schwul. Als Frau hat man es da wirklich schwer. Ich hatte eine Freundin, die heiratete einen Typ, und als sie eines Tages nach Hause kam, da lag er mit einem anderen Mann im Bett. Kein Wunder, daß sich heutzutage alle Girls einen Vibrator kaufen müssen. Es ist echt beschissen. Naja. Schreib mir.

Deine Tanya

Liebe Tanya:

Ich habe Deine Briefe und das Foto erhalten. Ich sitze hier nach überstandenem Erntedankfest allein und verkatert herum. Dein Foto hat mir gefallen. Hast Du noch mehr?

Hast Du einmal Céline gelesen? ›Reise ans Ende der Nacht‹, meine ich. Danach kam er aus dem Tritt und wurde komisch und zog über seine Kritiker und Verleger und Leser her. Wirklich verdammt schade um ihn. Sein Geist machte einfach schlapp. Ich stelle mir vor, daß er ein guter Arzt gewesen ist. Oder vielleicht auch nicht. Vielleicht war er nicht mit Überzeugung bei der Sache. Vielleicht hat er seine Patienten sogar um die Ecke gebracht. Hm. *Daraus* hätte er einen guten Roman machen können. Es gibt viele Ärzte mit dieser Einstellung. Sie geben dir eine Pille und schicken dich wieder auf die Straße. Sie müssen das Geld reinkriegen, das ihre Ausbildung sie gekostet hat. Also packen sie sich das Wartezimmer voll und machen Fließbandbetrieb. Sie wiegen dich, messen deinen Blutdruck, geben dir eine Pille und schikken dich weg, und du fühlst dich noch elender als zuvor. Ein Zahnarzt nimmt dir vielleicht die Ersparnisse deines ganzen Lebens ab, aber gewöhnlich tut er wenigstens was für deine Zähne.

Jedenfalls, ich schreibe immer noch, und es sieht so aus, als ob die Miete dabei herauskommt. Ich finde Deine Briefe interessant. Wer hat dieses Foto von Dir gemacht, auf dem Du nichts darunter anhast? Sicher ein guter Freund. Rex? Siehst Du, ich werde schon eifersüchtig! Eigentlich ein gutes Zeichen, nicht? Nennen wir es einfach Interesse. Oder Anteilnahme.

Ich werde den Briefkasten im Auge behalten. Noch mehr Fotos?

Dein (ja, ja) Henry

Die Tür ging auf, und Iris kam herein. Ich zog das Blatt aus der Schreibmaschine und legte es mit der Rückseite nach oben auf den Tisch.

»Oh Hank, ich hab die Nuttenschuhe!«

»Hervorragend! Laß sehn!«

»Ich zieh sie für dich an! Sie werden dir bestimmt gefallen!«

»Mach schon, Baby!«

Iris ging ins Schlafzimmer. Ich stopfte den Brief an Tanya unter einen Stapel Papiere.

Iris kam heraus. Die Schuhe waren knallrot und hatten irrsinnig hohe Absätze. Sie sah damit aus, als sei sie die schärfste Nutte aller Zeiten. Die Schuhe waren fersenfrei, und vorne war das Material durchsichtig, so daß man die ganzen Füße sah. Iris ging vor mir auf und ab. Sie hatte ohnehin schon eine höchst aufreizende Figur, und als sie jetzt auf und ab stelzte, knallte es einem derart in die Augen, daß es kaum noch zum Aushalten war. Sie blieb stehen, sah über die Schulter zu mir nach hinten und lächelte mich an. Was für ein märchenhaftes Flittchen. Sie hatte mehr Hüfte, mehr Arsch und mehr Wade als je zuvor. Ich rannte in die Küche und holte uns zwei Gläser Wein. Iris setzte sich mir gegenüber in einen Sessel und schlug nachlässig die Beine übereinander. Ich verstand nicht, woher all diese Wunder in meinem Leben kamen.

Mein Schwanz war hart. Er pulsierte und drückte gegen meinen Hosenlatz.

»Du weißt wirklich, was ein Mann gerne sieht«, sagte ich zu Iris.

Als wir ausgetrunken hatten, führte ich sie an der Hand ins Schlafzimmer. Ich schubste sie aufs Bett, schob ihr das Kleid hoch und zerrte ihr den Slip herunter. Er verfing sich am Absatz des einen Schuhs, und ich mühte mich ab und murkste herum, bis ich ihn endlich über diesen Absatz kriegte. Ihr den Schuh auszuziehen, kam nicht in Frage. Das Kleid reichte ihr immer noch bis über die Hüften. Ich hob ihr den Hintern hoch und schob das Kleid weiter hinauf. Ich tastete nach ihrer Pussy. Sie war bereits naß. Iris war ein wahres Vergnügen. Sie war fast immer schon naß, wenn wir es machen wollten, und es konnte sofort losgehen. Sie trug Nylons und einen blauen Strumpfgürtel mit roten Rosen darauf. Ich steckte ihn in ihren nassen Muff. Ihre Beine ragten links und rechts von mir hoch, und während ich ihr die Brustwarzen knetete, sah ich abwechselnd diese Nuttenschuhe an, deren rote Absätze wie Stilette in die Luft stachen.

Iris forderte es heraus, also konnte es auch diesmal nur wieder eine wüste Rammelei werden. Liebe war etwas für Gitarrenspieler, Katholiken und Schachfanatiker. Dieses Luder mit seinen roten Schuhen und langen Strümpfen. Sie hatte verdient, was sie von mir bekommen würde. Ich rammte und riß, als wollte ich sie halbieren. Ich sah auf dieses eigenartige halbindianische Gesicht im trüben Sonnenlicht, das schwach durch die zerschlissenen Rollos ins Zimmer drang. Es war wie ein Mord. Ich hatte sie. Sie konnte mir nicht entkommen. Ich stieß blindlings drauflos, schlug ihr mit der flachen Hand ins Gesicht und röhrte, als es mir kam.

Zu meiner Überraschung schwang sie die Beine aus dem Bett, stand lächelnd auf und ging ins Badezimmer. Sie schien beinahe glücklich zu sein. Ihre Schuhe lagen jetzt neben dem Bett. Mein Schwanz war noch hart. Ich hob einen Schuh vom Boden auf und rieb damit meinen Schwanz. Es ging mir durch und durch. Ich stellte den Schuh wieder auf den Boden zurück. Als Iris aus dem Badezimmer kam, lächelte sie immer noch. Mein Schwanz baute inzwischen ab.

96

Der Rest ihres Aufenthalts verlief ohne besondere Vorkommnisse. Wir tranken, wir aßen, wir fickten. Es gab keinen Streit. Wir unternahmen lange Fahrten entlang der Küste und kehrten in Fischrestaurants ein. Ich machte keine Anstrengung, etwas zu schreiben. Es gab Zeiten, in denen man um die Schreibmaschine am besten einen Bogen machte. Ein guter Schriftsteller wußte, wann er sich das Schreiben verkneifen mußte. Tippen konnte jeder. Nicht daß mir das Tippen besonders gut von der Hand ging. Und mit Rechtschreibung und Grammatik haperte es bei mir auch. Aber ich wußte, wann ich mit dem Schreiben aussetzen mußte. Es war wie mit dem Ficken. Man mußte dem göttlichen Bammelmann ab und zu eine Pause gönnen. Ich hatte einen alten Freund, Jimmy Shannon, von dem ich gelegentlich einen Brief bekam. Er schrieb jedes Jahr sechs Romane, und alle handelten von Blutschande. Kein Wunder, daß er am Verhungern war. Mein Problem war, daß ich meinem Schwanz nicht so leicht eine Pause gönnen konnte wie meiner Schreibmaschine. Es lag daran, daß Frauen immer nur in Schüben kamen, so daß man zugreifen mußte, ehe ein anderer mit seinem begnadeten Dicken ankam. Ich hatte schon einmal zehn Jahre mit dem Schreiben ausgesetzt, und ich hatte den Eindruck, daß es so ziemlich das Beste war, was mir überhaupt passieren konnte. (Manche Kritiker würden vermutlich sagen, daß es auch für die Leser das Beste war.) Zehn Jahre Ruhe für beide Seiten. Was würde wohl passieren, wenn ich für zehn Jahre das Trinken sein ließ?

Es wurde Zeit, Iris Duarte wieder ins Flugzeug zu setzen. Sie bekam einen Flug am Vormittag, was für mich schwierig war, denn ich hatte mich daran gewöhnt, erst um die Mittagszeit aufzustehen. Lange schlafen war das beste Mittel, wenn man verkatert war. Außerdem würde es mein Leben um fünf Jahre verlängern.

Ich war in recht guter Stimmung, als ich mit Iris zum L. A. International fuhr. Wir hatten Spaß miteinander gehabt, und auch im Bett war es sehr gut gewesen. Ich konnte mich kaum an eine Begegnung erinnern, die so gut verlaufen war. Keiner von uns stellte besondere Ansprüche an den anderen, man kam sich näher, und ein Gefühl von Wärme und Zuneigung ergab sich wie von selbst. Nicht dieses mechanische Kopulieren von totem Fleisch. Ich verabscheute diese Art von Sex, wie sie in Hollywood, Bel Air, Malibu und Laguna Beach grassierte. *Swinging.* Fremde, die es miteinander machten und sich als Fremde wieder trennten. Eine Turnhalle voll namenloser Leiber, die einander masturbierten. Die Leute hielten sich erst für richtig frei, wenn sie auch die letzten moralischen Hemmungen über Bord warfen. Doch meistens waren sie nur unfähig, für einen anderen etwas zu empfinden. Also wurden sie Swinger. Tote, die es mit Toten trieben. Es war kein Risiko und kein Humor mehr in ihrem Spiel. Es war nur noch ein Leichenfick.

Es war schön gewesen mit Iris, und es fiel mir leicht, etwas für sie zu empfinden. Ich war nicht in sie verliebt, und sie nicht in mich, aber ich machte mir etwas aus ihr.

Wir saßen jetzt auf dem oberen Parkplatz des Flughafens im Wagen. Es war noch Zeit bis zum Abflug. Ich hatte das Radio an. Brahms.

»Werde ich dich wiedersehen?« fragte ich sie.

»Nein, glaub ich kaum.«

»Möchtest du noch in die Bar und einen trinken?«

»Du hast eine Alkoholikerin aus mir gemacht, Hank. Ich bin so schlapp, daß ich kaum noch gehen kann.«

»Nur von der Trinkerei?«

»Nein.«

»Dann laß uns einen zur Brust nehmen.«

»Trinken, trinken, trinken! Ist das alles, was du im Kopf hast?«

»Nein, aber es vertreibt die Zeit ganz gut. So wie jetzt.«

»Kannst du nicht auch nüchtern mit etwas fertig werden?«

»Schon, aber ich versuch's lieber nicht.«

»Du willst dich nur drücken.«

»Das tut man mit allem. Golfspielen, Schlafen, Essen, Spazierengehen, Streiten, Joggen, Atmen, Ficken ...«

»Ficken?«

»Komm, wir reden schon wie Oberschüler. Kümmern wir uns mal um dein Flugzeug.«

Es lief nicht gut. Ich wollte ihr einen Kuß geben, doch ich spürte ihren Widerstand. Eine Mauer. Iris war in keiner guten Stimmung, wie es schien. Ich jetzt auch nicht mehr.

»All right«, sagte sie, »gehn wir zum Check-in, und dann trinken wir noch was. Dann flieg ich ab, und Schluß damit. Einfach so. Glatt und schmerzlos.«

»All right«, sagte ich.

Und damit war auch das zu Ende.

Dann wieder die Fahrt zurück – Century Boulevard nach Osten, runter zur Crenshaw, die 8th Avenue hinauf, dann über die Arlington Avenue zur Wilton. Ich beschloß, meine Wäsche abzuholen, bog nach rechts in den Beverly Boulevard ein und fuhr auf den Parkplatz hinter dem »Silverette Cleaners«. Als ich den Zündschlüssel abzog, kam auf dem Bürgersteig eine junge Schwarze in einem roten Kleid vorbei. Hüftschwenkend. Aber wie. Sie hatte einen hinreißenden Gang. Da stimmte wirklich alles. Unbeschreiblich. Es war, als hätte die Natur einigen wenigen Frauen sämtliche Reize gegeben, und für den Rest blieb nichts mehr übrig.

Das Gebäude verdeckte mir jetzt die Sicht. Ich stieg aus, ging nach vorn zur Ecke und sah ihr nach. Sie blieb stehen und sah über die Schulter zu mir nach hinten. Es war mir peinlich. Ich ging rein in die Wäscherei. Als ich mit meinen Sachen herauskam, stand sie neben dem VW. Ich machte die Beifahrertür auf und verstaute das Paket auf dem Rücksitz. Dann ging ich außen herum, auf die Fahrerseite. Sie stand jetzt vor mir. Etwa 27. Ein rundliches Gesicht, in dem sich nichts regte. Wir standen sehr dicht beieinander.

»Ich hab gemerkt, daß Sie mir nachsehen. Warum haben Sie mir nachgesehen?«

»Entschuldigung. Es war nicht so gemeint.«

»Ich will wissen, warum Sie mir nachgesehen haben. Sie haben mich richtig *angestarrt.*«

»Schauen Sie«, sagte ich, »Sie sind eine schöne Frau. Sie haben eine tolle Figur. Ich sah Sie vorbeigehen, und da mußte ich eben unwillkürlich hinsehen.«

»Wollen Sie vielleicht 'ne Verabredung für heute abend?«

»Tja, das wär nicht schlecht. Aber ich hab schon eine. Ich hab schon was am Laufen.«

Ich machte die Fahrertür auf und stieg ein. Sie drehte sich um und ging weg. Ich hörte noch, wie sie sagte: *»Blödes Honky-Arschloch.«*

Zu Hause sah ich die Post durch. Nichts. Ich mußte endlich wieder eine klare Linie finden. Etwas Entscheidendes fehlte. Ich sah in den Kühlschrank. Nichts. Ich ging nach draußen, setzte mich in den VW und fuhr zum »Blue Elephant«, einem Getränkeladen. Dort erstand ich einen halben Liter Smirnoff und einige 7-Up. Auf der Rückfahrt fiel mir ein, daß ich Zigaretten vergessen hatte. Ich fuhr auf der Western Avenue nach Süden, bog links in den Hollywood Boulevard ein, dann rechts in die Serrano. Ecke Serrano und Sunset sah ich wieder eine junge Schwarze stehen, ziemlich hellhäutig, in schwarzen Stökkelschuhen und einem Minirock, unter dem man einen Hauch von blauem Slip erkennen konnte. Ich bremste ab.

Sie setzte sich in Bewegung. Ich fuhr langsam neben ihr her. Sie ließ sich nichts anmerken.

»Hey, Baby.«

Sie blieb stehen, und ich fuhr rechts ran. Sie kam zu mir her.

»Wie läuft's so?« fragte ich.

»Ganz gut.«

»Lockvogel von der Sitte, hm?«

»Was soll das heißen?«

»Ich meine, wer sagt mir, daß du nicht von den Bullen bist?«

»Wer sagt mir, daß *du* nicht ein Bulle bist?«

»Sieh dir mein Gesicht an. Seh ich wie ein Bulle aus?«

»All right«, sagte sie, »fahr um die Ecke und such dir 'ne Parklücke. Ich komm dann nach.«

Ich fuhr um die Ecke und hielt vor »Mr. Famous N. J. Sandwiches«. Nach einer Weile machte sie den Schlag auf und stieg zu mir ins Auto.

»Was willst du?« fragte sie. Sie war Mitte Dreißig, und aus ihrem lächelnden Mund blinkte mich ein massiver Goldzahn an. Die würde nie ganz pleite gehen.

»Abkauen.«

»Zwanzig Dollar.«

»Okay. Wohin?«

»Fahr die Western rauf bis zur Franklin, dann links bis zur Harvard und wieder rechts.«

Als wir von der Harvard um die Ecke bogen, konnte man nirgends parken. Schließlich ließ ich die Karre im Halteverbot stehen und wir stiegen aus.

»Komm mit«, sagte sie.

Wir betraten ein heruntergekommenes Apartment-Hochhaus. Kurz vor dem Fahrstuhl schwenkte sie nach rechts, und ich ging hinter ihr eine betonierte Treppe hinauf. Ich starrte auf ihren Hintern. Merkwürdig, daß jeder Mensch einen Hintern hatte. Es war beinahe traurig. Aber auf ihren Hintern hatte ich es ja nicht abgesehen. Es ging jetzt einen Flur entlang, dann weitere Betonstufen hoch. Offenbar benutzten wir einen Fluchtweg, der für den Brandfall gedacht war. Ich hatte keine Ahnung, warum sie sich gegen den Aufzug entschieden hatte. Aber Treppensteigen war ja auch besser für mich –

wenn ich im hohen Alter noch dicke Romane schreiben wollte, wie Knut Hamsun.

Endlich standen wir vor ihrem Apartment, und sie zückte ihren Schlüssel. Ich hielt ihr die Hand fest.

»Augenblick mal«, sagte ich.

»Was ist denn?«

»Hast du da drin zwei große schwarze Typen, die mir eins überbraten und mich ausmisten?«

»Da ist niemand drin. Ich wohne mit einer Freundin zusammen, aber die ist nicht zu Hause. Sie arbeitet im Broadway Department Store.«

»Gib mir den Schlüssel.«

Ich schloß auf, drehte langsam den Türknauf und gab der Tür einen Tritt, daß sie weit aufflog. Ich sah hinein. Ich hatte mein Schnappmesser einstecken, doch ich mußte nicht danach greifen. Sie machte die Tür hinter uns zu. »Komm ins Schlafzimmer«, sagte sie.

»Immer langsam ...«

Ich riß die Tür eines Wandschranks auf, griff hinein, tastete hinter den Kleidern herum. Nichts.

»Was für'n Shit hast denn du dir gepumpt, Mann?«

»Ich muß nicht auf Shit sein, um mißtrauisch zu werden.«

»Ach du lieber Gott ...«

Ich rannte ins Badezimmer und zerrte den Duschvorhang zur Seite. Nichts. Ich ging in die Küche, sah hinter den Plastikvorhang unter dem Spülbecken. Da stand nur ein stinkender überquellender Abfalleimer aus Plastik. Ich checkte das zweite Schlafzimmer, den Wandschrank da drin. Dann sah ich unter das Doppelbett. Eine leere Flasche *Ripple.* Ich ging wieder hinaus.

»Komm hier rein«, sagte sie.

Es war ein winziges Zimmer, mehr so etwas wie ein Alkoven. An der einen Wand stand ein Feldbett mit einem verdreckten Leintuch. Die Bettdecke lag auf dem Boden.

Ich zog mir den Reißverschluß herunter und holte mein Ding raus.

»Zwanzig Dollar«, sagte sie.

»Stülp deine Lippen über diesen Motherfucker! Saug ihn leer!«

»Zwanzig Dollar.«

»Ich kenn den Preis. Verdien dir die Kröten erst mal. Lutsch mir die Eier aus.«

»Erst die zwanzig Dollar.«

»So? Wer sagt mir, daß du den Zwanziger nicht wegsteckst und prompt nach den Bullen schreist? Woher soll ich wissen, ob nicht dein großer Bruder mit seinen ganzen einsachtundneunzig und einem Schnappmesser in der Hand hier reinkommt?«

»Erst den Zwanziger. Und keine Sorge – ich lutsch dir einen runter, da ist alles dran.«

»Ich trau dir nicht, du Nutte.«

Ich zog den Reißverschluß hoch und machte, daß ich da rauskam. Ich ging die ganzen Stufen wieder hinunter, sprang draußen in meinen VW und fuhr zurück zu meiner Wohnung.

Dort machte ich mich ans Trinken. Meine Sterne standen einfach nicht gut.

Das Telefon klingelte. Es war Bobby. »Hast du Iris ins Flugzeug gesetzt?«

»Ja. Und vielen Dank, daß du diesmal deine Pfoten weggelassen hast.«

»Hör mal, Hank, du bildest dir das bloß ein. Du bist alt und schleppst dir dauernd diese jungen Ischen an, und dann wirst du fickrig, wenn ein jüngerer Typ vorbeikommt. Da krampft sich sofort dein Arsch zusammen.«

»Und schuld daran ist mein Mangel an Selbstvertrauen, nicht?«

»Naja ...«

»Schon gut, Bobby.«

»Jedenfalls, Valerie läßt fragen, ob du auf einen Schluck vorbeikommen willst.«

»Klar, warum nicht?«

Bobby hatte einigen schlechten Shit da. Wir ließen den Joint herumgehen, und es war wirklich ein übler Shit. Bobby hatte auch eine Menge neue Tonbänder für seinen Stereo-Apparat, darunter etwas von Randy Newman, meinem Lieblingssänger. Er ließ das Band für mich laufen. Allerdings, auf meine ausdrückliche Bitte, nur in Zimmerlautstärke.

Wir hörten uns also Randy an und pafften, und dann

führte uns Valerie eine Modenschau vor. Sie hatte ein Dutzend aufreizende Fähnchen von Frederick's, und an der Innenseite der Badezimmertür hingen 30 Paar Schuhe.

Valerie kam auf turmhohen Absätzen herausgestelzt. Sie konnte kaum damit gehen. Sie stakte durchs Zimmer und wankte auf diesen Stelzen. Ihr Hintern wölbte sich heraus, und ihre kleinen Brustwarzen drückten sich hart und steif durch ihre durchsichtige Bluse. Um den einen Knöchel hatte sie ein dünnes Goldkettchen. Sie drehte sich vor uns im Kreis und deutete einige Stöße mit dem Unterleib an.

»Oh, Gott!« machte Bobby. »Oh ... Mann!«

»Heiliger Strohsack steh mir bei!« sagte ich.

Als Valerie an mir vorbeikam, griff ich nach ihr und bekam eine Handvoll Hintern zu fassen. Ich lebte wieder. Ich fühlte mich großartig. Valerie verschwand wieder im Badezimmer, um sich erneut in Schale zu werfen.

Bei jedem Auftritt sah sie besser aus, verrückter, wilder. Die Sache steuerte auf irgendeinen Höhepunkt zu. Wir tranken und pafften, und Valerie kam immer wieder aus dem Bad und hatte noch mehr zu bieten. So eine Modenschau sah man nicht alle Tage.

Sie setzte sich bei mir auf den Schoß, und Bobby knipste einige Fotos.

Es wurde spät und später. Irgendwann sah ich mich um, und Bobby und Valerie waren verschwunden. Ich ging ins Schlafzimmer. Valerie lag auf dem Bett, nackt bis auf ihre Stöckelschuhe. Sie hatte einen festen schlanken Körper. Bobby, noch in voller Montur, lag auf ihr und saugte ihr die Titten. Erst die eine, dann die andere. Ihre Brustwarzen ragten in die Luft.

Bobby hob den Kopf und sah zu mir hoch. »Hey, Alter, du gibst doch immer so damit an, wie gut du Pussy fressen kannst. Jetzt paß mal auf!«

Er duckte sich nach unten, und drückte Valerie die Beine auseinander. Ihre Mösenhaare waren lang und teilweise verheddert. Bobby leckte ihr den Kitzler. Er war recht gut, aber es fehlte ihm der nötige Pep.

»Augenblick mal, Bobby, du machst das nicht richtig. Ich führ dir das mal vor.«

Ich tauchte seiner Valerie zwischen die Schenkel, fing ganz unten an und arbeitete mich langsam bis zum Kitzler hoch. Dann war ich dran. Valerie reagierte. Allerdings zu heftig. Sie klemmte mir den Kopf ein und drückte mir die Ohren platt. Ich bekam keine Luft mehr. Mühsam befreite ich schließlich meinen Kopf aus diesem Schraubstock.

»Okay, Bobby, hast du es geschnallt?«

Er gab keine Antwort. Wortlos drehte er sich um und ging ins Badezimmer.

Ich hatte mir irgendwann die Hose und die Schuhe ausgezogen. Ich zeigte gern meine Beine her, wenn ich etwas getrunken hatte. Jetzt packte mich Valerie am Arm und zog mich auf das Bett herunter. Sie beugte sich über meinen Schwanz und nahm ihn in den Mund.

Sie machte es nicht besonders gut. Außer dem üblichen Auf und Ab hatte sie sehr wenig zu bieten. Ich hatte schon bessere erlebt. Sie mühte sich ab, und nach einer Weile kam ich zu der Überzeugung, daß es nichts werden würde. Ich schob ihren Kopf von mir weg, drückte sie nach hinten aufs Kissen und küßte sie. Dann stieg ich auf. Ich hatte etwa acht oder zehn Stöße gemacht, als ich Bobby hinter mir hörte.

»Ich will, daß du gehst, Mann.«

»Bobby, was hast du denn auf einmal?«

»Ich will, daß du wieder nach Hause gehst.«

Ich stand auf, ging nach vorn ins Wohnzimmer und zog meine Sachen an.

»Hey, Cool Papa«, sagte ich, »was ist mit dir los?«

»Nichts. Ich will dich hier einfach raushaben.«

»Schon gut, schon gut ...«

Ich ging zurück zu meiner Bude. Es schien sehr lange her zu sein, seit ich Iris Duarte in dieses Flugzeug gesetzt hatte. Sie mußte inzwischen längst wieder in Vancouver sein. Shit. Na dann ... gute Nacht, Iris Duarte.

97

Ich bekam einen Brief. Als Absender war eine Adresse in Hollywood angegeben.

Lieber Chinaski:

Ich habe fast alle deine Bücher gelesen. Ich arbeite als Stenotypistin in einem Büro an der Cherokee Avenue. Ich habe ein Bild von dir über meinem Arbeitsplatz hängen. Es ist ein Poster von einer deiner Lesungen. Die Leute fragen mich: »Wer ist das?«, und ich sage: »Das ist mein Freund«, und sie sagen: »Mein Gott!«

Ich habe meinem Boß deinen Story-Band ›The Beast with Three Legs‹ zu lesen gegeben, und er sagte, es hätte ihm nicht gefallen. Er sagte, du kannst nicht schreiben. Er sagte, es ist billiger Scheißkram. Er hat sich sehr darüber aufgeregt.

Jedenfalls, ich mag deine Sachen, und ich würde dich gerne kennenlernen. Man sagt, daß ich ganz gut gebaut bin. Am besten, du überzeugst dich selbst davon. Hast du Lust?

Herzlichst,
Valencia

Sie gab mir zwei Telefonnummern. Die vom Büro und die von zu Hause. Es war Nachmittag und ging so auf halb drei zu. Ich rief die Nummer vom Büro an. Eine weibliche Stimme meldete sich.

»Ja?«

»Ist Valencia da?«

»Am Apparat.«

»Hier ist Chinaski. Ich hab deinen Brief bekommen.«

»Ich dachte mir, daß du anrufst.«

»Deine Stimme hört sich sexy an«, sagte ich.

»Deine auch«, gab sie zurück.

»Wann kann ich dich sehn?«

»Naja, für heute abend hab ich noch nichts vor.«

»Gut. Wie wär's dann mit heute abend?«

»All right«, sagte sie, »wenn ich hier Feierabend mache,

können wir uns in dieser Bar am Cahuenga Boulevard treffen. »The Foxhole«. Weißt du, wo das ist?«

»Ja.«

»Dann sehn wir uns dort so gegen sechs ...«

Ich fuhr hin, parkte vor dem »Foxhole«, blieb im Wagen sitzen und rauchte erst mal eine Zigarette. Dann stieg ich aus und ging in die Bar. Welche war nun Valencia? Ich stand da, und niemand sagte etwas. Ich ging an die Bar und ließ mir einen doppelten Wodka-Seven geben. Dann hörte ich meinen Namen. »Henry?«

Ich sah mich um, und da saß eine Blondine allein in einer Nische. Ich ging mit meinem Glas hinüber und setzte mich zu ihr. Sie war etwa 38 und nicht gut gebaut, sondern schon ein bißchen arg in die Breite gegangen. Ihre Brüste waren sehr groß, aber sie hingen schlaff herunter. Sie trug ihr blondes Haar kurz geschnitten, steckte in Hosen, Bluse und Stiefeln, war stark geschminkt und wirkte abgekämpft. Blaßblaue Augen. Eine Menge Armreifen, an beiden Armen. Ihr Gesicht war ausdruckslos. Möglich, daß es einmal schön gewesen war.

»Ich hatte wirklich einen elend beschissenen Tag heute«, sagte sie. »Ich hab mir die Finger krummgetippt.«

»Dann lassen wir's lieber«, meinte ich. »Vielleicht ein andermal, wenn du dich besser fühlst.«

»Ach Scheiße, laß nur. Noch ein Drink, und ich bin wieder in Form.« Sie winkte der Bedienung. »Noch einen Wein.«

Sie trank Weißwein.

»Was macht die Schriftstellerei?« fragte sie. »Gibt's ein neues Buch von dir zu kaufen?«

»Nein, aber ich schreibe an einem Roman.«

»Wie ist der Titel?«

»Ich hab noch keinen.«

»Wird es ein guter Roman?«

»Weiß ich noch nicht.«

Dann sagten wir eine Weile nichts mehr. Ich trank meinen Wodka aus und ließ mir noch einen bringen. Valencia war einfach nicht mein Typ. Ich mochte sie nicht. Es gibt solche Menschen. Sie sind einem auf Anhieb unsympathisch.

»Im Büro haben wir eine Japanerin, die tut alles, um zu

erreichen, daß ich gefeuert werde. Ich versteh mich gut mit dem Boß, aber dieses Luder schwärzt mich dauernd an. Irgendwann kriegt sie mal meinen Fuß in den Arsch.«

»Wo bist du her?«

»Chicago.«

»Da war ich mal. Hat mir nicht gefallen.«

»Ich mag Chicago.«

Ich trank aus, und sie auch. Sie schob mir ihre Rechnung hin. »Übernimmst du das? Ich hatte auch noch einen Krabbensalat.«

Dann standen wir draußen am VW, und ich fischte die Wagenschlüssel aus der Jackentasche.

»Ist das etwa dein Auto?«

»Ja.«

»Erwartest du von mir, daß ich in so einer alten Kiste fahre?«

»Hör mal, wenn du nicht einsteigen willst, dann laß es einfach sein.«

Valencia stieg ein. Sie nahm einen Spiegel heraus und beschäftigte sich mit ihrem Make-up. Es war nicht weit bis zu mir. Ich parkte, und wir gingen rein.

»Hier ist ja alles verdreckt«, sagte sie. »Du brauchst dringend jemand, der dir saubermacht.«

Ich holte den Wodka und das 7-Up aus dem Kühlschrank und mixte zwei Drinks. Valencia zog ihre Stiefel aus.

»Wo ist deine Schreibmaschine?«

»Auf dem Küchentisch.«

»Du hast nicht mal einen Schreibtisch? Ich dachte immer, ein Autor hat einen Schreibtisch.«

»Manche haben nicht mal einen Küchentisch.«

»Warst du mal verheiratet?« wollte sie jetzt wissen.

»Ja. Einmal.«

»Und? Was ging schief?«

»Wir fingen an, einander zu hassen.«

»Ich hab schon vier Ehen hinter mir. Ich seh meine Ehemaligen immer noch. Wir sind Freunde.«

»Trink aus.«

»Du wirkst nervös«, sagte sie.

»Ich fühl mich ganz in Ordnung.«

Valencia trank ihr Glas aus, machte sich lang und legte

ihren Kopf in meinen Schoß. Ich strich ihr durchs Haar. Dann goß ich ihr das Glas wieder voll. Ich konnte ihr in den Ausschnitt sehen. Ich beugte mich herunter und gab ihr einen langen Kuß. Ihre Zunge schnellte in meinen Mund. Ich haßte sie. Mein Schwanz begann sich zu regen. Wir küßten uns wieder, und ich griff ihr in die Bluse.

»Ich hab gewußt, daß ich dich eines Tages kennenlerne«, sagte sie.

Ich küßte sie noch einmal, mit mehr Nachdruck. Sie spürte jetzt, wie es unter ihrem Kopf hart wurde.

»Hey!« sagte sie.

»Ist nichts weiter«, sagte ich.

»Von wegen! Was hast du denn vor?«

»Ich weiß nicht.«

»Aber ich.«

Sie stand auf und ging ins Badezimmer. Als sie herauskam, war sie nackt. Sie kroch unter die Bettdecke. Ich trank noch ein Glas, dann zog ich mich aus und kletterte zu ihr ins Bett. Ich zog ihr die Decke weg. Was für riesige Dinger. Sie bestand zur Hälfte aus Titten. Ich hob eine an, so gut es ging, und saugte an der Brustwarze. Sie wurde nicht steif. Ich versuchte es mit der anderen. Auch nichts. Ich walkte ihr die Titten hin und her. Ich steckte meinen Schwanz zwischen sie rein. Die Brustwarzen blieben weich. Als ich ihr meinen Steifen gegen die Lippen drückte, drehte sie den Kopf zur Seite. Für einen Augenblick dachte ich daran, ihr eine Zigarette auf dem Hintern auszudrücken. Was für eine Masse Fleisch. Eine altgediente, abgearbeitete Nutte von der Straße. Nutten machten mich sonst eigentlich immer heiß. Mein Schwanz stand, aber ich spürte keine Lust.

Sie hatte mir erzählt, daß sie im Fairfax District wohnte. Fairfax war ein vorwiegend gutbürgerliches jüdisches Viertel.

»Bist du Jüdin?« fragte ich jetzt, einfach um etwas zu sagen.

»Nein.«

»Du siehst so aus.«

»Bin's aber nicht.«

»Aber du wohnst doch im Fairfax District, nicht?«

»Ja.«

»Sind deine Eltern Juden?«

»Hör mal, was soll dieser Scheiß von wegen *jüdisch*?«

»Mußt dir nichts dabei denken. Einige meiner besten Freunde sind Juden.«

Ich walkte ihr wieder diesen Busen durch.

»Ich hab den Eindruck, du hast Angst«, sagte sie. »Du bist verklemmt.«

Ich schwenkte meinen Schwanz vor ihrem Gesicht hin und her.

»Sieht der vielleicht so aus, als ob er Angst hat?«

»Er sieht schauderhaft aus. Woher hast du diese dicken Adern?«

»Mir gefallen sie.«

Ich packte sie an den Haaren, drückte ihr den Kopf nach hinten, saugte an ihren Zähnen und sah ihr in die Augen. Dann massierte ich ihr die Möse. Es dauerte sehr lange, bis sie feucht wurde und ein bißchen aufging. Ich steckte den Mittelfinger rein und rieb ihr den Daumen über den Kitzler. Schließlich stieg ich bei ihr auf. Ich hatte ihn drin, und sie packte ihn auch ganz gut. Jetzt machten wir es also tatsächlich. Ich hatte ihn tief drin und ruckelte ein bißchen, doch es kam keine Reaktion von ihr. Na gut. Ich hatte keine Lust, mir besondere Mühe zu geben. Ich rammte einfach drauflos. Wieder ein Fick. Recherchen. Allmählich kam sie nun doch in Fahrt. Ich küßte sie. Ihre Lippen waren jetzt weich, und sie machte den Mund auf. Ich grub ihn unten rein. Die blauen Wände starrten auf uns herunter. Valencia gab jetzt schwache Laute von sich. Das spornte mich an.

Als sie hinterher aus dem Badezimmer kam, war ich angezogen und hatte zwei volle Gläser auf dem Tisch stehen. Wir schlürften unsere Drinks.

»Wie kommt es, daß du im Fairfax District wohnst?« fragte ich sie.

»Mir gefällt's da.«

»Soll ich dich nach Hause fahren?«

»Wenn dir's nichts ausmacht.«

Sie wohnte zwei Blocks östlich von der Fairfax Avenue. »Das da ist mein Apartment«, sagte sie. »Die Tür da mit dem Fliegengitter.«

»Sieht ganz nett aus.«

»Ist es auch. Willst du eine Weile mit reinkommen?«

»Hast du was zu trinken da?«

»Ja. Wenn's ein Sherry sein kann ...«

»Klar.«

Wir gingen hinein. Handtücher lagen auf dem Fußboden herum. Sie kickte sie unter die Couch und ging in die Küche. Dann kam sie mit zwei Gläsern Sherry heraus. Ich trank meines herunter. Es war sehr billiges Zeug.

»Wo ist dein Klo?« fragte ich.

Sie zeigte auf die Tür. Ich ging rein, zog die Spülung, kotzte den Sherry aus, zog noch einmal die Spülung und ging wieder zu ihr hinaus.

»Noch ein Glas?« fragte sie.

»Klar.« Diesmal trank ich langsam.

»Meine Kinder waren da. Deshalb liegt hier alles durcheinander.«

»Du hast Kinder?«

»Ja, aber Sam hat sie bei sich wohnen.«

Ich trank den letzten Schluck aus meinem Glas und stand auf. »Tja, ich muß mal wieder los. Danke für die Drinks.«

»All right. Du hast ja meine Telefonnummer.«

»Ja.«

Valencia brachte mich an die Tür, wir küßten uns, dann ging ich hinaus zu meinem VW und stieg ein. Ich fuhr um die Ecke, hielt mitten auf der Straße, machte die Tür auf und kotzte auch den zweiten Sherry wieder aus.

98

Ich traf mich alle drei oder vier Tage mit Sara, entweder bei ihr zu Hause oder bei mir. Wir schliefen zusammen, aber es gab keinen Sex. Oft waren wir nahe daran, doch es kam nie dazu. Die Vorschriften von Drayer Baba waren so stark wie ein handgeschmiedeter Keuschheitsgürtel.

Wir beschlossen, Weihnachten und Neujahr bei mir zu verbringen. Am 24. kam Sara gegen Mittag in ihrem VW-Bus an. Ich sah ihr zu, wie sie vorne am Weg parkte, dann ging ich raus und ihr entgegen. Auf dem Dach hatte sie einen Stapel Bretter festgezurrt – das sollte mein Weihnachtsgeschenk werden: sie wollte mir ein anständiges Bett zimmern. Mein Bett war ein Witz. Ein simpler Rost, und darauf eine Matratze, aus der die Innereien quollen. Außer einigen kleinen Geschenken für uns beide hatte Sara noch einen organischen Truthahn (plus Zutaten für eine Füllung) und ein paar Flaschen Weißwein mitgebracht. Das Geld für den Truthahn und den Wein wollte sie von mir wiederhaben. Sie hatte es nur ausgelegt.

Wir trugen die Bretter und die übrigen Sachen zu mir hinein. Ich schleifte meinen Rost vor den Bungalow, die Matratze und das Wandbrett, das mir als Ablage diente, und hängte ein Schild dran: »Zum Mitnehmen«. Das Wandbrett fand sofort einen Abnehmer, dann der Rost, und nach einer Weile war auch die Matratze verschwunden. Es lebten genug Leute in der Gegend, die sich noch weniger leisten konnten als ich.

Ich hatte nun schon einige Male in Saras Bett gelegen und feststellen können, daß es sich gut darin schlief. Matratzen hatten mich immer nur geärgert – jedenfalls die Sorte, die ich mir kaufen konnte. Mehr als die Hälfte meines Lebens hatte ich in Betten verbracht, in denen man als Mensch fehl am Platz war. Es sei denn, man war so krumm wie ein Wurm am Angelhaken. Jetzt baute mir also Sara ein Bett wie ihres. Ein Podest aus soliden Brettern, gestützt von sieben robusten Vierkanthölzern (das siebente genau in der Mitte), und darauf eine 10 cm dicke Schicht Schaumgummi. Sara hatte wirklich ein paar gute Ideen.

Ich hielt die Bretter, und Sara schlug die Nägel ein. Sie konnte mit einem Hammer umgehen und einen Nagel ins Holz treiben, daß es eine wahre Pracht war. Obwohl sie nur 105 Pfund wog. Es würde ein erstklassiges Bett werden.

Sara brauchte nicht lange dazu, und wir probierten es sofort aus. Ohne Sex. Drayer Baba sah wohlgefällig auf uns herab.

Anschließend fuhren wir durch die Gegend und suchten nach einem Christbaum. Ich war nicht besonders scharf auf so einen Baum, denn aus meiner Kindheit hatte ich nichts als schlechte Erinnerungen an Weihnachten, und als sich nun herausstellte, daß sämtliche Christbäume ausverkauft waren, machte es mir nicht das geringste aus. Sara dagegen war auf der ganzen Rückfahrt in gedrückter Stimmung. Doch als wir zu Hause waren und einige Gläser Wein getrunken hatten, bekam sie wieder gute Laune, behängte alles mit Weihnachtsschmuck, elektrischen Kerzen und Lametta, und einiges Lametta landete auch in meinem Haar.

Ich hatte einmal gelesen, daß an Weihnachten mehr Leute Selbstmord verübten als zu jeder anderen Jahreszeit. Für die war der Geburtstag des Herrn Jesus offenbar kein Ereignis, das Freude stiftete.

Aus dem Radio kam nur Musik, von der einem schlecht wurde, und das Fernsehprogramm war noch schlimmer, also stellten wir alles ab, und Sara rief ihre Mutter in Maine an. Auch ich unterhielt mich eine Weile mit der Mama, und sie hörte sich gar nicht schlecht an.

»Für einen Moment«, sagte Sara, »hab ich mir überlegt, ob ich dich nicht mit Mama verkuppeln soll. Aber sie ist älter als du.«

»Vergiß es.«

»Sie hat gute Beine.«

»Vergiß es.«

»Hast du was gegen das Alter?«

»Ja, bei allen außer mir.«

»Du führst dich auf, als wärst du ein Filmstar. Hast du immer Frauen gehabt, die zwanzig oder dreißig Jahre jünger waren als du?«

»Nicht als ich in meinen Zwanzigern war.«

»Na schön. Hast du denn mal eine Frau gehabt, die älter war als du? Ich meine, mit ihr zusammengelebt?«

»Ja, mit 25 hab ich mit einer zusammengelebt, die 35 war.«

»Und wie war es?«

»Schlimm. Ich hab mich verliebt.«

»Wieso war das schlimm?«

»Weil sie mich durchs College gejagt hat.«

»Und das war schlimm?«

»Nicht die Art College, wie du denkst. Sie war der Lehrkörper, und ich mußte bei ihr büffeln.«

»Was ist aus ihr geworden?«
»Ich hab sie beerdigt.«
»In Ehren? Oder hast du sie umgebracht?«
»Der Alkohol hat sie umgebracht.«
»Fröhliche Weihnachten.«
»Danke. Erzähl mir von deinen.«
»Ich passe.«
»Zu viele?«
»Zu viele, und doch zu wenige.«

Dreißig oder vierzig Minuten später klopfte es an die Tür. Sara ging hin und machte auf. Ein Sexsymbol kam herein. Am Weihnachtsabend. Ich hatte keine Ahnung, wer sie war. Sie trug ein enges schwarzes Kleid, und ihr enormer Busen sah aus, als wollte er gleich oben herausquellen. Außer im Kino hatte ich noch nie einen Busen gesehen, der einem mit soviel Nachdruck präsentiert wurde.

»Hi, Hank!« Hm, sie kannte mich also. »Ich bin Edie. Wir haben uns mal bei Bobby getroffen.«

»Ach ja?«

»Oder warst du zu betrunken, um dich noch an mich zu erinnern?«

»Hallo, Edie. Das hier ist Sara.«

»Ich suche Bobby. Ich dachte mir, er ist vielleicht hier.«

»Setz dich doch. Trink was.«

Edie setzte sich rechts von mir auf einen Stuhl. Sehr nahe. Sie war etwa 25. Sie steckte sich eine Zigarette an und nippte an ihrem Glas. Jedesmal, wenn sie sich nach vorn beugte, war ich mir sicher, daß ihr diese Brüste aus dem Kleid fallen würden. Das machte mir angst, denn ich wußte nicht, was ich dann tun würde. Ich hatte zwar mehr eine Schwäche für Beine, aber Edie verstand sich wirklich darauf, ihre Dinger zur Geltung zu bringen. Ich linste ängstlich zu ihr hin und war mir nicht sicher, ob ich mir wünschen sollte, daß es passierte, oder nicht.

»Erinnerst du dich an Manny?« sagte sie jetzt. »Er war damals mit mir bei Bobby.«

»Yeh.«

»Ich hab ihn zum Teufel jagen müssen. Er hat mich genervt mit seiner beschissenen Eifersucht. Er hat sogar einen Privatdetektiv angeheuert und mir nachspionieren lassen! Stell dir das mal vor! Dieser dämliche Sack voll Scheiße!«

»Yeh.«

»Ich hasse Männer, die sich vor einem erniedrigen. Ich hasse diese mickrigen Kröten.«

»Ein guter Mann ist heutzutage schwer zu finden«, sagte ich. »Das ist ein Song. Aus dem 2. Weltkrieg. Damals hatten sie noch einen, der ging: ›Setz dich mit keinem untern Apfelbaum – mit keinem außer mir‹.«

»Hank, du redest Stuß« sagte Sara.

»Trink noch ein Glas, Edie«, sagte ich und goß es ihr wieder voll.

»Männer sind solche *Scheißer*!« sagte sie. »Neulich geh ich da in diese Bar. Ich hatte vier Jungs dabei, alles gute Freunde von mir. Wir saßen rum und tranken Bier und lachten, verstehst du, wir haben uns einfach amüsiert, wir wollten uns mit niemand anlegen. Dann bekam ich Lust auf eine Partie Billard. Ich spiele gern Billard. Ich finde, wenn eine Lady Billard spielt, beweist sie, daß sie Klasse hat.«

»Ich komm mit Billard nicht zurecht«, sagte ich. »Ich stoß immer den Filz kaputt. Und ich bin nicht mal eine Lady.«

»Jedenfalls, ich geh rüber an den Billardtisch, und da spielte gerade einer, allein. Ich geh zu ihm hin und sag: ›Schauen Sie mal, Sie hatten den Tisch jetzt ganz schön lange für sich. Meine Freunde und ich würden auch mal gerne eine Partie spielen. Würde es Ihnen was ausmachen, wenn Sie uns den Tisch für 'ne Weile überlassen?‹ Er drehte sich um und sah mich eine ganze Weile nur an. Dann sagte er so richtig *geringschätzig*: ›Naja. Meinetwegen.‹«

Edie kam jetzt in Fahrt, bewegte den Oberkörper, rutschte auf ihrem Stuhl herum, und ich sah verstohlen ihre Dinger an.

»Ich ging zurück zu meinen Freunden und sagte: ›Wir haben den Tisch.‹ Der Typ macht sich jetzt an seine letzte Kugel, und da kommt ein Freund von ihm her und sagt: ›Hey, Ernie, ich höre, du gibst den Tisch frei?‹ Und weißt du, was er da zu seinem Kumpel *sagte*? Er sagte: ›Yeah. Für die Zicke da!‹ Also *da* hab ich nur noch ROT gesehen!

Er beugte sich gerade über den Tisch und wollte seine letzte Kugel schieben. Ich griff mir den nächsten Billardstecken und schlug ihm das Ding mit voller Wucht über den Schädel. Er fiel nach vorne auf den Tisch, als wär er tot. Prompt kommen seine Freunde angestürzt – er war bekannt in der Bar –, und meine vier Freunde standen natürlich auch sofort auf den Beinen. Junge, wurde das eine Schlägerei! Flaschen gingen zu Bruch ... Spiegel ... Ich weiß nicht mehr, wie wir da wieder rausgekommen sind. Hast du ein bißchen Shit da?«

»Ja. Aber ich dreh keinen guten Joint.«

»Das mach ich schon.«

Edie drehte einen langen dünnen, wie ein Profi. Sie machte ihn an, zog sich zischend einen Schwall rein und reichte ihn mir herüber.

»Also. Am nächsten Abend ging ich wieder hin. Allein diesmal. Der Besitzer, der gleichzeitig die Bar macht, erkannte mich. Claude heißt er. ›Claude‹, sagte ich, ›tut mir leid wegen gestern abend, aber der Kerl am Billardtisch war wirklich ein unverschämter Drecksack. Er hat mich eine Zicke genannt.‹«

Ich goß unsere Gläser wieder voll. Ihre Brüste mußten jeden Augenblick herausfallen.

»›Schon gut‹, sagte der Besitzer. ›Vergiß es.‹ Er schien ein ganz netter Mensch zu sein. ›Was trinkst du?‹ wollte er wissen. Naja, ich ließ mir ein paar Drinks einschenken und hing da an der Bar herum, und schließlich sagte er: ›Weißt du, ich könnte eine Kellnerin gebrauchen.‹«

Edie nahm mir den Joint aus der Hand und tat sich wieder einen Hit rein. »Er hat mir erzählt, was mit der letzten Kellnerin war. ›Sie hat für Kundschaft gesorgt, aber auch für 'ne Menge Ärger. Sie spielte einen gegen den anderen aus. Sie mußte sich dauernd produzieren. Und dann kam ich dahinter, daß sie nebenbei noch anschaffte. Sie hat MEIN Lokal dazu benutzt, um ihre Pussy zu verhökern!‹«

»Wirklich?« sagte Sara.

»Hat er gesagt, ja. Jedenfalls, er hat mir einen Job als Kellnerin angeboten. ›Aber Anschaffen is nicht!« sagte er. Ich hab ihm gesagt, so eine wär ich nicht, und er soll mir wegbleiben mit so einem Scheiß. Ich dachte mir, jetzt werd ich endlich zu Geld kommen und auf die Uni gehen können, Chemie studieren oder Französisch. Sowas hat mir schon immer vorgeschwebt. Dann sagte er: ›Komm mit nach hinten, ich will dir unser Flaschenlager zeigen, und ich hab auch eine Kluft für dich, zum Anprobieren. Sie ist noch nicht getragen, und ich glaube, es ist deine Größe.‹ Also ging ich mit ihm in diesen kleinen dunklen Raum, und er versuchte, sich an mir zu vergreifen. Ich stieß ihn weg. Er sagte: ›Gib mir wenigstens einen kleinen Kuß.‹ – ›Geh mir bloß weg!‹ sagte ich. Er war sehr klein und dick, und er hatte eine Glatze und ein künstliches Gebiß, und auf den Backen hatte er schwarze Warzen, aus denen lange Haare rauswuchsen. Er packte mich mit der einen Hand am Hintern und griff mir mit der anderen in den Ausschnitt und versuchte, mich zu küssen. Ich stieß ihn wieder von mir weg. ›Ich bin verheiratet‹, sagte er, ›und ich liebe meine Frau. Nur keine Angst.‹ Er ging wieder auf mich los, und ich stieß ihm mein Knie in die ... na ihr wißt schon, wohin. Aber anscheinend hatte er da unten gar nichts. Er verzog nicht mal eine Miene. ›Ich geb dir *Geld*‹, sagte er. ›Ich werd *nett* zu dir sein!‹ Ich hab ihm gesagt, er soll Scheiße fressen und dran verrecken. Tja, und damit war auch dieser Job im Eimer.«

»Eine traurige Geschichte«, sagte ich.

»Naja, ich muß wieder los. Fröhliche Weihnachten. Und danke für die Drinks.«

Sie stand auf. Ich brachte sie an die Tür und sah ihr nach, wie sie sich draußen auf dem Weg entfernte. Ich ging zurück zu Sara und setzte mich wieder.

»Du mieses Schwein«, sagte Sara.

»Was hast du denn?«

»Wenn ich nicht hier gewesen wäre, hättest du sie gefickt.«

»Ich kenn die Lady ja kaum.«

»Diese Titten! Du hast dich richtig verkrampft! Du hast dich kaum noch getraut, sie *anzusehn*!«

»Was muß sie auch ausgerechnet am Weihnachtsabend hier reinlatschen.«

»Hättest sie ja fragen können.«

»Sie hat gesagt, sie sucht Bobby.«

»Wenn ich nicht hier gewesen wäre, hättest du sie gefickt!«

»Keine Ahnung. Woher soll ich das wissen?«

Sara stand auf und schrie. Dann begann sie zu schluchzen und rannte ins Schlafzimmer. Ich goß mir mein Glas wieder voll. Die bunten elektrischen Kerzen an den Wänden blinkten mich an.

99

Sara machte in der Küche die Füllung für den Truthahn, und ich saß daneben und unterhielt mich mit ihr. Zwischendurch schlürften wir wieder Weißwein.

Im Schlafzimmer klingelte das Telefon. Ich ging rein, hob den Hörer ab, und Debra war dran. »Ich wollte dir nur fröhliche Weihnachten wünschen, du nasse Nudel.«

»Danke, Debra. Ich wünsch dir auch einen fröhlichen Knecht Ruprecht.«

Wir redeten eine Weile, dann ging ich zurück in die Küche und setzte mich wieder hin.

»Wer war dran?«

»Debra.«

»Wie geht's ihr?«

»Anscheinend ganz gut.«

»Was hat sie gewollt?«

»Fröhliche Weihnachten wünschen.«

»Mein organischer Truthahn wird dir bestimmt schmecken. Und die Füllung ist auch gut. Was die Leute so essen, ist das reine Gift. Amerika ist eins der wenigen Länder, wo Darmkrebs massiert auftritt.«

»Yeah. Mein Arsch juckt ziemlich oft. Aber bei mir sind es nur Hämorrhoiden. Ich hab sie mir mal rausschneiden lassen. Vorher schieben sie einem so ein gewundenes Ding rein, mit einer kleinen Glühbirne vorne dran. Sie sehen in einen rein, ob man Krebs hat. Das Schlangending ist ziemlich lang. Sie drehen es einem voll rein.«

Das Telefon klingelte wieder. Ich ging ran, und diesmal war es Cassie. »Wie geht's dir so?«

»Sara und ich machen uns gerade einen Truthahn!«

»Du fehlst mir.«

»Danke gleichfalls! Fröhliche Weihnachten! Was macht der Job?«

»Ganz gut. Ich hab Urlaub bis zum 2. Januar.«

»Ja. Gutes neues Jahr, Cassie!«

»Sag mal, was ist denn mit dir?«

»Ich bin ein bißchen angeheitert. Ich bin's nicht gewöhnt, so früh am Tag schon Wein zu trinken.«

»Ruf mich mal an.«

»Klar.«

Ich ging wieder in die Küche. »Das war Cassie. Naja, an Weihnachten ruft man eben an. Vielleicht ruft uns auch noch Drayer Baba an.«

»Der bestimmt nicht.«

»Warum?«

»Er hat nie etwas gesagt. Und er hat auch nie Geld genommen.«

»Reife Leistung. Laß mich mal diese Füllung da probieren.«

»Okay.«

»Mmmm! Nicht schlecht!«

Wieder klingelte das Telefon. So ging das. Wenn es mal angefangen hatte, hörte es nicht mehr auf. Ich schlurfte ins Schlafzimmer und meldete mich.

»Hallo? Wer ist da?«

»Du Schwerenöter! Kannst du dir's nicht denken?«

»Nein. Beim besten Willen nicht.« Es war eine Frau, und sie hörte sich betrunken an.

»Rat doch mal.«

»Augenblick. Ah, jetzt weiß ich's! Iris!«

»Ja, *Iris*! Und ich bin schwanger!«

»Weißt du schon, wer es war?«

»Macht das vielleicht einen Unterschied?«

»Nein, wahrscheinlich nicht. Wie geht's so in Vancouver?«

»Ganz gut. Goodbye.«

»Goodbye.«

Zurück in die Küche.

»Das war die kanadische Bauchtänzerin«, sagte ich zu Sara.

»Wie geht's ihr?«

»Ach, sie ist ganz selig vor lauter Weihnachten.«

Sara schob den Truthahn in den Backofen, und wir gingen ins Wohnzimmer. Wir redeten ein bißchen was, dann wurden wir wieder vom Telefon unterbrochen.

»Hallo«, sagte ich.

»Sind Sie Henry Chinaski?« Es hörte sich nach einem jungen Mann an.

»Ja.«

»Der Schriftsteller Henry Chinaski?«

»Yeah.«

»Wirklich?«

»Yeah.«

»Tja, also wir sind ein paar Jungs aus Bel Air, und wir stehn voll auf Ihr Zeug, Mann! Wir stehn sogar so drauf, daß wir Ihnen dafür was Gutes tun wollen, Mann!«

»So?«

»Ja, wir kommen vorbei und bringen ein paar Sixpacks Bier mit!«

»Steck dir das Bier in den Arsch.«

»Was??«

»Ich hab gesagt: Steck dir's in den Arsch.«

Ich legte auf.

»Was war denn das?« fragte Sara.

»Ich hab mir gerade drei oder vier Leser in Bel Air vergrätzt. Aber das war's mir wert.«

Schließlich wurde es Zeit, den Truthahn aus dem Ofen zu holen. Ich schob ihn auf eine Platte, räumte die Schreibmaschine und meinen Papierkram vom Küchentisch und stellte ihn darauf. Ich ging daran, ihn zu zerlegen, und Sara brachte eine Schüssel voll Gemüse. Wir setzten uns hin, luden uns die Teller voll. Es sah nach einem guten Essen aus.

»Hoffentlich kommt die mit den Titten nicht wieder vorbei«, sagte Sara. Der Gedanke machte ihr offenbar sehr zu schaffen.

»Wenn sie kommt, geb ich ihr meinen Schlegel.«

»*Was??*«

»Ich hab gesagt, ich geb ihr einen Schlegel«, sagte ich und zeigte auf den Truthahn. »Du darfst zusehen.«

Sara schrie. Sie stand auf und zitterte am ganzen Leib.

Dann rannte sie ins Schlafzimmer. Ich sah das Stück Truthahn auf meinem Teller an. Ich konnte es nicht essen. Ich hatte mal wieder auf den falschen Knopf gedrückt. Mit meinem Glas in der Hand ging ich nach vorn ins Wohnzimmer und setzte mich hin. Ich wartete fünfzehn Minuten, dann stellte ich den Truthahn und das Gemüse in den Kühlschrank.

Sara fuhr am nächsten Tag zurück in ihre Wohnung, und ich aß nachmittags so gegen drei einen kalten Truthahn-Sandwich. Kurz vor 5 wurde laut und anhaltend an meine Tür gehämmert. Ich machte auf und erblickte Tammie und Arlene. Beide waren voll auf Speed. Sie kamen herein, hüpften herum und redeten durcheinander.

»Hast du was zu *trinken* da?«

»Yeah, *shit,* hast du *irgendwas* da, was man trinken kann?«

»Wie war dein Scheiß-Weihnachtsfest?«

»Yeah, wie war's denn so, dein verschissenes Weihnachtsfest?«

»Im Eisschrank steht noch ein bißchen Bier und Wein«, sagte ich.

(Den altgedienten Süffel erkennt man immer daran, daß er Eisschrank sagt, und nicht Kühlschrank.)

Sie tanzten in die Küche und rissen den Eisschrank auf.

»Hey, da steht ja ein *Truthahn* drin!«

»Wir haben Hunger, Hank! Kriegen wir ein bißchen Truthahn?«

»Klar.«

Tammie kam mit einem Schlegel aus der Küche und biß hinein. »Hey, das schmeckt aber flau! Da muß Gewürz dran!«

Arlene kam heraus und hatte einige Fetzen Fleisch in der Hand. »Yeah«, sagte sie, als sie davon probiert hatte, »da muß Gewürz dran! Schmeckt viel zu nüchtern. Hast du Gewürze da?«

»Auf dem Küchenbord«, sagte ich.

Sie hampelten wieder in die Küche und sprenkelten sich das Fleisch mit Gewürzen voll.

»So! Schon besser!«

»Yeah, jetzt *schmeckt* es wenigstens nach was!«

»Organischer Truthahn! So'n Shit!«

»Yeah! Purer Shit!«

»Ich will noch ein Stück!«

»Ich auch. Aber mit *Pfeffer* drauf!«

Tammie kam heraus und setzte sich. Sie hatte ihren Schlegel schon fast abgenagt. Jetzt klemmte sie den Knochen zwischen die Zähne und brach ihn mittendurch. Sie kaute knackend auf dem abgebrochenen Stück herum. Ich traute meinen Augen nicht. Sie kaute diesen Knochen und spuckte die Splitter auf den Teppich.

»Hey, du frißt ja den Knochen!«

»Yeah. Schmeckt gut!«

Tammie rannte zurück in die Küche, um sich noch ein Stück zu holen.

Nach einer Weile kamen sie beide heraus, jede mit einer Flasche Bier in der Hand.

»Danke, Hank.«

»Yeah, danke, Mann.«

Sie setzten sich und nuckelten an ihrem Bier.

»Tja«, sagte Tammie, »wir müssen mal wieder los.«

»Yeah, wir schnappen uns ein paar von der Junior High School und *vergewaltigen* sie!«

»Yeah!«

Beide sprangen auf und rannten aus der Tür. Ich ging in die Küche und sah mir die Bescherung an. Der Truthahn sah aus, als hätte ihn ein Tiger zerfleischt. Restlos zerfetzt. Es sah obszön aus.

Am nächsten Abend kam Sara vorbei.

»Wie schmeckt dir der Truthahn?«

»Ganz gut.«

Sie ging in die Küche, sah in den Kühlschrank, stieß einen Schrei aus und kam herausgestürzt.

»Mein Gott, was ist denn da passiert?«

»Tammie und Arlene waren da. Sie hatten anscheinend schon seit über einer Woche nichts mehr gegessen.«

»So eine Schweinerei! Ich mag gar nicht hinsehen!«

»Tut mir leid. Ich hätte sie bremsen sollen. Aber sie waren voll auf Speed.«

»Naja, jetzt kann ich bloß noch eins machen ...«

»Was?«

»Eine Truthahnsuppe. Ich geh erst mal Suppengemüse kaufen.«

»All right.« Ich gab ihr einen Zwanziger.

Sara machte die Suppe. Sie schmeckte köstlich. Ehe sie am nächsten Morgen ging, erklärte sie mir, wie ich mir die Suppe aufwärmen sollte.

Nachmittags gegen 4 klopfte Tammie an die Tür. Ich ließ sie herein, und sie ging stracks in die Küche. Ich hörte, wie die Tür des Kühlschranks aufging.

»Hey! Suppe, hm?«

»Yeah.«

»Taugt sie was?«

»Yeah.«

»Was dagegen, wenn ich sie mal probiere?«

»Nur zu.«

Ich hörte, wie sie die Suppe auf den Herd stellte. Sie begann zu löffeln.

»Gott, das schmeckt ja nach gar nichts! Da müssen Gewürze rein!«

Ich hörte, wie sie löffelweise Gewürze reinschaufelte. Dann probierte sie erneut.

»Schon besser! Aber es muß noch ein bißchen rein. Ich bin Italienerin, wie du weißt. So ... aha ... *das* kann man schon eher essen. Jetzt muß sie nur noch richtig heiß werden. Kann ich ein Bier haben?«

»All right.«

Sie kam mit ihrer Flasche zu mir herein und setzte sich.

»Hab ich dir gefehlt?«

»Das verrate ich nicht.«

»Ich glaube, ich kann wieder meinen Job im »Play Pen« haben.«

»Sehr schön.«

»Da kommen welche rein, die ganz gute Trinkgelder geben. Einer hat mir jeden Abend fünf Dollar zugesteckt. Er war in mich verliebt. Aber er hat mich nie gefragt, ob ich mit ihm ausgehe. Er hat mir nur Stielaugen gemacht. Er hatte eine Macke. Er hat Leute am Arsch operiert, und manchmal hat er mich beobachtet, während ich bedient hab, und dabei hat er gewichst. Ich hab es riechen können, wenn ich an ihm vorbeikam, weißt du.«

»Na, wenigstens hast du ihm zu ein paar Spritzern verholfen ...«

»Ich glaub, die Suppe ist jetzt soweit. Willst du auch?«

»Nein danke.«

Sie ging in die Küche, und ich hörte, wie sie direkt aus dem Pott löffelte. Sie blieb lange drin. Als sie wieder herauskam, sagte sie: »Leihst du mir bis Freitag fünf Dollar?«

»Nein.«

»Dann leih mir halt zwei.«

»Nein.«

»Gib mir wenigstens *einen* Dollar.«

Ich gab ihr eine Handvoll Kleingeld. Es kam auf einen Dollar und siebenunddreißig Cents.

»Danke«, sagte sie.

»Schon recht.«

Sie war bereits aus der Tür.

Sara kam am nächsten Abend wieder. So oft kam sie sonst nie vorbei. Es hatte wohl etwas mit den Feiertagen zu tun. Jeder kam sich halb kirre vor und hatte Angst vor dem Alleinsein. Ich hatte den Wein dastehen und goß jedem von uns ein Glas ein.

»Wie läuft das *Inn*?« fragte ich sie.

»Beschissen. Es lohnt sich kaum, den Laden jeden Tag zu öffnen.«

»Wo sind denn deine Kunden?«

»Alle aus der Stadt und irgendwo hingefahren.«

»Tja, was man auch macht, irgendwo geht immer die Luft raus.«

»Nicht bei allen. Manche fangen was an, und es läuft und läuft.«

»Stimmt.«

»Wie ist die Suppe?«

»Fast nichts mehr da.«

»Hat sie dir geschmeckt?«

»Ich hab nicht viel davon gehabt.«

Sara ging in die Küche und machte den Kühlschrank auf. »Was ist denn mit der Suppe passiert? Sie sieht so anders aus ...«

Ich hörte, wie sie davon probierte. Dann rannte sie ans Spülbecken und spuckte es wieder aus.

»Mein Gott, das ist ja Gift! Was ist passiert? Waren Tammie und Arlene schon wieder da? Haben sie auch noch die *Suppe* gegessen?«

»Nur Tammie allein.«

Diesmal schrie Sara nicht. Sie schüttete nur den Rest Suppe in den Ausguß und spülte mit Wasser nach. Ich hörte, wie sie sich Mühe gab, ihr Schluchzen zu unterdrücken. Der arme organische Truthahn. Er hatte wirklich was mitgemacht an diesem Weihnachtsfest.

100

Dann kam Silvester. Auch so ein Datum, das mir schwer im Magen lag. Meine Eltern hatten am Silvesterabend immer ganz begeistert am Radio gesessen und sich angehört, wie es näherkam, eine Stadt nach der anderen, bis es schließlich auch in Los Angeles soweit war – die Knallfrösche gingen los, die Trillerpfeifen und die Autohupen, und die Amateursäufer kotzten, und Ehemänner flirteten mit den Frauen von anderen, und die Frauen flirteten mit allem, was sich bot. Alles knutschte und fummelte in Badezimmern und Klosetts und manchmal auch in aller Öffentlichkeit, vor allem um Mitternacht, und am nächsten Tag gab es fürchterliche Ehekräche, die nur noch übertroffen wurden von den Auseinandersetzungen um die Tournament-of-Roses Parade und das Football-Endspiel in der Rose Bowl.

Am Silvesterabend war Sara schon beizeiten da. Sie begeisterte sich für Sachen wie ›Magic Mountain‹, ›Raumschiff Enterprise‹ und ähnliche Weltraumklamotten, gewisse Rock-Gruppen, Sahnespinat und Reformkost, aber sie hatte mehr gesunden Menschenverstand als jede Frau, die ich bis dahin kennengelernt hatte. Nur Joanna Dover konnte vielleicht mit ihrer gutherzigen Art und ihrem praktischen Verstand noch mithalten. Sara sah auch viel besser aus als die Frauen, mit denen ich im Augenblick sonst noch zusammenkam, und es schien, als würde dieser Silvesterabend doch nicht so schlecht werden.

Im Fernsehen hatte mir gerade der Nachrichtensprecher eines Lokalsenders mit idiotischem Grinsen ein »Glückliches Neues Jahr« gewünscht. Ich hatte etwas gegen Neujahrswünsche von wildfremden Menschen. Woher wollte er wissen, wer oder was ich war? Ich hätte einer sein können, der gerade eine geknebelte 5jährige mit den Füßen an einen Fleischerhaken gehängt hatte und sich anschickte, sie langsam in Stücke zu schneiden...

Sara und ich waren mittlerweile am Feiern und Trinken. Doch es war schwer, sich einen anzutrinken, während die halbe Welt sich nach Kräften bemühte, dasselbe zu tun.

»Naja«, sagte ich zu Sara, »es ist kein schlechtes Jahr gewesen. Niemand ist mir ans Leben gegangen.«

»Und du kannst weiterhin jeden Abend bechern und bis Mittag im Bett bleiben.«

»Wenn ich nur noch ein Jahr durchhalte.«

»Typisch. Nichts als ein alter Saufbold.«

Es klopfte, und die Tür ging auf. Ich fiel aus allen Wolken: Es war Dinky Summers, der Folksänger, gefolgt von seiner Freundin Janis.

»Dinky!« röhrte ich. »Hey, *shit*, Mann, was läuft denn so?«

»Keine Ahnung, Hank. Ich dachte mir einfach, wir schauen mal rein.«

»Janis«, sagte ich, »das hier ist Sara. Sara ... Janis.«

Sara ging in die Küche und holte noch zwei Gläser. Ich schenkte ein. Wir machten ein bißchen belanglose Konversation. Dann sagte Dinky:

»Ich hab ungefähr zehn neue Songs geschrieben. Ich glaube, ich werde immer besser.«

»Finde ich auch«, sagte Janis. »Wirklich.«

»Hey, Mann, weißt du noch, dieser Abend da, wo ich vor dir auf der Bühne war? ... Jetzt sag mal, Hank – war ich da wirklich *so* schlecht?«

»Schau her, Dinky, ich will dich nicht kränken, aber da hab ich eigentlich mehr getrunken als zugehört. Ich hab nur noch dran gedacht, daß ich selber gleich da raus muß. Ich muß mich jedesmal dazu zwingen. Es ist zum Kotzen.«

»Ich steh unheimlich drauf, vor einem Publikum auf die Bühne zu gehn, und wenn ich bei ihnen ankomme und sie mögen mein Zeug, dann bin ich im siebten Himmel!«

»Mit dem Schreiben ist es anders. Das macht man allein mit sich und dem Blatt Papier aus. Man kann sich nicht damit aufhalten, ob das von einer Bühne rüberkommt oder nicht.«

»Da hast du wahrscheinlich recht.«

»Ich war an dem Abend da«, sagte Sara. »Zwei Kerle mußten Hank auf die Bühne helfen. Er war betrunken und ganz grün im Gesicht.«

»Was hast denn du von meiner Vorstellung gehalten, Sara?« fragte Dinky. »War es so schlecht?«

»Nein, war es nicht. Die Leute waren einfach ungeduldig, weil sie Hank hören wollten. Da hat sie alles andere nur irritiert.«

»Danke, Sara.«

»Ich hab von Folk-Rock nicht so viel«, sagte ich.

»Was hörst du denn gern?«

»Die klassischen deutschen Komponisten mag ich so ziemlich alle. Und ein paar Russen.«

»Ich hab zehn neue Songs geschrieben.«

»Vielleicht könnten wir ein paar hören?« meinte Sara.

»Aber ohne Gitarre wird das nicht gut gehen, hm?« fragte ich hoffnungsvoll.

»Oh, er hat sie *dabei*«, sagte Janis. »Er hat sie immer dabei!«

Dinky ging raus und holte seine Gitarre aus dem Wagen. Dann setzte er sich auf den Teppich und begann das Ding zu stimmen. Nun sollten wir also tatsächlich auch noch ein Abendkonzert bekommen, *live.* Dinky war jetzt soweit und fing an. Er hatte eine kräftige, volle Stimme. Sie hallte von den Wänden zurück. Der Song handelte von einer Frau. Von einer gescheiterten Liebe zwischen Dinky und einer Frau. Es war eigentlich gar nicht so schlecht. Als zahlender Konzertbesucher hätte man es wahrscheinlich ganz gut gefunden. Doch im eigenen Wohnzimmer, wo der Mann vor einem auf dem Teppich saß, hatte man es schwerer, sich ein Urteil zu bilden. Es war viel zu persönlich, und man fühlte sich unbehaglich dabei. Trotzdem, ich hatte den Eindruck, daß er wirklich nicht schlecht war. Sein Problem war nur, daß er allmählich alt wurde. Die goldblonden Locken waren nicht mehr ganz so golden, und die großen unschuldigen Augen hatten etwas von ihrem Glanz und ihrer Unschuld verloren. Er würde es bald schwer haben.

Wir applaudierten.

»Is ja *stark*, Mann«, sagte ich.

»Wirklich? Es *gefällt* dir, Hank?«

Ich wedelte mit der Hand durch die Luft.

»Weißt du«, sagte er, »ich hab mich für deine Sachen schon immer begeistert.«

»Vielen Dank.«

Er stürzte sich in seinen nächsten Song. Diesmal ging es um seine Verflossene, die einmal eine ganze Nacht weggeblieben war. Einiges klang ganz humorig, wenn ich mir auch nicht sicher war, ob es so wirken sollte. Jedenfalls, Dinky brachte den Song zu Ende, wir applaudierten, und er begann mit dem nächsten. Er war jetzt inspiriert, und seine Stimme bekam noch mehr Volumen. Seine Zehen krümmten sich in seinen Tennisschuhen. Er deckte uns voll damit ein. Doch etwas stimmte nicht mit ihm. Sein Sound und die Art, wie er sich gab – es paßte nicht recht zusammen. Dabei war das Ergebnis viel besser als das, was man sonst so zu hören bekam. Es bedrückte mich ein wenig, daß es mir nicht gelang, ihm einfach ein Kompliment zu machen, ohne Einschränkung. Aber hätte ich ihm vorlügen sollen, er sei ein großes Talent, nur weil er bei mir auf dem Teppich saß? Das wäre unverzeihlich gewesen. Es hätte ihn nur dazu ermuntert, sein Leben mit etwas zu verplempern, wozu es bei ihm nicht ganz reichte. Das Lobhudeln besorgten schon andere. Freunde und Verwandte vor allem.

Dinky war bereits an seinem nächsten Song. Er war entschlossen, uns alle zehn vorzutragen. Wir hörten es uns an und klatschten. Mein Applaus hielt sich sehr in Grenzen.

»Diese dritte Zeile, Dinky. Die hat mir nicht gefallen.«

»Aber die *muß* sein, verstehst du, weil ...«

»Ich weiß.«

Dinky machte weiter. Er sang sie uns alle vor. Er verschnaufte zwischendurch, und es dauerte recht lange, bis er durch war. Als das neue Jahr schließlich anbrach, saßen

Dinky und Janis und Sara und Hank immer noch beisammen. Doch die Gitarre war jetzt wieder in ihrem Kasten.

Gegen ein Uhr verabschiedeten sich Dinky und Janis. Sara und ich gingen zu Bett. Wir umarmten und küßten uns, und ich konnte mich kaum noch beherrschen. Ich war, wie gesagt, ein Kuß-Freak. Eine Frau, die sich auf Küssen verstand, war eine Seltenheit. Im Fernsehen und im Kino bekam man es nie anständig geboten. Wir lagen da im Bett, rieben uns aneinander, die Küsse wurden immer leidenschaftlicher, und Sara ließ sich richtig gehen. Ich fragte mich, ob es auch diesmal so sein würde wie immer: über uns der unsichtbare Drayer Baba mit dem wachsamen Blick, und Sara mit meinem Schwanz in der Hand, den sie an ihren Mösenhaaren wundscheuerte ...

In diesem Stadium waren wir jetzt angelangt. Doch plötzlich stellte Sara das Rubbeln ein, packte energischer zu und steckte ihn bei sich rein.

Das traf mich unvorbereitet. Ich wußte nicht, was ich tun sollte. Rauf und runter, nicht? Oder vielmehr, rein und raus. Es war wie beim Fahrradfahren – wenn man es einmal beherrschte, verlernte man es nicht mehr. Sie war wirklich eine prachtvolle Frau. Ich konnte es nicht länger zurückhalten. Ich packte ihr rotblondes Haar, drückte meine Lippen auf ihren Mund, und es kam mir.

Sie stand auf und ging ins Badezimmer, und ich sah hinauf an meine blaue Zimmerdecke und sagte: Drayer Baba, vergib ihr. Doch da er nie etwas sagte und auch kein Geld nahm, konnte ich ihn weder bezahlen noch eine Antwort von ihm erwarten.

Sara kam zurück. Sie war schlank und braungebrannt, wirkte fast schmächtig, aber sie strahlte etwas aus, das mich vollkommen in Trance versetzte. Sie legte sich wieder ins Bett, und wir gaben uns einen zärtlichen, verliebten Kuß.

»Happy New Year«, sagte sie.

Und dann schliefen wir eng umschlungen ein.

101

In der Zwischenzeit hatte ich mit Tanya weitere Briefe gewechselt, und am Abend des 5. Januar rief sie mich an. Sie hatte eine hohe aufgeregte Stimme, die an Betty Boop erinnerte. »Ich fliege morgen abend zu dir runter. Holst du mich am Flughafen ab?«

»Klar. Aber wie soll ich dich erkennen?«

»Ich werde mir eine weiße Rose anstecken.«

»*Fabelhaft.*«

»Hör mal, bist du dir auch sicher, daß ich kommen soll?«

»Natürlich.«

»Also gut, dann komme ich.«

Als ich den Hörer auflegte, mußte ich an Sara denken. Aber Sara und ich waren schließlich nicht verheiratet. Und ich war Schriftsteller. Ich war ein Dirty Old Man. Und Zweierbeziehungen funktionierten sowieso nicht. Nach den ersten beiden Wochen verloren beide Teile das Interesse, die Masken fielen, und Nörgler kamen zum Vorschein, Schwachsinnige, Irre, Rachsüchtige, Sadisten, Killer. Die moderne Gesellschaft hatte sich die Produkte geschaffen, die zu ihr paßten. Man fraß aneinander herum, man duellierte sich auf Leben und Tod – in einer Jauchegrube. Zweieinhalb Jahre waren das Äußerste, was man von einer Beziehung erwarten konnte. König Mongut von Siam hatte 9000 Ehefrauen und Konkubinen. König Salomon hatte 700. August der Starke von Sachsen hatte 365. Eine für jeden Tag des Jahres. Nun ja, die konnten sich's leisten, auf Nummer Sicher zu gehen ...

Ich wählte die Nummer von Saras Restaurant. Sie meldete sich.

»Hi«, sagte ich.

»Ich bin froh, daß du anrufst«, sagte sie. »Ich hab gerade an dich gedacht.«

»Was macht die vegetarische Kundschaft?«

»Heute war's gar nicht so schlecht.«

»Du solltest deine Preise raufsetzen. Du schenkst das Zeug praktisch her.«

»Wenn ich gerade so über die Runden komme, brauche ich keine Steuern zu zahlen.«

»Paß auf, mich hat vorhin jemand angerufen.«

»Wer?«

»Tanya.«

»Tanya?«

»Ja. Wir haben uns ab und zu geschrieben. Meine Gedichte gefallen ihr.«

»Ich hab diesen Brief von ihr gesehen. Du hast ihn offen rumliegen lassen. Hat sie dir nicht auch dieses Foto geschickt, auf dem sie ihre Muschi herzeigt?«

»Ja.«

»Und die kommt dich jetzt besuchen?«

»Ja.«

»Hank, du machst mich krank. Noch mehr als krank. Ich weiß nicht mehr, was ich machen soll.«

»Sie kommt her. Ich hab gesagt, ich hol sie am Flughafen ab.«

»Was *willst* du eigentlich? Was hat das alles zu bedeuten?«

»Vielleicht, daß ich als Mann nicht viel tauge. Es gibt eben solche und solche, verstehst du.«

»Das ist keine Antwort. Was ist mit dir und mit mir? Mit uns? Ich will dir hier keine Schnulze vorsingen, aber es geht bei mir auch um Gefühle ...«

»Sie kommt jedenfalls her. Heißt das für dich, daß es mit uns beiden aus ist?«

»Hank, ich weiß nicht. Ich glaub schon. Ich kann so nicht mehr.«

»Du hast wirklich schon viel Geduld mit mir gehabt. Ich fürchte, ich weiß nicht immer, was ich tue.«

»Wie lange wird sie bleiben?«

»Zwei oder drei Tage, nehme ich an.«

»Ist dir nicht klar, wie mir dabei zumute ist?«

»Doch, ich glaub schon ...«

»Okay. Ruf mich an, wenn sie wieder weg ist. Dann sehn wir weiter.«

»Is gut.«

Ich ging ins Badezimmer und sah mir im Spiegel mein Gesicht an. Es sah fürchterlich aus. Ich zupfte mir ein paar weiße Haare aus dem Bart, dann griff ich zur Schere und stutzte die Büschel, die mir aus den Ohren wuchsen. Hallo, Sensenmann. Jetzt habe ich bald sechs Jahrzehnte auf dem Buckel, und in der Zeit hab ich dir so oft die Chance gegeben, mir eine zu verplätten, daß ich schon längst unter der Erde sein müßte. Wenn's soweit ist, möchte ich neben der Rennbahn eingescharrt werden. Am besten neben der Zielgeraden ...

Am nächsten Abend war ich am Flughafen. Es war noch Zeit, also ging ich in die Bar. Als ich meine Bestellung aufgegeben hatte, hörte ich jemand schluchzen. Eine Frau. Ich sah mich um. Sie saß ganz hinten in einer Nische. Eine junge Negerin, sehr hellhäutig, wahrscheinlich eine Mulattin. Sie steckte in einem engen blauen Kleid und war ziemlich angetrunken. Sie hatte die Beine auf der Rückenlehne eines Stuhls, ihr Kleid war hochgerutscht und man sah diese glatten aufreizenden Beine in ihrer ganzen Länge. Ich konnte mich nicht davon losreißen. Sämtlichen Männern in der Bar muß der Hosenlatz gespannt haben. Sie war heiß wie nur was. Ich stellte sie mir auf meiner Couch vor, wie sie mir diese Beine herzeigte. Ich trank aus, ließ mir noch einen Drink geben und ging damit zu ihr nach hinten. Ich blieb vor ihr stehen und knickte ein bißchen nach vorn ein, damit die Wölbung in meiner Hose nicht so stark auffiel.

»Fehlt Ihnen was?« fragte ich. »Kann ich was für Sie tun?«

»Yeah. Bring mir 'n Stinger.«

Ich holte ihr einen Stinger. Sie hatte inzwischen die Beine von der Stuhllehne genommen. Ich setzte mich zu ihr in die Nische. Sie zündete sich eine Zigarette an und drückte ihren Schenkel an mich. Ich steckte mir jetzt auch eine Zigarette an.

»Ich heiße Hank«, sagte ich.

»Und ich Elsie«, sagte sie.

Ich drückte mein Bein an ihres und rieb langsam auf und ab. »Ich hab ein Sanitärgeschäft«, sagte ich. Elsie ging nicht darauf ein.

»Der Scheißkerl hat mich sitzenlassen«, sagte sie schließlich. »Gott, wie ich den hasse!«

»Passiert fast jedem von uns sechs- oder achtmal.«

»Schon möglich, aber das hilft mir nicht. Ich will ihn bloß noch umbringen!«

»Nur nichts überstürzen.«

Ich griff unter den Tisch und drückte ihr das Knie. Mein Schwanz war jetzt so hart, daß er weh tat. Ich war verdammt nahe dran.

»Fünfzig Dollar«, sagte sie jetzt.

»Für was?«

»Was du willst.«

»Ist der Airport hier dein Revier?«

»Yeah. Ich verkauf Girl Scout Cookies.«

»Sorry. Ich dachte, du bist in Schwierigkeiten. Ich muß in fünf Minuten meine Mutter abholen.«

Ich stand auf und ging weg. Eine Nutte! Als ich zurückschaute, hatte Elsie ihre Beine wieder auf der Stuhllehne und ließ noch mehr sehen als zuvor. Fast hätte ich wieder umgedreht und Tanya sausen lassen.

Tanyas Flugzeug landete und blieb ganz. Ich stellte mich hin und wartete, ein bißchen abseits vom großen Andrang. Wie würde sie sein? Wie ich war, daran wollte ich lieber nicht denken ...

Die ersten Passagiere kamen durch. Ich wartete ab.

Ah, sieh dir die da an! Wenn sie das nur wäre!

Oder die da. Mein Gott! Diese Schenkel, dieses gelbe Kleid, dieses Lächeln ...

Oder die da ... in meiner Küche beim Geschirrspülen ...

Oder die da ... mitten in einem wüsten Krach, schreiend, mit einer raushängenden Titte ...

In diesem Flugzeug hatten wirklich ein paar beachtliche Frauen gesessen.

Ich spürte, wie mir jemand von hinten auf die Schulter tippte. Ich drehte mich um und erblickte dieses blutjunge Ding, fast noch ein Kind. Sie sah nicht älter als 18 aus. Dünner langer Hals, ein bißchen runde Schultern, lange Nase ... aber ein Busen ... und Beine und Hintern ... mhm, ja ...

»Ich bin's«, sagte sie.

Ich gab ihr einen Kuß auf die Wange. »Hast du Gepäck?«

»Ja.«

»Laß uns in die Bar gehn. Ich hasse diese Warterei auf das Gepäck.«

»All right.«

»Du bist so klein ...«

»Neunzig Pfund.«

»Meine Güte ...« Die würde ich ja mitten durchreißen. Wollte ich auch noch ein Kind vergewaltigen?

Wir gingen in die Bar und setzten uns in eine Nische. Die Kellnerin ließ sich von Tanya den Ausweis zeigen. Tanya war darauf vorbereitet und hatte ihn schon in der Hand.

»Sie sehn wie 18 aus«, sagte die Kellnerin.

»Ich weiß«, sagte Tanya in ihrer piepsigen Betty-Boop-Stimme. »Ich nehme einen Whisky Sour.«

»Für mich einen Kognak«, sagte ich.

Zwei Nischen weiter saß immer noch die Mulattin, die Beine oben, und das Kleid bis zum Hintern hoch. Ich sah jetzt, daß sie einen rosa Slip trug. Sie starrte mich an.

Die Kellnerin servierte die Drinks. Wir nippten daran. Aus den Augenwinkeln sah ich, wie die Mulattin aufstand. Sie wankte zu uns her, stützte sich mit beiden Händen auf die Tischplatte und beugte sich zu mir herüber. Ihr Atem stank nach Alkohol. Sie sah mich an und sagte:

»So, das ist also deine *Mutter*, hm? Du Mutterficker!«

»Mutter konnte heute nicht.«

Elsie sah jetzt Tanya an. »Was verlangst'n so, Darling?«

»Schieß in'n Wind.«

»Machst du 'n guten Blowjob?«

»Noch sowas, und ich schlag dich grün und blau.«

»Wie denn? Vielleicht mit 'ner Tüte Bohnen?«

Elsie wankte davon und eierte mit dem Hintern. Sie schaffte es mit knapper Not bis zu ihrer Nische und legte wieder diese sagenhaften Beine hoch. Warum konnte ich nicht alle beide haben? König Mongut hatte 9000. Das Jahr hatte 365 Tage. 9000 durch 365 ... das mußte man sich mal vorstellen. Kein Streit, kein Ärger mit Monatsblutungen, keine psychische Überlastung. Nur genießen, genießen, genießen. Diesem Mongut mußte das Sterben sehr schwergefallen sein. Oder sehr leicht. Jedenfalls nichts zwischendrin.

»Wer ist denn das?« fragte Tanya.

»Das ist Elsie.«

»Kennst du sie?«

»Sie hat vorhin versucht, mich anzumachen. Sie verlangt 50 Dollar für einen Blowjob.«

»Also die stinkt mir wirklich. Ich kenn ja 'ne Menge *groids*, aber...«

»Was ist ein *groid*?«

»Ein *groid* ist ein Schwarzer.«

»Oh.«

»Kennst du den Ausdruck nicht?«

»Nie gehört.«

»Jedenfalls, ich kenn eine Menge *groids.*«

»Mhm.«

»Allerdings, sie hat ein Paar sagenhafte Beine. Macht mich fast selber heiß.«

»Beine sind nur ein Teil von der Sache. Laß uns mal nach deinem Gepäck sehen...«

Als wir gingen, schrie uns Elsie nach: »Goodbye, *mother*!«

Ich wußte nicht, wen von uns beiden sie meinte...

Zu Hause bei mir saßen wir dann auf der Couch und tranken wieder was.

»Bist du unglücklich, daß ich gekommen bin?« fragte Tanya.

»Mit *dir* bin ich bestimmt nicht unglücklich.«

»Du hattest doch eine Freundin. Du hast mir von ihr geschrieben. Seid ihr noch zusammen?«

»Ich weiß nicht.«

»Soll ich lieber wieder gehn?«

»Nein, ich glaub nicht.«

»Weißt du, ich glaube, du bist ein großer Schriftsteller. Du bist einer der wenigen, die mir was geben.«

»So? Wer sind denn diese anderen Säcke?«

»Ich komm jetzt grad nicht auf die Namen.«

Ich beugte mich zu ihr rüber und küßte sie. Ihr Mund war offen, und naß war er auch. Sie verlor keine Zeit. Sie wollte nicht erst lange erobert werden. Neunzig Pfund. Es mußte aussehen wie ein Elefant mit einer Maus.

Tanya stand auf, schob ihren Rock hoch und nahm im Reitersitz auf meinen Schenkeln Platz. Sie hatte keinen Slip an. Jetzt machte sie mit dem Unterleib hin und her, rieb ihre Möse an meinem straffen Ding, das unter der Hose pulsierte. Wir gingen in einen Clinch und küßten uns, und sie rieb da unten weiter auf und ab. Es war sehr effektvoll. Wie eine Schlange, die sich an einem häuten will. Weiter so, mein Schlangenmädchen ...

Dann zog Tanya meinen Reißverschluß herunter, holte meinen Schwanz heraus und steckte ihn bei sich rein. Sie begann darauf zu reiten. Und wie. Mit ihren ganzen neunzig Pfund. Ich konnte kaum noch denken. Konnte mich auch nicht mehr viel bewegen. Ich hielt sie an den Hüften und drückte ab und zu dagegen, wenn sie auf mich niedersank. Sie hatte mich in der Ecke. In der Falle. Sie vergewaltigte mich. Ein Kind. Es war vulgär. Es war der nackte Irrsinn. Nichts als Fleisch auf Fleisch. Keine Spur von Gefühl. Wir füllten den Raum mit dem Gestank von purem Sex. Kind, wie kannst du das alles machen, mit diesem bißchen Körper? Wer hatte sich die Frauen ausgedacht? Was ging ihm dabei durch den Kopf?

Sie schlingerte auf und ab. Da, steck sie weg, diese Latte! Was tun wir hier eigentlich? Wir kennen uns nicht einmal. Jeder macht es mit sich selbst ...

Tanya wußte es. Sie wußte es aus meinen Büchern. Aber sie hätte es auch so gewußt. Sie ritt auf mir wie eine Aufziehpuppe. Sie stieß auf mich herunter. Dieses Kind kannte sich aus. Sie spürte, wie ich innerlich danach hechelte und gleichzeitig Angst hatte, daß es nichts werden würde. Sie steigerte sich rein, warf den Kopf zurück, rieb sich mit einem Finger den Kitzler. Es kam uns gleichzeitig, und es dauerte und dauerte, bis ich dachte, das Herz bleibt mir stehen. Sie fiel nach vorn, hing an mir, klein, schlaff, zerbrechlich. Ich strich ihr durchs Haar. Sie war naßgeschwitzt. Nach einer Weile richtete sie sich auf, stieg von mir herunter und ging ins Badezimmer.

Da war es nun. Triebtäter von Kind vergewaltigt. Hm. Was man diesen Kindern heutzutage alles beibrachte. Ausgleichende Gerechtigkeit? War sie eine »emanzipierte« Frau? Nein, sie war einfach heiß und an Selbstbedienung gewöhnt.

Tanya kam heraus. Wir tranken etwas. Sie lachte und schwatzte, als sei nichts gewesen. Genau. Das war es wohl. Nichts als ein Ausgleichssport. Wie Joggen oder Schwimmen.

»Ich glaub, ich muß mir 'ne andere Wohnung nehmen«, sagte sie jetzt. »Rex wird mir langsam echt zuviel.«

»Oh?«

»Ich meine, wir haben keinen Sex miteinander, nie welchen gehabt, und trotzdem ist er so krankhaft eifersüchtig. Erinnerst du dich noch an den Abend, als du mich angerufen hast?«

»Nein.«

»Na jedenfalls, als ich aufgelegt hatte, riß er das Telefonkabel aus der Wand.«

»Vielleicht liebt er dich. Sei besser nett zu ihm.«

»Bist du denn nett zu jemand, der dich liebt?«

»Nein.«

»Warum?«

»Ich bin zurückgeblieben. Ich weiß nicht, wie ich mich anstellen soll.«

Wir verbrachten den Rest der Nacht mit Trinken und gingen kurz vor Tagesanbruch zu Bett. Ihre neunzig Pfund waren heil geblieben. Sie hatte mich verdaut, und sie konnte noch viel mehr verdauen.

102

Als ich aufwachte, war Tanya nicht mehr im Bett. Ich ging nach vorn ins Wohnzimmer. Da saß sie auf der Couch und trank Whisky aus der Flasche.

»Meine Güte, du fängst aber früh an.«

»Ich werde immer schon um sechs wach, und dann steh ich auch auf.«

»Ich steh immer erst mittags auf. Das wird ein Problem mit uns.«

Tanya setzte die Flasche an, und ich ging wieder rein und legte mich hin. Wer um 6 Uhr aufstand, mußte wahnsinnig sein. Oder kaputte Nerven haben. Kein Wunder, daß sie kaum etwas wog.

Sie kam herein. »Ich mach mal einen Spaziergang.«

»Okay.«

Ich schlief weiter.

Das nächste Mal wachte ich nicht von allein auf. Tanya

saß auf mir, mein Schwanz war hart und steckte in ihrer Möse. Sie ritt wieder auf mir. Sie bog ihren ganzen Körper durch, warf den Kopf nach hinten und gab lustvolle keuchende Laute von sich, die immer rascher kamen. Auch ich gab jetzt einige Laute von mir. Sie wurden lauter. Ich spürte es kommen, näher und näher ... jetzt. Es passierte. Es war gut und lang, es durchzuckte mich bis in die Zehenspitzen. Tanya stieg ab. Mein Ding stand immer noch hoch. Sie duckte sich zwischen meine Schenkel, leckte daran entlang, sah mir in die Augen. Dann drückte sie mir ihre Zungenspitze vorne in den Schlitz.

Sie stand auf und ging ins Badezimmer. Ich hörte das Wasser in die Wanne plätschern. Es war erst viertel nach zehn. Ich schlief noch eine Runde.

103

Gegen Abend fuhr ich mit Tanya hinaus nach Santa Anita. Das Ereignis der Rennsaison war ein 16jähriger Jokkey, der als Anfänger immer noch mit seinem 5-Pfund-Vorteil ritt. Er war von der Ostküste und saß in Santa Anita zum ersten Mal im Sattel. Die Rennbahn hatte einen Preis von $ 10000 ausgesetzt. Den konnte man gewinnen, wenn man den Sieger des Hauptrennens erriet. Bei mehreren richtigen Tips mußte natürlich das Los entscheiden.

Als wir hinkamen, waren die ersten drei oder vier Rennen schon gelaufen, und alles war dicht. Es gab keine Sitzplätze mehr, und man konnte auch nirgends mehr parken. Angestellte der Rennbahn dirigierten uns auf den Parkplatz vor einem nahegelegenen Einkaufscenter. Sie hatten einen Pendelverkehr mit Omnibussen eingerichtet. Allerdings nur für die Hinfahrt. Nach dem letzten Rennen mußte man zu Fuß zurück.

»Das ist reiner Wahnsinn«, sagte ich zu Tanya. »Am liebsten würde ich gleich wieder umdrehen.«

»Scheiße, was soll's«, sagte sie und nahm einen Schluck aus ihrer Flasche. »Jetzt sind wir schon mal hier.«

Drinnen kannte ich ein geheimes Plätzchen, wo man

gut sitzen konnte. Zwar im Sand, aber immerhin weit genug abseits, um ungestört zu sein. Doch dann stellte sich heraus, daß es längst die Kinder entdeckt hatten. Sie rannten herum, kreischten und deckten einen mit Sand und Staub ein. Naja, immer noch besser als Stehen.

»Nach dem 8. Rennen gehn wir«, sagte ich zu Tanya. »Die letzten kommen hier nicht vor Mitternacht raus.«

»Ich wette, auf so einem Rennplatz kann man ganz gut Männer aufreißen.«

»Die Nutten arbeiten hier alle im Klubhaus.«

»Hat dich hier schon mal eine abgeschleppt?«

»Ja, einmal. Aber das zählte nicht.«

»Warum?«

»Ich kannte sie schon von früher.«

»Habt ihr Männer nicht Angst, daß ihr euch da was holt?«

»Natürlich. Deshalb lassen sich die meisten auch nur blasen.«

»Stehst du auf Blasen?«

»Na sicher.«

»Wann gehn wir wetten?«

»Jetzt gleich.«

Sie folgte mir zu den Wettschaltern. Ich ging ans 5-Dollar-Fenster.

»Woher weiß man, auf was man setzen muß?«

»Das weiß niemand. Aber im Prinzip ist das System ganz einfach.«

»Nämlich?«

»Also im allgemeinen wird das letzte Pferd am knappsten gewettet. Und je schlechter die Pferde werden, um so größer wird das Risiko. Aber das sogenannte ›beste‹ Pferd siegt nur in dreißig Prozent aller Fälle und bringt weniger als 3 für 1.«

»Kann man nicht einfach auf alle Pferde in einem Rennen setzen?«

»Sicher. Wenn man möglichst schnell arm werden will.«

»Gewinnen viele Leute?«

»Ich würde sagen, ungefähr einer von zwanzig oder fünfundzwanzig.«

»Warum kommen sie dann her?«

»Ich bin kein Psychologe. Aber ich bin hier, und ich kann mir vorstellen, daß auch ein paar Psychologen hier sind.«

Ich entschied mich für das Pferd mit der Nummer 6, setzte fünf Dollar auf Sieg, und wir gingen zurück, um uns das Rennen anzusehen. Ich setzte am liebsten auf ein Pferd, das sofort aufs Ganze ging. Vor allem, wenn es in seinem letzten Rennen versagt hatte. »Aussteiger« nannte man diese Sorte. Doch für einen »Aussteiger« bekam man immer eine bessere Quote als für ein Pferd, dessen Stärke im Spurt lag. Mein »Aussteiger« war 4 : 1 gewettet. Er siegte mit zweieinhalb Längen und zahlte $ 10,20 für $ 2. Ich lag mit $ 25,50 vorn.

»Gehn wir was trinken«, sagte ich zu Tanya. »Der Barkeeper hier macht die besten Bloody Marys in ganz Südkalifornien.«

Wir gingen in die Bar. Sie ließen sich Tanyas Ausweis zeigen. Wir bekamen unsere Drinks.

»Auf wen tippst du im nächsten Rennen?« fragte Tanya.

»Zag-Zig.«

»Meinst du, der macht's?«

»Hast du zwei Titten?«

»Ist dir das schon aufgefallen?«

»Ja.«

»Wo ist hier die Toilette für Ladies?«

»Da vorne, und dann zweimal rechts.«

Sie ging, und ich ließ mir noch eine Bloody Mary geben. Ein Schwarzer kam zu mir her. Er war so an die fünfzig.

»Hank! Mann, wie geht's denn so?«

»Man kann's aushalten.«

»Mann, du fehlst uns richtig, da unten im Postamt. Du warst einer der größten Possenreißer, die wir je hatten. Ehrlich. Wir vermissen dich alle.«

»Danke. Bestell den Boys einen Gruß von mir.«

»Was machst du denn jetzt, Hank?«

»Ach, ich hack auf 'ner Schreibmaschine rum.«

»Versteh ich nicht. Wie, was ...?«

»Schreibmaschine«, sagte ich. »Tippen.« Ich hielt beide Hände hoch und tippte ein bißchen in der Luft herum.

»Ach so, du meinst, innem Büro?«
»Nein, zu Hause.«
»Und was schreibst du da?«
»Gedichte, Short Stories, Romane. Man zahlt mir was dafür.«
Er sah mich entgeistert an. Dann drehte er sich um und ging weg.
Tanya kam zurück. »So ein Scheißtyp hat versucht, mich abzuschleppen!«
»Ja? Tut mir leid. Ich hätte mit dir gehen sollen.«
»Er war richtig *unverschämt*! Ich hasse diese Typen! Sie sind der Abschaum der Menschheit!«
»Wenn sie wenigstens ein bißchen originell wären. Aber sie haben einfach keinen Funken Phantasie. Wahrscheinlich sind sie deshalb auch allein.«
»Ich werd auf Zag-Zig setzen.«
»Ich kauf dir ein Ticket ...«
Zag-Zig war eine einzige Enttäuschung. Er kam schon mit zittrigen Beinen in die Startmaschine, und der Jockey strich ihm mit der Reitgerte den Schaum vom Fell. Er verstolperte seinen Start und galoppierte lustlos hinter den anderen her. An einem kam er vorbei. Und sowas wurde mit 6 : 5 gewettet. Wir gingen zurück in die Bar und ließen uns wieder zwei Marys geben.
»Du läßt dich also gern abkauen, hm?« sagte Tanya.
»Kommt drauf an. Manche machen es gut, die meisten nicht.«
»Triffst du manchmal Freunde hier draußen?«
»Ich hab gerade jemand gesehen. Vor dem Rennen, hier an der Bar.«
»Eine Frau?«
»Nein, ein Typ von der Post. Freunde hab ich eigentlich keine.«
»Du hast mich.«
»Stimmt. Neunzig Pfund purer Sex.«
»Ist das alles, was du in mir siehst?«
»Natürlich nicht. Du hast so schöne große Augen.«
»Du bist nicht sehr nett.«
»Nehmen wir uns das nächste Rennen vor.«
Wir nahmen es uns vor. Sie plazierte ihre Wette, ich meine. Wir verloren beide.

»Laß uns hier verschwinden«, sagte ich.
»Okay.«
Zurück zu mir, auf die Couch, jeder ein Glas in der Hand. Tanya war wirklich nicht übel. Sie hatte manchmal so einen Anflug von Traurigkeit. Sie trug *Kleider*, was mir an einer Frau immer gefiel; sie trug Schuhe mit hohen Absätzen; sie hatte reizende Waden. Ich wußte nicht recht, was sie von mir erwartete. Ich wollte nicht, daß sie sich meinetwegen schlecht fühlte. Ich küßte sie. Sie hatte eine lange dünne Zunge, die in meinem Mund hin und her schnellte. Wie ein Silberfisch, dachte ich. Warum hatte alles immer so einen traurigen Beigeschmack, selbst wenn es einmal gut lief?
Jetzt kniete Tanya zwischen meinen Beinen am Boden und zog mir den Reißverschluß auf. Sie holte meinen Schwanz heraus, züngelte daran herum und starrte mir dabei in die Augen. Hinter ihr sickerte das letzte Sonnenlicht durch meine eingestaubten Jalousien. Sie machte sich an die Arbeit. Ein simples Rauf und Runter. Keinerlei Technik. Sie hatte keine Ahnung, wie man es machen mußte. Ich hatte vom Alkohol ein ziemlich taubes Gefühl da unten, aber ich wollte sie nicht kränken, also phantasierte ich mir einfach etwas zusammen: Wir waren am Strand, und um uns herum standen 45 oder 50 Leute, beiderlei Geschlechts, die meisten in Badesachen, die Sonne brannte herunter, die Wellen rauschten heran, und gelegentlich kreisten zwei oder drei Möwen über unseren Köpfen. Die Leute sahen zu, wie Tanya an mir lutschte, und ich hörte ihre Kommentare:
»Mensch, sieh dir das an! Wie die rangeht!«
»Die hat doch 'n Sonnenstich, die Schlampe!«
»Lutscht einen Kerl ab, der vierzig Jahre älter ist als sie!«
»Zieh sie da weg! Die hat sie nicht mehr alle!«
»Nein, warte doch! Jetzt legt sie erst richtig los!«
»Und sieh dir mal dem sein *Ding* an!«
»Grauenhaft!«
»Hey, die pimper ich in den Arsch, während sie abgelenkt ist!«
»Die muß verrückt sein, daß sie so einen alten Knacker abkaut!«

»Komm, wir halten ihr mal ein Streichholz an den Arsch!«

»Sieh dir das an! Die dreht richtig durch!«

»Total übergeschnappt, die Alte!«

Ich packte Tanya an den Haaren, drückte ihr mein Ding noch tiefer rein und ließ es sprudeln.

Als sie aus dem Badezimmer kam, hatte ich die Gläser wieder voll. Sie nahm einen Schluck und sah mich an. »Das hat dir gefallen, nicht? Ich hab dir's angemerkt.«

»Hast recht«, sagte ich. »Magst du klassische Musik?«

»Folk-Rock.«

Ich ging hinüber zum Radio, drehte den roten Strich auf 160, stellte es an, auf Zimmerlautstärke. So. Da waren wir nun.

104

Am folgenden Nachmittag brachte ich Tanya an den Flughafen. Wir tranken wieder etwas in derselben Bar. Die Mulattin war nicht auf dem Posten. Diese Beine umklammerten jetzt einen anderen.

»Ich schreib dir mal wieder«, sagte Tanya.

»Is gut.«

»Denkst du jetzt, ich bin ein Flittchen?«

»Nein. Du stehst auf Sex, und daran ist nichts auszusetzen.«

»Du fährst aber auch ganz schön drauf ab.«

»Ich hab viel von einem Puritaner. Möglich, daß Puritaner mehr Spaß dabei haben als alle anderen.«

»Ja wirklich, ich hab noch nie einen erlebt, der sich so unschuldig aufführt wie du.«

»Irgendwie hab ich meine Unschuld nie verloren . . .«

»Das möchte ich von mir auch gerne sagen können.«

»Noch einen Drink?«

»Klar.«

Wir tranken schweigend. Dann wurde ihr Flug aufgerufen. Vor dem Durchgang zur Sicherheitskontrolle gab ich Tanya einen Abschiedskuß. Ich nahm die Rolltreppe nach unten und ging raus zum Wagen. Auf der Rückfahrt dachte ich: So, jetzt bin ich wieder allein. Wird verdammt Zeit, daß ich wieder was tue. Entweder ich schreibe endlich was, oder ich muß mir einen Job als Hauswart suchen. Bei der Post komme ich nie mehr unter. Für die bin ich erledigt.

Zu Hause sah ich in den Briefkasten. Nichts. Ich ging rein und rief Sara in ihrem Restaurant an.

»Wie gehn die Geschäfte?« fragte ich.

»Ist dieses Luder weg?«

»Ja, sie ist weg.«

»Seit wann?«

»Ich hab sie gerade ins Flugzeug gesetzt.«

»War sie dir sympathisch?«

»Sie hatte einige Qualitäten.«

»Liebst du sie?«

»Nein. Hör mal, ich würde dich gerne sehen.«

»Ich weiß nicht. Mir hat das fürchterlich zugesetzt. Woher soll ich wissen, daß du es nicht wieder tust?«

»Kein Mensch kann mit Sicherheit sagen, was er tun wird oder nicht. Du kannst es von dir auch nicht sagen.«

»Ich weiß aber, was ich empfinde.«

»Schau mal, ich *frag* dich nicht einmal, was du gemacht hast, Sara.«

»Danke. Wie nett von dir.«

»Ich möchte dich gerne sehen. Heute abend. Komm zu mir rüber.«

»Hank, ich weiß einfach nicht ...«

»Komm schon. Wir brauchen ja nur reden, und sonst nichts.«

»Ich fühle mich wirklich verdammt elend. Ich hab die Hölle durchgemacht.«

»Schau her, ich will's mal so sagen: Für mich bist du die Nummer Eins, und eine Nummer Zwei gibt's überhaupt nicht.«

»Na gut. Ich komme so gegen sieben. Paß auf, ich hab zwei Kunden hier, und ...«

»Is gut. Also dann bis sieben.«

Ich legte auf. Sara war wirklich eine gute Seele. Sie wegen einer Tanya zu verlieren, wäre lächerlich gewesen. Obwohl mir Tanya durchaus etwas gegeben hatte. Sara hatte es nicht verdient, daß ich so mit ihr umsprang. Man schuldete dem anderen eine gewisse Loyalität, auch wenn man nicht miteinander verheiratet war. Dann eigentlich gerade um so mehr.

Na schön. Wir brauchten Wein. Einen guten Weißwein. Ich setzte mich in den VW und fuhr zu einem neuen Getränkeladen. Ich wechselte meine Läden von Zeit zu Zeit. Die Angestellten lernten einen zu gut kennen, wenn man Tag für Tag große Mengen einkaufte. Man bekam das Gefühl, daß sie sich fragten, wann man endlich am Suff krepieren würde, und das war mir unangenehm. Wahrscheinlich machten sie sich solche Gedanken überhaupt nicht, aber wenn man an 300 Tagen im Jahr verkatert aufwacht, wird man eben paranoid.

Ich erstand vier Flaschen guten Weißwein, und als ich damit herauskam, versperrten mir ein paar kleine Mexikaner den Weg.

»Hey, Mister, geben Sie uns Geld? Hey, Mann, geben Sie uns ein bißchen Geld!«

»Für was denn?«

»Na, wir brauchen es halt, Mann, wir brauchen es! Sehn Sie das nicht?«

»Wollt ihr euch 'ne Prise Koks kaufen?«

»Pepsi-Cola, Mann!«

Ich gab ihnen 50 Cents, und sie rannten damit weg. Als ich gerade den Wein im Auto verstaute, kam ein Lieferwagen angerast. Der Wagen stoppte, die Beifahrertür ging auf und eine Frau wurde herausgestoßen. Es war eine junge Mexikanerin, flachbrüstig, etwa 22 Jahre alt. Sie trug eine graue Hose, und ihr schwarzes Haar war verschmutzt und zerzaust. »Du gottverdammte Hure!« schrie der Mann im Lieferwagen. »Du miese bescheuerte Fotze! Für dich ist ein Tritt in den Arsch noch zu gut!«

»Du blöde Sau!« schrie sie zurück. »Du stinkst nach Scheiße!«

Er war mit einem Satz aus dem Wagen und rannte auf sie zu. Sie flüchtete in Richtung Getränkeladen. Der Mann sah mich, gab die Verfolgung auf und ging zurück zu seinem Lieferwagen. Er raste quer über den Parkplatz, holperte krachend über den Bordstein herunter und fuhr auf dem Hollywood Boulevard davon.

Ich ging zu ihr hin.
»Alles in Ordnung?«
»Ja.«
»Kann ich irgendwas für Sie tun?«
»Ja, fahren Sie mich runter zur Van Ness. Van Ness und Franklin.«
»All right.«
Sie stieg in den VW, und wir fuhren los, nach Hollywood hinein. Ich bog einmal rechts und einmal links ab, und dann waren wir auf der Franklin.
»Sie haben sich mit Wein eingedeckt, wie?«
»Ja.«
»Ich glaube, ich brauch dringend einen Schluck.«
»Das brauchen fast alle. Bloß wissen sie's nicht.«
»Ich schon.«
»Wir können zu mir gehn.«
»Okay.«
Ich wendete und fuhr wieder zurück.
»Ich hab noch ein bißchen Geld übrig«, sagte ich.
»Zwanzig Dollar«, sagte sie.
»Machst du einen Blowjob?«
»Den besten.«
Zu Hause bei mir goß ich ihr ein Glas Wein ein. Der Wein war warm, aber das störte sie nicht. Ich trank auch ein warmes Glas. Dann ging ich ins Schlafzimmer, zog meine Hose aus und legte mich aufs Bett. Sie kam nach. Ich holte mein schlaffes Ding aus der Unterhose, und sie machte sich darüber her. Sie war entsetzlich einfallslos.
Das ist ja pure Scheiße, dachte ich. Ich hob den Kopf vom Kissen. »Komm schon, Baby. Mal los! Shit! Was machst du denn?«
Mein Schwanz wurde nur widerwillig hart. Sie lutschte daran und sah zu mir hoch. Es war der schlechteste Blowjob meines Lebens. Sie mühte sich etwa zwei Minuten ab, dann hörte sie plötzlich auf, holte ihr Taschentuch aus der Handtasche und spuckte hinein, als habe sie den Mund voll Saft.
»Hey«, sagte ich, »willst du mich vielleicht verscheißern? Mir ist noch nichts gekommen!«
»Klar ist dir's gekommen!«

»Das weiß *ich* aber besser!«
»Du hast mir's in den Mund gespritzt.«
»Hör mir bloß auf mit diesem Bullshit! Runter mit dir!«
Sie begann von neuem, aber es war genauso schlecht. Ich ließ sie weitermachen und hoffte auf das beste. Wie wollte sie mit sowas über die Runden kommen? Es war, als würde sie nur so tun. Als würden wir beide nur so tun. Mein Schwanz wurde schlaff. Sie machte weiter.
»Is gut, is gut«, sagte ich, »hör auf. Vergiß es.«
Ich stieg wieder in meine Hose und holte meine Brieftasche heraus.
»Da hast du deinen Zwanziger. Du kannst jetzt gehn.«
»Ich dachte, du setzt mich an der Van Ness ab?«
»Du hast mir grade einen Platten gefahren.«
»Ich will runter zur Van Ness.«
»Meinetwegen.«
Wir gingen hinaus zum Wagen, und ich fuhr sie hin. Als ich auf der Van Ness wendete, sah ich, daß sie den Daumen raushielt. Sie trampte.
Zu Hause ging ich ans Telefon und rief noch einmal bei Sara an.
»Was tut sich so?«
»Wenig Betrieb heute.«
»Bleibt es bei heute abend?«
»Ich hab doch gesagt, daß ich komme.«
»Ich hab einen guten Weißwein da. Wird wie in alten Zeiten sein.«
»Wirst du Tanya wiedersehen?«
»Nein.«
»Trink dir nicht schon einen an, eh ich da bin.«
»Is gut.«
»Ich muß Schluß machen. Es kommt grade jemand rein.«
»Gut. Bis heute abend.«
Ich mußte mich endlich am Riemen reißen. Sara war es wert. Wenn man von Frauen nicht genug kriegen konnte, bekam man immer nur welche, die nichts taugten. Man verlor seine Identität, wenn man immer nur rumfickte. Sara hatte von mir etwas besseres verdient. Es lag jetzt an mir. Ich streckte mich auf dem Bett aus und döste ein.

Das Telefon weckte mich auf. »Ja?« sagte ich.

»Sind Sie Henry Chinaski?«

»Ja.«

»Ich hab mich immer schon *begeistert* für Ihre Bücher. Ich finde, keiner schreibt heute solche Sachen wie Sie.«

Ihre Stimme hörte sich jung und sexy an.

»Naja, ich hab ein paar ganz brauchbare Sachen geschrieben.«

»Und ob. Haben Sie *wirklich* all diese Affären mit Frauen gehabt?«

»Ja.«

»Wissen Sie, ich schreibe auch. Ich wohne hier in L.A. Ich würde gern mal vorbeikommen und Ihnen ein paar von meinen Gedichten zeigen.«

»Ich bin kein Lektor und kein Verleger.«

»Ich weiß. Hören Sie, ich bin neunzehn. Ich möchte einfach mal vorbeikommen und Sie besuchen.«

»Heute abend hab ich schon was vor.«

»Ach, mir wäre auch jeder andere Abend recht.«

»Nein, es geht nicht.«

»Sind Sie auch wirklich Henry Chinaski? Der Schriftsteller?«

»Ja. Soviel ich weiß.«

»Ich bin ein süßes Luder.«

»Vermutlich, ja.«

»Ich heiße Rochelle.«

»Wiedersehn, Rochelle.«

Ich legte auf. Da. Ich hatte es getan. Diesmal.

Ich ging in die Küche, schraubte ein Pillenfläschchen auf, Vitamin E, 400 Internationale Einheiten pro Stück, und schluckte einige mit einem halben Glas Perrier herunter. Es würde ein guter Abend werden für Chinaski. Die Strahlen der tiefstehenden Sonne drangen durch die Jalousien und machten auf dem Teppich das vertraute Muster, und im Kühlschrank stand der Weißwein und bekam die richtige Temperatur.

Ich durchquerte das Wohnzimmer und ging vorne auf die Veranda hinaus. Eine fremde Katze saß da. Ein großes Tier. Es war ein Kater mit einem glänzenden schwarzen Fell und gelben phosphoreszierenden Augen. Er hatte keine Angst vor mir. Er kam zu mir her, schnurrte, rieb sich an meinen

Hosenbeinen. Ich war ein guter Kerl, und er wußte es. Tiere wußten so etwas. Sie hatten einen Instinkt dafür. Ich ging wieder rein, und der Kater folgte mir.

Ich machte ihm eine Dose Star-Kist-Thunfisch auf. Ein kompakter Brocken Fleisch. In Quellwasser eingelegt. Nettogewicht 198 Gramm.

Charles Bukowski im dtv

»Seine Sauf- und Liebesgeschichten enthalten mehr Zärtlichkeit als alle glanzpolierten Liebesfilme zusammen.«
Frankfurter Rundschau

Ein Profi
Stories vom verschütteten Leben
dtv 10188

Gedichte vom südlichen Ende der Couch
dtv 10581

Flinke Killer
Gedichte · dtv 10759

Hot Water Music
Erzählungen · dtv 11462

Western Avenue
Gedichte · dtv 11541

Roter Mercedes
Gedichte · dtv 11780

Jeder zahlt drauf
Stories · dtv 11991

Ausgeträumt
Roman · dtv 12342

Das Schlimmste kommt noch oder Fast eine Jugend
Roman · dtv 12386

Faktotum
Roman · dtv 12387

Der Mann mit der Ledertasche
Roman
dtv 12388

Das Liebesleben der Hyäne
Roman
dtv 12389

Hollywood
Roman
dtv 12390

Pittsburgh Phil & Co.
Stories vom verschütteten Leben
dtv 12391

Kamikaze-Träume
Gedichte
dtv 12510

Gedichte die einer schrieb bevor er im 8. Stockwerk aus dem Fenster sprang
dtv 12578

dtv

Italo Calvino im dtv

»Calvino ist als Philosoph unter die Erzähler gegangen, nur erzählt er nicht philosophisch, er philosophiert erzählerisch, fast unmerklich.«
W. Martin Lüdke

Das Schloß, darin sich Schicksale kreuzen
Erzählung
dtv 10284

Die unsichtbaren Städte
Roman
dtv 10413

Wenn ein Reisender in einer Winternacht
Roman
dtv 10516 und
dtv großdruck 25031

Der Baron auf den Bäumen
Roman · dtv 10578

Der geteilte Visconte
Roman · dtv 10664

Der Ritter, den es nicht gab
Roman · dtv 10742

Herr Palomar
dtv 10877

Abenteuer eines Reisenden
Erzählungen
dtv 10961

Zuletzt kommt der Rabe
Erzählungen
dtv 11143

Unter der Jaguar-Sonne
Erzählungen
dtv 11325

Das Gedächtnis der Welten
Cosmicomics
dtv 11475

Auf den Spuren der Galaxien
Cosmicomics
dtv 11574

Wo Spinnen ihre Nester bauen
Roman
dtv 11896

Die Mülltonne und andere Geschichten
dtv 12344

Die Braut, die von Luft lebte
und andere italienische Märchen
dtv 12505

Giuseppe Culicchia im dtv

»Giuseppe Culicchia beschreibt... unsentimental, lakonisch und genau, mit einer Sprache, die in Kürze und Prägnanz stark an den seligen Charles Bukowski erinnert... bissig, zynisch, sarkastisch, gemein, politisch absolut unkorrekt, stellenweise bösartig, mit einem Wort: Klasse!«

Freie Presse

Knapp daneben
dtv 12616

Zwischen Gürteltieren, androgynen Nymphomaninnen, Space Invadors, House-Parties, Plastikköfferchen und verpaßten Traumfrauen... Einer der komischsten und sarkastischsten Romane seit langem, bestechend durch seine lakonischen und genauen Porträts und Karikaturen. Giuseppe Culicchia ist die italienische Antwort auf Samuel Beckett, T.C. Boyle und Charles Bukowski. »Die muntere Jammerparade des italienischen Arbeitersohns Walter, der gern studieren, den Militärdienst verweigern und vor allem endlich mit einem Mädchen ins Bett möchte... Ein Unglücksrabe – und ein Glücksfall für fröhliche Sommerlektüre.« (Der Spiegel)

Kommt gut
dtv 12617

Walter hat Karriere gemacht: Vom Hiwi einer exzentrischen, gürteltierbesitzenden Buchhändlerin hat er es zum Zeitungsverkäufer gebracht. In einer Videothek. Sein neuer Chef ist ein Marketingwörterbuch im Designeranzug, sein fettleibiger Kollege Supermario redet nur davon, Profimodel zu werden, und die Kunden nerven schon morgens um fünf. Einziger Lichtblick: Tatjana, die politisch korrekte Deutsche vom Goethe-Institut, die viel von Freikörperkultur hält... »Das moderne Italien, das sich eifrig bemüht, Überproduktivismus mit Ultraliberalismus zu verbinden, ist ein Dschungel... Hier geht es nicht mehr um Sein oder Nichtsein. Hier geht es nur noch ums Überleben.« (L'Express)

Umberto Eco im dtv

»Daß Umberto Eco ein Phänomen ersten Ranges ist, braucht man nicht mehr eigens zu betonen.«
Willi Winkler

Der Name der Rose
Roman
dtv 10551
Daß er in den Mauern der prächtigen Benediktinerabtei das Echo eines verschollenen Lachens hören würde, damit hat der Franziskanermönch William von Baskerville nicht gerechnet. Zusammen mit Adson von Melk, seinem jugendlichen Adlatus, ist er in einer höchst delikaten Mission unterwegs ...

Nachschrift zum ›Namen der Rose‹
dtv 10552

Über Gott und die Welt
Essays und Glossen
dtv 10825

Über Spiegel und andere Phänomene
dtv 11319

Das Foucaultsche Pendel
Roman · dtv 11581
Drei Verlagslektoren stoßen auf ein geheimnisvolles Tempelritter-Dokument aus dem 14. Jahrhundert. Die Spötter stürzen sich in das gigantische Labyrinth der Geheimlehren und entwerfen selbst einen Weltverschwörungsplan. Doch da ist jemand, der sie ernst nimmt ...

Platon im Striptease-Lokal
Parodien und Travestien
dtv 11759

Wie man mit einem Lachs verreist und andere nützliche Ratschläge
dtv 12039

Im Wald der Fiktionen
Sechs Streifzüge durch die Literatur
dtv 12287

Die Insel des vorigen Tages
Roman · dtv 12335
Ein spannender historischer Roman, der das Zeitalter der großen Entdeckungsreisen in seiner ganzen Fülle erfaßt.

Gesammelte Streichholzbriefe
dtv großdruck 25139

Binnie Kirshenbaum im dtv

Wer etwas vom Seiltanz über einem Vulkan lesen will, also von den Erfahrungen einer kühnen Frau mit dem männlichen Chaos, dem sei Binnie Kirshenbaum nachdrücklich empfohlen.«
Werner Fuld in der ›Woche‹

Ich liebe dich nicht
und andere wahre Abenteuer
dtv 11888

Zehn ziemlich komische Geschichten über zehn unmögliche Frauen. Sie leben und lieben in New York, experimentierfreudig sind sie alle, aber im Prinzip ist eine skrupelloser als die andere...
»Scharf, boshaft und irrsinnig komisch.« (Publishers Weekly)

Kurzer Abriß meiner Karriere
als Ehebrecherin
Roman · dtv 12135

Eine junge New Yorkerin, verheiratet, linkshändig, hat drei außereheliche Affären nebeneinander. Sie lügt, stiehlt und begehrt andere Männer. Daß sie ein reines Herz hat, steht außer Zweifel. Wenn sie nur wüßte, bei wem sie es verloren hat, gerade. »In diesem unkonventionellen Roman ist von Skrupeln keine Rede. Am Ende fragt sich der Leser amüsiert: Gibt es eine elegantere Sportart als den Seitensprung?«
(Franziska Wolffheim in ›Brigitte‹)

Ich, meine Freundin und all diese Männer
Roman · dtv 24101

Die beiden Freundinnen Mona und Edie haben sich im College kennengelernt und sofort Seelenverwandtschaft festgestellt. Sie sind entschlossen, ein denkwürdiges Leben zu führen. Und dabei lassen sie nichts aus... »Teuflisch komisch und frech. Unbedingt lesen!« (Lynne Schwartz)

Javier Marías im dtv

»Bisweilen erweist sich das wahre Wissen als bedeutungslos, und dann kann man es erfinden.«
Javier Marías

Mein Herz so weiß
Roman · dtv 12507

Eine junge Frau erhebt sich vom Tisch, geht ins Bad, knöpft sich die Bluse auf und erschießt sich. Vierzig Jahre später beschäftigt sich ihr Neffe mit der Tragödie. Er ist Dolmetscher und leidet an einer »déformation professionelle«, die ihn dazu zwingt, jedes Detail zu registrieren und zu interpretieren: die scheinbar unbedeutenden Dinge seines eigenen Ehelebens, aber auch jene Details, die ihm nach und nach mehr über die Ereignisse vor seiner Geburt verraten, als ihm lieb ist...

Alle Seelen
Roman · dtv 12575

Ein junger Spanier kommt als Gastdozent nach Oxford, einer Stadt wie »konserviert in Sirup«. Er beginnt eine Affäre mit der verheirateten Dozentin Clare, in deren Blicken er bei einem grausig-grotesken Dinner seine eigene Kindheit wiederfindet. – Immer enger verknüpft Marías die Erzählfäden, immer rascher treibt er seine suggestive Sprache einem dramatischen Finale zu, in dem Clare in der letzten gemeinsamen Nacht ihr Geheimnis enthüllt...

»... ich glaube, das ist einer der größten im Augenblick lebenden Schriftsteller der Welt.«
Marcel Reich-Ranicki

»Im Beschreiben des Begehrens und der Erwartung ist Javier Marías Meister.«
Verena Auffermann in der ›Süddeutschen Zeitung‹

Michael Ondaatje im dtv

»Das kann Ondaatje wie nur wenige andere:
den Dingen ihre Melodie entlocken.«
Michael Althen in der
›Süddeutschen Zeitung‹

In der Haut eines Löwen
Roman · dtv 11742
Kanada in den zwanziger und dreißiger Jahren. Ein Land im Aufbruch, wo mutige Männer und Frauen gefragt sind, die zupacken können und ihre Seele in die Haut eines Löwen gehüllt haben. »Ebenso spannend wie kompliziert, wunderbar leicht und höchst erotisch.« (Wolfgang Höbel in der ›Süddeutschen Zeitung‹)

Es liegt in der Familie
dtv 11943
Die Roaring Twenties auf Ceylon. Erinnerungen an das exzentrische Leben, dem sich die Mitglieder der Großfamilie Ondaatje hingaben, eine trinkfreudige, lebenslustige Gesellschaft...

Der englische Patient
Roman · dtv 12131
1945, in den letzten Tagen des Krieges. Vier Menschen finden in einer toskanischen Villa Zuflucht. Im Zentrum steht der geheimnisvolle »englische Patient«, ein Flieger, der in Nordafrika abgeschossen wurde... »Ein exotischer, unerhört inspirier ter Roman der Leidenschaft. Ich kenne kein Buch von ähnlicher Eleganz.« (Richard Ford)

Buddy Boldens Blues
Roman · dtv 12333
Er war der beste, lauteste und meistgeliebte Jazzmusiker seiner Zeit: der Kornettist Buddy Bolden, der Mann, von dem es heißt, er habe den Jazz erfunden.

dtv

Antonio Tabucchi im dtv

»Tabucchi läßt Reales und Imaginäres ineinanderfließen
und webt ein Gespinst von ›suspense‹,
in dem man sich beim Lesen gerne verfängt.«
Barbara von Becker in ›Die Zeit‹

Der kleine Gatsby
Erzählungen
dtv 11051
Ein labyrinthischer Garten voll faszinierender Menschheitsrätsel. So zum Beispiel die Portugiesin Maria, die hinter dem Rücken ihres Mannes Familien exilierter Literaten hilft; ein von Selbstzweifeln geplagter Schriftsteller, der zum Ergötzen mancher Abendgesellschaft auswendig Fitzgeralds Romananfänge deklamiert; oder Ettore, der als Nachtclubsängerin Josephine rauschende Erfolge feiert.

Indisches Nachtstück
dtv 11952
Auf der Suche nach einem Mann, der auf geheimnisvolle Weise in Indien verschollen ist. Forscht der Autor nach seinem eigenen Ich oder nach einer wirklichen Person? Oder ist der Sinn des Suchens das Unterwegssein, die Reise?

Der Rand des Horizonts
Roman
dtv 12302
In der Leichenhalle wird ein junger Mann eingeliefert, der bei einer Hausdurchsuchung erschossen wurde. Spino macht sich auf die Suche nach der Identität des Fremden ...

Erklärt Pereira
Eine Zeugenaussage
dtv 12424
Portugal unter Salazar. Pereira, ein in die Jahre gekommener, politisch uninteressierter Lokalreporter, hatte mit seinem Leben fast schon abgeschlossen. Doch dann gerät er unversehens auf die Seite des Widerstandes ...

Kleine Mißverständnisse ohne Bedeutung
Erzählungen
dtv 12502
Von der Lust, Irrtümer, Unsicherheiten und unsinnige Sehnsüchte aufzuspüren und zu benennen.